STACEY MARIE BROWN

SOB O DOMÍNIO DA *Realeza*

Traduzido por Samantha Silveira

1ª Edição

2022

Direção Editorial:	**Arte de Capa:**
Anastacia Cabo	Hang Le
Gerente Editorial:	**Adaptação de Capa:**
Solange Arten	Bianca Santana
Preparação de texto:	**Diagramação:**
Marta Fagundes	Carol Dias
Revisão final:	**Ícones de diagramação:**
Equipe The Gift Box	Starline/Freepik

Copyright © Stacey Marie Brown, 2020
Copyright © The Gift Box, 2022

Todos os direitos reservados.
Nenhuma parte do conteúdo desse livro poderá ser reproduzida em qualquer meio ou forma – impresso, digital, áudio ou visual – sem a expressa autorização da editora sob penas criminais e ações civis.

Esta é uma obra de ficção. Nomes, personagens, lugares e acontecimentos descritos são produtos da imaginação da autora. Qualquer semelhança com nomes, datas ou acontecimentos reais é mera coincidência.

Este livro segue as regras da Nova Ortografia da Língua Portuguesa.

CIP-BRASIL. CATALOGAÇÃO NA PUBLICAÇÃO
SINDICATO NACIONAL DOS EDITORES DE LIVROS, RJ
Meri Gleice Rodrigues de Souza - Bibliotecária - CRB-7/6439

B897s

Brown, Stacey Marie
  Sob o domínio da realeza / Stacey Marie Brown ; tradução Samantha Silveira. - 1. ed. - Rio de Janeiro : The Gift Box, 2022.
  284 p.

  Tradução de: Royal command
  ISBN 978-65-5636-136-9

  1. Romance americano. I. Silveira, Samantha. II. Título.

22-76906
CDD: 813
CDU: 82-31(73)

NOTA AO LEITOR

Minha vida tem sido cheia de aventuras incríveis, e uma delas foi morar e trabalhar em Londres por cinco anos. Tive a sorte de conhecer e bater papo com o príncipe Harry muitos anos atrás, enquanto trabalhava como gerente em um pub do padrinho de Harry.

Éramos um pub pequeno, mas muito protetores com ele, sempre mantendo suas visitas em sigilo. Eu vi o que ele passou, a imprensa o perseguindo, acampando do lado de fora e sempre à espera. Como sua namorada na época foi perseguida e alvo de fofocas sensacionalistas.

Mesmo antes de começar a escrever este livro, a história estava na minha cabeça. Tive uma visão diferente da vida na realeza do que aquela que os contos de fadas adoram contar para vocês. Embora essa história seja completamente fictícia, ela é, sim, inspirada em meu encontro com Harry, e sou muito grata a ele por essa inspiração.

No entanto, acho que é mais do que dedicado a Meghan, Kate e Diana... porque vocês podem se apaixonar pelo homem, mas é preciso uma pessoa forte para amar um príncipe.

CAPÍTULO 1

— Spencer, acorde. — Uma dor atravessa meu corpo, me puxando de volta da escuridão. — Acorde. Anda.

Não voltei da escuridão de um jeito tranquilo, mas fui violenta e repentinamente lançada à consciência.

Arfando, meu corpo deu um solavanco. Meus ossos gemeram à medida que me curvava, tossindo e ofegando. Rolando de lado, meus pulmões se contraíram, tentando expulsar a sujeira gosmenta para fora. Bile revestiu a garganta conforme cuspia a substância. Cada um dos meus músculos latejava em agonia, mas ainda parecia distante, como se fosse um predador me perseguindo, vagarosamente.

— Graças a Deus. — Uma mão afastou o cabelo do meu rosto, pressionando um pedaço de tecido na cabeça. — Você me assustou por um segundo.

A luz fraca vinha de uma lanterna em miniatura de chaveiro no chão, definindo o pequeno armário de vassouras. Deslizando o olhar para a figura sombria familiar ao meu lado, tentei repassar as memórias, procurando entender o que estava acontecendo.

Meu cérebro grogue viu o meu guarda-costas agachado ao meu lado, segurando sua gravata contra o meu couro cabeludo, enquanto minha cabeça ser recostava ao seu paletó embolado. O sangue escorria de sua bochecha, pescoço e testa, a camisa e calça, normalmente imaculadas, agora se encontravam rasgadas e imundas. A sujeira me revestia de cima a baixo, cobrindo a pele como se fosse uma pintura de guerra.

Guerra.

Bomba.

Hotel.

Explosão.

Eu me lembrei de tudo, e me sentei de supetão; tudo girou ao redor, e meu estômago embrulhou.

— Puta merda. — Minha garganta ardeu, e o máximo que consegui fazer foi sussurrar. — Theo? O rei?

— Ei. — Os dedos de Lennox envolveram meu braço, me mantendo firme. — Devagar. Você tem um ferimento grave na cabeça. É bem provável que seja uma concussão.

Ergui a mão e toquei a cabeça, sentindo com as pontas dos dedos a umidade que encharcava o cabelo. Sabia que estava em choque, com certeza, meu corpo entorpecido, somente à espera da dor avassaladora.

— O que aconteceu? Estão todos bem? — murmurei, com a voz rouca, o pânico martelando no peito. O espaço não passava de um pequeno depósito, mas estávamos vivos. Seguros. E quanto aos demais?

— Eles estão bem. — Lennox enxugou o sangue que escorria pelo rosto com o braço. — Dalton está com eles em um local seguro e em isolamento.

— Tem certeza?

Lennox tocou seu fone de ouvido.

— Sim. Eles estavam muito à nossa frente.

— Você falou com eles?

— Sim, mas agora estão incomunicáveis por medidas de segurança a respeito do paradeiro do rei — respondeu ele. — É o protocolo.

Senti um alívio no peito, mas ainda queria ver com meus próprios olhos.

— Por que ainda estamos aqui? Quero ir ver o Theo. — Tentei me levantar, me livrando de seu agarre firme, mas ele me impediu. — Alguém morreu?

Embora soubesse que seria impossível não ter havido fatalidades.

— Com certeza. Pelo menos os dois homens-bomba.

— Não podemos ficar simplesmente parados aqui. Temos que ajudá-los! — choraminguei, empurrando-o e me levantando. Desesperada. Assustada.

— Não podemos. — Estendeu a mão para mim, mas contornei seu corpo e fui até a porta para empurrá-la. — Não adianta. Já tentei. A porta está bloqueada.

Cerrei os dentes, empurrando e esmurrando a porta. Dominada pela teimosia, me choquei contra a superfície. Minha visão ficou turva, o corpo cambaleando, mas não conseguia desistir.

— Spencer, pare! — Ele me puxou de volta, envolvendo-me com seus

SOB O DOMÍNIO DA *Realeza*

braços firmes, me segurando contra ele, seu calor e firmeza se transferindo para mim. — Você só vai conseguir se machucar. — A voz profunda retumbou em meu ouvido. — Acredite em mim, se houvesse uma saída, eu já teria nos tirado daqui.

— Mas... — Não queria pensar no que havia do outro lado da porta. A morte e o caos.

Através de uma única abertura minúscula no teto, conseguia ouvir as sirenes se aproximando. Ajuda.

Só que poderiam estar a caminho de uma cena que envolvia levar pessoas para um necrotério, não para um hospital. O medo me fez perder o fôlego na mesma hora. Poderia ter sido eu. Lennox. Theo ou o rei. Eu estava viva só por causa do homem ao meu lado. Ele pressentiu que havia algo errado. Salvou a minha vida. Mas poderia ter sido diferente. Mais dois passos dados, e teríamos sido nós explodindo pelos ares.

Meus pulmões procuraram por ar, incapazes de inalar qualquer coisa. Minhas pernas bambearam, a visão embaçou.

— Respire, Spencer. — Lennox me abraçou com mais força, os braços me envolvendo como se fosse um cobertor, a voz baixa e calma. — Devagar. Inspire e expire. — Seu tom exigente me dominou. — Junto comigo. Concentre-se no meu batimento cardíaco, no ritmo do meu peito. Nada mais.

Inspirei pelo nariz, depois exalei, fechando os olhos, prestando atenção a ele. *Tum. Tum. Dentro. Fora.* Sua respiração e coração estavam estáveis, relaxantes, acalmando-me à medida que eu tentava acompanhar seu ritmo.

— Você já fez isso antes. — Soltei o ar. Não era bem uma pergunta. Havia uma forma natural e controlada em seu gesto. O que significava que ela já havia feito aquilo inúmeras vezes.

— Sim — murmurou contra o meu cabelo. — O TEPT[1] pode aparecer do nada. Precisei aprender a neutralizá-lo. Como comandante da minha tropa, houve muitas vezes em que tive que acalmar um de meus homens. Às vezes, aquela pessoa era eu.

Fiquei calada, sabendo que nada que pudesse dizer faria o que ele passou, o que viu, servir de consolo. Dizer que *lamentava* parecia banal. Era ele quem me acalmava quando provavelmente devia ser um grande gatilho para ele.

Voltando a expirar, eu me afastei, bem mais calma, esperando que ele me soltasse. Ele não o fez.

---

1   Transtorno de Estresse Pós-Traumático.

Onde o mundo inteiro era monótono e sombrio, ele era vibrante e forte. Sua palma pressionava na altura do meu diafragma, a outra envolvia meu quadril enquanto seu corpo se alinhava e colava ao meu. A adrenalina inundou minhas veias. Meu foco tornou-se hiperconsciente, meu corpo respondendo ao senti-lo contra mim.

Forte. Pesado. Atraente.

Esfregando-se à minha bunda.

Meu coração voltou a acelerar, o pulso latejando no pescoço, expandindo meu peito – desta vez por razões completamente diferentes. Como se tivesse sentido a mudança, sua respiração mudou, os dedos cravaram no meu quadril.

Que porra é essa, Spencer? Você quase explodiu por causa de uma bomba. Theo provavelmente está em algum lugar deste prédio, querendo chegar até você.

— Já estou bem. — Eu me soltei depressa de seu toque, afastando o cabelo emaranhado e todo sujo de sangue do rosto. — Obrigada.

Ele pigarreou e colocou as mãos nos quadris, respirando fundo.

— Eles sabem que estamos aqui, né? — Olhei de volta para a porta como se os bombeiros fossem, num passe de mágica, arrombá-la naquele momento. — Temos que sair. Preciso ver o Theo.

— Eles sabem que estamos bem, mas não somos importantes agora.

— O que disse? Acho que Theo...

— Não importa o que Theo pensa ou diz. — Ele me interrompeu, irritação vincando sua testa. — Existe um protocolo. O rei e o príncipe são a prioridade, mesmo que seja contra a vontade deles. Garantir a segurança e proteção deles vem em primeiro lugar. Depois espero que qualquer um que precise de cuidados médicos seja o próximo. Estamos vivos e seguros. Não somos prioridade.

Abaixei a cabeça, envergonhada, esfregando o peito. Ele tinha razão. Preferia que as pessoas que realmente precisassem de ajuda fossem atendidas antes.

— O que houve?

— O alvo do ataque não foram os nossos líderes. Nós éramos apenas vítimas de algo que vem acontecendo há séculos e que, provavelmente, nunca terá uma resolução, somente mais sofrimento e morte. — Ele se mexeu, inquieto, a testa franzida pela tristeza e pesar. — Eu já deveria imaginar. Vi tanto isso. Perdi muitos companheiros para a guerra sem sentido. Você pensa que mata o bandido, mas uma dúzia aparece no lugar, ainda mais maligno e doentio.

SOB O DOMÍNIO DA *Realeza*

Recostei-me à porta, observando-o andar de um lado ao outro, dominando o espaço confinado. O lugar media uns dois por três metros, mas ele tinha uma presença que ocupava todos os cantos, estivesse você em um salão de baile ou em um armário.

— Não importa o quão rigorosa você acha que a segurança é, sempre existem maneiras. Não vi o segundo homem-bomba, mas tive um vislumbre do primeiro cara. Estava vestido com um casaco de *chef* de cozinha do hotel. Ele provavelmente foi infiltrado aqui meses atrás.

Ele pausou, passando a mão pelo cabelo, distraído, antes de seu olhar intenso se concentrar em mim, com o cenho franzido.

— Porra. Você está sangrando muito. — Pegou a gravata do chão, dando um passo na minha direção. Meus músculos retesaram quando ele se inclinou, pressionando suavemente o tecido sedoso na minha cabeça. — Feridas na cabeça sangram pra caramba.

Resmunguei por entre os dentes, a dor me obrigando a morder o lábio.

— Você está bem? — perguntou, com a voz rouca, seu olhar baixando para o meu.

Ele estava perto demais. Além da conta.

— Sim. — Tentei recuar, grudando à porta, na tentativa de ignorar a forma como meu coração batia contra as costelas.

— Quero limpar seu machucado antes que infeccione.

— Limpar com o quê? — Parei por um momento para examinar o espaço. Sua lanterna expôs vassouras, esfregões sujos, um balde com rodinhas e galões com diferentes produtos de limpeza alinhados no chão. — Com desinfetante de piso?

— Se for preciso. — Deu de ombros. — Água sanitária não é o melhor, mas vai ter que servir.

Ele fez sinal para que eu me sentasse.

— Água sanitária? Não está falando sério, né?

— Estou.

Agachou-se, pegando a embalagem branca de alvejante.

— Nem pensar.

— Por quê? — Ele olhou para mim. — Está com medo de sentir um pouco de dor?

— Um pouco? — ironizei.

— Nunca te imaginei como fracote.

— F-fracote? — gaguejei, a palavra soando engraçada vindo de seus lábios.

— Medrosa é melhor? — Derramou alvejante em sua gravata de seda. — É isso, ou terei que cortar sua cabeça porque está infeccionada e apodrecendo.

Bufei uma risada. Minha cabeça já era um caso perdido. E parecia ser mais por causa dele do que por conta da ferida.

— Vou deixar você me torturar de volta. — Ele deu um tapinha no chão. — Isso é mais do que justo.

Um sorriso maligno curvou um canto da minha boca.

— Agora a conversa mudou de figura.

— Pensei que isso poderia convencê-la. — Ele sorriu, seu olhar deslizando sobre mim e me observando ficar de joelhos na frente dele.

— Jamais perderei a oportunidade de torturá-lo.

Uma risada irônica veio dele, e murmurou:

— E eu não sei? — Estendeu a mão, os olhos focados aos meus. — Prepare-se.

Cerrei a mandíbula, e me sentei mais para trás sobre os meus pés conforme ele tocava o ferimento.

Ardência.

Dor.

— Puta que pariu! — esbravejei por entre os dentes, as mãos apertando suas coxas, precisando me segurar em algo. Meus olhos lacrimejaram, a fumaça grudando na garganta. — Filho da puta do caralho.

— Mas que boca *suja* para uma nobre dama.

Ele riu, tocando a área mais próxima do corte.

— Vá a merda, babaca.

Minhas unhas cravaram em suas coxas firmes, o que só o fez rir ainda mais. Engoli em seco, tentando não desmaiar. Já me machuquei muitas vezes ao longo dos anos. Uma garota da fazenda sempre se machucava, se cortava ou tinha algum tipo de lesão. Eu era durona. Tive ossos quebrados, pontos e entorses... e passaria por tudo de novo se eu pudesse deixar de experimentar água sanitária sendo derramada em um machucado aberto.

— Ai — gritou ele, minhas mãos apertando-o com mais força. — Caramba, duquesa. Você tem uma bela pegada, hein?

— Eu te odeio — disparei, furiosa.

Ele apenas sorriu.

— Você me paga.

Meus dentes rangeram quando ele passou o tecido pelo couro cabeludo. *Não vomite. Não vomite.*

— Estou contando com isso — respondeu. Sua voz estava calma, mas meu coração ainda batia forte no peito, suor escorrendo pelas costas. *É por causa da dor, Spencer. Não é por ele.*

Ele se inclinou, e meu corpo ficou imóvel quando ele soprou bem devagar sobre o corte. Sua respiração passou pela minha pele, rastejando pelo pescoço e por baixo do vestido rasgado, contraindo os mamilos.

Congelada, engoli à força a onda de calor que cobriu minha pele.

— Pronto. — Ele se afastou, com o cenho franzido por conta do que vislumbrou em minha expressão. — Você está bem?

— Sim — murmurei, com a voz rouca, umedecendo os lábios enquanto pegava a gravata de sua mão. O que estava acontecendo? Ele era atraente, com certeza. Bem, alguns poderiam dizer que muito gostoso, o que ainda não parecia fazer justiça a ele. Mas normalmente não vejo a aparência de alguém, mas é a sua personalidade que os torna atraentes ou não para mim. Por que ficava tão nervosa perto dele?

Nós nos odiávamos... no passado. Quando isso mudou?

— Ei. — Ele inclinou a cabeça, atraindo minha atenção. — Achei que a essa altura, você estaria toda disposta a me torturar.

— Sim. — Forcei os pensamentos para longe, derramei alvejante na gravata e fiquei de joelhos.

— Mostre aí do que você é capaz. — Ele inclinou o rosto para mim. Os cortes abaixo do olho e na cabeça ainda estavam úmidos de sangue fresco. Passei o tecido em sua bochecha, e um grunhido profundo o fez estremecer, as mãos apertando meus quadris. — Poooorraaa, que dor — bufou, o maxilar se contraindo cada vez que eu o tocava. Suas narinas dilataram, e uma camada fina de suor recobriu sua testa. — Retiro o que disse — cada palavra era pronunciada com esforço —, você não é fraca.

— Obrigada.

Sorri, tentando me concentrar no meu dever e não na forma como suas mãos grandes apertavam meus quadris – de uma forma íntima e possessiva –, como se fosse direito *dele* segurar daquele jeito.

A sensação do toque de suas mãos em mim era tão boa. Eu me senti mal com os pensamentos se atropelando na minha cabeça, a forma como meu peito zumbia quando seus dedos pressionavam a pele, os dedos mindinhos roçando minha bunda.

Spencer. Pare.

Engolindo, concentrei-me em limpar seu machucado, tentando parar de pensar no que eu sentia com as suas mãos em mim, em como estava próxima de sua boca.

— Então... você e Hazel, hein? — Em vez de soar irreverente ou igual a um amigo perguntando a outro, pareceu constrangedor e estranho.

Típico da minha parte.

Ele inclinou a cabeça.

— O que tem a Hazel?

— Nada. Quero dizer, eu a vi esta manhã. — Dei de ombros, passando o tecido sobre o corte perto de sua têmpora.

— Se quer saber alguma coisa, Spencer, pergunte. — Ele se encolheu quando o pano tocou o ferimento aberto. — Não tenho perfil para esse tipo de merda passiva.

— Não é da minha conta.

— Esta é a segunda vez que você toca no assunto. É óbvio que algo está te incomodando. Basta dizer.

— Como assim? Vocês dois formam um casal perfeito... mas Katy ficará arrasada.

— Jesus! — Ele baixou as mãos. Afastando-se de mim, ele se levantou, as feições atadas com ira. — Ser passivo-agressiva não combina com você. Diz logo o que você quer falar.

Fiquei de pé; a sensação de que ele podia enxergar a verdade me fez lutar para fechar as paredes.

— Não há nada a ser dito. Apesar de que transar com Hazel quando está no palácio, em frente ao meu quarto, supostamente de olho em mim... é meio que deselegante.

— Estava de folga. Eu a coloquei na cama em segurança. Não que você tenha tornado as coisas fáceis para mim.

Inclinou a cabeça, um nervo pulsando ao longo da mandíbula. Outro fragmento de memória deslizou para o fundo da minha consciência. Nós dois na boate. Eu tocando seu corpo com desejo. E prestes a beijá-lo.

Puta merda.

Virei a cabeça de lado, o rosto queimando com a vergonha. O resto da noite ainda era vago, embora a suspeita de que eu havia feito um *strip-tease* para ele no meu quarto me inundou de humilhação.

— O que faço no meu tempo livre, e com quem faço, é problema meu.

— Deu um passo, quase colando o nariz ao meu. — Diz para mim, por que se preocupa com quem estou transando? Sou só seu empregado, não é?

SOB O DOMÍNIO DA *Realeza*

A modesta equipe que poderá segurar sua bolsa em eventos, sob suas ordens.

— Vá se foder — rebati. — Eu não sou assim.

Eu era a garota que cavalgava na lama e na água, que limpava cocô de porco e não ligava quando cheirava a suor e cavalos. Que queria estar com os animais, salvando, ajudando, protegendo-os.

Pelo menos costumava ser.

— A garota que conheci sentava em cima da mesa, comia pizza coberta de crina de cavalo e tinha uma boca perversamente direta. — Ele se aproximou de mim. Eu só dei um passo para trás, costas grudadas à parede, sem ter para onde ir. Ele pressionou uma mão contra a parede ao lado da minha cabeça. — O que aconteceu com ela? Era cheia de vida.

— Ela ainda está aqui. — Mas estava mesmo? Senti como se estivesse perdendo a noção dos meus sonhos, da minha vida... da minha alma.

— Tudo bem, então me diga. — Ele se aproximou, os sapatos cutucando os dedos dos meus pés, seu corpo pairando sobre mim. — Por que se importa com quem eu durmo?

— Não me...

— Spencer — resmungou, e meus pulmões lutaram por oxigênio enquanto arrepios percorriam meu corpo, apertando-me por dentro.

— Porque... — sussurrei, a cabeça virada para o lado, incapaz de olhar para ele.

— Por quê? — Agarrou meu queixo com força, virando-o de volta para ele, jogando combustível em minhas veias.

Sabia que poderia dizer a ele para recuar, tirar as mãos de mim, me deixar em paz. Ele obedeceria sem titubear.

Poderia dizer.

Eu deveria dizer.

Mas a verdade que eu não queria aceitar me atropelou como um trem. Não queria que ele fizesse nada disso.

A bomba poderia ter acabado comigo, num piscar de olhos.

Como fazer uma reverência para não insultar as pessoas, usar corretamente o talher na hora do jantar, o vestido perfeito, a maneira certa de acenar. Era tudo sem sentido, até mesmo nossas posses. Estávamos todos vivos. E tínhamos um ao outro. Todo o resto era insignificante.

— Me diz, Spencer. Seja honesta comigo só um pouco.

— Acha que não estou sendo honesta? — Empurrei sua mão, desafiando-o. — E você, está sendo honesto?

— O que quer saber? — Ele afastou a mão do meu rosto, colocando-a do outro lado da minha cabeça, me encurralando. — Pergunte.

Minha boca se fechou.

— Está com muito medo de perguntar.

— Perguntar o quê?

— Como me sinto quando vejo Theo sair do seu quarto.

O ar saiu pelo meu nariz, de uma vez, meu corpo inteiro fervendo de calor.

— Mas você me odeia.

— Porra, e como tentei odiar. — Ele balançou a cabeça. — Tentei de verdade.

— Por quê? — Olhei para ele. — Assim que me conheceu, me tratou como se eu fosse inferior a você.

Uma risada áspera vibrou em seu peito.

— É, eu queria odiar você desde esse dia.

Ele se afastou, saindo de perto de mim. Cruzando os braços, tentei reprimir o desejo de ir atrás dele.

— Durante o treinamento militar, Theo não parava de falar de você, de nos mostrar sua foto. Jesus, estávamos todos cansados de ouvir seu nome. Ele era tão jovem e ingênuo comparado a nós idiotas calejados. Não compreendia as perdas da vida, só arco-íris e unicórnios. E você superava todos eles. — Ele se encostou à porta, esfregando o pescoço. — Eu odiava o mundo. Não havia nada além de escuridão... então eu te vi. — Soltou uma risada fraca. — Percebi que você era meu castigo.

— Castigo por quê?

Seu olhar encontrou o meu.

— Eu costumava ser um Theo. Ingênuo e sem noção do tamanho da crueldade que a vida pode oferecer. Gracie cresceu na fazenda vizinha. Éramos jovens e achávamos que estávamos apaixonados. Engraçado como temos a tendência a ignorar certas as verdades, para que as coisas se encaixem. Ela nunca quis sair da fazenda, e eu não via a hora de ir embora de lá. Ela era meiga, tímida e teria cedido para qualquer uma das minhas vontades. E eu era muito jovem e burro para ter notado que ela sacrificaria tudo por mim. Assim, a vida decidiu me mostrar...

Não me movi ou falei qualquer coisa, com medo de que ele parasse.

— Estava desesperado para transarmos. E, finalmente, ela concordou. Estávamos nadando no lago com a minha irmã, Daisy, e nossa sessão de

SOB O DOMÍNIO DA *Realeza*

amassos estava começando a pegar fogo e ficando intensa. Resolvemos ir para trás do celeiro. — Ele engoliu em seco, olhando para cima.

Gelei por dentro, já sabendo o final da história. Sabia o que tinha acontecido com a sua irmã.

— Nem um ruído. Nada me disse que ela precisava de mim. Voltei com um sorriso enorme no rosto, praticamente saltitante. Lembro-me de chamá--la, caminhando de volta para o lago... — Ele engoliu em seco. — Eu a vi no meio do lago... de bruços... boiando. Ela teve um ataque de asma e se afogou.

Mordi os lábios, sentindo os olhos lacrimejando por conta da emoção.

— Tentei salvá-la, mas era tarde demais. Ela morreu porque, aos quinze anos, eu só conseguia pensar em transar com minha namorada, pela primeira vez. Minha irmã está morta porque eu não estava com ela.

— Lennox. — Fui até ele, sem saber o que dizer. O que você diria para algo assim?

Enlaçando sua cintura, deixei meu corpo se expressar por mim. Ele tentou se afastar, mas não cedi um centímetro, até que ele suspirou, circulando meu corpo com os braços.

— Sinto muito.

— É. Eu também. — Deu um passo para trás, pigarreando. — Meus pais morreram alguns anos depois e, quando completei dezoito anos, me alistei no exército para fugir.

— E Gracie?

— Ela se casou com um babaca que não a amava de verdade. Ele a deixou tão deprimida que ela tentou se matar com uma overdose de comprimidos para dormir.

— Puta. Merda — soltei, boquiaberta. A tragédia em sua vida foi tão dolorosa e interminável.

Um leve sorriso se insinuou em sua boca, os dedos esfregando a barba enquanto me encarava com o olhar penetrante.

— Aí está ela.

— Mas que inferno, Lennox. — Balancei a cabeça. — Sinto muito mesmo.

Ele esfregou o queixo.

— Nunca contei a ninguém sobre a Daisy.

— E você me contou.

— Sim, bem, é possível que ninguém nos encontre, e você vai me matar e me comer para se alimentar. — Deu de ombros.

— Uau, essa conversa mudou bem depressa.

— Você está dizendo que não iria me comer?

— Não vou responder isso.

Ele sorriu, se afastou da porta e se aproximou de mim.

— Você ainda está sangrando. Aqui. Ainda bem que parece que você não teve uma concussão. — Puxou a gravata dos meus dedos, enrolando-a em volta da minha cabeça, e prendendo o tecido como se fosse uma bandana, a ponta pendurada em um dos ombros. Um leve sorriso esticou sua boca, os olhos focados aos meus. — Vai criar uma nova tendência. — Não conseguia desviar o olhar; era um campo de força que eu não era capaz de lutar contra. Seu olhar se arrastou sobre mim, o peito subindo ao respirar fundo antes que murmurasse no meu ouvido: — Só para você saber... eu te *comeria*, com toda a certeza.

Calor fez minhas pernas se contraírem, o desejo incendiando meu corpo. Quase não me importei com a implicação de suas palavras.

Merda.

Sua cabeça, de repente, sacudiu, o dedo indo para a orelha.

— Sim, estamos aqui — falou Lennox em seu comunicador, e pulei em sua direção, esperançosa e aliviada. Sua testa franziu, a atenção agora concentrada na porta como se pudesse ver através dela. — Sério? — Mais silêncio.

— O quê? — perguntei. Ele balançou a cabeça, curvando-se para ouvir melhor quem estava falando.

— É. Eu entendo — soltou ele. — Não é como se tivéssemos uma escolha... sim... vou dizer a ela. Tudo bem. Obrigado, cara.

Lennox levantou a cabeça, tirando o ponto do ouvido.

— O quê?

— A boa notícia é que Theo e o rei estão seguros e de volta ao palácio.

— Tudo bem. — Meus olhos se fecharam por conta do cansaço. — E a ruim?

— Acho que metade do teto desabou durante a segunda explosão — disse, baixando o tom de voz, gesticulando com o queixo para a porta.

— E eles não conseguem chegar até nós.

— Estão tentando, mas precisam ir devagar por causa dos...

Ele coçou o sangue seco na bochecha.

— Dos corpos.

— Não, é por causa dos vivos que estão indo devagar.

Meus ombros cederam em derrota, mas assenti com a cabeça, colocando as mãos em meus quadris.

— Estamos vivos e seguros. Vamos esperar. Está tudo bem.

— Pode levar a noite toda.

Eu o encarei, sentindo-me nervosa. Ficar trancada com ele não era seguro para mim.

— Ah, e Dalton me pediu para te falar que Theo disse que te ama e está pensando em você.

Não conseguia sequer deixar de estremecer ao ouvir aquelas palavras saindo da boca de Lennox, me incomodando e confundindo muito mais do que eu queria admitir. Um medo profundo de que as palavras ditas por um e o sentimento vindo de outro me colocassem de pernas para o ar.

Por dentro, era como se a explosão das bombas tivesse me rasgado igual a uma *piñata*, derramando por todo o chão, em um completo caos, a verdade e percepção que eu não queria considerar.

Por favor, alguém nos tire daqui logo...

CAPÍTULO 2

Sedenta.
Exausta.
Faminta.
E, puta merda, apertada para fazer xixi.
— Eu já te falei, tem um balde bem ali. — Lennox acenou com a cabeça em direção ao grande balde amarelo, observando enquanto eu me mexia desconfortavelmente no chão. Ele estava sentado à frente, as costas apoiadas à parede, as pernas estendidas ao lado das minhas. Eu estava tentando segurar, na esperança de que alguém abrisse a porta a qualquer momento e nos ajudasse a sair, mas as horas passavam, fazendo minha necessidade superar o orgulho acima da decisão de fazer xixi em um balde na frente dele. — Vamos, garota da fazenda, vai me dizer que nunca fez xixi no mato para não precisar voltar para a casa.
— O tempo todo. — Dobrei os joelhos mais alto contra o peito. — Quando era criança. E acho que é um pouco diferente.
— Prometo que fico de frente para a parede.
Dei uma risada irônica, o incômodo por conta da bexiga cheia me revirando por dentro.
— Nunca pensei que fosse do tipo tímida. — Ele se levantou de repente, e ergui a cabeça para observá-lo. — Bem, eu tenho que mijar. Quando se corre no meio de um deserto junto com um pelotão inteiro, você tende a perder a vergonha.
— Argh! Eu não precisava saber disso.
— O que estou dizendo é que pode ficar olhando se quiser. — Piscou, virando as costas para mim. O som de seu zíper baixando percorreu minha coluna vertebral como se fosse um xilofone. Os pulmões se contraíram quando meus olhos passaram por sua bunda, imaginando a tatuagem por baixo.
Meu rosto ardeu de vergonha com o som do líquido atingindo o plástico, não porque estava ouvindo-o urinar, mas porque parecia extremamente íntimo. Nunca imaginei passar por isso com Theo, mesmo se tivesse sido

ele preso aqui comigo. Ele era muito certinho. Seria estranho e errado. Mas por baixo do terno, Lennox era puro, real e visceral, fazendo você se sentir vivo e consciente, ultrapassando todas as besteiras.

Envolvendo minhas pernas com os braços, tentei ignorar a sensação estranha de estar tão consciente de sua presença, a ponto de perder o fôlego na mesma hora.

Medo.

Raiva.

Culpa.

Odiava isso. Ele me desafiou, me assustou demais e bagunçou tudo que eu achava que entendia.

— Sua vez, Duquesa. — Ele se virou para mim, me observando ao fechar o zíper.

— Por favor, não me chame assim. — Eu me levantei, encarando-o. Tudo bem, ele queria ver se a garota da fazenda aceitaria seu desafio? Mantendo o olhar focado ao dele, contornei seu corpo e fui até o balde, seus olhos acompanhando cada um dos meus movimentos. Em seguida, eu me posicionei, meus dedos deslizando por baixo do vestido florido evasê que me obrigaram a usar, enrolando a bainha.

Seus ombros retesaram conforme o peito estufava.

Eu devia tê-lo mandado se virar, me dar o mínimo de privacidade, mas as palavras ficaram presas na garganta, algo mudando naquele momento. A cela que eu estava vivendo agora esfregava contra os ossos, fazendo eu me sentir confinada e incomodada. Meu mundo se tornou tão pequeno em sua grandeza – tudo acima do padrão, perfeito, segundo as regras. Quando criança, gostava de sair da linha, mas depois de anos sendo instruída a me ajustar, eu fazia o que me mandavam para evitar discórdia. Lennox estava me forçando a sair das caixas em que todos me colocavam, me fazendo questionar a mim mesma. Meus limites. Minhas regras.

O espaço entre nós ficou espesso com a tensão – um desafio.

Minhas mãos embolaram a saia do vestido, puxando a calcinha, deslizando-a devagar pelas pernas.

Ele arfou, a expressão neutra, mas o peito arfava, o pomo-de-adão se movendo para cima e para baixo. Não afastei o olhar do dele enquanto me aliviava, querendo pressionar esse limite dentro de mim. Ver até onde eu iria.

Meu coração disparou, mas levou apenas alguns segundos para perceber que eu não estava envergonhada ou desconfortável. Todos os meus problemas martelando na cabeça não eram mesmo meus, eram das opiniões da sociedade me repreendendo, dizendo como eu deveria pensar, responder e sentir.

Nenhum de nós desviou o olhar, a lanterna refletindo as manchas douradas que cercavam suas pupilas, fazendo-o parecer um animal selvagem no escuro.

Colocando a calcinha no lugar, eu me endireitei, me sentindo estranhamente confiante. Passei por ele, esbarrando em seu ombro quando me sentei no chão, sentindo-me cem vezes melhor.

Lennox não se moveu. De costas para mim, ele encarava o chão fixamente, respirando fundo.

Eu mexi com ele.

E gostei.

Muito.

O equilíbrio que senti um instante atrás desmoronou ao meu redor, e a verdade que eu queria ignorar, rasgar em pedacinhos, saltou para a superfície, dançando no meu peito, sem permitir que eu a descartasse como qualquer outra coisa.

Sabia que estava ali há um tempo. Mais tempo do que eu queria admitir.

Curvando em uma bola, encarei a parede, fechando os olhos, me esforçando para respirar. Eu me dei conta disso e foi com um alto custo. Uma vez que se admitia alguma coisa, não dava mais para esconder.

Brutal.

Cruel.

Eu o ouvi se abaixar no chão ao meu lado, o calor de seu corpo me alcançando como se fossem dedos, rastejando sobre a pele, me consumindo.

Minha consciência criou vida própria. Um monstro consciente, vivo e respirando, ligando todos os nervos que eu tinha no meu corpo no 220 volts.

— Spencer? — Meu nome em seus lábios fazia o desejo pulsar pelo meu corpo, esmagando, me transformando em uma bola rígida. — Ei.

Sua palma roçou meu ombro.

Não me toque. O pânico me açoitou na mesma hora, fazendo-me ranger os dentes. Minhas emoções estavam à flor da pele naquele espaço confinado em sua companhia, e depois de nosso encontro com a morte, o desejo de sentir cada pedacinho da vida pulsava pelo corpo.

— Desculpa. Eu deveria ter me virado. Passei dos limites.

Virei a cabeça para olhar para ele. Ele acha que estou chateada por conta disso? Porque ele me viu fazer xixi?

SOB O DOMÍNIO DA *Realeza*

— Theo é meu amigo... você é a garota dele. — Ele cravou os nódulos dos dedos no espaço entre as sobrancelhas, soltando a respiração. — Não consigo pensar com clareza.

— Por quê? — sussurrei.

Ele olhou para mim, depois desviou o olhar, balançando a cabeça.

— Você não vai querer saber.

— Vou, sim.

— Spencer... — resmungou, o semblante ameaçador. — Você não quer. Confie em mim. E se me pressionar... não é algo que possa voltar atrás.

— Me diga. — Sentando-me, atravessei a frágil barreira, sabendo que uma represa estava prestes a se romper. — Você disse que tudo que eu tinha que fazer era perguntar.

— Merda — murmurou, passando a mão pelo cabelo desgrenhado, sangue seco e sujeira grudados nos dedos e fios. — Você realmente quer tirar tudo de mim, não é?

— O que quer dizer com isso?

— Meu trabalho. — Seu olhar me despedaçou, fúria deixando suas feições rígidas. — Minha sanidade.

— Por quê?

— Cristo, mulher... por causa de *você* — rugiu, levantando de supetão, e se afastando. — Você me faz perder a merda da cabeça. Tentei te odiar. Queria que você me odiasse. Tentei mantê-la à distância. Tentei até te esquecer com outras mulheres.

Ficando de pé, cerrei a mandíbula; parecia que eu tinha levado um soco.

— Eu fracassei. — Ergueu os braços, olhando para mim. — Está feliz agora?

Feliz? Essa não era a palavra certa, mas alguma coisa... eu senti. Era o mesmo que ele.

— O que aconteceu na outra noite? — Lambi o lábio, olhando para o chão e cruzando os braços.

— O que disse? — perguntou, confuso.

— Na boate? *Depois* que saímos de lá? — Meu pescoço esquentou e uma camada de suor recobriu a pele; sem perceber, recolhi meu cabelo imundo por cima do ombro.

— Você estava chapada e bêbada.

— Eu tentei te beijar, não foi? — Respirei fundo, aprumando a postura como se fosse uma barreira de proteção.

— Você não estava em seu juízo perfeito. É possível que tenha pensado que eu fosse o Theo.

Deu para perceber que ele estava tentando aliviar as coisas para mim, dando uma explicação para o meu comportamento. Se eu aceitasse, só pareceria uma outra cela.

— Não pensei que era ele.

Ele virou a cabeça de lado, travando a mandíbula.

— Você estava sob efeito de drogas, portanto, ia querer tocar em qualquer coisa ou em alguém.

— Mas eu queria te beijar.

— Spencer. — Era uma advertência. Pare agora.

— Acredite em mim, acha que quero sentir isso? Isso chega a me embrulhar o estômago. Estou tão confusa, mas não posso mais ignorar. Hoje me fez perceber como a vida pode acabar e o quanto da minha vida destina-se para os outros. Sinto que perdi quem sou e o que realmente quero. Estou andando por esse caminho que nem acredito querer trilhar — resmunguei, a admissão incinerou a minha língua, com amargura e crueldade. — Eu me odeio porque eu deveria estar feliz. Tenho o que todo mundo quer, e sou infeliz. — As palavras não paravam de fluir da minha boca. — Esta manhã eu descobri que meu tio jogou fora toda a nossa fortuna, meu primo foi forçado a ir para o treinamento militar, minha melhor amiga praticamente não gosta mais de mim, mas sabe o que doeu mais? Quando vi Hazel sair do seu quarto...

Lennox recostou-se à parede, as mãos esfregando o rosto, um rosnado baixo vibrando em seu peito.

— Você tem todo o direito de estar com ela, e eu não tenho que ficar chateada.

— Que ironia do cacete. — Uma risada rancorosa ressoou. — Sabe por que eu estava mesmo com ela? Por sua causa.

— Por minha causa?

— Depois do seu pequeno *strip-tease*... — soltou, irritado, e deu um passo na minha direção. — Porra, sabe o tanto que foi difícil ir embora? Não te tocar? Você era tudo o que eu *não podia* e *não deveria* querer e tudo o que eu queria. Precisava te esquecer, fazer *qualquer coisa* para não voltar e rastejar para a cama com a garota do meu amigo. Mesmo me sentindo culpado — rosnou, me empurrando contra a parede. — Não posso te possuir. Por isso, não, você não pode julgar com quem eu transo para que não tenha que pensar em *você*.

O desejo subiu pelas minhas coxas como se fossem fogos de artifício, crescendo dentro de mim, meu corpo se curvando em sua direção, os quadris roçando os dele.

— Pare — rosnou outra vez.

— Eu não deveria ter esses sentimentos. Nem estar tão consciente quando você entra nos lugares. Meu coração não devia bater enlouquecido, nem minha pele corar quando me toca ou olha para mim.

— *Spen-cer...*

— Achei que você queria honestidade e tudo mais! — eu o desafiei, e não conseguia parar. Pressionando. Forçando. — Estou sendo honesta.

— Você acabou de passar por uma situação de vida ou...

— Não faça isso. — Empurrei seu peito, mas ele não se moveu um centímetro. — Não menospreze a mim ou aos meus sentimentos.

— Não estou menosprezando. — Ele me imprensou com mais força contra a parede, o contorno de seu pau pressionando em mim, inundando-me com necessidade. — Estou tentando te salvar!

— Me salvar? — Dei uma risada de escárnio.

— De fazer algo que não poderá desfazer.

Seu físico engolfou o meu, criando uma vontade de ser consumida inteira por ele, o desejo tão intenso que chegou a marejar meus olhos.

Seria tão fácil. Um zíper, um escorregar de tecido...

— As palavras são fáceis de apagar. De negar depois por causa das circunstâncias emocionais. — Ele se afastou só um pouquinho, e na mesma hora meus quadris se impulsionaram para frente, desejando sentir a sua fricção. — Ações são mais difíceis de ignorar.

Ele deu outro passo para longe de mim. Eu me senti vazia. Fria. Ele estava tentando me proteger. Eu entendia isso, mas me sentia fora de controle. Não me preocupei com o que era certo ou errado. Sensatez ou tolice. Esse sentimento parecia mais importante do que isso. Se eu não agisse agora, jamais agiria. Eu me tornaria um robô na minha própria vida.

Com a mão apoiada em seu peito, eu o empurrei contra a parede, meus batimentos pulsando nos ouvidos.

Ele bufou pelo nariz, me observando enquanto eu ficava na ponta dos pés.

— Spencer — ofegou ele. Um último aviso.

Minha boca roçou a dele, mordiscando de leve seu lábio superior. Um estrondo profundo escapou dele, as mãos agarraram minha nuca, seus dedos afundando rudemente, e desencadeando uma onda de eletricidade pelo meu sangue. Ele segurou meu rosto por um instante, o olhar faminto e austero.

Sua boca desceu na minha. Brutal. Exigente. Feroz. Ardente. Tudo em mim explodiu. Eu queria mais. Queria que ele me consumisse inteira. Destruísse o que restou.

Bumbumbum.

O estrondo sacudiu o pequeno lugar, e a porta se abriu, inundando o armário escuro com uma luz forte. Estremeci com a violência.

— Estou com eles — um membro da equipe de emergência, segurando um pé-de-cabra, gritou por cima do ombro, sorrindo. — Estão bem.

— Milady? Lennox? — Dalton apareceu logo atrás do homem. — Vocês estão...

Ele parou, seu olhar intercalando entre nós dois, e fechou a boca na mesma hora.

Puta merda.

Lennox se afastou de mim de pronto, virando-se para a porta, os ombros se expandindo ao entrar no modo guarda-costas.

Era tarde demais. Dalton nos viu.

— Estamos bem. — A voz de Lennox soou firme. Formal. — Como estão o rei e o príncipe?

— Eles estão bem. — O olhar de Dalton permaneceu nele. — Preocupados com a Srta. Sutton, é claro.

— Com certeza. — Lennox fez sinal para eu sair primeiro, sem um pingo de emoção em seu rosto ou voz. — Milady?

Alguns membros da equipe de segurança agarraram meus braços, me ajudando a passar pelos escombros que costumavam ser a cozinha. Sangue e vísceras estavam espalhados sobre detritos, fita amarela e sacos para cadáveres, enquanto a polícia e funcionários do governo rastejavam parecendo formigas sobre cada centímetro. Olhando para um corpo sendo fechado em um saco de necrotério, percebi como tive sorte. Eu estaria em um desses se Lennox não tivesse nos escondido em um depósito?

Um paramédico esperava por mim do outro lado da sala para me examinar.

— Fico feliz em ver que você está bem — disse Dalton, para mim, a atenção passando para a gravata enrolada na minha cabeça. — Theo estava muito preocupado com a senhorita. Ele queria estar aqui. Mas como sabe, ele não pôde. É o protocolo.

— Claro. — A vergonha se alojou na garganta, me espetando como se fosse uma almofadinha de alfinetes, embora não pudesse lutar contra a leve irritação irracional com o fato de ele não estar aqui. Sabia que sendo o príncipe, ele não podia, mas nada me impediria de estar ao lado dele se quase tivesse explodido em pedaços. Com protocolo ou não. — Obrigada.

Ele cerrou a boca, com uma pincelada de amargura, mas estranhamente não parecia com uma crítica, o que me fez sentir pior.

— Os paramédicos estão esperando para levá-la ao hospital.

— Estou bem.

— É o procedimento. Não importa como se sinta, a família real precisa ser liberada por um médico.

— Não sou da família real.

Dalton abaixou a cabeça.

— Você mora com eles.

Merda. Enfiem logo um punhal no meu coração.

Segui em frente, entorpecida, permitindo que os paramédicos me colocassem em uma ambulância e me levassem para um hospital.

— Senhora? — Uma mulher na parte de trás se inclinou sobre mim, a preocupação marcando o seu rosto. — Por que você está com cheiro de água sanitária? Ingeriu alguma coisa?

— Não. — Comecei a rir, segurando a gravata que ela havia tirado da minha cabeça, precisando de um pouco de conforto. Um relógio digital ligado a uma das máquinas piscou para mim: 12h02. Um dia depois.

Neste exato momento, eu deveria estar no escritório de Lorde William, implorando por uma trégua para a minha família.

— *Faça o que for preciso, Spencer. Porque se não conseguir, ou tentar me enrolar e contar algo ao seu noivo, não somente revelarei os problemas financeiros de sua família à imprensa, e deixe-me dizer que nem todas as medidas de sua família foram legais, mas também exporei seu caso com o guarda-costas.*

Caí na risada. Enlouquecida. Descontrolada.

— *Não existe um caso!*

Era como se William visse o que estava por vir.

Premeditado...

A reviravolta cruel e irônica.

CAPÍTULO 3

A intravenosa me reidratando gotejava em minhas veias, os sons abafados da equipe médica e pacientes no corredor martelando na minha mente semiconsciente. A exaustão abafava as incessantes lamúrias de Heidi em seu celular no canto, os saltos clicando no piso para frente e para trás conforme fazia malabarismos com ligações e e-mails.

Eu estava em um quarto particular chique, longe de civis "normais", localizado na seção privada do hospital. O palácio real enviou minha assistente e outros funcionários do departamento de relações públicas para "administrar" a situação. Entendi que Theo também não poderia vir ao hospital. Seria um pesadelo logístico para todos, mas o buraco no meu peito não dava a mínima para isso. E a forma como Heidi me tratava, como se o fato de eu ter me ferido fosse um grande incômodo para o palácio, não melhorou a situação.

A princípio, não pude fazer nada além de assistir ao noticiário na grande tela plana na parede, o massacre se repetindo na televisão. As reportagens eram exatamente o que Lennox disse: homens-bomba tentando derrubar o cruel ditador que governava suas terras.

Eles conseguiram?

Carma parecia proteger os verdadeiramente maus, acabando com os que estavam ao redor. Seu líder podia estar ferido, mas saudável a ponto de já estar em um jato particular voltando para seu país. Ele sobreviveu enquanto quase todos ao seu redor – funcionários inocentes do hotel e seus próprios guarda-costas – foram mortos.

Vinte e sete vidas se foram. E com que facilidade Lennox e eu poderíamos ter sido adicionados à lista.

Só mais alguns segundos, e poderíamos estar mortos...

A tensão apertou o meu peito, e o pavor me fez remexer na cama, inquieta.

O médico disse que eu parecia bem, e estava em estado de choque, mas fisicamente bem. Ele ainda queria me manter internada até que todos os resultados ficassem prontos, sem querer correr o risco de me liberar prematuramente e depois encontrar algo errado. A imprensa o comeria vivo por arriscar a vida da namorada do príncipe.

Os noticiários fervilharam com a história da família real fazendo parte desse ataque terrorista, e ainda mais depois que souberam que fiquei presa lá dentro. Até imagens minhas sendo colocada na ambulância, eles conseguiram. Eles se regozijaram com o drama suculento que foi me ver soterrada nos escombros do hotel. De repente, eu me tornei a notícia mais comentada.

A queridinha da mídia.

— Não, ela não dará uma entrevista exclusiva para o seu jornal quando no outro dia você a chamou de "Princesa Impostora"! — O tom esnobe de Heidi soou alto no quarto. — Acho que esta é uma lição para vocês tomarem cuidado com o que escrevem a respeito da família real. — Afastou o celular para longe da orelha, balançando a cabeça. — Cretino.

E, na mesma hora, tocou de novo com outra ligação.

— Celina — atendeu ao telefone, com a voz fina. — Como vai, querida? — Seu tom mudou totalmente, escorrendo falsidade de puxa-saco. — Eu sei. Tão heroico. O que ela passou foi aterrorizante, épico e de partir o coração. Que matéria fabulosa para a *Harper's Bazaar*, não acha?

Argh. Rolei de lado, ficando de costas para ela na tentativa de calá-la.

— Saia. — Uma voz profunda trovejou da porta, às minhas costas; meus olhos se arregalaram, mas não me mexi, paralisada ao ouvir o tom exigente de Lennox.

— Celina, pode me dar um minuto? Obrigada. — Heidi falou com gentileza com a mulher do outro lado da linha, porém, um segundo depois, seu tom mudou: — Você não manda em mim. É um guarda-costas e, certamente, não me dá ordens.

— Mando, sim, se tiver a ver com o bem-estar dela. — Eu não precisava vê-lo para saber que sua expressão estava tensa, pois a raiva zumbia no ar. — Converse em seu telefone lá fora.

Não foi uma sugestão.

Eu a ouvi bufar, os saltos clicando no chão à medida que saía porta afora, sua voz continuando no celular no corredor.

Meu coração batia forte no peito, nenhum músculo se moveu, e tentei manter a respiração uniforme.

Ele entrou no quarto, e pude senti-lo olhando para mim, seu olhar perfurando minhas costas, formigando a pele. Era impossível ignorar sua presença, tentar negar o que havia acontecido entre nós. Ele tinha razão. Palavras poderiam ser descartadas, alegando que a situação intensa me fez falar coisas que não eram verdadeiras – e ele me deu todas as chances de parar. Mas eu caí de cara. Fui eu quem o pressionou.

— Mas que merda você está fazendo? — Dalton murmurou, baixinho, da porta. Cerrei a mandíbula na mesma hora.

— Meu trabalho — respondeu Lennox, sem rodeios. — Ela ainda é minha responsabilidade, não é?

— Sim.

— Sou responsável pela segurança dela.

— Não me venha com as suas baboseiras, Lennox — Dalton disse, de pronto. — Pode mentir para si mesmo, mas não para mim.

— O quê? Agora você me conhece?

— Sim, conheço. Admito que não gostei de você no início, mas isso mudou. Eu te respeito, Lennox... demais para deixar você fazer isso consigo mesmo.

Silêncio.

— Ela está com Theo.

— Eu sei.

— Então vou te perguntar de novo. O que está fazendo?

Um suspiro profundo veio de Lennox.

— Não sei.

— Caramba, rapaz. Ela não é alguém com quem você pode brincar.

— Eu sei disso — retrucou Lennox, bravo. — Não tem nada acontecendo.

— Eu sei o que vi... e foi bem diferente de "nada".

Um grunhido frustrado rolou pelo quarto. Através dos cílios, consegui ter um vislumbre de Lennox, encostado à parede, a mão esfregando o rosto e a cabeça.

— Você precisa colocar a cabeça no lugar. Se recompor. Como se já não tivesse problemas suficientes para lidar — alertou Dalton. — Esta aqui está fora dos limites, Lennox. Sabe que me preocupo com você. E também com ela e o Theo. Nada de bom pode sair dessa história.

— E acha que quero isso? — murmurou, entre dentes. — Esta é a última coisa que eu poderia querer.

— Entendo... *acredite em mim*. Eu sei como é querer algo que não se pode ter. — Dalton respirou fundo, a declaração expressando tristeza.

Fiquei pensando se ele estava falando de Eloise. Existia mais entre eles do que ser apenas seu guarda-costas. — Mas ela não é sua, e nunca será. Precisa se conformar com isso agora. Porque vou tirar você como encarregado pela segurança dela. Ela vem em primeiro lugar. Entendeu?

— Sim.

— Sabe mesmo?

— Sim! E a proteção dela *sempre* veio em primeiro lugar. Chega a ser ofensivo que você sequer questione isso. — Ira emanava dele. — Aquilo foi um deslize. Um erro. Ela quase foi morta. As coisas ficam confusas em situações como essa. Não vai se repetir, nunca mais.

— Certifique-se para que não aconteça. Ela logo será mais do que uma namorada. Vai se tornar uma princesa. Preciso confiar que entenda que ela é completamente proibida. Isso não tem como acabar bem para você. Se até mesmo uma insinuação disso vazar e com sua situação e passado...

— Eu. Já. Entendi — soltou Lennox, ríspido, fervendo de raiva.

Mais alguns instantes de silêncio.

— Já foi examinado? Esse corte parece ruim.

— Estou bem. Não foi o primeiro bombardeio pelo qual passei.

— Se precisar conversar com alguém...

— Eu disse que estou bem.

— Tudo bem — respondeu Dalton, ainda cético. — Theo me queria aqui, de qualquer maneira. Vou ficar de olho nela. Por que não dá uma volta?

Lennox começou a falar algo.

— Isso não é uma sugestão — interrompeu Dalton, severo. — Dê uma volta. Vá visitá-la. Reveja as suas prioridades e coloque a cabeça no lugar.

Visitá-la?

Lennox suspirou, murmurando baixinho:

— Me ligue se alguma coisa mudar.

— Okay.

— Mesmo se encontrarem um arranhão que não viram antes.

— Pode deixar. Agora vá.

Lennox grunhiu baixo, os sapatos ecoando no piso, desaparecendo aos poucos.

Deslize. Erro.

Pontadas de rejeição e mágoa retorceram em meu peito, e fechei os olhos. Eu me arrependi de beijá-lo, agora que estávamos de volta ao mundo real? Eu queria aquilo. Quero dizer, queria mesmo. A culpa me consumia, mas não podia negar que se voltasse a acontecer, eu faria de novo. Torcia para que meus sentimentos mudassem assim que saíssemos dali, mas como a maioria das verdades, assim que viesse à tona, não desapareceria.

Eu sentia algo por Lennox, sentimentos que não podiam ser deixados de lado.

Amava Theo, mas algo havia despertado dentro de mim, e eu achava que não era capaz de voltar atrás. Como se eu tivesse vivido anos naquele armário, saí de lá como uma pessoa diferente, e percebi que meus sentimentos por Theo podiam não ser suficientes.

Do que eu precisava desistir pode ser um preço muito alto para mim.

— Spencer! — Meu nome foi berrado durante a noite como um cântico de guerra, alojando o medo no fundo do peito. A relações públicas do palácio me mostrou alguns tópicos, me incentivando a falar com a imprensa e mostrar como eu era incrível e forte.

Eu me sentia tudo menos isso.

Fracas e trêmulas, minhas pernas vacilaram nos saltos que Heidi me trouxe, esfregando contra a pele ferida das solas dos pés. A equipe de RP havia enviado um traje completo para que eu usasse ao sair do hospital, para que parecesse recomposta diante das câmeras se amontoando do outro lado da rua, registrando e gravando cada um dos meus movimentos.

Dalton lançou uma olhada na minha direção, e me colocou direto no carro, deixando Heidi borbulhando de irritação à margem para lidar com os *paparazzi*.

— Obrigada — sussurrei quando ele me acomodou, seus empáticos olhos castanhos da cor de café, encontrando os meus.

— Você não precisa lidar com isso. Pelo que passou... precisa ir para casa e se sentir segura. Além disso, ele me mataria se eu deixasse qualquer um daqueles sanguessugas chegarem perto de você. Ele me disse para te levar direto para casa.

— Quem te mataria? Theo?

— Não. — Dalton desviou o olhar. — Não estou falando do Theo.

— Ah.

Eu não perguntei onde Lennox foi, mas fiquei procurando por ele o tempo todo, queria vê-lo, e foi exatamente por isso que não perguntei. Dalton estava certo, não ia acabar bem. Para nenhum de nós.

No caminho de volta para a casa, carros e motocicletas nos perseguiram, tentando tirar fotos minhas, e a perseguição implacável só acabou quando entramos com o SUV na garagem privativa.

Theo desceu as escadas assim que Dalton abriu a porta do carro, me ajudando a sair do veículo.

— Estou muito feliz por você estar bem. — Os braços de Theo me envolveram com força. — Estava ficando louco aqui, sem poder ir até você. — Ele agarrou meu rosto, inclinando-o para trás. Eu me encolhi quando suas palmas esfregaram minha pele sensível. A explosão causou uma queimadura na pele, que estava começando a aparecer. — Sabe que eu queria estar lá, né? Mas o protocolo...

Estava começando a odiar essa palavra.

— Eu sei. — Acenei com a cabeça, tirando suas mãos do meu rosto e dando um passo para trás.

— Não tem noção de como estava com medo, sabendo que estava lá quando a bomba explodiu. A ideia de que algo estava acontecendo com você... — Ele me puxou de volta, me esmagando em seu peito, os lábios roçando no cabelo. — Eu te amo tanto, Spencer.

Ao ouvir sua declaração, senti dor no estômago. Achei que vê-lo faria eu me sentir melhor. Reorganizar tudo na minha cabeça. No meu coração.

Voltar ao normal.

Voltar a estar apaixonada.

Sabia que precisávamos conversar, mas naquele momento, a exigência de fechar os olhos e dormir por dias tomou conta de tudo. O trauma pelo qual meu corpo passou realmente se instalou, a adrenalina se esgotando. Meus ossos doíam, a cabeça latejava, a pele ardia e os músculos gritavam de agonia.

O médico me liberou com analgésicos potentes e seu número pessoal para ligar, caso eu começasse a me sentir pior. Ele queria me manter no hospital durante a noite, mas Heidi disse que o palácio me queria em casa. O médico particular da família real estaria de plantão para mim.

Eu queria ir para casa. Mas para a *minha* casa. Para *a minha* família.

— Preciso ligar para os meus pais. — Voltei a me afastar de Theo, todos os lugares onde ele tocava doíam, e subi as escadas. Ele segurou o meu cotovelo, andando perto de mim, me deixando irritada e claustrofóbica.

— Fiz meu assistente ligar para eles, os mantendo informados. Eles queriam vir imediatamente, mas nós os convencemos de que você estava sendo bem cuidada e que era desnecessário. Eles vão vê-la amanhã, de qualquer maneira.

Amanhã?

— Spencer! — gritou Eloise, assim que entramos no palácio, seu corpo colidindo com o meu. — Nossa, estávamos tão preocupados. Você está bem?

Estremecendo ao seu toque, ela recuou na hora.

— Ah, desculpa.

— Está com dor? — Theo segurou a minha mão.

— Claro que está, idiota — Eloise o repreendeu. — Ela quase explodiu.

— Bonito, El. Achei que não mencionaríamos o assunto.

— Como se ela não soubesse que esteve em um atentado, não é?

— Não! — esbravejou ele. — Que ela quase foi morta.

Eles brigaram, e eu passei por eles, subindo as escadas e pegando o corredor em direção ao meu quarto.

— Spencer! — Theo me chamou.

Eu me desliguei. Arrancando o vestido maldito que estava usando, fui direto para o banheiro, abrindo o chuveiro. Sangue e detritos ainda pintavam as pontas do meu cabelo, mesmo depois que a enfermeira o limpou.

— Posso te ajudar em alguma coisa? — Theo me seguiu, a mão passando pelo meu cabelo emaranhado e pelas minhas costas, sua voz baixa. — Tenho que me encontrar com uma pessoa em dez minutos, mas posso ficar um pouco com você, se quiser.

— Não. — Eu soava fria. Distante.

Uma terapeuta foi ao meu quarto, mas eu disse a ela que estava bem. Depois de um tempo, ela desistiu, mas me avisou que poderia sofrer algum transtorno de estresse pós-traumático e deveria ligar para ela.

Neste instante, não sentia nada.

— Vá para o seu compromisso. Só quero dormir.

— Tem certeza?

— Sim. — Forcei um sorriso, acariciando seu peito. — Vá. Vou ficar bem.

Suas sobrancelhas franziram.

— Tudo bem, mas voltarei assim que puder, tá?

Concordei com a cabeça, cansada demais para dizer qualquer outra coisa.

— Está bem. — Ele beijou minha testa, saindo do quarto. — Volto logo... eu te amo.

Minha boca se contraiu. Não podia dizer isso de volta, e ele pareceu não notar.

Esfregando o corpo e o cabelo, tentei evitar que meus pensamentos vagueassem, de ver rostos, ouvir gritos... e dele.

Vestindo a coisa mais aconchegante que consegui encontrar, precisando de conforto, rastejei para debaixo do edredom fofo e, de bom grado, deixei o sono me levar e me enterrar sob a dor.

Estava em uma sala, pessoas circulando ao meu redor, mas eram um borrão, sem rostos distintos. Todos inconscientes do que estava por vir, mas eu sabia.

Tinha que avisá-los.

Salvá-los.

Não conseguia me mover.

Virando a cabeça, Lennox olhou para mim, minha voz presa na garganta, a língua enrolada.

Não importava o quanto tentasse, minha boca não funcionava, triplicando o horror borbulhando no peito.

O desespero para protegê-lo trouxe lágrimas aos meus olhos, mas as palavras não saíam.

Pânico.

Terror.

Quanto mais eu tentava gritar, me mover, mais tentáculos me envolviam, me segurando. Estava prestes a acontecer; podia sentir.

BUM!

A bomba destruiu o grupo.

Lennox! Gritei seu nome quando gritos guturais encheram meus ouvidos, destruindo a minha alma. Conseguia ouvir cada morte, sentir na alma, mas não podia fazer nada além de observar.

Sangue, vísceras, rostos mutilados, corpos divididos ao meio. Pilhas deles me cercavam. Eles estenderam a mão para mim, arranhando e chorando para que eu os ajudasse, suas expressões pensativas do porquê sobrevivi e eles haviam morrido.

Lennox!

Onde ele estava? Eu o havia perdido, o que me deixou mais frenética e aterrorizada, procurando em todos os lugares, rastejando sobre corpos para encontrá-lo.

Lennox!

— *Spencer!* — *Meu nome ecoou repetidas vezes à medida que mãos ensanguentadas se agarravam a mim. Soluçando, tentei me afastar, mas mais e mais corpos me cercavam, me agarrando. Fechei os olhos, meu grito rasgando a garganta.*

Parem! Me deixem em paz! Não me toquem! Lennox!

— *Spencer? Spencer, acorde.*

— *Socorro! Alguém ajude!* — *Uma mão me tocou, envolvendo meus braços, me sacudindo.*

— *Me soltem! Saiam. Lennox! Lennox!* — *Briguei com eles, choramingando.* — *Eu lamento. Eu sinto muito mesmo.*

— Puta que pariu! — Uma voz profunda irrompeu através dos gritos, parecendo uma luz na escuridão, e abri os olhos em um quarto escuro. — Afaste-se, Theo. Não toque nela. Ela está tendo um terror noturno. — A voz dele era baixa e tranquilizante. Pisquei devagar, os corpos ensanguentados ao meu redor se dissiparam na escuridão até que não havia nada além dele. Olhos castanho-esverdeados profundos se focaram atentamente aos meus, e sua forma grande se agachou na minha frente, vestindo só cueca boxer. — Spencer, está tudo bem. Você está bem. A salvo.

Lennox... ele estava bem. Vivo.

Naquele instante, o pânico e o terror diminuíram, como se ele tivesse o poder de desligá-los com uma palavra. Meu corpo relaxou, e um gemido de alívio escapou. O suor escorria pela testa, o coração batia descontroladamente. Tudo o que passava pela minha cabeça parecia confuso e lento, um borrão, tentando entender o que estava acontecendo. A única coisa que compreendi foi ele – uma corda me puxando de volta do nada.

— Lennox — choraminguei, minha mão estendida tocando seu rosto, precisava saber que ele era real.

— Estou aqui — disse só para mim, os dedos puxando minha mão para longe de sua bochecha, apertando-a. — Você está a salvo.

Ansiava para que ele me segurasse em seus braços, que cessasse o tremor do meu corpo, a sensação de flutuar para o nada.

— O que houve? — Ele soltou minha mão, e na mesma hora senti um pavor vibrar no peito. Ele continuou a me observar, mas a pergunta foi direcionada para alguém às suas costas, que atraiu minha atenção para a outra pessoa parada com uma calça de pijama.

Theo...

— Estava tudo bem, estávamos dormindo. Mas quando me virei e derrubei meu celular da mesa de cabeceira, ela surtou. Começou a gritar,

SOB O DOMÍNIO DA *Realeza*

me bater e se encolheu no canto. — Ele passou a mão pelo cabelo, olhando para o lado, seu tom de voz baixo. Bravo. — E chamando por *você*.

— Foi o barulho do celular caindo no chão. Na cabeça dela, foi uma explosão. — A mão de Lennox se ergueu para tocar meu rosto, mas no meio do caminho ele desistiu, desviando o olhar. — Nunca tente acordar alguém vivenciando um terror noturno. Principalmente um causado por TEPT. — Lennox esfregou o rosto, respirando fundo. Ele falou com conhecimento de causa.

— É, bem, quando sua namorada está gritando como se estivesse sendo assassinada e chamando por outro homem... — disparou Theo, tentando relaxar os ombros enquanto andava de um lado ao outro às costas de Lennox.

— Pelo amor de Deus, cara. Ela passou, há pouco tempo, por uma experiência inacreditavelmente traumática... e eu estava com ela, então, é claro que estava me chamando — retrucou Lennox, por cima do ombro. — Ela estava revivendo isso. Dê um tempo a ela. — Lennox balançou a cabeça, voltando-se para mim. — Você está bem?

— Sim. — Minha voz falhou, a pulsação ainda vibrava com a adrenalina, a experiência continuou esfregando a pele, sabendo que não era apenas um pesadelo. Aquilo aconteceu mesmo. Aquelas pessoas estavam realmente mortas. — Sou eu que ainda estou viva.

Sua expressão era de confusão com a minha declaração, mas ele balançou a cabeça em concordância, como se entendesse.

— Sim, vai demorar um pouco para superar isso. O médico arranjou alguém para conversar com você?

— Tentaram. Eu disse a eles que estava bem.

— Ninguém ficaria bem depois daquilo. Não tente ser forte. Não com algo desse tipo.

— Você faz terapia com alguém?

— Desde que voltei pela primeira vez de um destacamento.

— Ah.

— Posso te dar o nome dela...

— Vou encontrar alguém para ela aqui. Ninguém de fora do palácio precisa se envolver. — Theo veio até mim e se agachou, numa postura territorialista, o olhar focado em Lennox. Possessivo. Desafiador. — Posso cuidar disso.

— Claro. — Lennox se levantou, recuando, um nervo estremeceu na bochecha. — Então, vou me retirar. Alteza. Milady. — Curvou a cabeça em uma reverência, virou e saiu. Eu o observei sair do quarto, sentindo-me eviscerada, assustada e devastada.

Minha âncora me deixando à deriva.

— Spencer? — As mãos de Theo seguraram meu rosto, trazendo o foco de volta para ele, seu corpo pairando acima de mim.

Sufocada.

Eu me sentia presa. Não conseguia respirar.

— Estou bem. — Eu me levantei. Fadiga e dor revestiam meus ossos, meu corpo abatido.

— Você me assustou. — Ele me seguiu, colado em mim.

— Desculpa. — Sentei-me na cama, as mãos apertando o edredom, o corpo tremendo. — Vou marcar uma psicóloga amanhã.

Ele voltou a segurar meu rosto.

— Qualquer coisa que você precisar. O melhor dos melhores.

Preciso de espaço. De ar.

— Podemos falar disso amanhã? — Afastei-me do toque de suas mãos, a ansiedade me fazendo ofegar. Haveria muito o que discutir amanhã. — Só quero dormir.

— Claro. — Theo assentiu, indo para o outro lado da cama.

— Sozinha — disparei de pronto, antes mesmo de perceber o que disse.

— O quê? — Suas sobrancelhas franziram.

— Desculpa. É que só me sinto... — Olhei para as unhas dos pés se esfregando ao tapete. Vermelho-sangue em contraste com a pele pálida dos dedos. — Preciso ficar sozinha. Pode ser?

Sua raiva refletiu em seu rosto, parecendo tanto com o pai, a expressão de cara amarrada.

— Por quê?

— Theo... — Lágrimas se debatiam nos meus olhos, obstruindo a garganta, um ataque de pânico rastejando pelo meu corpo. — Só preciso de um pouco de tempo para mim esta noite. Não consegue entender isso?

— E eu só queria abraçar minha namorada... como a *maioria* das garotas gostaria. Não *consegue* entender isso? Eu quase te perdi. E acordo com você surtando e chamando o nome de outro homem. Portanto, me desculpe se estou sendo babaca... que sou tão idiota por querer te abraçar e ser aquele por quem chama.

Eu o encarei, sem saber como responder.

Ele balançou a cabeça, seguindo até a porta.

— Boa noite, Spencer. — E a fechou com força. As lágrimas começaram a cair na mesma hora.

Um soluço estremeceu no peito, e comecei a me sentir ainda pior do que antes. Culpa. Porque ele estava certo, a maioria das garotas iria querer a companhia de seus namorados.

Meu corpo tremia, e o trauma do último dia fez a bile subir do estômago parecendo um tornado. Deitei enrolada de lado, pois só queria dormir para que as memórias e a dor abrandassem.

À deriva por um momento, gritos estridentes do pesadelo fecharam os meus olhos, o pavor subindo pelas vértebras, gelando a pele com o eco de suas mortes na minha cabeça.

Não pensei. Não importava se estava certa ou errada. Precisava de uma pessoa que entendesse. Que passou isso comigo.

Era a sobrevivência. Desesperador e primitivo. A bomba dentro de mim estava tiquetaqueando, prestes a explodir em um milhão de pedaços, e tudo que eu sabia era que ele me manteria inteira quando isso acontecesse.

Saindo da cama, meus pés descalços me levaram para fora do quarto e atravessaram o corredor.

E se Hazel estivesse com ele? E se ele me mandasse embora? Esse pensamento me atingiu com um ataque de pânico quando abri sua porta, entrando no cômodo imerso em penumbra.

Meus ombros relaxaram ao avistar seu corpo rolar na cama. Sozinho.

Ele se sentou assim que entrei, em alerta, pronto para agir. Pronto para reagir a uma ameaça.

— Spencer? — Confuso, sua voz rouca lambeu minha pele, a mão esfregando seu peito nu. — O que está fazendo? Você está bem?

Praticamente, me arrastei para sua cama, o rosto contorcido de tristeza, palavras perdidas na garganta.

Sua cabeça inclinou, ele me olhou, tirando as perguntas e respostas da minha expressão. Sem uma palavra, ergueu os cobertores. Engatinhei na cama e me deitei de costas para ele, eu me encolhi enquanto ele me aconchegava junto de seu corpo. Ele colocou o braço em volta da minha cintura, me envolvendo em seu calor e proteção. Onde Theo me fazia sentir sufocada, com Lennox eu me sentia segura, como se conseguisse respirar, e ele estava pronto para lutar contra o horror que esperava às margens para atacar assim que eu fechasse os olhos.

Ele me abraçou conforme as lágrimas caíam, os rostos ensanguentados e os gritos desesperados do meu pesadelo se alastravam. Quando desaceleraram e meus ossos não tremiam mais de medo e do baque, finalmente falei:

— Continuo ouvindo os gritos... vendo rostos... — arfei. — Tento salvá-los, mas não consigo me mexer. Mesmo mortos, continuam vindo até mim, me arranhando, querendo saber por que sobrevivi, por que não os salvei.

— Sentimento de culpa do sobrevivente — murmurou. — Conheço bem.

— Os gritos vão parar?

Ele ficou quieto, respondendo à pergunta:

— Você aprende a lidar com isso com o tempo. Percebi que viver carregando a culpa não é melhor do que uma cela e é um insulto às vidas perdidas. É um ato egoísta, porque torna você o centro da dor, em vez de viver a vida que eles não puderam ter.

Assentindo, entrelacei os dedos aos dele. Gentil com os meus machucados, ele me abraçou com mais firmeza, como se eu fosse sua âncora tanto quanto era a minha, me deixando altamente consciente de seu corpo definido quase nu curvando-se ao meu. Sua ereção cutucava minha bunda, nossa pele e calor deslizando por nossos contornos, inflamando cada nervo.

Vir aqui não teve nada a ver com sexo, embora não pudesse negar que meu corpo queria. Depois de ver tanta morte, queria me perder em êxtase, o sentimento mais elevado de estar absolutamente viva.

Com ele.

A verdade a respeito dos meus sentimentos só se retorceu mais fundo no peito com a certeza. A sensação de Lennox contra o meu corpo, o fogo que estava se acumulando e prestes a explodir feito cortina de fogo. Ele estava se formando há muito tempo, quanto mais ignorava, mais crescia.

Outra percepção me atingiu, me paralisando no lugar. Até agora, jamais me senti assim.

Viciada. Obcecada.

Desejo me conduzindo além da razão e do que era apropriado ou honroso.

Com Theo, tudo era amoroso e meticuloso. Sentia adoração e amizade, mas ele não consumia meus pensamentos, fazia meu sangue ferver de raiva ou paixão. Nunca desejei Theo assim.

A emoção se formou na garganta, esmagadora e devastadora, sabendo as consequências de admitir isso. Eu não era alguém capaz de viver na mentira. Theo merecia mais do que isso.

Como se pudesse pressentir meus pensamentos, sussurrou contra o meu pescoço:

— Está tudo bem. Durma. Estou aqui. Você está a salvo.

Soltando um suspiro, eu me aconcheguei mais a ele, dominada por sua presença; a tensão no meu peito se soltava à medida que eu me rendia à

SOB O DOMÍNIO DA *Realeza*

39

sensação. Eu o senti relaxar depois de alguns momentos, acalmando meu batimento cardíaco, me protegendo das memórias.

Minhas pálpebras se fecharam e cedi à exaustão, caindo em um sono profundo.

Fui trazida do sono à consciência, meu corpo quente e tenso, a respiração ofegante. Não por medo, mas por desejo. Demorou um pouco para entender o que estava acontecendo e onde eu estava.

No quarto de Lennox.

Seu físico, colado ao meu, explodia de calor. Uma mão se encontrava por dentro da minha regata, espalmando um seio, a outra deslizou por dentro do short, os dedos acariciando pelo caminho. Mesmo dormindo, eu me arqueei contra seu toque, exigindo mais.

Meu Deus.

Cada terminal nervoso se acendeu, o desejo de abrir as pernas para perseguir o que meu corpo queria mais do que qualquer coisa, me prendeu no lugar.

Ele deslizou mais, e um gemido escapou dos meus lábios, meus quadris balançando contra ele, lentamente.

Pude dizer o momento em que ele realmente acordou, seu peito enrijecendo com um sibilo ao parar, apesar de nenhum de nós ter se afastado. Ele podia sentir o quanto eu estava molhada, com certeza, meu corpo o desejando tanto que a pele estremecia toda.

— Spencer — murmurou em meu ouvido, assustado, mas consegui perceber a indagação. A pergunta para a qual ambos sabíamos a resposta, mas nenhum dos dois queria dizer em voz alta.

Seus dedos se afastaram de mim, recuando. A perda de seu toque me fez reagir, minha mão envolvendo a dele, puxando-a de volta para mim. Ele ofegou quando a apertei contra o esterno, debaixo da regata. Ele hesitou um pouco antes do seu polegar se arrastar entre meus seios, depois, curvando-o ao redor do mamilo. A sensação era como se ele tivesse riscado um fósforo nas minhas veias.

Era como se eu tivesse tomado uma dúzia de comprimidos de ecstasy; a cabeça girava de desejo, empurrando a coerência para longe enquanto minha bunda se curvava contra sua pélvis. Um gemido quase inaudível escapou de sua garganta, o corpo se movendo automaticamente contra o meu, me queimando de desejo. Ele inalou pelo nariz, deslizando a mão do meu esterno para o pescoço, o dedo pressionando a garganta, seus quadris pressionando os meus, arrastando-se para cima de mim.

Abri a boca ao arfar, desesperada.

— Lennox.

Ele parou.

— Puta merda. — Seus lábios roçaram minha orelha. — Porra. — Seu tom era de derrota e aflição.

Fechei os olhos, sofrendo.

— Eu sei.

— Jesus. Não tem ideia do quanto quero tirar esse short minúsculo e me enterrar em você. — Minha respiração saiu ofegante, precisando assumir o controle. — Não podemos — rosnou.

— Eu sei.

— Theo.

— Eu sei. — Lancei uma olhada por cima do ombro, sentindo a vergonha esmagar meu coração.

Ele me observou, tristeza e frustração tomando conta de suas feições. Ele se deitou no travesseiro.

— Não é só ele... tem outra coisa... — Parou de falar, olhando para o teto.

— O quê?

— É... complicado.

— O que isso quer dizer?

Ele não respondeu.

Por acaso estava falando de Hazel? Estavam em um relacionamento mais sério do que pensei?

— Você quer que eu vá embora? — Meu coração acelerou só em pensar em ficar sozinha. Sem ele, senti que os mortos viriam me assombrar, tentar me arrastar para o inferno.

— Não. — Estendeu a mão para mim, me abraçando, puxando-me de volta para seu corpo, suspirando fundo. — Fique. Durma.

Aconchegando-me ao travesseiro, relaxei contra seu corpo forte, agarrando-me à bolha onde isso não era certo ou errado. Sem o mundo lá fora. Só nós. Este momento de alívio antes do amanhã.

Antes que o resto do meu mundo explodisse.

SOB O DOMÍNIO DA *Realeza*

CAPÍTULO 4

Minha mão tremeu quando servia café na caneca e tomava alguns analgésicos, a náusea revirando o estômago. Cada osso doía; cada pedaço de pele estava queimado, machucado ou lacerado. As roupas largas e soltinhas que usava ainda causavam dor quando roçaram a pele. Meu ferimento na testa doía sob o curativo. Tudo o que eu queria era subir e rastejar para a cama.

Mas não a minha.

Com um bufo, esfreguei o nariz, encarando o líquido preto. Tudo estava tão confuso, e ontem à noite só piorou.

Relutante, saí do quarto de Lennox ao amanhecer, e o deixei dormindo um sono profundo, voltando para o meu antes que alguém nos encontrasse. Eu queria ficar lá. As poucas horas tranquilas que passei deitada ao lado dele pareciam o paraíso, e acordei com sua mão na minha coxa como se ele quisesse ter certeza de que eu estava ali.

— Milady, precisa de alguma coisa? — Uma voz me causou um sobressalto.

— Puta merda — murmurei, colocando a mão no peito.

Uma empregada parou ali, o indício de irritação em seu rosto severo.

— Posso pedir para alguém servir o café da manhã na *sala de jantar*.

Ou seja, *saia*.

Eu havia cruzado uma linha invisível. A realeza não circulava nas áreas domésticas. Mas eu me sentia mais confortável aqui do que naquela sala grande e abafada, onde a rainha e o rei estariam, junto com Eloise e Theo.

Eu estava evitando todos eles agora.

— Não. Estou bem aqui. Obrigada. Só vou tomar café hoje. — Eu ainda estava muito enjoada para comer qualquer coisa.

Ela me deu um sorriso forçado quando fez uma mesura com a cabeça, saindo da cozinha.

Virando-me de costas, respirei fundo, querendo que os analgésicos fizessem efeito, junto com um pouco de coerência e de sanidade.

Hoje seria uma porcaria de dia.

— Está se escondendo aqui? — Áspera e grossa, sua voz ecoou às minhas costas e apertou tudo por dentro. Meus dedos se curvaram ao balcão, e meu corpo começou a latejar em reação à sua presença, me deixando afogueada.

Como não percebi antes? Ou neguei isso?

— Jesus — suspirei, o coração batendo descontrolado. — Será que as pessoas não vão parar de me assustar esta manhã?

Ele ficou bem atrás de mim, me forçando a olhar por cima do ombro. Que erro.

Meus dentes rangeram ao vê-lo. Vestido em seu terno, o cabelo úmido do banho, seu corpo exalava o cheiro do sabonete – masculino e intenso. Estava tão sexy, mesmo coberto de hematomas e curativos cobrindo os cortes mais profundos, também. A vontade de erguer o braço e tocá-lo, beijá-lo, me fez virar para frente, e engoli com muita dificuldade.

— Me incomodou — disse, baixo, murmurando em meu ouvido.

— O quê?

— Acordar com a cama vazia. — Senti sua respiração soprando em minha nuca. — Ainda mais por você não estar nela.

O nó na garganta quase me impediu de respirar direito.

— Lennox.

— Eu sei. — Recuou um passo. Meu instinto era de diminuir a distância, mas me mantive concentrada no balcão, tamborilando as unhas contra a caneca de porcelana. — Não tenho direito de dizer isso a você.

Talvez não, mas não excluía o fato de que eu queria ouvir, ou queria que ele se sentisse assim. Ansiava por sentir sua pele contra a minha, não interromper o que poderia ter acontecido na noite passada.

— Acho que deveria parar de trabalhar aqui.

— O quê? — Eu me virei de supetão, arregalando os olhos. — Por quê?

— Por que você acha? — Ele inclinou a cabeça.

— Você não pode sair.

— Não posso ficar. — Aprumou a postura, enfiando as mãos nos bolsos. — Theo é um cara legal. Ele merece alguém em sua equipe que tenha as melhores intenções.

— E você não tem?

— Não. — Seus olhos castanho-esverdeados me encararam intensamente, deixando-me nervosa. A tensão percorreu o ambiente, e esqueci todo o resto. — Não tenho, sem dúvida alguma.

Engoli em seco diante da sua implicação, o coração batendo forte.

— Vai ser melhor comigo longe daqui.

— Não para mim — disparei, antes que pudesse pensar.

— *Ainda mais* por você. — Ele olhou para o lado. — Eu não... não posso... — Pigarreou. — Você terá uma boa vida com ele.

— E se não for o que eu quero? — sussurrei.

Sua cabeça virou de uma vez para mim.

— O que você quer?

Você. Pesou na boca, mas não passou pelos lábios, o medo marcando a língua.

Ele me observou por um momento, então baixou o olhar, balançando a cabeça.

— Não importa. Isso... — Gesticulou entre nós. — Não é sequer uma opção. Vou pedir demissão dos serviços de Sua Majestade. Será melhor para todos no final... e, em breve, você nem vai se lembrar de mim.

— Impossível. — Eu me afastei do balcão, invadindo seu espaço pessoal. Suas narinas dilataram, mas ele não se moveu. A memória de seus dedos deslizando através de mim, a ereção pesada contra o meu corpo, me consumiu. — Não quando tudo que consigo pensar é em você.

— Spencer... — Sua voz desvaneceu.

— Você está certo, Theo merece coisa melhor. De mim, também. — A vontade de tocá-lo fez minha mão pressionar seu torso, fazendo com que eu me lembrasse de como era sentir sua pele contra a minha. Seus músculos contraíram sob a minha palma. — Vou contar a ele hoje.

— Como é que é? — ofegou.

— Acabou.

— Tem certeza disso? — Ele se inclinou para frente, nossas bocas só a poucos centímetros de distância. — Não sou o cara certo... mesmo se eu quisesse ser. Não posso. Tem coisas que você não sabe.

Não tinha muita certeza ultimamente, mas havia uma coisa que eu tinha: eu me importava muito com Theo, e ele merecia alguém que o amasse sem hesitar. Alguém que fosse completamente obcecada e o desejasse com paixão.

— Achei você. — A voz de Theo me alcançou da porta. Travada de medo, não conseguia me mover, pânico arregalando meus olhos. Estávamos perto demais, minha mão ainda o tocava...

Os reflexos de Lennox eram como os de um gato, movendo-se num piscar de olhos, a mão cutucando o curativo na minha testa, agindo como se estivesse prendendo no lugar.

— Pronto. Tudo certo. — Ele esfregou as mãos, dando um passo para trás. — Precisa manter com a pomada se não quiser que forme uma cicatriz.

Theo se aproximou de nós, o olhar cauteloso passando entre nós.

— Você está bem?

Concordei com a cabeça, os dedos tocando o curativo, com cuidado.

— Minha formação médica no campo sempre assume o controle. — Lennox fez um gesto para mim.

O queixo de Theo se contraiu, mas acenou com a cabeça, sem responder.

— Bem. — Lennox baixou a cabeça em uma mesura. — É melhor eu começar a me movimentar. Dia cheio. Vejo vocês dois mais tarde. — Girou, saindo e deixando nós dois a sós.

Constrangedor. Tenso.

Soltei a respiração, e o encarei, o nó obstruindo minha garganta, ciente do que estava prestes a fazer. Não podia negar que um grande pedaço do meu coração e da cabeça estavam gritando: *"Mas que merda você está fazendo? Você é idiota?".*

Sim. Devo ser. Mas por mais que eu amasse Theo, não era suficiente.

— Como está se sentindo hoje? — Ele se aproximou de mim, apertando meus bíceps, os olhos procurando as marcas de queimadura no meu rosto. — Você parece um pouco melhor. Dormiu um pouco?

— Theo...

— Deixe eu falar primeiro. — Suas mãos apertaram meus braços, e tentei não estremecer de dor. — Peço desculpas. Fui mesmo um imbecil. Não deveria ter dito aquelas coisas ontem à noite. Depois do que passou... — Ele parou um instante, olhando para mim. — Fui egoísta. Fiquei com tanto medo. Pensar em te perder...

Um tsunami de vergonha me atingiu, marejando meus olhos.

— Theo, pare...

— Eu te amo tanto.

— Theo.

— Quero que esqueça isso, e que sigamos em frente.

— Esquecer? — Eu me inclinei para trás, afastando-me de seu toque, perplexa, e baixei o olhar.

— Tudo. Nossa briga. O acontecido. — Ele ignorou a palavra como se não fosse nada. — Não vale a pena insistir. Há tanta coisa boa pela frente.

Esquecer? Ainda sentia o gosto dos destroços e sangue na língua. Jamais seria capaz de esquecer as vísceras manchando minhas roupas, os sons dos gritos, o poder da explosão rasgando minha pele, os lamentos quando o prédio desmoronou. Pode ter sido somente por segundos, mas eu podia ouvir, ver e sentir cada segundo como se fossem anos.

Não haveria esquecimento.

— Não posso simplesmente esquecer, Theo. — Eu me afastei ainda mais. Com nojo. Raiva.

— Não é como se eu não tivesse estado lá. Também passei por isso.

— Passou por isso? — repeti, boquiaberta. Ele estava a dois cômodos de distância e foi escoltado de volta ao palácio, sem ver ou experimentar nada além dos tremores no chão. Vinte e sete pessoas estavam mortas, e havia mais internados na UTI que talvez nunca mais acordassem ou voltassem a andar. Eu fui uma das sortudas, mas ainda estaria marcada e assombrada pelo resto da vida. — Está falando sério?

— Desculpa. — Ele estava nervoso, movimentando os pés, inquieto. — Soou do jeito errado. Sei que não foi exatamente a mesma experiência — soltou, irritado. — Só acho que hoje precisamos comemorar as coisas boas. E nos divertirmos no baile de gala, hoje à noite.

— Baile? — Dei um pulo, piscando repetidas vezes, o medo escorrendo pela minha garganta.

— Aniversário do meu pai. Você sabe que é hoje à noite.

Não.

Não. Não. Não. Não.

O aniversário do rei não era apenas uma festa, era o maior evento do ano. Vestidos de gala, *smokings*, celebridades e políticos. A nata da sociedade. Tanta pompa e circunstância acabavam com qualquer diversão, embora as pessoas fossem capazes de matar por um convite.

— Hoje à noite? — implorei para que dissesse que estava brincando. — Não posso...

— Não seja boba. Você tem que ir. — Theo franziu o cenho. — Dá para imaginar o que as pessoas diriam ou pensariam se você não estivesse lá?

— Que quase explodi pelos ares?! — Tentei abrir os braços, estremecendo com o movimento, o Vicodin que os médicos me deram não aliviou as dores por completo. A pele parecia ter sido arrastada por uma estrada, os ossos e músculos doíam, minha energia mal beirava a superfície.

— Mesmo em caso de morte, minha avó exigiria nossa presença. — Ele sorriu. — Nós, da realeza, somos mantidos por padrões distintos. Nós aparecemos. Imperturbáveis e tudo mais. — Ele afastou uma mecha do meu cabelo comprido do rosto, colocando-a atrás da orelha, seu polegar roçando o machucado na bochecha. — E você faz parte disso. Cubra as feridas, coloque um vestido bonito e sorria.

Isso pareceu tão triste.

— Theo. — A certeza alimentou a minha voz ainda mais. — Precisamos conversar.

Ele se afastou, contraindo os lábios.

— Sobre o quê?

Passando as mãos pelo cabelo, suspirei.

— Nós.

— Será que isso não pode esperar? — Ele olhou para o relógio. — Tenho muito o que fazer antes do baile.

— Não. Acho que não pode. — Respirei fundo de novo. — Acho que eu não deveria ir hoje à noite... como sua namorada.

A frase soou estranha e tensa.

— O quê?

— Você sabe que eu te amo. — Retorci as mãos, nervosa. — Só não sei se é suficiente.

— Mas que merda é essa que está falando? — Na mesma hora, a raiva fervilhou em sua voz. — O que quer dizer com "não é o suficiente"?

Merda, isso era difícil.

— Acho que não consigo fazer parte deste mundo. — Gesticulei ao redor. — Não estou feliz.

— V-você não está feliz — soltou, irado.

— Gosto de você. Muito. Mas com toda a honestidade, acho que não sou uma boa escolha para você. Quero dizer, não percebe? Somos muito jovens e toda essa pressão para sermos mais... acho que mergulhamos nisso muito rápido.

— Não acredito. — Ele balançou a cabeça. — Você sabia! — Apontou o dedo para o chão, bravo. — Sabia no que estava se metendo comigo! Perguntei se queria ficar comigo.

— Com você, sim, mas é todo o resto que achei que seria capaz de dar conta. Mas não posso. Não fui feita para ficar ao seu lado e sorrir.

Ele andou pela cozinha, seus movimentos irritados e tensos.

— Mas quanta conversa fiada! De onde saiu isso? Você estava bem há alguns dias.

— Na verdade, não estou bem desde que me fez mudar para cá sem nem me perguntar — contra-ataquei. — Mas enfrentei tudo, sorri e fiquei quieta para tornar isso mais fácil para você. Coisa que não sou. Não sou essa garota, mas sabia quanta responsabilidade foi colocada em você. O que não significava que meus sentimentos e minha vida deveriam se tornar obsoletos.

— Sua vida nunca se tornou obsoleta!

— Não?

— Poderia fazer todas as coisas de animais de que gosta. Pode fazer quantos projetos de caridade quiser.

— Coisas de animais. — Cerrei a mandíbula.

— Não foi o que quis dizer...

— Pare. — Ergui a mão. — Não estou dizendo que dar jantares beneficentes não é importante... mas não é o que quero fazer. Quero participar. Colocar a mão na massa, estar completamente envolvida. Essa é a minha paixão, não algo paralelo.

Theo colocou as mãos nos quadris, olhando para o chão.

— Eu lamento muito — resmunguei. — Não quero te machucar, mas depois do bombardeio, as coisas parecem diferentes para mim. E acho que se ficássemos juntos, acabaríamos nos ressentindo um do outro. Não quero isso para nenhum de nós.

Ele contraiu a mandíbula, permanecendo em silêncio.

— Vossa Alteza? — O assistente de Theo parou à porta. — Seu pai está esperando por você.

— Sim, claro. Já estou indo.

Ele se curvou e se afastou.

— Preciso ir. — Theo deu um passo, e olhou atentamente no meu rosto. — Descanse um pouco, e conversaremos a respeito disso mais tarde, tudo bem? Preciso de você ao meu lado esta noite. Sua família estará aqui... nossos amigos. Por favor.

Concordei com um aceno.

A emoção atravessou seu rosto antes de se virar e sair.

Esperava me sentir um lixo depois, ou pelo menos, mais segura por ter dito o que precisava. Foi o contrário, tive uma profunda sensação de pavor... como se, de alguma forma, o destino tivesse outros planos para mim.

CAPÍTULO 5

— Está fora de questão, você não comparecer ao baile. Esta noite é *extremamente* imprescindível. — Chloe estava no meio do meu quarto, a expressão de pânico deixando o seu rosto tenso. Ela estava, particularmente, nervosa e estressada com este evento. — Esta noite precisa ser *perfeita*. Tudo foi coreografado e organizado nos mínimos detalhes.

— Eu sei. — E estava tentando me esforçar, mas quanto mais a noite se aproximava, mais meus ossos queriam desmoronar em um montinho. — Achei que talvez pudesse sair mais cedo às escondidas? Ninguém vai notar.

— Todos irão notar! — gritou ela, erguendo os braços, mas logo se recuperou, respirando fundo. A mulher nunca ficava perturbada, sempre pronta para responder com calma. — Todos os olhos estarão em você. As pessoas querem te ver. Será uma publicidade ótima mostrar quão resiliente e forte você é. Vai fazer maravilhas para o seu carisma. A mídia vai adorar, assim como o público. E é a maior festa do ano. Você irá embora quando Theo for.

Carisma. Foi tudo o que ouvi, tudo com o que todos pareciam se importar. Com a minha imagem. Meu "carisma" com a imprensa e o público. Minha mãe tocou no assunto quando falei com ela ao telefone. Até Eloise havia dito isso quando me visitou mais cedo.

— Ainda machucada após um evento tão traumático só há poucos dias, você aparecerá deslumbrante e resiliente, mostrando a eles exatamente do que é feita. Você está provando que é uma de nós. Uma verdadeira nobre. Eles vão te amar. — Quando Heidi entrou, Eloise saiu correndo do meu quarto para se arrumar, a verdade grudada na minha língua.

Minha assistente andava com altivez pelo quarto parecendo um pônei adestrado, instruindo o maquiador e o estilista. Minha falta de entusiasmo em ficar o tempo todo no baile a fez pedir reforços. Chloe voltou para o quarto e não me deixou falar uma palavra antes de me dizer que sob nenhuma circunstância eu deixaria de ir... mesmo se estivesse acamada.

SOB O DOMÍNIO DA *Realeza*

— Esta noite é muito especial e, para ser honesta, é uma oportunidade perfeita. Nem eu seria capaz de ter comprado esse tipo de publicidade. — Chloe deu um tapinha em seu elegante rabo de cabelo loiro.

— As pessoas estão mortas. — Cerrei os punhos. — Famílias em toda a Grã-Victoria estão de luto por aqueles que perderam... isso não é uma jogada publicitária.

— Não podemos mudar o que aconteceu. Lamento por essas pessoas. Do fundo do coração. É horrível, mas não significa que algo bom não possa sair disso. — Chloe tocou em seu ponto no ouvido, sua atenção já não mais em mim. — Diga. O quê? Está falando sério? Eu disse a eles que suas credenciais foram canceladas para este evento! Como se atrevem a presumir que podem entrar depois de toda a imprensa negativa? — gritou, saindo do quarto.

— Spencer? — Heidi indicou a cadeira que colocaram no quarto, onde a maquiadora já me aguardava. — Já estamos atrasadas.

Depois de ser arrumada, cutucada, importunada, depilada e afofada, fui selada em um vestido requintado. Parecia haver um cuidado extra com a aparência para este evento; Heidi continuou dizendo a eles que eu precisava de algo mais. *Imagem perfeita*, ela não parava de dizer. De pé no espelho, olhei para o meu reflexo, quase irreconhecível. Uma boneca. A maquiagem pesada tentou esconder os machucados, o cabelo ligeiramente cacheado às costas, e adornado por joias da família real escolhidas a dedo. As camadas sombreadas de tule lilás caíam em cascata até o chão, o corpete de lantejoulas em forma de coração brilhando à luz. Bonito por fora, mas irritava minha pele e comprimia as costelas como um arame farpado.

— Nós temos que ir. — Heidi estalou os dedos. — Theo está esperando.

Cambaleei nos saltos altos, rangendo os dentes por causa das punhaladas dolorosas que cada movimento provocava. As pessoas zumbiam ao meu redor, conversando, os estilistas ainda mexendo comigo. Os analgésicos aliviaram um pouco para que conseguisse respirar, mesmo agonizando, e continuasse.

Theo esperou por mim perto da divisa entre a residência e o palácio, bonito em um *smoking*, o cabelo perfeitamente penteado.

Seus olhos se arregalaram e um sorriso enorme se formou no rosto.

— Você está linda. — Estendeu a mão para mim, beijando meu rosto.

— Obrigada. — Retribuí com um sorriso tenso. Tudo parecia estranho e errado. Tentando aliviar a tensão entre nós, eu disse: — Eles não me deixaram usar meu agasalho. Apesar de que quase consegui esconder meus tênis por baixo do vestido.

— Dá para imaginar se a imprensa te flagrasse usando os tênis? — Ele balançou a cabeça, não mordendo a isca. — Desastroso.

Franzi o cenho, sem entender. Minha escolha de calçado seria horrível? Ele estava falando sério? Depois do bombardeio... isso era desastroso?

A sensação que eu tinha era a de estar à beira da realidade e da fantasia. Como era fácil, para mim, escorregar para onde também pensaria que tirar uma foto minha de tênis seria "desastroso". Onde meu senso de prioridade estaria tão distante que não conseguia mais me relacionar com pessoas lutando por comida, moradia, emprego. Lavar a própria roupa ou comprar as próprias roupas seria um conceito estranho.

Olhei para Theo, de verdade. Quando foi que isso aconteceu? Que sequer percebi que o garoto que eu amava na escola não era o cara na minha frente? Costumávamos brincar e rir, desmascarar as merdas superficiais que era a realeza. A razão pela qual eu me apaixonei foi que ele parecia enxergar através disso.

Agora eu não conseguia nem me lembrar da última vez que compartilhamos momentos assim – quando rimos ou brincamos um com o outro. Esse papel o havia mudado. Era compreensível, mas, mesmo assim, sentia falta do garoto que estava sentado no pub com os amigos, só para se divertir. Ele era sério o tempo todo agora, agindo como se fosse muito mais velho para sua idade. Deixando de ser um príncipe, e se tornando um futuro rei.

— Vamos. A imprensa está esperando por nós. — Segurou minha mão, nos direcionando para onde a imprensa aguardava, o som de suas câmeras e flashes ecoando através da porta.

Ergui a cabeça, olhando para frente.

Meus pulmões se espremeram contra as costelas, um suspiro ficou preso na garganta.

Lennox estava perto da porta, com os braços cruzados, os olhos em linha reta, ombros para trás. Ele usava *smoking*, tentando se misturar com os outros convidados, mas nada nele se misturava ao ambiente. Ele se destacava, até sua presença tomou conta do espaço, exigindo olhares para ele, chamando atenção. O traje se encaixava em seu corpo como uma luva, fazendo com que o calor entre as pernas aumentasse e se acumulasse na barriga.

Agora que admiti totalmente meus sentimentos, não conseguia mais esconder minha reação. Minhas emoções ferviam sob a superfície, tornando difícil manter a fachada – fingir que ele mal existia.

Seus olhos deslizaram para mim, depois, se voltaram para frente, e só um tique em sua mandíbula demonstrou alguma emoção.

— Vossa Alteza. — Inclinou a cabeça, dirigindo-se a Theo. Ficou claro que o relacionamento deles havia mudado, algo não dito ou reconhecido, mas ditado pela intuição.

Eu.

— Ouvi dizer que pediu demissão a Dalton hoje.

Não consegui evitar e virei a cabeça bruscamente, como se tivesse levado um tiro no peito.

— O quê? — soltei. Ele havia mencionado antes, mas não achei que seria algo tão recente. Senti o estômago revirar, e perdi todo o senso de decoro. — Não! Você não pode me deixar.

Os olhos de Lennox só se fixaram em mim por um segundo, mas deu para sentir a profundidade de seu olhar, tocando algo no fundo do meu ser.

— É preciso, milady — respondeu, formal, olhando para frente. — Tenho que resolver alguns problemas familiares.

Família? Eles estavam todos mortos. Estreitei o olhar, mas Lennox não olhou para mim.

— Vamos sentir sua falta, cara. — O tom de Theo se animou todo quando deu um tapinha em seu braço. — Mas entendo.

O rosto de Lennox ficou tenso, a cabeça abaixando, um sinal de conformidade.

— Você deveria se divertir esta noite, então. Relaxar. Dalton pode cuidar de nós. Nada vai acontecer.

— Não posso fazer isso, senhor — respondeu Lennox, sério. — Ela ainda é responsabilidade minha, até no meu último dia.

Theo deu de ombros, seu humor alterado por completo, a mão agarrando a minha enquanto sorria.

— Pronta, querida? A imprensa nos aguarda.

De soslaio, observei Lennox ao passarmos. Sem demonstrar um pingo de emoção em sua expressão. Nada. Como se me afastar fosse uma decisão simples, ao mesmo tempo que eu gritava por dentro, engolindo as lágrimas que queriam escorrer dos meus olhos. Senti a agonia rasgar os pulmões conforme segurava a mão do homem errado.

— Spencer! Spencer! — Meu nome soou em ondas implacáveis, chocando-se em mim; as câmeras clicavam e ofuscavam minha visão. — Como está se sentindo? Está sentindo dor? Visitou alguma das vítimas ainda hospitalizadas? Como se sente a respeito do rei ignorar o ataque e continuar fechando negócios com aquele líder de governo? Está tomando alguma medicação? Você está linda! Você está lidando com tudo? Está fazendo terapia?

As perguntas não cessavam, me acertando até que me senti sem vida e entorpecida. Mantive o sorriso no rosto enquanto desaparecia por dentro, tudo ficando distante, um zumbido em meus ouvidos.

— Por que não pegamos leve com ela esta noite? — Theo sorriu, repreendendo o grupo de maneira amigável.

— Estou bem. Obrigada — respondi, de cabeça erguida. — Todos na família real têm sido muito atenciosos ao me ajudar a passar por isso. — Sorri para o meu namorado. — Principalmente Theo. Obrigada a todos pela preocupação, mas o foco e a ajuda devem ser direcionados às vítimas em recuperação e às famílias que perderam alguém. Não em mim.

Theo sorriu ao meu lado, me puxando para mais perto.

— Ela não é incrível? — E acenou com a cabeça, maravilhado. — Ela deveria estar na cama se recuperando do ataque, mas aqui está. — Beijou minha mão, o barulho dos cliques das câmeras era alto, capturando o momento. — Agora, queremos deixar tudo no passado e focar em nosso futuro juntos. E, claro, no aniversário do meu pai. — Ele me puxou, acenando para eles conforme nos retirávamos, entrando no grande salão de baile, o resto do palácio fora do alcance da mídia.

— Foi perfeito. — Theo disse, entusiasmado, assim que atravessamos as portas. Os convidados se curvaram para nós, mas ele pareceu nem reparar. — Forte. Resiliente. Tudo o que este país respeita em uma pessoa e que quer da família real, você mostrou aos montes. — E apertou minha mão. — Não existirá uma pessoa que não vai te adorar depois disso.

Seu sentimento fervilhou no meu peito. Não me sentia forte ou resiliente. Eu era uma casa em ruínas na areia, e quanto mais as pessoas insistiam no contrário, muito mais eu me sentia uma fraude.

Suas palavras continuaram se atropelando na minha cabeça, torcendo a semente que crescia dentro de mim o dia todo.

— Por que o fato de eles me adorarem é importante para você? — Eu me virei para ele, sabendo que o que sentiam por mim agora mudaria quando eu saísse por aquela porta e me afastasse do príncipe da Grã-Victoria, desistindo de um dos solteiros mais cobiçados do mundo, que qualquer garota em sã consciência daria tudo para ter. — Você se lembra da conversa desta manhã?

SOB O DOMÍNIO DA *Realeza*

Aborrecimento cintilou em seu rosto.

— Claro que me lembro.

— Estou aqui ao seu lado esta noite, mas não posso...

— Não decida nada até *depois de* hoje. Pode ser que você se sinta diferente. — Ele se afastou, já acenando para alguém. — A vovó está ali. Ela odeia quando não a cumprimento logo que chego.

Seguindo a direção do seu olhar, minha atenção se focou à pessoa ao lado da rainha-mãe.

Gelo perfurou meus pulmões, e as pernas começaram a bambear. Lorde William estava ao lado dela, seus olhos fixos em mim, um sorriso arrogante curvando seus lábios ao mesmo tempo em que conversava com ela.

Com tudo o que aconteceu, nem me lembrei do encontro com ele. Ou de sua ameaça. Não era possível que ele ainda fosse usar isso contra mim. Estive há pouco tempo em uma ambulância a caminho do hospital.

— Vovó.

— Theodore, você está atrasado — criticou ela, mas um sorriso de aprovação surgiu em sua boca. — Você está bonito. Muito parecido com seu pai.

— A senhora está deslumbrante como sempre, vovó.

Theo se inclinou, com beijos no ar sem encostar em seu rosto, ignorando o comportamento irritadiço.

— Vossa Majestade. — Fiz uma reverência, tentando ignorar o olhar de Lorde William focado em mim.

— Spencer — disse ela, e era como se meu nome tivesse um gosto ruim em sua boca. — Você ainda está aqui.

— Vovó — Theo a advertiu.

Ela o dispensou com um gesto. Então se inclinou, permitindo que eu beijasse os dois lados de sua face.

— Você sabe que estou brincando.

William bufou uma risada por cima do copo, ingerindo um gole de sua bebida.

Todos nós sabíamos que não estava, mas eu não queria dar a ela a satisfação de saber que não seria por muito mais tempo – que ela ganhou.

— Ainda estou aqui. Igual a um carrapato em sua pele.

Sua sobrancelha se arqueou diante da minha resposta, porém optou em fingir que não ouviu ou entendeu o que eu disse.

— Que história horrível. Estou surpresa que esteja aqui.

— Estou bem. Obrigada. — As palavras eram educadas, mas meu tom não. Eu não tinha filtro, não sobrou porcaria alguma.

— Ela é feita de material resistente. — Theo me abraçou. — Ela tem o que é preciso, vovó. Melhor se acostumar.

Olhei para Theo, curiosa para saber de que merda ele estava falando depois do que eu disse esta manhã. Nós estávamos juntos só encenando hoje à noite, mas ele entendeu que havíamos terminado, não?

— Alteza? — O assistente de Theo, cujo nome eu não conseguia me lembrar, deu um tapinha em seu ombro. — O rei e a rainha gostariam de falar com você um minuto. A respeito... daquilo — avisou, nervoso.

— Sim. — Theo começou a se afastar. — Preciso ir falar com eles.

— Não se preocupe com sua garota. — A mão de Lorde William apertou meu braço, ao se despedir de Anne e me guiar em outra direção. — Vou ficar de olho nela. Tenho certeza de que ela está com muita vontade de beber alguma coisa.

Theo o encarou por um segundo, depois, assentiu, afastando-se rapidamente.

Queria gritar para ele voltar, mas mantive a boca fechada, sabendo que em algum lugar neste salão, Lennox estava me observando.

— Mas com que facilidade ele deixa o coelho no covil do lobo — Lorde William sussurrou em meu ouvido.

Soltei meu braço de seu aperto, encarando-o com ódio. Ele estava usando um *smoking*, o cabelo branco ralo penteado para trás, o rosto um pouco suado e mais pálido do que o normal.

— É melhor você sair, então. Os lobos ficam com fome a esta hora da noite.

Ergui a sobrancelha, desafiando-o.

Seu olhar deslizou pelo meu corpo, e uma risada escapou dele.

— Você é muito mais corajosa do que sua aparência deixa transparecer. — Lambeu os lábios, secando a testa úmida com um lenço e, depois o enfiou de volta no bolso do *smoking*. O lugar estava quente, lotado, mas não parecia abafado para mim. — Coisa que eu gosto. Preciso drenar essa energia.

— Você é repugnante.

— E você já disse isso antes. — Gesticulou para um garçom que carregava champanhe pelo salão. Colocando a taça vazia na bandeja, pegou mais duas, entregando uma para mim. — Não exclui o fato de que precisa de mim.

SOB O DOMÍNIO DA *Realeza*

— Não preciso de nada que venha de você.

— Está preparada para deixar sua família viver na miséria? A perder tudo? Até a reputação? Sua família nunca mais poderá trabalhar neste país. Serão envergonhados e expulsos de qualquer círculo respeitável. Faria isso com sua irmãzinha, só para me irritar?

Minha mão apertou a taça.

— Estou disposto a ser um pouco tolerante por ter perdido nosso encontro marcado. — Ele tomou um gole, olhando ao redor, agindo como se as palavras ditas entre nós fossem casuais e educadas. — Mas só se me mostrar o quanto quer proteger sua família.

— Você é nojento — disparei.

— Não me provoque, Spencer. — Seus olhos se inflamaram. — Acho que estou sendo muito generoso e paciente. Tenho os meios para destruí-la. Sua coragem chega a ser divertida, mas nem tanto. Se não estiver no meu escritório depois de amanhã... — A ameaça estava em tudo o que era dito e não dito. Ele voltou a enxugar a testa com o lenço. — Por que insistem em deixar o clima tão quente aqui? — murmurou, o olhar se voltando para mim. — Agora é com você, minha garota... se quer deixar sua família na ruína. E por falar nisso...

— Spencer!

A voz da minha irmã foi como um anzol, torcendo no peito e me girando para a garotinha correndo até mim. Ao vê-la, a emoção instantaneamente explodiu da garganta em um grito silencioso. Seus braços me envolveram. Eu a apertei com força, sem me importar com a dor.

— Olívia. — Não estava nem aí para quem estava observando ou vendo a lágrima deslizar pelo meu rosto. — Senti tanto sua falta.

— Eu senti mais. — Ela se afastou, os olhos enormes me encarando. — Vai voltar para casa?

Foi uma facada.

Mais cedo do que pensa, pensei, *se ainda tivermos uma casa.*

— Spencer.

Meus pais correram até mim. Pela primeira vez, nenhum dos dois manteve o decoro, demonstrando carinho em abraços, expressões cheias de amor e angústia.

— Estávamos preocupadíssimos. — A voz do pai soou trêmula. — Nós ligamos e ligamos; ninguém nos deixava falar com você.

— Sabíamos que seria bem cuidada. Theo foi tão gentil. Ele te ama muito. — Mamãe me deu outro abraço antes de dar um passo para trás, alisando seu vestido, recolocando sua máscara reservada no rosto.

Tia Lauren e tio Fredrick estavam logo atrás. Lauren me abraçou, mas a atenção do meu tio passou por mim, seu olhar feroz.

Virando a cabeça, vi Lorde William encostado em uma mesa. Ele ergueu sua bebida, sorrindo tanto para Fredrick quanto para mim.

— Freddy! — Tia Lauren deu um tapa no peito dele, virando a cabeça na minha direção.

— Oi. — Pigarreou. — Estamos tão felizes por estar bem. Você nos deu um susto, minha querida menina. — Em sua estranheza, pude ouvir autenticidade ali, o que me chocou.

— Onde está Landen? — Olhei ao redor, o coração implorando para ver meu primo. Eu sofria, sentindo falta dele mais do que podia me permitir pensar.

— Desculpe, ele ainda está na academia militar. — Tia Lauren deu um tapinha na minha mão. — Estamos o esperando em casa na véspera de Natal.

Engoli a tristeza. Semanas vivendo ali dentro do palácio passaram em um piscar de olhos, mas ver minha família, a mão de Olivia segurando a minha, o tanto que sentia falta deles, especialmente Landen e Mina, me engoliu inteira.

— Como ele está?

— Conversamos com ele em intervalos semanais, mas está indo muito bem. — Lauren tentou sorrir, mas vacilou com a mentira. — Ele está gostando de lá, de verdade.

Landen estava no inferno. Todos nós sabíamos disso... e eu não fiquei ao seu lado.

— Estamos tão orgulhosos de vocês dois — tia Lauren continuou. — Meu menino se tornando um soldado e você... a futura rainha. Sei que houve altos e baixos, mas tudo isso está mudando. — Ela apertou as mãos em seu vestido novo na altura do peito. — O nome Sutton é o burburinho da nossa cidade. Do mundo! Não poderia estar mais orgulhosa dessa família.

— Eu também não. — Meu pai apertou meu braço, seu toque injetando em meu corpo uma enxurrada de culpa e tristeza, todas as suas esperanças e sonhos me aprisionando ali.

— Eu também! — gritou Olivia, minha mãe enxugou secretamente os olhos.

O olhar do meu tio era penetrante.

SOB O DOMÍNIO DA *Realeza*

57

Tijolo após tijolo se empilhou em meus ombros, os pulmões vibrando com o peso.

Se eu me afastasse de Theo ou ignorasse Lorde William, cada tijolo cairia. Minha família perderia tudo.

De repente, eu não conseguia respirar, a garganta se fechando. O salão girou, tornando-se abafado ao ponto de a minha pele ficar pegajosa de suor.

— Com licença — murmurei, trêmula, soltando a mão da minha irmã.

— Spencer? — Minha mãe me chamou, mas não parei, correndo com a sensação de que algo estava desmoronando em cima de mim.

Roubando meu ar e a minha liberdade.

CAPÍTULO 6

— Spencer. — Uma mão agarrou meu braço perto da saída, a voz áspera lançando mais ansiedade dentro de mim. — O que foi? O que aconteceu?

Ele era a última coisa com a qual conseguiria lidar agora.

— Me solte.

Virei e encarei Lennox, puxando meu braço de seu agarre; sua proximidade infligindo necessidade, acelerando meu coração.

— Eu te vi com Lorde William. O que ele falou? — Ele pairava sobre mim, seu olhar analisando o meu em busca de uma resposta. Protetor. Preocupado.

— Nada — respondi, entredentes.

— Ele te ameaçou de novo?

— Sei cuidar de mim.

— O que ele falou? — rosnou ele.

Meu olhar se voltou para o homem em questão, seus olhos brilhantes focados em nós, um sorriso de escárnio se abrindo ao nos observar. Sua alegria com o que estava testemunhando era óbvia. E o que foi pior? De todo mundo, ele era o que mais estava próximo da verdade.

— Me largue. Por favor. Não dê mais armas a ele. — O pânico tensionou meu corpo. Precisava sair deste lugar, longe de dois homens que poderiam tomar a minha casa e daquele que poderia roubar meu coração.

Lennox olhou para a mão, segurando-me com autoridade. Uma reivindicação feita. Familiaridade que um guarda-costas não deve ter.

Ele baixou a mão, dando um passo para trás.

— Fique longe de mim — murmurei, correndo para fora do salão, virando em direção aos corredores, encontrando um banheiro desocupado na ala leste, longe da maioria das atividades.

Agarrando o balcão, tirei os saltos dolorosos e me inclinei no lavatório, ofegando. A cela ao meu redor estava se fechando. Não podia ceder a Lorde William. Só de pensar naquele homem, senti a bile e náuseas agitando o estômago. Mas se eu fosse até Theo, ele iria querer ajudar. Como eu poderia pedir isso a ele quando acabei de terminar tudo? Não era justo, e eu ficaria em dívida com ele.

Se eu salvasse minha família, acabaria destruída. Se não fizesse nada, iria arruiná-los.

Meus dedos ficaram brancos com o aperto na pia, mas a pontada de dor foi a única sensação no meu corpo, lembrando-me que ainda estava ali, não à deriva na escuridão.

A porta atrás de mim se fechou, e erguendo a cabeça, meus olhos encararam o reflexo no espelho.

Seus olhos castanho-esverdeados me encurralaram através do vidro, seus ombros largos, a expressão severa. Turbulento. Primal. Dominante.

Eu o encarei. A necessidade crua patinou por minha pele, pulsando em meu núcleo. Ele era minha âncora, me puxando da beira do abismo.

— Sei que me pediu para ficar longe de você. — Sua voz rouca colidiu contra a minha determinação.

Não respondi. Não importava. Nós dois sabíamos que ele deveria sair por onde entrou. Era errado. Mas não ligava mais. Era muito feroz e devorador para ignorar.

Ele estava indo embora. E eu teria que escolher qual seria a minha cela.

— Spencer... — murmurou meu nome, seus olhos atravessando o espelho, me incendiando.

Tudo se desligou no meu cérebro. Nenhum pensamento ou voz me dizendo que eu estava errada. Amanhã meu mundo desmoronaria, seja lá o que eu escolhesse... Agora eu só o queria. Um momento de felicidade. Um momento só para mim.

— Não posso ficar longe...

— Cale a boca — suspirei, me virando de uma vez.

Meu corpo colidiu com o dele, minha boca encontrando a sua. Por um momento ele não correspondeu, uma estátua contra o meu ataque, como se ainda estivesse tentando lutar contra... lutar contra nós. Mas senti quando tudo explodiu, seu controle se rompendo, os lábios esmagando os meus. Fome. Descontrole. O ar roubado dos pulmões com um suspiro. Fazendo-me sentir viva, voraz e selvagem.

Todas as coisas que nunca senti com Theo.

A bomba dentro de mim detonou, me incinerando com chamas violentas. Suas mãos agarraram meu rosto, puxando meu cabelo rudemente, a língua separando meus lábios, aprofundando o beijo e criando um frenesi em mim.

Desesperador. Feroz.

— Porra — rosnou, as mãos indo para minha cintura, me erguendo. Lutando contra as camadas do vestido ridículo, minhas pernas circularam seus quadris, a ereção empurrando minha calcinha através da calça.

Um som de desejo vibrou na minha garganta. Ele me imprensou contra a porta e senti uma dor deliciosa enquanto nossas bocas se consumiam sob a demanda frenética. Tudo o que estávamos contendo se derramou com a força de um furacão, um que destruiria qualquer coisa que tentasse nos impedir.

Ele girou os quadris contra mim, separando meus lábios com um gemido.

— Merda. A gente não devia fazer isso. — Mordiscou um ponto sensível em minha garganta. Ele se afastou, olhando nos meus olhos. — Me diz para parar. Para ir embora agora.

Eu o encarei.

— *Spencer*. — Meu nome era um apelo, me dizendo que ele não tinha o poder de fazer isso sozinho.

Foi meu último aviso. Um linha que uma vez cruzada, não podíamos voltar atrás.

Pensar nele saindo daqui, nunca mais saber como ele se sentia, desistir desse momento, me deixou mais desesperada do que imaginar ser flagrada.

— Não. — Minhas coxas apertaram sua cintura, movendo-se contra ele, as unhas rasparam sua camisa branca, rasgando-a, os botões estalando ao caírem no piso.

Puta que pariu...

Eu tinha visto o peito de Lennox antes, seu abdômen definido e o peito musculoso. Diferente de um fisiculturista, mas, ainda assim, grande, mostrando que passava *muito* tempo na academia e podia enfrentar qualquer perigo, aniquilar qualquer ameaça. No entanto, vê-lo antes foi diferente; agora eu podia tocar.

Mordi o lábio, as mãos ávidas por finalmente senti-lo, memorizar cada centímetro de seu físico com os dedos.

Ele bufou pelo nariz, desejo brutal queimando em seu olhar.

Desfiz o nó de sua gravata-borboleta, deslizei as mãos por seu ombro, empurrando o *smoking* e camisa, o tecido caindo no chão, arrancando seu intercomunicador de ouvido, isolando-o do mundo lá fora. Minhas mãos deslizaram por seu torso nu, as unhas trilhando a tatuagem em seu braço e lateral, parando na do bíceps.

Uma margarida.

Sabia que o nome de sua irmã era Daisy, o que significava que a flor era uma homenagem.

— Essa é...? — Tracei a flor, onde as pétalas se soltavam e se transformaram em lágrimas conforme caíam. Ao redor havia mais formas geométricas que a destacavam parecendo um quadro emoldurado.

— Não vamos falar das minhas tatuagens agora. — Sua boca capturou a minha. Vorazes, nossos lábios se moveram em sincronia, beliscando, mordendo, exigindo, quase dolorosamente, aumentando a intensidade.

Seus dedos afundaram em meu couro cabeludo, os lábios abrindo minha boca, a língua varrendo por dentro, me devorando em chamas enquanto o pau pulsava duro contra mim, querendo entrar.

Sim, por favor.

A luxúria queimou a dor e a exaustão, meu corpo se sentindo mais vivo do que nunca.

— Lennox — implorei, minhas mãos abrindo o botão da calça, empurrando entre sua pele quente e a cueca boxer. Seu tamanho já estava saindo da cueca, exigindo meu toque. Eu o segurei, sentindo-o pulsar e ficar mais duro na minha palma.

Droga. Ele era impressionante, fiquei ainda mais desesperada por ele.

— Foda-se tudo — murmurou com a voz rouca, as mãos batendo na parede perto da minha cabeça, me pressionando ainda mais à porta. Amava senti-lo, o poder sensacional ao tocá-lo, fazendo o peito expandir desesperado por ar conforme continuava a acariciá-lo e explorá-lo. — Jesus... Spencer...

Ele rangeu os dentes.

Eu queria mais. Eu o queria dentro de mim.

Deslizei as mãos até o cós da calça e a empurrei para baixo de seus quadris. Seu olhar saltou para o meu. Indomável.

Predador.

— Diga — exigiu. Dominante. Firme. Mas eu sabia que ele era o tipo de alfa que recuaria e me deixaria assumir a liderança quando eu quisesse.

Mas naquele momento, esse não era o meu desejo.

— Quero que diga. — Ele me pressionou contra a porta, a sensação de seu membro se esfregando à calcinha fez com que eu gritasse de prazer.

— Tenha certeza de que é isso que você quer.

— Você. — Eu me inclinei contra ele. — Quero que me foda.

Um rosnado profundo tomou conta do banheiro quando ele se afastou da porta, meus pés alcançando o chão. Ele me virou, achatando meu peito na madeira. O som do zíper do vestido ecoou, a coisa bufante caindo no chão, me deixando só de calcinha.

O fato de que nenhum sutiã poderia ser usado com este vestido não passou despercebido; o ar sibilou entre seus dentes à medida que suas mãos deslizavam pelas minhas costas. Engoli em seco quando ele rasgou as meias que eu tinha sido forçada a usar, jogando-as de lado como se não fossem nada além de teias de aranha.

— Muito melhor. — Seus dedos deslizaram sobre meus quadris, arrastando a calcinha para baixo, devagar, acendendo cada terminação nervosa. Ele praguejou, baixinho, as mãos deslizando pela parte de trás das minhas pernas ao se ajoelhar.

Meu coração disparou quando os dedos cravaram em minhas coxas, abrindo as pernas, me inclinando para frente, e para ele.

A adrenalina de ser exposta, vulnerável, disparou minha respiração.

— Puta merda — rosnou mais uma vez. — Queria te provar há tanto tempo, senti-la na minha língua.

Seus lábios roçaram a coxa por trás, mordendo, a língua acalmando a ardência provocada por seus dentes.

Um som subiu pela minha garganta, vozes de pessoas do lado de fora pressionando no meu ouvido, aumentando a adrenalina que sacudia meu corpo. Poderíamos ser encontrados a qualquer momento. Imprensa, nobres e celebridades estavam do outro lado desta porta.

A língua lambeu por baixo, encontrando meu núcleo.

— Seu gosto é tão bom.

— Minha nossa... — ofeguei, apoiando-me na parede.

Deslizando dois dedos dentro de mim, ele abriu mais minhas pernas, bombeando-os dentro e depois os tirou antes de deslizar a língua profundamente dentro de mim.

Minha visão turvou, as unhas raspando na porta de madeira quando comecei a me mover contra ele, buscando o prazer inacreditável.

Sua mão agarrou meus quadris, me segurando no lugar conforme continuava, extraindo de mim gemidos e sussurros que nunca tinha ouvido antes. A última coisa que eu queria era pensar em Theo, mas não podia deixar de reconhecer que sexo e até mesmo as preliminares, jamais foram assim com ele. Nunca.

SOB O DOMÍNIO DA *Realeza*

— Lennox — gemi, alto, as pernas bambeando sob a sensação intensa que ele estava espalhando em mim. — Por favor.

Não tinha mais noção do que estava implorando. Ele me ignorou, chupando e lambendo com ferocidade implacável. Devorando-me. Meu orgasmo correu em direção à combustão, fazendo as palavras saírem da minha língua – coisas que nunca exigi ou proferi em voz alta. Conversas safadas sempre pareciam embaraçosas e bregas, ainda mais com o príncipe.

Caramba, para onde aquela garota foi? Não sabia, mas essa aqui dizia o que queria, exigências grosseiras saindo da língua. Meu desejo para que ele se enfiasse dentro de mim elevou-se no banheiro.

— Lennox!

— Queria muito que você gozasse na minha língua. — Ele retirou os dedos, mordendo a bunda, extraindo dor e prazer. — Mas nunca poderia desconsiderar seus desejos, Duquesa. — Deu uma risadinha. Levantando-se, agarrou meus quadris, me jogando no balcão, posicionando-se entre as minhas coxas.

— Porra. Não tenho camisinha.

— Estou tomando pílula e não tenho nenhuma doença. — Meus joelhos agarraram suas pernas, puxando-o para mais perto, não queria que isso parasse. — Nunca fiz sexo sem camisinha.

— Sério? — Ele inclinou a cabeça. — Nem mesmo com o...

— Não — eu o interrompi, não queria ouvir o nome dele. — Com ele é que usei mesmo.

Calor flamejou em seu olhar, deslizando pelo meu corpo nu. A ideia de que iríamos quebrar as regras um com o outro disse muito.

— Nunca fiz sexo causal, também. — Ele agarrou minha nuca. Forte. Rude. Meus lábios abriram, desejo me inundando.

— Nem com Hazel? Ou ela é mais do que sexo casual?

— Com certeza, não. Em ambos os casos. — Sua boca desceu no meu peito, puxando um mamilo, as costas arqueando em sua direção. Ele sacudiu a língua antes de voltar para a minha boca, o olhar intenso com luxúria. — Eu imaginava que era você. Era na sua boceta que eu queria deslizar.

As chamas se alastraram, e eu o puxei para mim.

— Então vem.

Com a mão livre, ele puxou meus quadris para ele, a outra enrolando meu cabelo em um punho. Abri a boca, sentindo a ponta se alinhar em mim. Ele empurrou, enchendo-me por inteiro. Eu gemi alto, o corpo tentando se ajustar a ele.

STACEY MARIE BROWN

Minha. Nossa. Senhora.

— Merdamerdamerda — disse, entre os dentes, os dedos cravando em minha pele. — Imaginei, mas não era para você ser tão gostosa *assim*, porra.

Se era ele, ou por não haver nada entre nós, ou ambos, não me importava. Não conseguia nem imaginar como era incrível senti-lo, quase ao ponto de sobrecarregar as sensações e as terminações nervosas a ponto de não conseguir reagir, o que me deixou mais desesperada. Tinha parado de respirar quando ele empurrou mais fundo, ainda sem ter colocado tudo. O corpo queimou de calor e prazer, meus dedos se espremeram no balcão.

Ele puxou para fora, entrando de novo, bem fundo, prazer arranhou a garganta, lacrimejando meus olhos. O que quer que tenha feito comigo, libertou um monstro de sua masmorra. Não ligava para ser adequada, agradável ou refinada.

Era descontrolada, indecente, feroz e exigia mais.

Insaciável.

Combinando com ele a cada passo do caminho.

— Puta merda. — Ele mergulhou, lançando faíscas pelo meu corpo, nosso desejo ditando o ritmo, frenético e desesperado.

— Santo Deus... mais forte! — Queria que ele me destruísse. Possuísse tudo.

Nossos sons preencheram o lugar, minhas pernas tremendo quando meu orgasmo rastejou pelas minhas costas.

— Lennox. — Um grito de advertência foi arrancado de mim conforme perseguia o êxtase, entregue ao momento.

Com um grunhido, ele saiu de mim, me puxando do balcão. Ele me virou, prendendo minhas mãos na borda do lavatório.

— Quero que me veja te fodendo. — Agarrou meus quadris, os olhos presos aos meus no espelho. — Quero que olhe o que estou fazendo com você.

Eu juro, qualquer um poderia dizer isso, e eu ficaria envergonhada, mas não com ele. Quanto mais voraz e pervertido ele se tornava, mais meu tesão aumentava. E mais queria acompanhar seu ritmo.

Ele entrou em mim de novo, arrancando um grito, minhas mãos apoiando no espelho para me segurar.

— Spencer — gritou meu nome, os quadris batendo tão forte no meu, que eu sabia que acabaria me machucando no balcão, mas não me importei. Eu adorei. Queria mais.

— Veja — rosnou, as mãos se moveram por todo o meu corpo, beliscando os mamilos. Meu olhar absorveu tudo, amando o espelho de corpo inteiro ao nosso lado. Ele foi mais devagar, para que eu pudesse realmente ver, indo tão fundo que curvei os dedos, ficando na ponta dos pés.

Porra, aquilo era sexy.

Íntimo.

Sensual.

— Gosta disso, não gosta? — Deslizou os dedos da minha barriga até o clitóris. — Me ver te fodendo.

— Sim — gemi quando o polegar me esfregou. Empurrei de volta para ele, os dentes rangendo. — Mais... Nossa... Lennox. Não pare.

Minha cabeça tombou para trás, sem meu olhar nunca se desviar do dele.

— Não pretendo. Nunca. — Ele empurrou, e a mudança de ângulo me deixou sem fôlego. Agarrando-se a mim, sua expressão se tornou impiedosa. — Não até ouvir você gritar meu nome, te sentir desabar.

Acabou a brincadeira.

Manda ver.

Meus olhos responderam.

Ele arremeteu com intensidade brutal, e tudo que consegui fazer foi me segurar, sons que eu não podia nem descrever como humanos rolavam de mim. Tudo ficou confuso ao meu redor, queimou as costas, me cozinhando viva, meu corpo começou a despencar, apertando ao redor dele, meus dedos raspando a pia com a intensidade.

— Puta merda...

Ele estendeu a mão, estocando em mim enquanto os dedos me esfregavam, provocando. Asperamente, minhas cordas vocais gritaram, meu corpo se contraindo ao seu redor.

— Porra. Spencer!

Eu o ouvi gritar.

Tudo explodiu dentro de mim. A intensidade me paralisou no lugar, a sensação era de ter sido jogada de um penhasco, naquele momento de suspensão – felicidade absoluta sustentando você no ar como se fosse um desenho animado.

Seus quadris chocavam-se aos meus, e eu o senti pulsar e se derramar dentro de mim, rugindo, enviando uma corrente elétrica de prazer pelo meu corpo, arrancando meu ar ao mesmo tempo em que eu partia em um milhão de pedaços.

Não conseguia respirar, me mexer ou pensar ao me recompor aos poucos. Com a respiração ofegante, meu corpo ainda pulsava ao redor dele.

Caramba, um orgasmo de verdade era desse jeito?

Seu peito pressionava minhas costas, seus ofegos deslizavam pelo meu pescoço, desciam entre os seios.

— Porra — murmurou, rouco, no meu ouvido.

— É — concordei, rindo em seguida. Meu olhar subiu pelo espelho, encontrando o seu. Os braços dele ainda ao meu redor, nossa pele suada e colada uma à outra, seu pau ainda enterrado fundo em mim.

Ver a gente assim, senti-lo dentro de mim, não me fazia sentir vergonha; só me fez ter mais desejo, vontade de se mover contra ele, pegando o que eu queria.

Mais. Mais. Mais. Mais. Meu corpo gritou, já sabendo que nunca bastaria. Consegui um gostinho e já queria mais.

Ele bufou, um sorriso safado se insinuando nos lábios, a cabeça balançando como se pudesse ler meus pensamentos em meus olhos. Era capaz que pudesse mesmo; era impossível disfarçar o que eu queria dele.

Nós nos observamos à medida que recuperávamos o fôlego. Estremeci com o ataque extremo de emoção e energia. Eu era uma drogada voltando a ficar sóbria, querendo outra dose.

Buzzz.

Seu telefone vibrava no chão dentro da calça.

— Merda — murmurou, se afastando. Ofeguei quando saiu de mim, querendo-o de volta na mesma hora, me enchendo de prazer. Calor. Ele.

Virando e me encostando à pia, observei seu corpo nu caminhar até suas roupas no chão, onde pegou a calça e tirou o celular do bolso.

— Lennox falando. — Colocou o telefone no ouvido, seu olhar voltando para mim, os olhos explorando e percorrendo minhas curvas. — Desculpe, amigo. Meu ponto não deve estar funcionando.

Mentira.

— Sim. Eu a vi entrar no banheiro há pouco tempo. Estou bem aqui do lado de fora esperando por ela.

Outra mentira.

Senti um aperto por dentro, o primeiro indício da realidade recaindo sobre mim. Culpa. Mentiras significavam que a verdade era errada. A verdade machucaria as pessoas.

Tecnicamente, eu tinha terminado com Theo, mas estar aqui esta noite não parecia adequado, e nem isso era certo. Mas quando se tratava de Lennox, certo e errado pareciam não ser importantes.

Agarrando o vestido torturante, comecei a vesti-lo.

— Claro. Sim. Diga a Heidi, Kelly e Chloe para se acalmarem. Estou com ela. Tudo bem. Sim. Até logo. — Lennox desligou, a cabeça baixando, colocou as mãos nos quadris, respirando fundo.

Não conseguia desviar o olhar do dele. Sua naturalidade em ficar ali parado, nu, pés afastados, com o meu cheiro impregnado nele, só me fez querer tocá-lo de novo, explorar cada centímetro de seu físico.

Não.

Mentalmente, afastei o pensamento e respirei fundo, ficando de costas para ele.

— Spencer.

— Pare. — Puxei o vestido, cobrindo os seios. Eles ainda formigavam, sentindo suas mãos, seus lábios. Cada centímetro meu ainda podia senti-lo... e estava pedindo outra dose. — Devemos esquecer que isso aconteceu. Foi um erro.

De repente, ele estava atrás de mim.

— Talvez. — Seus dedos traçaram a pele nua ao longo da minha coluna, a pele estremecendo de desejo. Deslizando sensualmente para bunda nua, sua mão a roçou puxando o zíper, fechando devagar, travando minha respiração. — Mas aconteceu. E foi... — Balançou a cabeça, apertando o nariz. — Merda, Spencer.

— É. — Concordei com um aceno. Impressionante, incrível, intenso, fantástico... nenhuma dessas palavras parecia descrevê-lo adequadamente.

Só tive alguns parceiros sexuais, incluindo o príncipe, mas nenhum, nem remotamente, chegou perto do que Lennox me fez sentir. O monstro que ele acordou já estava ganancioso e querendo mais. A ponto de eu estar prestes a tirar o vestido outra vez, mandando as consequências à merda.

Obcecada. Enlouquecida.

Mesmo antes de saber como era tê-lo dentro de mim, já era uma viciada.

Agora?

Eu estava muito ferrada.

— Você está indo embora.

— E você está com Theo.

— Não estou.

— O quê? — retrucou.

— Depois que você foi saiu da cozinha esta manhã, eu disse a ele que estava tudo acabado. — Ergui a cabeça, com o olhar entrecerrado focado nele através do espelho. Seu forte corpo nu estava atrás de mim, meu vestido de tule ocultando boa parte de seu corpo. Merda, ele era tão gostoso.

— Então por que...

— Não é fácil terminar com um príncipe, assim. E esta noite, no aniversário do rei, não era o momento. Eu disse a ele que compareceria. Só para manter as aparências por mais uma noite.

— Acho que Theo não entendeu o recado.

— Ele só está fingindo.

— Não. Não está. Eu vi a forma como ele te olhava. E como ele olhou para mim. — Lennox passou a mão pelo rosto. — Merda.

— O quê?

Sem responder, ele se virou, vestindo a cueca.

— Merda — murmurou, bravo. — Minha camisa está sem botões.

Eu me encolhi.

— Sinto muito.

Seu olhar ardente deslizou para mim.

— Não, não sente.

— Você tem razão; não é verdade. — Mordi o dedo, observando-o se curvar, colocando a calça.

Droga...

— Bem, então você perdeu a calcinha. — Ele pegou a peça, enfiando-a no bolso e fechando o zíper da calça. Sabia que era errado ficar tão excitada com a ideia de que eu estava nua por baixo do vestido, sensível e dolorida por causa dele, sabendo que ele estava com a minha lingerie guardada no bolso. Mas fiquei.

Ele colocou a camisa, arrumando-a com o paletó do *smoking* abotoado. Eu me aproximei dele, tirando a gravata de sua mão, e a passei pelo seu pescoço. Seus olhos estavam intensos e fixos em mim conforme eu a ajeitava, desejo faiscando no silêncio. O lugar cheirava a sexo, a nós.

— O que faremos? — murmurei, incapaz de olhar para ele enquanto terminava de dar o nó na gravata.

— Nada.

Meu olhar disparou para o dele.

— Você estava certa. Isso não devia ter acontecido. — Suas palavras foram contundentes, mas o tom ainda retumbou com desejo, os olhos em chamas. Seus dedos deslizaram pela ferida no meu rosto. — Nada mudou.

Minha vida é... complicada. Não posso ser nada para você.

— Então se afaste. — Eu o encarei. Desafiando. — Saia daqui. Afaste-se de mim.

Ele não se moveu, a expressão tensa, os ombros retesados.

— Saia.

— Não posso. — Sua mão agarrou a minha nuca, me puxando para ele, a boca capturando a minha. Voraz, ele respirou minha essência, me reivindicando.

As brasas queimaram instantaneamente, nosso beijo se descontrolou. O desejo era mais insaciável do que antes. Agora sabia o gosto de sua boca, como era sentir seu corpo contra o meu, como era vê-lo deslizar para dentro e para fora de mim, o jeito que reivindicou cada centímetro meu.

Sua mão foi para o meu cabelo ao mesmo tempo que a minha envolveu suas costas, deslizando pela bunda. A necessidade dele me preencheu, me fazendo esquecer o resto do mundo. Ele me encostou à parede mais uma vez, pressionando o corpo ao meu. Gemi, sentindo-o endurecer.

É. Mais...

Minhas mãos o esfregaram através do tecido da calça.

— Droga. — Lennox recuou e se inclinou um pouco, as mãos apoiadas aos joelhos, recuperando o fôlego. — Não podemos. Nós temos que ir. Eles estão te esperando.

Minha pele estava vermelha, o corpo tremendo de desejo. Eu me recostei à parede em busca de apoio, o peito arfando.

— Jesus — sussurrou, se afastando de mim, passando as mãos pelo cabelo. — Sabia que você seria minha ruína.

— *Sua* ruína? — balbuciei, me olhando no espelho.

— Não te mordi em qualquer lugar que possam ver.

Disparei meu olhar para ele, as bochechas esquentando ao me lembrar, as coxas contraindo com a luxúria. Meu cabelo havia sido penteado à perfeição, e agora estava descabelada e com cara de louca. Nenhuma maquiadora no mundo seria capaz de disfarçar o rubor no meu rosto e colo dos seios, os leves arranhados se espalhavam. Endireitando o vestido, passei os dedos pelo cabelo, fazendo o que podia.

— Você terminou mesmo com Theo?

Ele olhou para mim pelo reflexo.

Virando-me para ele, confirmei com a cabeça.

— Sim. — Não disse mais nada; a sinceridade em minha expressão, o olhar fixo nele, mostrou o porquê.

Lennox Easton tinha me destruído por completo. Não havia mais volta. Mesmo que nada mais acontecesse entre mim e Lennox, Theo era importante demais para eu ficar com ele.

Como vai salvar sua família, Spencer? Está disposta a ir até Lorde William?

Lennox olhou para mim mais um pouco, um fio de desânimo passando tão rápido por suas feições que poderia ter imaginado.

Ele recolocou o intercomunicador, ajeitando as mangas. Só se estivesse bem perto, ou ele esticasse os braços, daria para notar que a camisa por baixo não tinha botões.

— Pronto, milady? — Ergueu o queixo, desligando as emoções em um piscar de olhos.

— Sim. — Senti o peso no coração, entendendo que tudo que eu podia fazer era encerrar esta noite, agindo como a dama perfeita e graciosa. Colocando os saltos, aprumei os ombros, altiva. — Estou pronta.

Ele abriu a porta, dando uma conferida antes e acenou para eu ir.

— Vai precisar ir na frente.

— Por quê?

— Por sua causa... estou duro pra cacete de novo.

Oh.

CAPÍTULO 7

Cada passo em direção ao salão amarrava uma corda no meu pescoço, puxando-me para frente, ceifando a minha vida.

Dalton nos aguardava no final de um dos corredores perto do salão. Seus olhos escuros viajaram de mim para Lennox e voltaram, a mandíbula travada.

— Filho. Da. Mãe.

— Desculpe, a bateria do meu comunicador deve ter acabado. — Lennox tocou seu fone no ouvido. — Está tudo resolvido agora.

— Pare. — Dalton balançou a cabeça. — Não acredito no que fez.

— Não sei do que...

— Eu disse para parar — Dalton o cortou. — Acha que sou burro? Assim como você, fui treinado pelos melhores, detectando as mudanças mais sutis. Apesar de que o mais sonso de todos pegaria vocês dois no flagra. Olhe para você. Sua camisa...

Imediatamente, a fachada de Lennox desabou e minha cabeça inclinou, sentindo vergonha absoluta recair sobre mim.

— Não foi o que... — Lennox começou.

— Não — interrompeu, outra vez. — Neste momento, não podemos falar disso. — Ele tocou seu ponto no ouvido. — Srta. Sutton está voltando. — Abaixou a mão. — Sabe que se não tivesse pedido demissão, eu teria que te mandar embora por isso.

— Eu sei. — Lennox manteve a cabeça erguida, pronto para assumir as penalidades de suas ações. — Não esperava nada menos.

Dalton esfregou a cabeça, exalando antes de segurar a maçaneta da porta e abri-la para mim.

— Obrigada — murmurei, incapaz de olhá-lo nos olhos. Ele estava lá desde o começo. Todo sério, mas sempre tão gentil comigo. Senti sua decepção sangrar por dentro.

Só precisava passar a noite. Amanhã, Lennox não seria o único a deixar este palácio.

Assim que entrei, Chloe e Heidi me rodearam, gritando comigo, mas não consegui ouvir nada do que disseram, meu corpo e cabeça estavam confusos. A culpa pesava no peito e na barriga, mas, ao mesmo tempo, não conseguia me sentir arrependida. Meu corpo cantarolava de felicidade, queria mais, enquanto minha cabeça me repreendia como se eu fosse uma criminosa.

— Não acredito que desapareceu assim — sussurrou Chloe. — Qual a impressão que acha que ficou? Pior ainda por ser nesta noite. Hoje, entre todas as noites, não é quando deve sumir assim!

Percebi que o aniversário do rei era importante, mas minha pequena aparição nessa grande festa não parecia tão significativa. O próprio rei poderia desaparecer por horas sem aviso-prévio. Havia festividades no jardim, performances pelo jardim e no salão de baile, e tantas pessoas presentes que dava para escapar entre os tecidos dos vestidos de baile, desaparecendo deste mundo.

— Que merda aconteceu com você? Está um desastre. Parece que correu uma maratona. Está toda suada — soltou Heidi, em um sussurro rouco, os dedos tentando ajeitar meu cabelo, reaplicando a maquiagem com o que tinha em sua bolsa. Não faziam a menor ideia de que o responsável disso não estava muito longe; eu podia sentir sua presença ainda mais; era como sentir a eletricidade no ar.

— Spencer.

Alguém deu um passo atrás de Heidi, seu olhar capturando o meu.

Santa Mãe de Deus. Como chuva ácida, medo respingou em mim.

Era ninguém menos que o aniversariante.

Alexandre, rei de Grã-Victoria, estava diante de mim, uma mão no bolso, a outra segurando um copo de uísque, o rosto severo e atraente sem demonstrar emoção. Estava bonito como sempre, com o cabelo penteado para trás e um *smoking* impecável, mas altivo e distante.

— Vossa Majestade.

Fiz uma reverência, quase engolindo a língua, sentindo minha a indiscrição irradiar na pele, permitindo que todo o salão visse minha ofensa.

Ele nunca veio falar comigo antes, e tive pouquíssima interação com ele no dia a dia enquanto morava aqui. No entanto, agora sua atenção estava voltada para mim, dizendo meu nome, o que me deixou extremamente nervosa, fazendo-me sentir mais transparente do que celofane.

— Posso falar com a Srta. Sutton a sós? — ordenou, com a voz fria e autoritária, em vez de perguntar. Pavor disparou pelas veias, e dei uma olhada para Lennox. Ele continuava inexpressivo, mas pude sentir o mesmo alarme em seus olhos. — Prometo que serei breve. Vou tentar nos manter dentro do cronograma.

— Sim, Vossa Majestade.

Chloe rapidamente recuou, levando Heidi com ela.

Lennox abaixou a cabeça, me observando, atento, conforme se afastava, seu rosto sem emoção, mas percebi a tensão em sua mandíbula.

Minha pulsação martelava no pescoço, a boca ficou seca enquanto acompanhava o rei até um mezanino, o corrimão branco esculpido do mármore mais precioso do mundo importado da Itália. Outra coisa para lembrar, subconscientemente, aos hóspedes, de seu lugar aqui.

Ele parou, colocando o copo de cristal na balaustrada, olhando para os convidados à medida que uma grande orquestra de Viena tocava de um nível acima de nós.

— Olhe para eles, Spencer. — Gesticulou para a festa. Os presentes estavam circulando, rindo, conversando, bebendo, dançando, alheios a nós. — Cada uma dessas pessoas depende de mim para protegê-las. Suas vidas estão em minhas mãos. Não existe um momento em que eu não seja o rei. A cada minuto de cada dia, tenho que estar preparado para qualquer coisa.

Envolvi o mármore com as mãos, tentando cessar a tremedeira. Tudo que conseguia sentir era o cheiro de Lennox, meu interior ainda pulsando por causa dele.

— Nos meus vinte anos, não tinha a menor ideia da responsabilidade que logo seria colocada sobre meus ombros quando meu pai morresse — comentou, a atenção focada em seu povo. — Espero que Theo tenha mais tempo para se ajustar, mas isso será dele algum dia. Como membros da realeza, não temos o luxo de escolher. De perseguir nossos sonhos. De cometer erros que as pessoas normais cometem. Mesmo que nosso direito de primogenitura seja uma honra. Um privilégio. E acredito que com a orientação certa, a companheira *certa*, a rainha certa ao seu lado... — Seus olhos dispararam até mim, perfurando minha alma. — Theo será um rei incrível um dia.

Tentei engolir o nó que se avolumava na garganta. A implicação era clara. Ele achava que eu não era essa pessoa. Bem engraçado, porque nem eu achava que era.

— Acredito que minhas ressalvas a seu respeito foram claras desde o início. — Ele não amenizava, o que eu respeitava. — Meu filho, no entanto, parece, inflexivelmente, pensar o contrário. — Suspirou. — Theo ainda é jovem e ingênuo com relação ao mundo. Tinha esperanças de que tivesse mais experiência antes de decidir por uma companheira. Porque você entende, não há a menor possibilidade de um divórcio; nem separação depois que você se casa.

— Sim, senhor — respondi. — Acredito que não há com o que se preou...

— O que estou dizendo, Spencer — interrompeu, incisivo, uma pitada de ira esquentando seu tom —, é que meu filho escolheu você. E ao permitir que entrasse nesta casa, nesta vida, ao nosso povo, a família real também tinha que escolher. Você me entendeu?

Piscando, não conseguia falar, medo colapsando as vias aéreas.

— Eu fiz uma promessa a ele. Não o forçaria a se casar com alguém que ele não amasse. Prometi que ele teria a escolha que eu não tive. Sou um homem de palavra. E Theo parece achar que está apaixonado por você, não importa o quanto eu o alerte de que os sentimentos nessa idade mudam.

— Majestade...

— *Seja lá* o que está fazendo, *acabe com isso agora.* — Ele tomou um gole, agindo como se o que acabou de dizer fosse algo sobre o clima. — Pode parecer antiquado para você, mas uma rainha trair o rei faz com que ele pareça fraco e patético, enquanto o contrário pode não ser admirado nos dias de hoje, mas ainda é compreendido e aceito.

— O-o quê?

Onda após onda de suor frio umedeceu minha pele.

— Alguém esta noite sugeriu que eu observasse mais de perto a você e seu guarda-costas. — Seu olhar deslizou para mim por um breve instante; nada em seu comportamento sugeriria que não fosse uma conversa formal entre nós. — Tem muita coisa acontecendo, governar um país, mas normalmente vejo tudo ao meu redor; todas as peças de xadrez no tabuleiro e como elas se moverão. Não previ isso, no entanto, mas assim que olhei, de fato, ficou claro como o dia. E meu filho não ter notado só mostra como ele é ingênuo diante do mundo real.

Bile subiu na garganta. Eu ia vomitar.

— Algum dia, provavelmente, será Theo quem procurará outra, e com a pressão deste trabalho, às vezes, seu longo casamento será sem paixão. É natural que um casamento passe por seus altos e baixos. Mas enquanto muitos outros podem se divorciar ou ir embora, isso não é possível aqui. Uma companheira respeitosa e compreensiva é o que mantém um casamento até o fim. E espero que você respeite meu filho a esse ponto, porque terá que sorrir durante tudo isso e manter o queixo erguido.

Não queria esse tipo de casamento, essa vida.

— Sua Majestade...

— Você fez sua escolha, Spencer. Agora é hora de agir como tal. Sabia o que significava estar oficialmente com Theo. — Ele virou e ficou de frente para mim. — Então deixe-me lembrá-la: com toda a imprensa, seus pais e pessoas respeitadas aqui, a reputação e o coração do meu filho estão em suas mãos. Faça a coisa certa. Não acha que já o desrespeitou demais? — O ombro do rei roçou o meu quando se afastou. Seus guardas, que estavam invisíveis perto da parede, saíram e ficaram ao seu lado no mesmo instante, o escoltando.

Não sabia dizer quando parei de respirar, mas meus pulmões ofegaram em busca de ar, e me curvei enquanto lutava por oxigênio, o mármore inestimável era a única coisa que me segurava.

Merda. Puta. Que. Pariu.

Respirando fundo, olhei ao redor, vendo se alguém notou nossa conversa. Meu olhar pousou em uma pessoa do outro lado da sala, o único par de olhos fixos em mim.

Meu corpo inteiro paralisou, o gelo perfurando os meus pulmões.

Com um sorriso condescendente e perspicaz, Lorde William ergueu o copo para mim.

Xeque-mate.

Foi ele quem fomentou aquilo ao ouvido do rei, mostrando para mim que com um único movimento, podia controlar e destruir minha vida. Ele segurava as cartas, e se eu não jogasse... isso seria apenas o começo.

Entre ele e o rei, eu me senti em um filme de mafiosos. Não duvidei que seu alcance em prejudicar minha família e a mim fosse tão sutil, devastador e controlador.

— Spencer. — De repente, Heidi estava em cima de mim, tirando a minha atenção de Lorde William, ajeitando o meu cabelo e a maquiagem. — Sério, o que diabos fez na última hora para ficar tão desarrumada? Você está toda vermelha... e seu cabelo bagunçado. A maquiagem que passamos horas fazendo. Suas cicatrizes estão todas expostas! — Suas mãos se moviam pelo meu rosto na velocidade da luz. — Que maldito pesadelo.

— Vamos! Está na hora. — Chloe acenou para nós, a expressão tensa. Kelly, a RP de Theo, estava do outro lado, parecendo tão tensa quanto Chloe. Conforme caminhávamos, Heidi continuou a passar pó na minha pele e reaplicar a maquiagem.

As luzes diminuíram.

A música mudou.

Tive um pressentimento terrível, um aviso, e meu coração quase saltou pela garganta.

Pânico.

A ansiedade me atacou com um soco rápido. Tudo o que sentia e ouvia era meu coração martelando nos ouvidos quando elas me puxaram para o meio da pista de dança, agora vazia.

Sem ninguém. O que estava acontecendo?

— É o melhor que posso fazer. — Heidi revirou os olhos, afastando-se de mim. Na verdade, eu não gostava dela, mas, de repente, não queria que ela saísse de perto. Centenas de pessoas amontoadas ao redor da pista de dança, a atenção concentrada em mim, olhares que me deixaram desconfortável.

O suor escorria pelas costas, minhas pernas bambearam sobre os saltos altos, emoções e fadiga fazendo meus músculos estremecerem.

Theo se aproximou, o rosto cheio de confiança e alegria, caminhando em minha direção.

— Primeiro quero agradecer a todos que vieram esta noite. Um grande e feliz aniversário para o meu pai! Sei que esta festa deveria ser para ele. — Ele parou ao meu lado, absorvendo a atenção do público. — No entanto, não pude deixar de querer acrescentar algo à ocasião já alegre, com a aprovação de Sua Majestade, *é claro*. — A plateia riu da brincadeira de Theo com seu pai.

Ah, não... por favor, não. Ele não faria isso comigo.

— Todos vocês sabem do terrível evento que quase tirou de mim a mulher que amo. — Um murmúrio baixo veio da multidão, acenos de cabeças em concordância. — Por mais horrível que tenha sido, algo bom veio disso. Me despertou mesmo, fez com que eu percebesse o quanto a amo. E se eu perder a chance de passar o resto da minha vida com esta mulher... — Ele olhou, rapidamente, para mim, sem me enxergar de verdade, machucando meu quadril ao apertá-lo. — Eu não teria me perdoado.

— Theo — murmurei, meu peito trêmulo, arfando. — Não faça isso.

Será que ele não me ouviu esta manhã? Nós terminamos. Ele não entendeu? Ou não me ouviu ou ignorou minha súplica, continuando com seu monólogo. Agora tudo fazia sentido, o motivo de terem caprichado na minha aparência esta noite, porque a ideia de sair mais cedo assustou a equipe de relações públicas. Todo mundo sabia. Foi tudo planejado nos mínimos detalhes. Nada de errado... exceto por uma coisa que ninguém planejaria, o detalhe que todos não viram.

Eu havia me apaixonado por outra pessoa.

Essa verdade acabou comigo, espalhando ainda mais pânico pelo meu corpo.

Ah, cacete. Eu tinha me apaixonado por Lennox Easton.

Meus olhos deslizaram pelos cantos do salão, procurando por ele, a respiração agonizante quando não consegui encontrá-lo. Ele sabia que isso ia acontecer?

— Não acho que seja segredo o que sinto por Spencer — disse Theo, à multidão. Os flashes das câmeras eram incessantes, o fotógrafo real se movendo ao nosso redor. — No dia em que ela me repreendeu na aula, fazendo algo que nenhum outro se atreveu a fazer, soube que essa garota era diferente. — Ele se virou para mim, segurando minhas mãos.

Flash. Flash.

Não podia ser verdade.

— Que era *ela*. — Theo apertou minhas mãos.

Não, você está dizendo essas coisas para a garota errada!

Flash. Flash.

— Ownn... — A resposta às suas palavras criou um burburinho ao meu redor, suspiros com o conto de fadas e o doce e puro amor, enquanto as barras da cela se fechavam com firmeza ao meu redor.

Esse era o sonho de toda garota, não era? Embora nunca tivesse sido meu. Eu vi como era a realidade disso, mas, ainda assim, pensei que amava Theo a ponto de fazer dar certo. Ele tinha sido meu primeiro amor. Eu sempre o amaria, mas já não estava mais *apaixonada* por ele há um tempo. Tínhamos amadurecido, mas cada um no seu caminho.

— Spencer — disse meu nome, e o vi começar a se abaixar em um joelho.

Não. Não. Não. Não. Não.

— Theo — tentei implorar, meus olhos lacrimejando de horror e tristeza, provavelmente, parecendo lágrimas de felicidade.

Meu olhar disparou para as centenas de pessoas sem rosto, a maioria estranhos, na expectativa, prendendo a respiração. Odiava ser o centro das atenções. Isto era um pesadelo para mim, mesmo se eu quisesse um pedido de casamento, jamais ia querer algo assim.

Ele não sabia disso a meu respeito? Ou era esta a sua maneira de conseguir o sim que tanto queria? Theo não era vingativo, o que não significava que de alguma forma, ele soubesse que ao fazer isso, receberia a resposta que queria ouvir.

— Spencer Helen Margret Sutton. — Seu joelho tocou o assoalho de madeira, soando como uma bomba na minha cabeça, explodindo todos os alertas e vozes dentro dela.

Nada mudou. Minha vida é... complicada. Não posso ser nada para você.

Então deixe-me lembrá-la, com toda a imprensa, seus pais e pessoas respeitadas aqui, a reputação e o coração do meu filho estão em suas mãos. Faça a coisa certa. Não acha que já o desrespeitou demais?

Tenho os meios para destruí-la. Se não estiver no meu escritório depois de amanhã...

— Me concede a honra...

Theo nem hesitou, colocando uma enorme aliança de diamantes, uma relíquia de família no meu dedo.

Flash. Flash.

Eu o encarei. Nada parecia verdadeiro. Nua, por baixo do vestido, ainda sentia Lennox impregnado em minha pele, sua reivindicação deslizando pelas pernas. Mordi o lábio.

— De ser minha esposa?

O cadeado da minha cela se fechou.

A sala explodiu com vivas e aplausos quando Theo se levantou e me ergueu em seus braços, selando aquilo com um breve beijo.

— Você acabou de me fazer o homem mais feliz do mundo — murmurou no meu ouvido, antes de se afastar e segurar minha mão diante da câmera.

Flash. Flash.

Música festiva preencheu o salão, as luzes se acenderam de novo, as pessoas se dirigiram a nós com suas felicitações. Ele enlaçou minha cintura, e estava borbulhando de felicidade, apertando cada mão e agradecendo um a um.

Chorando, minha mãe me abraçou apertado.

— Estou tão orgulhosa de você. Minha garotinha vai ser rainha um dia!

— Princesa Spencer! Princesa Spencer! — Minha irmã dançou ao meu redor, à medida que outros membros da família me parabenizavam.

Até Fredrick me puxou para um abraço.

— Você salvou esta família, minha menina. Não vou esquecer o que fez por nós!

Peso. Esmagador. Destruidor.

Acenei com a cabeça, fixando no rosto um sorriso praticado para a mídia, ficando tonta com o zumbido a minha volta.

Eloise gritou, me abraçando com força. Alexander e Catherine, e até a rainha-mãe, me beijaram com seu discurso de boas-vindas à família ao me parabenizar. Uma noiva no mundo da realeza era praticamente o mesmo que uma esposa.

Você fazia parte.

Ao estilo da máfia.

Chorei por dentro, em pânico, o coração rasgando no peito. Peguei uma taça de champanhe enquanto brindes e felicitações borbulhavam, despedaçando meu sorriso equilibrado. A vontade tremenda de sentir o vento nos cabelos, de correr por um campo a cavalo, fugir disso, perturbava meu corpo como se fosse uma urticária.

Tentando me acalmar, me afastei de Theo, o olhar se voltando para a única pessoa no salão que não estava comemorando.

Lennox.

Em meio às sombras da penumbra, ele se recostou à parede, uma mão no bolso, os olhos castanho-esverdeados cravados em mim. O rosto, embora impassível, deixava claro a raiva. A acusação. *Achei que não estava com Theo! Você trepa comigo e fica noiva na mesma noite?*

Ele tirou algo do bolso. Uma onda de desejo subiu pela coluna espinhal, quando notei minha peça íntima. Ele se desencostou da parede, fez uma leve mesura com a cabeça e se afastou.

Tudo em meu peito doía, o impulso de correr atrás dele fez meus pés darem alguns passos.

Lennox... minha alma gritou seu nome conforme o observava dizer algo para Dalton, saindo em seguida, sem olhar para trás.

— Querida! —Theo estendeu a mão para mim. — O primeiro-ministro quer uma foto conosco.

Entrelaçando nossos dedos, ele me puxou. Meu olhar encontrou o dele. Ameaçador. Furioso.

— Nós conversaremos mais tarde, tudo bem? — sussurrou ele. — Agora não é hora. Vamos, esta é a nossa festa de noivado, Spence. Tudo vai se resolver. Vamos nos divertir esta noite.

Fiquei calada, cumprindo meu dever, sorrindo e agindo como todos queriam que eu fizesse. Percebi, bem depressa, que eu era irrelevante para a história. Qualquer garota poderia estar aqui.

Ninguém percebeu...

Ninguém viu…

Eu nunca disse "sim" ao Theo.

CAPÍTULO 8

Abri os olhos com um grunhido. O brilho que cintilou em meu dedo fez com que os fechasse, afundando a cabeça no travesseiro. Por um abençoado momento, meu cérebro apagou antes que a enxurrada de memórias colidisse em minha mente. Voltei a abrir os olhos e olhei para o ostentoso anel de diamante.

Merda.

A migalhinha de esperança de que isso fosse algum pesadelo distorcido se dissipou.

Um redemoinho de emoções contraditórias duelava em meu peito. Culpa, raiva, medo, desejo. Theo, Alexander, minha família, Lorde William... Lennox.

Ainda podia senti-lo, o corpo acordando com um desejo voraz. Sensível. Dolorida.

Quando tive a oportunidade de escapar do baile, aleguei a Theo que sentia muita dor e estava com enxaqueca – já de saco cheio. Voltei para o quarto e desabei no colchão, nem bem tirei o vestido direito antes de rastejar nua para a cama. A cabeça tombou no travesseiro e apaguei.

Com um gemido, rolei, pegando o celular da mesa de cabeceira. Estava lotada de mensagens, mas nenhuma delas era dele.

> Ei, te vi sair. Só vendo se está tudo bem.

Enviei a mensagem para Lennox, tentando manter o tom inocente, já que os celulares eram monitorados aqui. Queria muito perguntar se sentia falta do meu toque como eu sentia do dele. Queria saber se desejava estar aqui, acomodado entre as minhas pernas assim como eu.

Nenhuma resposta.

Suspirando, virei de lado, o sol de inverno brilhando através das persianas, e me enrolei nos lençóis, nem um pouco preparada para enfrentar o dia. Eu não parava de pensar no meu guarda-costas. Imagens de nossos corpos emaranhados, os sons que fizemos, senti-lo contra mim... minha pele corada do calor. Ainda não me arrependia, nem um pingo, mesmo sendo errado.

Recordei cada sensação deliciosa que ele provocou em meu corpo, o fantasma de sua presença deslizando na pele. Desejo pulsava entre as coxas tão vibrante que minha mão deslizou pelo torso, precisando aliviar a tensão.

— *Me veja te fodendo. Quero que olhe o que estou fazendo com você.*

Ouvir sua voz retumbar na cabeça, incitou o desejo instantâneo, roubando a respiração. Eu me toquei com os dedos, imaginando que fossem os dele. Um gemido ofegante escapou dos lábios, a dor intensificando.

Tantas vezes tentei imaginar Theo quando estava sozinha, mesmo depois que fizemos sexo. Nunca quis admitir que seu rosto jamais se fixou. Seu rosto desaparecia, o homem na minha cabeça era agressivo e dominante, a paixão nos transformando em dois selvagens.

Lennox estava governando minha cabeça, cada pedacinho dele, em detalhes. Senti-lo, a fantasia de que estava aqui me aquecendo ao ponto de doer. Senti o calor escaldante entre as pernas conforme o orgasmo se aproximava, desesperada pelo êxtase. Minha cabeça recostou aos travesseiros, a ponto de explodir.

— *Santo Deus... Mais forte... Lennox!* — gritei por dentro, a mão movendo-se mais rápido, um gemido intenso crescendo no fundo da garganta.

Uma batida soou um segundo antes de a porta se abrir, e Heidi entrou, empurrando-me de volta no travesseiro com um grito.

— Mas que inferno?! — Puxei os lençóis até o peito, o rosto queimando de vergonha, toda vermelha. *Será que ela viu?*

— Hora de levantar, princesa. Seu dia está cheio. — De cabeça baixa, encarando o tablet, ela nem olhou para mim.

— Você não pode simplesmente ir invadindo assim meu quarto! — esbravejei, o corpo confuso com a mudança repentina, vergonha e desejo rodopiando, desconcertados.

— Eu bati. — Ela digitou na tela, toda sua atenção no dispositivo.

— E se eu não estivesse sozinha?

— O príncipe está na sala de café da manhã. — Ela manuseava e digitava no tablet como se fosse um piano.

Não era nele que eu estava pensando.

— Seu dia está extremamente ocupado, então não temos tempo a perder. — Ela, por fim, olhou para cima, apoiando o tablet no peito. — Vá tomar um banho. Um estilista estará aqui em dez minutos.

— Estilista?

— Agora que estão oficialmente noivos, Chloe contratou uma equipe para você. Se achava que a atenção em você antes era ruim, só aguarde agora. A sua imagem, sempre que sair por estas portas, é agora propriedade do Palácio Real. Precisamos definir seu *estilo*. — Seu nariz enrugou quando olhou para o meu tênis no chão. — Que será criado e aprovado pela realeza.

— O que disse? Aprovado?

— Spencer, isso não pode ser uma surpresa para você. Já sabe como funciona as coisas. Não é mais uma garota comum e humilde que usa isso. — Ela tocou meus calçados sujos com a ponta do pé. — Você será princesa e depois rainha. Como se comporta, aparece, usa seu cabelo, joias, coisas com as quais nem é capaz de sonhar, serão uma das principais manchetes nas mídias. Amada e odiada. Analisada nos mínimos detalhes. A cada passo, ridicularizada e elogiada. Um vestido que usar se tornará a próxima grande tendência. Óculos de sol, colar, um livro que estiver lendo... ou até mesmo tocar em uma livraria... tudo isso se esgotará em todos os lugares. Sua influência pode lançar ou aniquilar uma marca. Todos os *designers* do mundo vão implorar para você usar suas criações. Cada roupa e acessório agora é importante. Use uma bolsa que acham que está ligada à tortura animal ou condições de trabalho horrorosas, e será despedaçada. E, com você, o Palácio Real também será envergonhado. A sua imagem é a nossa imagem. Você é propriedade pública agora. A realeza controlará como o público a vê. Cada detalhe vai precisar de aprovação.

Em algum momento eu sabia dessas coisas, mas estava longe suficiente para não pensar nelas. Olhava para Theo e Eloise como todo mundo, sem perceber o quanto davam valor às roupas casuais ou na bolsa que usavam.

A cela continuou a encolher. Nunca fui a garota que se esforçou muito na aparência, para desgosto da minha mãe. Aquilo me cansava. Outras coisas pareciam muito mais importantes. Preferia prender o cabelo em um rabo de cavalo e vestir jeans, botas de montaria e regata de uma loja de departamento na High Street.

— Seu dia está agendado com compromissos. Há muito a ser feito. Os principais estilistas já estão nos contatando para falar de seus vestidos de casamento e recepção. Vamos separar quatro vestidos para você escolher. A Catedral de Victory será o local do casamento, é claro. — Todos os membros da realeza se casaram na famosa catedral real. Nem era uma escolha, na verdade. Você era empossada, casada e enterrada lá. — O rei já declarou que a primeira recepção será realizada aqui; a privativa acontecerá em seu castelo de veraneio, e para a sua lua de mel, o castelo ao norte.

Meu casamento... minha vida... planejada, sem nenhuma sugestão ou preferência minha. Mais uma vez, fui irrelevante para a história. E o público também não ligava. Queriam o conto de fadas *deles*, sem se importar que eu fosse uma pessoa de carne e osso, queriam viver isso tudo através de alguém, fingindo que a vida era feita de unicórnios e arco-íris, uma história romântica de uma fábula.

Essas histórias de fantasias bobas ferraram mesmo com a cabeça das pessoas.

— Anda! Agora! — incitou Heidi, gesticulando para o banheiro, me puxando e empurrando direto para o chuveiro.

Esfreguei o cabelo, tirando os produtos da noite passada, deixando a pele mais leve. Ainda sentia dor física por conta do atentado, mas a sensação prazerosa deixada por Lennox predominava, como se ainda estivesse ali, se recusando a me deixar.

— O estilista chegou! — gritou Heidi, depois de cinco minutos apenas.

Precisava falar com Theo. Acabar com tudo isso agora. Por mais horríveis que fossem minhas atitudes, Theo também não estava agindo corretamente. O que ele fez... Senti a raiva subir pelo meu corpo e, quando vesti um roupão, estava pronta para encontrá-lo.

Parei, de repente, piscando diante do quarto cheio de pessoas me encarando.

— Este é o Tom. — Heidi indicou o homem parado no quarto, sem nem desviar o olhar do dispositivo. Tom estava impecavelmente vestido com um terno cinza e justo, com um lenço amarelo e gravata azul e amarela, o cabelo bem curto e penteado para trás.

— Ah, querida! — Ele veio até mim, o beijo simulado sem tocar nas minhas bochechas, a horda de pessoas atrás dele, curvando-se com tipos de reverências diferentes. — Olhe pra você! É lindíssima por natureza. Olha o cabelo! Lindo, mas precisa desesperadamente de mim. — Puxou meus fios molhados. — Vamos destacar a cor um pouco mais e fazer um corte mais *autêntico*. Ah, querida, sua pele está tão seca. E essas sardas são adoráveis para uma garota da fazenda, mas não para a princesa, estou certo? — Ele parecia um furacão, obrigando-me a sentar em uma cadeira de salão que havia sido colocada no quarto, estalando os dedos para seus assistentes trabalharem. — Mãos à obra!

Todos agitados ao meu redor, acionando meu botão de pânico.

Logo depois, uma bandeja de chá, café, *croissants* e frutas foi levada para o meu quarto. Mais pessoas se movimentavam ao meu redor, bajulando ou agindo como se eu não fosse nada além de um manequim.

Eu me senti sufocada. Presa.

Este lugar praticamente fazia lavagem cerebral, transformando você na pequena Barbie Zumbi deles para lhe moldarem em sua versão perfeita de princesa.

— Parem — ordenei às pessoas que estavam ali. Ninguém me ouviu, falando umas às outras. — Eu mandei parar — disse eu, mais alto.

— Café ou chá, milady?

— Café...

— Chá! — respondeu Tom por cima do estrondo do secador de cabelo. — Café desidrata a pele e mancha os dentes. — A empregada o escutou, colocando uma xícara de chá na mesa ao meu lado.

Odiava chá. Aquilo foi a gota d'água. Minha visão ficou turva de raiva, a fênix emergindo.

— Eu. Disse. Parem! — Profunda e gutural, minha raiva explodiu, e me levantei de supetão, fazendo todos tropeçarem para trás. — Afastem-se.

A conversa, o secador de cabelo e o movimento cessaram, todos ficaram em silêncio. Paralisados. Como se tivessem sido colocados em um lugar com um animal raivoso.

Cruzei o cômodo diante das expressões horrorizadas, ignorando Heidi me chamar ao sair, sentindo cada pedacinho da fera selvagem ganhando vida. Só que não ligava mais.

— Theo! — berrei, à sua procura, o pessoal pulando da minha frente conforme passava, indo para a sala de café da manhã, sem me preocupar com o cabelo molhado e que estava só de roupão. — Theo! — gritei seu nome, virando o corredor que levava á sala elegante.

Eu. Quero. Morrer.

Toda a família real, incluindo a avó, se encontrava sentada ao redor da mesa, bebendo graciosamente seu chá e mordiscando o que havia para o café da manhã.

SOB O DOMÍNIO DA *Realeza*

— Mas é claro — murmurei para mim mesma.

— Spence? — Theo se levantou, com a expressão confusa. — Você está bem?

— Você quer saber se estou bem? — Meu olhar incisivo era dirigido a ele. — Eu pareço estar bem?

— Parece assustada, meu amor. E gritar assim pelo palácio? Tão vulgar. Ordinário. — A rainha-mãe bebericou um gole de sua xícara, ainda se valendo do tom de voz esnobe: — A equipe a verá desse jeito, e nós, sobretudo, não queremos que isso aconteça. Por favor, volte para o seu quarto e fique mais apresentável, feito uma dama, e *jamais* se atreva a sair assim pelos corredores novamente.

Queria mostrar a ela onde poderia enfiar sua opinião. Para ela, ser "ordinária" era vulgar, como se fôssemos todos rebeldes e sem educação.

— Vovó, as coisas não são tão rígidas como costumavam ser. Eu mesma sinto vontade de descer de robe na maioria das vezes. — Eloise piscou para mim, nem um pouco perturbada pela minha presença.

— Mas nunca desceu. Porque existem regras aqui. Decoro. E ela precisa entender isso o mais rápido possível. — O olhar do rei se afastou da filha e se fixou em mim. — Nunca mais saia da privacidade de seu quarto assim, Spencer. — Levantando-se, ele limpou a boca, seu criado bem ali, ajudando-o a vestir o paletó. — Espero você na reunião, Theo — anunciou e saiu.

Catherine olhou para mim, a expressão vazia, mesmo tendo detectado uma pontada de tristeza, de saudade. O boato era de que ela havia deixado um amante, pois havia sido escolhida para se casar com o rei. Será que ela já foi igual a mim no passado? Lutando com unhas e dentes para manter um pedaço de si mesma e, por fim, acabou destruída. Soterrada.

— Theo. — Não era um pedido, mas uma exigência, e, mesmo descalça, me dirigi à cozinha.

— Nem se casou ainda e a esposa já está olhando feio! — Eloise riu. — Theo arrumou problemas.

— Cala a boca — resmungou, os sapatos clicando no chão, logo atrás de mim, me seguindo até o único cômodo onde eu me sentia à vontade, que tinha mais a ver com Lennox do que com o espaço em si.

— Nos deixem a sós — ordenei aos empregados da cozinha, usando um tom forte e autoritário, tal qual uma futura monarca.

Uma que eu odiaria.

Dava ver que não gostaram da futura rainha já dando ordens, mas pararam o que estavam fazendo e saíram. Eu já podia ouvir até mesmo os murmúrios: *Ela ainda nem é princesa e já está agindo como se governasse o lugar.*

Assim que a última pessoa desapareceu pela porta, eu me virei, sentindo meu corpo pegar fogo por dentro.

— Uau. Você nasceu para isso. Acho que nem as minhas ordens foram acatadas assim antes. — Theo sorriu como se não tivesse ideia do que estava por vir.

— Como você pôde? — Eu estava fervendo de raiva.

— Spence... — Theo estendeu a mão para mim.

— Não. — Empurrei suas mãos para longe. — Mas. Que. Merda. Theo?! Como pôde fez isso comigo?

— Como pude fazer o quê? Querer me casar contigo? Fazer o pedido de casamento mais romântico?

— Está de brincadeira com a minha cara agora?

Ele ficou nervoso, movimentando os pés.

— Você se lembra ou não de estar neste mesmo lugar ontem de manhã? Quando terminamos!

— Nós não terminamos. Tivemos uma briga. Você só precisava de um momento para esfriar a cabeça.

— Theo! — gritei, erguendo os braços. — Eu disse a você que não estava feliz. Que não queria mais fazer isso. Estou ficando louca? Você me ouviu, né?

— Sim. — Ele lambeu os lábios, virando a cabeça para o lado. — Eu sei que é assustador e esmagador fazer parte de todo esse circo, mas eu te amo, Spencer. Podemos passar por isso. Basta que se acalme e tudo ficará perfeito.

— Santo Deus. — Pressionei a testa com as mãos; parecia que eu tinha entrado em um universo paralelo. — Theo, está mesmo me ouvindo?

— Estou, mas conheço você, Spence. Você surta fácil, mas quando se acalma, percebe que foi por nada.

Não podia negar que minha tendência era reagir primeiro, a chama em mim acendendo na defensiva antes de respirar e perceber que as coisas não eram tão ruins.

— Isto é diferente. — Uma onda de tristeza cobriu minha garganta com bile, pisquei ao tirar o anel. — Não posso me casar com você, Theo.

Seu corpo ficou imóvel, a respiração ofegante.

— Desculpa. Confie em mim, entrei nessa acreditando que tudo poderia dar certo. Que aquele amor bastava.

SOB O DOMÍNIO DA *Realeza*

— E agora não é suficiente? — Frio, seu tom ressoou pela cozinha.

— Não é. — Mordi o lábio.

— Você me ama? — Seu tom era mordaz em cada palavra.

Engoli, incapaz de encontrar seu olhar.

— Spencer? Você me ama? Sim ou não.

— Não assim, oito ou oitenta.

— É. — Agarrou meu queixo, virando-o para ele, raiva e mágoa irradiando em sua íris. — Sim.

— Você é meu primeiro amor. Sempre vou te amar...

— Mas? — soltou, com dificuldade.

— Não estou apaixonada por você — respondi, baixinho, uma lágrima rolando pelo meu rosto. — Não o suficiente.

Parecia que eu tinha esfaqueado o coração dele. Mágoa e tristeza tomaram conta de sua expressão, mesmo que tenha tentado esconder; devastação alojou-se em sua garganta quando ele deu um passo para trás, afastando-se de mim.

— Eu lamento tanto.

— Não. — Ele balançou a cabeça, de costas para mim. — Não quero ouvir sua compaixão.

— Não é compaixão, Theo. Gosto muito de você. Foi meu amigo antes, e machucar você está me matando.

— Mas não gosta o suficiente para ficar comigo.

— O quê?

— O que fiz de errado? — Ele se virou, e eu tropecei para trás. — O que aconteceu para fazer você deixar de me amar?

— Nada. — Balancei a cabeça. — Você é maravilhoso... só não para mim.

— Que merda, Spencer. — Ele começou a andar de um lado ao outro. — Você era tudo para mim. Fiquei tão feliz pensando em me casar com você, em sair daqui, me estabelecer, ter filhos.

— Você sequer pensou alguma vez se era a vida que eu queria? Eu nem sei se quero ter filhos.

— O quê? — Sua cabeça virou de pronto, os olhos arregalados. — Você não quer ter uma família?

— Família, sim. Filhos... Não sei. Uma coisa não exclui a outra — respondi, meu tom de voz se elevando. — Não deveria saber desse tipo de coisa agora. Não tenho nem *vinte anos*. Tenho certeza de que a equipe de relações públicas já definiu as datas de quando devo conceber e quando o segundo filho deve nascer. E se eu decidisse que não queria ter filhos? Meu Deus... a imprensa, esta família, o público... você. Seria ridicularizada e envergonhada. É isto que vai acontecer. Somos tão jovens. Eu deveria estar na faculdade, ficando bêbada e acordada a noite toda estudando. Em vez disso, acordo com um estilista controlando o que visto, como devo cortar o cabelo, e acho que ter sardas é contra o código das princesas. Tudo que sai da minha boca é praticamente roteirizado. Já sei onde vou me casar e ser enterrada.

Respirei fundo, tentando me acalmar.

— O que mais odeio é ser tratada como um *hobby* e ser deixada de lado como um capricho passageiro. Tudo o que foi feito comigo, eu... a garota por quem você supostamente se apaixonou... não existe mais. — A represa havia rompido e tudo estava sendo jorrado, incluindo minhas lágrimas. — Sabia que a Mina não quer mais ser minha amiga, e que eu sequer fiquei sabendo que Landen foi enviado para o serviço militar? Esses eram *meus* amigos, *minha* família. E eu os perdi porque escolhi você... esta vida. Desisti de tudo, mas você não sacrificou nada. Percebe que se eu não estivesse aqui, nada na sua vida mudaria? Nada. Em contrapartida, tudo na minha mudou. Você não conheceu mais nada além do que já viveu. Esta é a *sua* vida, e eu entendo, e a pessoa que se casar com você deve querer isso também.

Aturdido, ele ficou ali como se alienígenas tivessem me abduzido.

— Se estivéssemos tão apaixonados, deveríamos estar explodindo de tesão e luxúria, incapazes de manter as mãos longe um do outro! — exclamei. — Você não acha que é um sinal preocupante de que na nossa suposta noite de noivado, tenhamos dormido em quartos diferentes?

— Você disse que estava cansada e com dor. Que sua cabeça estava doendo.

Jesus, ele não percebeu como nós parecíamos um casal de idosos?

Fechei os olhos por um segundo, ciente de que nenhuma dessas coisas eram importantes com Lennox. Nenhuma dor me impediria de, pelo menos, querer que ele estivesse ao meu lado na cama. Com Theo, eram justificativas para ficar sozinha. E ele não insistiu comigo nem um pouco.

— Será que você *me* ama mesmo?

— É claro que...

— Não. — Ergui a mão. — Quero que pense bem nisso, não que me dê uma resposta automática, porque eu sinto que se tornou mais a ideia de estar comigo do que amor de verdade. O próximo item na sua lista para se tornar um grande rei. Fico ao seu lado e sorrio, a esposa perfeita, sempre ao seu lado. Mas quando foi a última vez que pensou mesmo em mim?

— Eu penso em você o tempo todo.

— Ontem à noite? Naquele pedido. Achou que eu iria gostar? Na frente de todos?

Colocando as mãos nos quadris, ele olhou para o chão.

— Theo, você me conhece. Eu gosto de estar no meio de grandes multidões onde todos ficam me olhando?

— Não — sussurrou.

— Então, por quê?

Ele ficou em silêncio, ainda sem olhar para mim.

— Me diz por que faria isso comigo? — exigi saber.

— Porque sabia que não teria como dizer não! — Ergueu a cabeça, explodindo a raiva que guardava por dentro.

Arquejei diante da primeira fagulha de honestidade dele.

— Porra, Spencer, não sou cego. Pude sentir você se afastando de mim. E, reagi, sabendo que na frente das pessoas... você aceitaria. Não queria te perder, e achei que se superássemos toda essa incerteza, ficássemos noivos, encontraríamos o caminho de volta um para o outro. Ainda podemos.

— Não. — Eu me aproximei dele, o anel entre os dedos. — Não podemos.

— Por que não?

— Porque — meus olhos lacrimejaram — você merece alguém que te ame com todo o coração. Que não hesite nem por um segundo quando for pedi-la em casamento.

Ele não falou por mais de um minuto, encarando o anel, lágrimas brilhando em seus olhos. Finalmente, ele o pegou; respirou fundo e depois pigarreou.

— Não é tão fácil assim. Não dá simplesmente para desmanchar o noivado com um príncipe.

— O que quer dizer?

— O mundo *acabou* de descobrir que ficamos noivos. As declarações autorizadas pelo palácio real foram emitidas há instantes. Nossa foto foi publicada no site oficial. É muito cedo para jogar uma bomba assim em todos, e hoje papai e eu temos uma reunião desgastante com o Parlamento — resmungou. — O que meu pai vai dizer... não posso lidar com isso hoje.

Engoli em seco. Sabia exatamente o que seu pai diria. Mas ele desejaria mesmo que seu filho se casasse com alguém que não o amasse? Ele não iria querer algo melhor para o filho?

— Por favor, pode manter o compromisso um pouco mais? — Segurou minha mão, deslizando o anel no meu dedo.

— Theo.

— Por favor, me faça este favor.

Respirei fundo, sentindo o peso voltar aos meus ombros.

— Só me dê alguns dias. Mais tarde conversaremos, então decidiremos como lidar com tudo.

— Theo...

— Por favor, Spencer? Preciso de um pouco mais de tempo. Pode continuar agindo como se tudo estivesse bem?

Meus ombros cederam, sabendo que não era assim tão simples, só devolver o anel e ir embora. Não para a realeza.

— Sim. Tudo bem.

— Obrigado. Vamos manter entre nós por enquanto, não conte nem para minha irmã. Tudo bem? — Ele se aproximou, os lábios roçando minha testa. — E não vou mentir e dizer que não espero que me dê uma última chance. Não quero desistir de nós. Acho que poderíamos ter sido muito felizes. — Ele me beijou antes de se afastar, a tristeza marcando seu rosto. — Quando você disse sim ontem à noite, me fez o homem mais feliz do mundo — suspirou, virando e caminhando para a porta.

— Theo?

A dor retorceu a minha expressão. Aquela pequena esperança que Theo ainda mantinha se quebrou. Uma lágrima desceu pelo meu rosto.

Ele parou, olhando para mim.

— Você nem percebeu.

— O quê?

— Que eu nunca disse sim.

Enquanto Theo lidava com as coisas do reino, eu era obrigada a tratar dos planos de casamento e do noivado. Pela rapidez com que o palácio respondeu ao noivado, Chloe devia estar se preparando há algum tempo.

A pasta de arquivo estava abarrotada, e os organizadores mais prestigiados do mundo, já despejavam esboços no meu colo.

O dia foi um turbilhão de reuniões e discussões de coisas sobre as quais eu realmente não tinha muito a dizer. As pessoas me mostraram um punhado de vestidos, flores e joias aprovados. Nenhum deles era para mim. E, depois de um tempo, acenei para qualquer coisa que recomendaram, me desligando dali. E isso era muito louco; ninguém enxergava como eu estava desanimada. A noiva não deveria estar toda entusiasmada?

Continuei pedindo mais champanhe, a única vantagem do dia. Enviava mensagens para Lennox, a indignação fervilhando à medida que ele me ignorava. Ainda era meu guarda-costas. E se eu precisasse dele? Será que iria contra seus deveres para ficar longe de mim? O fato de ele ter me deixado ontem à noite foi completamente contra o protocolo.

— É uma honra ser convidada a apresentar-lhe um dos meus desenhos para o seu vestido, milady — disse uma estilista, me trazendo de volta ao presente. Ela saltitava, incapaz de esconder o nervosismo e empolgação. — Ficaria inacreditavelmente honrada em também desenhar qualquer vestido de gala ou evento para a senhorita. Qualquer coisa. Até um robe da minha linha editorial pode transformar minha vida.

Maldito seja, Theo. A culpa me envolveu pelo esforço que as pessoas estavam fazendo com a esperança de que isso mudasse suas carreiras. E tudo seria em vão.

Enquanto Chloe e outros revisavam especificações e contratos, notei Dalton andando pelo quarto.

— Eu já volto. — Pulei do sofá, correndo porta afora. — Dalton! — Corri atrás dele.

Ele parou, curvando-se ao me ver.

— Milady? — Ele abaixou a cabeça. — Ofereço meus parabéns.

— Não — murmurei, meu olhar vagando à procura de ouvidos indesejados. Puxando sua manga, eu me esgueirei para uma sala de estar vazia. Eles possuíam uma dúzia, e a maioria nunca era usada. Fechei as portas, as palavras disparando da boca, feridas e vacilantes conforme saíam: — Me desculpe... pelo que viu... Deus... não consigo imaginar o que pensa de mim.

— Não é da minha conta julgar, senhorita.

— Por favor — respondi, irônica. — Você, de todas as pessoas, tem o direito. Tem sido tão gentil comigo quando tantos não foram. E sinto que te traí de alguma forma. Decepcionei você.

Dalton respirou fundo, os ombros largos cedendo, a expressão severa escorregando só um pouquinho.

— Não sei se isso torna minhas ações menos horrendas, mas terminei com Theo mais cedo ontem. Ou foi o que pensei. A noite passada deveria ter sido só encenação, até que...

O olhar curioso de Dalton encontrou o meu. Ele tinha o tipo de olhar penetrante que era sexy e intimidador ao mesmo tempo. Sério, ele e Lennox poderiam fazer uma sessão de fotos para os guarda-costas mais gostosos do mundo.

— O que aconteceu com Lennox... Resisti por muito tempo e depois do bombardeio... Não posso dizer que minhas escolhas não foram dolorosas e desprezíveis, mas... — Parei de falar, os sentimentos intensos por Lennox me deixando sem fôlego.

— O que faz não é da minha conta. — Dalton entrelaçou as mãos, endireitando a postura. — Não tem necessidade de me explicar.

— Mas sinto que tenho. — Dei um passo em direção a ele. — De todos neste lugar, seu respeito significa mais para mim.

Seus olhos se arregalaram, surpresos.

— Obrigado, senhorita.

— Não me venha com essa de senhorita. — Eu o encarei, com raiva, fazendo com que uma risada escapasse dele. — Você conhece e protege o Theo há muito tempo. De todas as maneiras. Odeio como as coisas aconteceram, e que talvez se sinta mal por estar no meio de tudo.

— Sabe que não era o maior fã de Lennox quando chegou, mas ele rapidamente mudou essa impressão que eu tinha. Lennox se tornou um bom companheiro e tem meu total respeito pelo que passou em sua vida. Mas saiba que por mais que eu goste de você, minha lealdade sempre será por Theo em primeiro lugar. *Sua segurança*. Mas a vida pessoal dele não é da minha conta.

Acenei com a cabeça, engolindo o nó na garganta.

— Theo não sabe sobre mim e Lennox. Não quero machucá-lo mais do que já fiz. Mas ele sabe qual é nossa real situação. — Girei o anel em volta do dedo. — Ele queria alguns dias antes de contarmos a todos.

— Perdoe minha franqueza, mas percebe o que está por vir? Será um pesadelo para a equipe de relações públicas deste lugar. Mas estou preocupado com você. *Você* que será crucificada, perseguida e dilacerada, não importa o quanto Theo afirme que foi mútuo. Sua vida nunca mais será a mesma.

Meus dentes rangeram, compreendendo o horror que me aguardava. O ódio e a reação seriam insondáveis.

— É melhor isso acontecer do que Theo se casar com alguém que realmente não quer estar aqui. Ele merece coisa melhor.

A cabeça de Dalton baixou com respeito.

— É por isso que sempre respeitarei você, Spencer. Não concordo com o que fez, mas ainda assim escolheu a felicidade do Theo. Mesmo que ele não reconheça isso agora.

A vontade de chorar fez minha garganta e o peito apertar.

— Estou disposta a aceitar o que vier, porque sei que no futuro, Theo vai me agradecer. Ele vai conhecer a mulher certa e perceber que a felicidade que sentiu comigo era uma sombra do que tem com ela.

Dalton me encarou.

— Parece que está falando por experiência.

Com os olhos entrecerrados, permiti que ele visse a verdade.

Ele acenou com a cabeça, compreendendo.

— Imaginei que fosse o caso.

— Você sabe onde ele está? Enviei um monte de mensagens e não recebi resposta.

— Ele foi embora ontem à noite, renunciando à indenização e às cartas de recomendação. Entregou o celular e saiu.

— O quê? — Meu corpo estremeceu como se tivesse sido eletrocutado. Sabia que ele estava de partida, mas as pessoas geralmente ficavam uma semana ou mais para treinar seu substituto. Ainda mais aqui. Ouvi dizer que tinham uma política rígida de duas semanas. — Sabe para onde ele foi?

— Não sei. — Dalton caminhou até a porta, parando bem ao meu lado. — O que sei é que ele renunciou a uma boa quantidade de dinheiro e benefícios. Sabe o que uma recomendação do Palácio Real pode fazer por você? Pode abrir *qualquer* porta do mundo. É capaz de mudar sua vida. — Seu olhar atravessou minha alma, forçando-me a desviar o olhar. — Alguém teria que ficar bem aborrecido para deixar isso para trás.

Repassei o momento em que nossos olhos se encontraram, meu noivado recém-anunciado zumbindo ao redor quando ele se virou e saiu.

— Não há nada mais torturante do que ver a pessoa que você ama com outra pessoa. — Ele passou por mim.

— Dalton?

Eu me virei e o vi segurar a maçaneta da porta, o pescoço levemente virado de lado.

— Você é apaixonado por ela? — soltei a pergunta, mesmo tendo a sensação de que já sabia da resposta.

Com o rosto treinado, a voz soou firme:

— Não sei do que está falando.

— Entre todas as pessoas, Dalton, sei como é se apaixonar por alguém que não deveria. Mas tenho certeza de que ela também te ama. — Inclinei a cabeça.

Seu pomo-de-adão se moveu, os olhos fixos no chão.

— Alguns limites não podem ser cruzados, não importa o que sinta. — A resignação marcava o tom de sua voz. Ele abriu a porta e saiu, acrescentando mais tristeza no meu peito.

O lugar dos contos de fadas e sonhos de algumas pessoas era construído inteiramente de corações partidos e mentiras.

CAPÍTULO 9

— *Eu sei. Não me desaponte. Ao meio-dia.*

A mensagem subliminar parecia ter vida, como se as palavras pudessem sair do telefone, contando a todos os meus crimes. No começo, não sabia se era o que foi dito ou pelo fato de Lorde William saber o que era mensagem via celular, mas não havia como disfarçar a ameaça.

Eu sei.

Isso, acima de tudo, fazia o pânico pulsar por minhas veias.

— Chegamos, senhorita. — A voz do motorista de táxi sacudiu meus ossos.

Virei a cabeça em direção à janela, avistando os prédios em estilo georgiano à frente. No bairro mais chique, não muito longe do prédio do nosso parlamento, a residência de Lorde William ocupava boa parte desse quarteirão. Embora tivesse uma bela propriedade rural onde sua esposa morava, o homem passava a maior parte do tempo na cidade.

Surpreendente.

Mesmo que ela gostasse da cidade, fiquei curiosa para saber se foi realmente escolha da esposa em morar no campo. Eu escolheria, se fosse casada com esse safado.

Tal como acontece com a maioria dos nobres, ninguém tinha a menor ideia do que ele fazia para pagar acomodações tão luxuosas, mas se eu pudesse apostar, baseada com o que fez com a minha família, ele era apenas um agiota mau-caráter.

— Obrigada — murmurei, escondendo ainda mais a cabeça no capuz. A última coisa que eu queria era ser reconhecida.

Com tudo acontecendo, havia me esquecido de Lorde William. Acabei não vendo Theo pelo resto da noite, então jantei com Catherine, Anne e Eloise enquanto brincavam de conhecer a noiva. Por fim, Eloise me tirou de lá, e nos escondemos na sala de cinema no andar inferior e ficamos bêbadas. Adorava El e odiava cada vez que ela falava do casamento. Detestava esconder algo assim da minha amiga. Ela havia se tornado alguém especial para mim, e me doía saber que eu também a perderia nessa confusão.

Theo não respondeu nenhuma das minhas mensagens, e sua ausência revirava meu estômago. Eu estava apavorada, com medo de que ele estivesse se fazendo de desentendido outra vez, fingindo que nada mudou.

Agora eu tinha dois caras ignorando as minhas mensagens.

A mensagem de Lorde William para mim foi só mais um prego no caixão.

Eu sei.

Sem dúvida, ele estava falando de mim e Lennox – uma história de tabloide que o Palácio Real não precisava. O término do meu noivado com Theo seria fofoca suficiente para uma vida inteira.

Fingi uma enxaqueca devastadora, alegando que só precisava ser deixada sozinha para dormir, e escapei pelo jardim, saindo pelo portão lateral onde toneladas de turistas e pessoas transitavam, o que tornou mais fácil para que eu pudesse me misturar na multidão.

Havia câmeras de segurança e guardas por toda parte, mas a maioria procurava uma brecha para entrar, não para sair. Eles não imaginariam que a noiva do príncipe sairia como uma fugitiva, e sem Lennox na minha cola, era muito mais fácil.

Queria desesperadamente vê-lo, contar tudo, mas nunca tive o seu número de celular particular. Nem sabia onde morava.

— Senhorita? — O taxista me trouxe de volta ao presente.

— Ahn, tudo bem, obrigada. — Saí do carro, já querendo voltar quando o táxi disparou pela rua. — Droga.

Suspirei fundo, olhando para o prédio, os reflexos intensos diante do dia frio e sombrio. O medo embrulhou o estômago, mas coloquei um pé na frente do outro, subindo os degraus. Respirando fundo de novo, ignorei o coração martelando no peito. Entendi o que ele queria de mim. O homem deixou perfeitamente claro que eu poderia tirar minha família dessa confusão. Na hora, a noção me deu náuseas, o estômago queimando de nojo como se fosse um caldeirão borbulhante de veneno.

Ele detinha o poder; as regras estavam sempre a seu favor. Seria interminável o que exigiria de mim com uma simples ameaça.

A confiança da minha mãe, na outra noite, quando me despedi da minha família, revirou o estômago.

— *Estamos tão orgulhosos. A dignidade e o respeito que trouxe a esta família. Seu pai não fala muito, mas sei o bastante para perceber que salvou a todos nós. Te amamos muito.*

SOB O DOMÍNIO DA *Realeza*

Mordi os lábios por dentro, sufocando os soluços na garganta. Ela não tinha ideia do peso que colocou sobre mim.

A campainha tocou, parecendo um sinal de mau agouro. Um movimento atrás da porta fez o medo estremecer minhas pernas.

Fuja, Spencer. Enfrente as consequências. Mas sabia que não podia. William garantiria que isso recairia na minha família, no Palácio Real, em Lennox.

A porta se abriu, revelando uma mulher mais velha vestindo um uniforme semelhante ao do palácio. Seu rosto amargo se contorceu quando o olhar correu por mim com desgosto.

— Estou aqui para ver Lorde William — resmunguei.

— Claro que está. — Seu tom repugnante era dirigido a mim, não ao homem que marcou a reunião. Como se eu fosse a prostituta entrando para seduzir um homem casado. — Vou avisar vossa senhoria.

Fechando a porta em seguida, bufou, sem esconder o ódio por mim antes de bater com delicadeza na porta bem ao lado da entrada.

— Lorde William, tem uma... *garota...* aqui para vê-lo — ela enfatizou a palavra como se fosse um insulto.

Eu *era* uma garota, jovem quando ele era velho e poderoso. De acordo com os rumores, eu não era a primeira mulher a quem assediou. Ela, provavelmente, viu um desfile de jovens por aqui, mas deve ter pensado que a culpa era nossa, com certeza.

Era doentio.

— Deixe-a entrar, Maude. — Ouvir sua voz foi como sentir gelo se alastrando pelas costas, me fazendo tremer com um frio tão profundo que talhou meus ossos.

Ela abriu a porta, gesticulando para que eu entrasse.

— Apresse-se, garota, sua senhoria é um homem ocupado. — Seu tom disparou ódio e vida de volta em minhas veias. Ergui a cabeça, orgulhosa, sabendo que as mentiras estavam prestes a sair da minha boca, mas não me importei. Eu me aproximei dela, o olhar afiado a varrendo de cima a baixo como se fosse um inseto.

— *Você* vai se dirigir a mim como *Sua Alteza Real* quando falar comigo.

Levantando a cabeça, seus olhos se arregalaram ao me reconhecer. A garota de jeans, tênis e moletom, com o capuz a cobrindo, não era o que esperava de uma futura princesa, mas somente quando se concentrou, de verdade, no meu rosto, foi que demonstrou o temor.

— Milady. — Ela fez uma reverência, abaixando a cabeça. — Perdoe-me por minha grosseria. Não a reconheci.

— Não deve haver diferença em sua forma de me tratar se sou rainha ou plebeia sem um tostão.

Enfrentei a dona rechonchuda como se eu fosse um martelo.

— Maude, pode ir — interrompeu William. — E feche a porta.

Ela curvou as pernas, em uma mesura, antes de fechar a porta, aflita.

A risada baixa atraiu minha atenção de volta ao homem atrás da mesa. Vestindo um traje de *tweed*, o paletó largado no encosto da cadeira, ele deu umas batidinhas na cabeça com um lenço, o olhar intercalando entre mim e os arquivos sobre a mesa.

— Nada assusta Maude, mas ouso dizer que você pode ter despertado um pouco de temor naquela velha rabugenta.

O nó na garganta se tornou mais grosso e ácido.

— Falando o homem que provavelmente estava por aqui quando este país foi fundado no século XV.

Um sorriso forçado curvou o canto de seus lábios.

— Nem tanto, mas minha família estava. Nosso nome está entrelaçado com a família real desde que se estabeleceram aqui.

Eu o encarei, e o sorriso se transformou em um esgar presunçoso.

— Que bom que veio, Srta. Sutton. — Ele apontou para uma cadeira do outro lado da mesa. Não me movi um centímetro. — Sabia que recobraria os sentidos. Por favor, sente-se.

— Não, obrigada. — Cruzei os braços.

Ele sorriu ao dar a volta na mesa. Sua pele era pálida e úmida, o que só aumentou a repulsa que sentia até os dedos dos pés, por este homem.

— Fogo e coragem. Vou gostar tanto de você. — Sentou-se à beirada da mesa, seu comportamento mudando em um piscar de olhos para raiva ao exigir: — Sente-se.

Sem desviar o olhar dele, circulei a cadeira arredondada de couro, sentando-me na borda do estofado, analisando a sala rapidamente. O escritório era em madeira escura e clara. Estantes e armários embutidos se conectavam em ambos os lados repletos de livros, fotos e esculturas de arte. Janelas em arco davam para a rua, cobertas por grossas cortinas de organza creme, e um móvel grande que servia de bar ficava ao longo da parede perto da entrada. Sua mesa era elegante, com pernas finas, mas a madeira escura a fazia parecer masculina. A sala cheirava a fumaça de charuto rançoso, uísque e a ele, que era uma mistura de cadáver em decomposição, lã molhada e loção pós-barba de velho.

SOB O DOMÍNIO DA *Realeza*

— Gostaria de uma bebida, minha querida?

— Não. — Minhas unhas cravaram nos braços da cadeira. — Vamos acabar logo com a conversa fiada.

Seus olhos se dilataram, excitados, um sorriso curvando a boca, a língua deslizando sobre o lábio.

— Direto ao ponto. — Alcançou o zíper da calça. — Sem confusão ou fingir que não vai acontecer. Estou impressionado, minha querida.

— Se você mover a mão mais um milímetro, vou cortá-la com um abridor de cartas. — Minha voz saiu fria e equilibrada, mas o olhar queimava de raiva.

Seu nariz enrugou, confusão e ira se misturando.

— O que disse?

— Você me ouviu.

Não podia ou não queria tocá-lo. Nunca. Pensar em tocá-lo, ou fazer o que ele queria, me mataria, o que me fez sentir egoísta, mas me arrancaria a alma. E, por mais que amasse minha família, não conseguiria.

— Você tem noção, garotinha, do que acontece se não fizer isso? — Ele estava puto da vida, e se desencostou da mesa, esfregando as têmporas com os dedos. Eu me levantei na mesma hora. De pé, eu ainda era muito mais baixa que ele, mas me fez sentir menos vulnerável. — Você será destruída. Sua família ficará sem um tostão, nas ruas, passando vergonha nos jornais. E trepar com seu guarda-costas ontem à noite? Foi tão na cara. — Ele se aproximou, seu corpo suado pairando sobre o meu. — Vou acabar com vocês dois, com prazer. A vergonha e a zombaria não recairão só em você. Consegue fazer isso, Spenceeeer? — disse meu nome de forma arrastada. Ele estava bêbado? — Todas essas vidas arruinadas? Será que Theo merece que você transe e o traia com um empregado? Eu disse a você que se precisasse de algo, poderia vir aqui.

Engoli a crescente vontade de vomitar.

— Você é o cretino mais repugnante que existe. Coitada da sua esposa. Nossa, não consigo imaginar por que continua casada com você.

— Ela gosta de gastar meu dinheiro e não se importa com o que faço. — Seu olhar baixou para meus seios. Coloquei a roupa mais desfavorável e grande que consegui encontrar, mas a impressão que eu tinha era de que ele podia ver por baixo do tecido; minha pele irritada e desconfortável parecia querer deslizar dos meus ossos e se esconder. — Mas não aja como se tivesse problema em foder um homem casado. — Sua fala arrastada gaguejou aqui e ali quando se aproximou de mim, desabotoando a calça.

Tropecei para trás, as panturrilhas tocando a poltrona.

— O que isso quer dizer? — Dei a volta na cadeira, colocando espaço entre nós. — Será que finalmente está senil, seu velho?

— Ah. Você não sabe? — Arrogância exalava dele, a boca se abrindo em um sorriso enorme. — Que maravilhoso. Torna ainda melhor ter essa boca afiada em volta do meu pau, em breve.

Engasguei, incapaz de esconder a repulsa.

— Do que está falando? Nunca toquei em um homem casado na vida.

— Tem certeza disso? — Sua frase saiu toda confusa, o escárnio erguendo um lado da boca, suor escorrendo na testa.

— Sim.

Apertei o agasalho ao corpo, dando um passo para trás na direção à porta.

— Acho que não é a única que esconde segredos. E quando o mundo descobrir isso... ah, minha querida, não sobreviverá a esse escândalo. — Ele cambaleou ao se aproximar. — O mundo vai te despedaçar. Não terá volta.

— Sério, quanto bebeu? — Eu me aproximei da porta. — Eu vim aqui para implorar por sua humanidade. Esperando que fosse misericordioso, mas percebi que é uma causa perdida, pois você não tem nenhuma. — Lancei uma olhada para a porta. Só alguns passos e poderia sair correndo.

Sua expressão disparou entre mim e a porta, avaliando o espaço, fúria fazendo-o contrair a mandíbula.

Foi só um segundo; tensão estalou no espaço. Nós dois nos movemos ao mesmo tempo, minha mão envolvendo a maçaneta, um grito saindo dos meus lábios quando seus longos braços me agarraram, me girando e me empurrando dolorosamente contra a parede. Com a cabeça inclinada para trás, choquei o quadril contra o balcão, meus olhos lacrimejando quando a dor me apunhalou.

Ele pressionou o corpo ao meu, o hálito fétido e o cheiro de mofo da roupa queimando as narinas.

— Você não vai a lugar nenhum, princesa — zombou do título, as mãos agarrando meus braços, prendendo-os à parede, me empurrando mais entre o móvel, a parede e ele.

— Saí de perto de mim! — gritei.

— Não até que me dê o que quero, sua putinha provocadora.

— Nem pensar! — Eu me debati contra ele, mas seu peso me

imprensava e esmagava conforme suas mãos desajeitadas apalpavam minhas roupas, tentando desabotoar meu jeans e subir o agasalho. — Não! Pare!

— Você veio até mim — debochou, ofegante, enquanto tentava me conter. — Como acha que vai parecer para a imprensa? Acha que vão acreditar em você? Pare de resistir. Eu sei que você quer... está praticamente me implorando. — A última parte saiu meio engrolada. — Quer salvar sua família da destruição? Seu relacionamento com Theo? Sei de algo que vai devastar você mais do que poderia imaginar. Pode me obrigar ou não. De qualquer forma, vou adorar domar esse seu espírito genioso. — Suas mãos arrancaram o botão do meu jeans, em sua tentativa de empurrá-lo para baixo. Eu me contorci em seu agarre, mas ele me segurou com tanta força contra a mesa, que tudo que consegui fazer foi mexer os ombros.

Isso não podia estar acontecendo.

— Socorro! — gritei. Maude não parecia gostar de mim, mas poderia mesmo virar a cara e deixar isso acontecer com alguém? Com a futura princesa? — Socorro!

— Acha que ela virá te salvar? — Ele riu, os dedos tão frios e ossudos que pareciam esqueleto tocando minha pele, empurrando o moletom, passando a mão pelo sutiã. — Ela é tão surda que existe uma lâmpada que acende na cozinha para ela saber que alguém está à porta. Ela não vai te ajudar, garota, não que iria, de qualquer maneira. Está nesta casa há quarenta anos e fez vista grossa com todas as minhas amantes entrando e saindo.

— Suas amantes? — gaguejei. — Você é doente! Como consegue se olhar no espelho? É incapaz de arrumar uma mulher que queira ficar com você de verdade, então tem que forçá-la?

— Você me acha tão torpe? — rosnou ele. — Pelo menos, eu digo a verdade. Você sabe que sou casado. Sabe o que quero. Pode dizer o mesmo de seu guarda-costas?

Ele forçou meu jeans para baixo, e na mesma hora senti o gosto de bile na língua. Um gemido desolador disparou pela garganta, querendo rastejar para fora do meu corpo.

Pense, Spencer. Pense!

— Seu guarda-costas? — Ele se inclinou contra mim, quase como se não conseguisse mais se segurar, a boca roçando minha orelha, os dedos empurrando dentro da minha calcinha. — É casado.

Com suas palavras, seu toque – raiva estalou igual a um galho se partindo, me transformando em um animal selvagem.

— Cale a boca! — Empurrei seu corpo com todas as minhas forças, arranhando seu rosto com as unhas, e fazendo com que ele tropeçasse para trás. Ele tocou a bochecha, olhando para as manchas sangrentas. Só metade do rosto contorcido em ira quando me encarou, irritado.

Mas eu estava fora de mim. A fera interior, aquela que poderia surgir como a fênix, berrou dentro do peito.

Duas coisas me consumiam com um ódio profundo: pessoas machucando animais inocentes, independente da maneira e... homens usando de sua posição, poder, chantagem e intimidação para abusar de mulheres, de forma que seus egos pudessem ser afagados pelo fato de que não possuíam nada parecido com um homem de verdade.

— Sua puta! — disparou, vindo para cima de mim.

Estendendo a mão sobre a mesa, peguei o objeto mais próximo, e o ameacei com uma jarra de cristal.

Um ruído estranho e agonizante ressoou quando ele cambaleou para trás, as mãos indo para o peito.

Nem cheguei a tocar nele. Será que ia partir para esse tipo de jogada? Fazer parecer que eu o tinha atacado?

— Ah, que rápido desmorona quando a garota cria um pouco de coragem! Vamos, babaca... venha me enfrentar agora!

Ele se curvou, ofegando e gorgolejando. Ele olhou para mim, metade do rosto parecendo que estava escorrendo, um braço caído sem vida de lado.

— Lorde William? — Eu me ouvi murmurar.

Seu rosto se contorceu, e um gemido tenso escapou quando tombou para trás, se chocando contra a mesa.

Crash!

Tanto ele quanto a mesa cederam sobre o piso de madeira, com um baque surdo, e tudo o que havia em cima se esparramou pelo escritório. Agarrando o peito, ele começou a arfar em busca de ar.

— Santa. Mãe. de Deus — gritei, reagindo na hora, fui até ele. — Lorde William? — Seus olhos estavam vidrados, e ele suava em bicas e gemia. O pânico me atingiu. — Socorro! Alguém ajude! — gritei, percebendo tarde demais que Maude provavelmente não me ouviria. — Merda. Merda.

Rastejei por cima da bagunça espalhada no chão, procurando o telefone fixo. Eu havia deixado meu celular no palácio para que não pudessem me rastrear, caso descobrissem que eu tinha ido embora. Com as mãos trêmulas, disquei o número de emergência, dizendo tudo que conseguia para o atendente.

SOB O DOMÍNIO DA *Realeza*　　103

— Depressa! — berrei, antes de desligar, correndo de volta para ele. Ele ficou ali, imóvel, a pele pálida, o peito não bombeando mais para cima e para baixo. — Merda!

Uma parte minha, no fundo, sabia que se ele morresse, muitos dos meus problemas também acabariam...

Ah, como eu queria ser essa pessoa, mas não era. Assim como me sentia em relação aos animais, eu queria salvar, proteger e ajudar as criaturas que não podiam falar por si mesmas. Lorde William era um desses agora, não importava o quanto eu o odiasse.

— Maude! Socorro! — tentei chamá-la mais uma vez, torcendo para que estivesse por perto. Um som angustiante rolou no meu peito antes de me curvar, iniciando a reanimação cardiorrespiratória.

Que irônico, acabei colocando a boca nele.

Ou ela estava perto ou sentiu uma perturbação na casa que esteve sob seus cuidados por tanto tempo. Maude irrompeu na sala, o rosto empalidecendo, gritando ao cair ao lado de seu patrão. As sirenes da ambulância soavam à distância.

O tempo passou tanto rápido quanto estático, antes de pessoas se movimentarem ao meu redor.

— Senhorita, nós assumimos a partir daqui. — A voz de um homem dominou o lugar, me empurrando para fora do caminho quando os paramédicos começaram o atendimento.

Rastejei para trás, as costas batendo em uma das estantes, todo o chão repleto pelos objetos que antes se encontravam sobre a mesa. Espalmei algo liso quando apoiei a mão no chão.

Maude se movia, inutilmente, olhando para mim como se eu fosse a causa daquilo, o tempo todo perguntando se ele estava bem ao invés de deixá-los fazer o trabalho deles. Eles a ignoraram quando o colocaram em uma maca, sua respiração agora estável, e o levaram para a ambulância.

— Você salvou a vida dele. — A paramédica se virou para mim, e sua expressão mudou quando me reconheceu. — Ah, meu Deus... milady. — Ela abaixou a cabeça, os olhos arregalados. — Eu-eu não sabia que era você. Está tudo bem? Você se machucou? — Ela olhou ao redor do escritório bagunçado. Parecia que uma briga havia acontecido ali. Instintivamente, ela pegou minha mão para me ajudar a levantar.

— Não. — Neguei com a cabeça, precisando me manter sentada sobre algo firme. — Estou bem.

— Bem, posso dizer que ele só está vivo por sua causa. — Ela olhou para mim com admiração e respeito. — Ele deve a vida a você.

Com Lorde William, salvar sua vida não influenciaria na minha situação.

— Eu me sinto muito honrada. — Ela fez uma reverência e se virou, acompanhando os colegas de trabalho, enquanto Maude corria para fora, ainda atrás deles em busca de notícias sobre a condição dele, quase esbarrando em dois policiais que entravam.

— Senhorita? — um deles falou comigo, mas não conseguia responder. — Você está bem?

Fiquei ali, o choque do que aconteceu na última hora, caralho, dos últimos dias, fazendo a ficha cair. Eu me senti atordoada e entorpecida.

— Senhorita, precisaremos fazer algumas perguntas.

Assentindo, comecei a me levantar devagar, a palma suada desgrudando do papel que estava pressionando. Olhando para baixo, vi de relance algumas coisas. Várias fotos bagunçadas no chão.

Mas que merda é essa?

Meus dedos apertaram a fotografia, olhando fixo, mas meu cérebro não conseguia entender. Peguei as outras, a respiração se tornando ofegante conforme a pulsação latejava nos ouvidos.

— Espere, você me parece familiar — outro disse.

— É Spencer Sutton, não é? — As vozes que falavam comigo eram distantes e nebulosas enquanto minhas mãos trêmulas seguravam as fotos.

As fotos eram de um casal, todas em estilo ensaio sensual, o papel amarelado pelo tempo. Foram as pessoas ali retratadas que fizeram meu peito pesar de medo. Ambos muito mais jovens, mas ainda claramente reconhecíveis, além disso, eu já tinha visto muitas fotos dela em álbuns de fotografias e retratos espalhados por toda a casa.

Minha tia Lauren... e Lorde William.

— Puta merda. — Cobri a boca com a mão.

Cada uma das imagens mostrava, sem dúvida, sua atração mútua, e ficava, mais e mais, sexualmente descontraída e ousada. Uma felicidade que nunca tinha visto no rosto da minha tia, deixou nítido, através de seu sorriso, que ela estava desfrutando de tudo o que faziam. Ele ainda era bem mais velho do que ela naquela época, mas sua tara por meninas era notória.

Não, não foi isso que fez meu coração disparar a ponto de a cabeça girar. Era ver Lorde William pelo menos vinte anos mais jovem, todo o cabelo ainda com a cor original e o rosto ainda esculpido a ponto de não se parecer com um idoso.

Nunca soube que Lorde William fosse ruivo. Ele tinha feições muito mais delicadas do que meu tio. Quase bonito. Nada parecido com o homem que via agora, que a idade e a crueldade haviam pervertido sua alma, colorindo suas feições.

Olhando para seus olhos castanhos-claros e o cabelo ruivo, sorrindo ao olhar direto para a câmera, senti o chão desaparecer sob os meus pés.

Porque não era Lorde William que vi olhando para mim...

Era Landen.

CAPÍTULO 10

A sirene atravessou a atmosfera, o som ecoando pelos prédios. Observei as lojas e as casas passando por mim, o carro da polícia ziguezagueando e zunindo no meio do trânsito. Com a cabeça enfiada no capuz, fiquei curvada e silenciosa no banco de trás. Por ser quem eu era, a polícia me escoltou até o hospital, insistindo que eu fosse examinada depois de verem alguns hematomas e rasgos na minha roupa. A última coisa que eu queria era voltar a um hospital depois da última vez em que estive lá, mas sabia que não podia recusar. A pessoa que me tornei agora vinha com a pressão extra de ser a causa de outros perderem seus empregos ou tendo problemas se não fizessem tudo pela futura princesa. Eu era um *produto* muitíssimo frágil.

Eu estava bem, mas outra razão para concordar em ir era porque precisava de respostas de Lorde William.

Rocei as fotos no bolso com a ponta dos dedos, o estômago revirando com o que achava que sabia, mas ainda torcia para estar errada. Será que Landen era filho de William? Quero dizer, olhos castanhos eram comuns, mesmo quando os pais não os tivessem, certo? Meu tio tinha cabelo ruivo, e em momento algum duvidaria de que Landen fosse filho deles. Mas ver William mais novo, os olhos no mesmo tom castanho do meu primo, as mesmas feições mais pronunciadas e delicadas.

Santo Deus...

Entorpecida, permiti que os policiais me levassem ao hospital para ser examinada, com a exigência de que deixassem o Palácio Real de fora da história. Foi preciso implorar, depois fazer algumas ameaças antes que o médico e a polícia concordassem, nada satisfeitos.

— Como está Lorde William? — perguntei ao médico, assim que aferiu minha pulsação e verificou a recuperação dos ferimentos causados pelo bombardeio.

— Ele está estável. Acordado, mas vamos mantê-lo aqui por alguns dias para observá-lo. Esta é a segunda isquemia cerebral dele este ano. Você salvou a vida dele. — O médico pendurou o estetoscópio no pescoço, dando um passo para trás. — Está liberada. Suas feridas do incidente estão cicatrizando bem.

Acenei com a cabeça, descendo da mesa.

— Você passou por muita coisa no últimos dias. — Ele fez anotações em sua prancheta, lançando um olhar na minha direção. — Você é uma jovem muito resiliente, Spencer. Temos muita sorte de tê-la como nossa princesa. — Abaixou a cabeça antes de sair. Fechei os olhos com força. Aquela confiança depositada em mim quase acabou comigo.

Culpa. Dúvida. Autodepreciação. Eu me sentia tudo menos forte. Ainda mais quando toda a nação lhe dizia uma coisa, e seu coração, outra.

A dúvida era paralisante.

Sufocante.

Retorcia tudo dentro do coração, reduzindo sua confiança em si mesmo a nada.

Talvez eu deva me casar com Theo, pensei enquanto saía da sala. *Deveria me tornar rainha, e Lennox ser somente uma lembrança que levarei comigo.*

Segui pelo corredor principal, observando enfermeiras, médicos e pacientes transitando. Meus olhos pousaram, então, em uma pessoa atravessando e virando no corredor na direção oposta. Pude senti-lo – a única coisa em foco no meio de um nevoeiro. Estaquei em meus passos, ofegando, e senti um desejo abrasador por dentro.

Lennox.

Aqui. *Ele estava aqui por mim? Saiu a notícia na imprensa?*

Puta merda, ele era sexy.

Seu cabelo se encontrava perfeitamente bagunçado, vestido com jeans escuros surrados, botas, camiseta e um casaco de inverno cinza estilo militar. Seu andar exalava uma confiança que fazia todas as cabeças virarem. Não que sua aparência não tivesse enfermeiras babando nele por si só. Além daquele dia que cavalgamos juntos, este foi o dia em que o vi se vestir de forma mais casual. Normalmente, ele usava um terno impecável e sobretudo bege quando trabalhava. Ele ficava *muito* bem nos dois estilos, mas acho que preferia seu traje mais rústico.

Meu coração batia descontroladamente, os dedos formigando ao me lembrar da sensação de sua pele, de como era senti-lo e vê-lo entrando em mim. As lembranças da noite passada aqueceram minhas bochechas, à medida que o via desaparecer no corredor.

Ele não estava aqui por minha causa, era óbvio.

Sem pensar, avancei rapidamente, sem querer perdê-lo de vista. *O que ele estava fazendo ali?* Instinto me fez ir atrás, meu estômago já revirado se tornando mais nauseado ainda, em estado de alerta.

Com a cabeça escondida sob o capuz, ziguezagueei e passei pelas pessoas. O topo de sua cabeça apareceu na minha linha de visão, sua altura mantendo-o acima de quase todos os outros. Ele virou mais um corredor e atravessou algumas portas, e precisei desacelerar quando as pessoas dispersavam no caminho. Ele empurrou outro par de portas, e minha atenção se concentrou na sinalização.

UTI. Que estranho. Por que ele estava indo para a UTI? A única coisa que conseguia pensar era que estivesse visitando alguma vítima do atentado.

Abrindo as portas, entrei no lugar silencioso e segui em frente, devagar. Havia um posto de enfermagem em um grande formato oval a alguns metros, além de cubículos repletos de equipamentos médicos e leitos. A maioria parecia ocupada com os pacientes.

Um murmúrio de vozes das enfermeiras, junto com os bipes e chiados das máquinas, encheram meus ouvidos. Meu olhar vagou ao redor, procurando por ele, sem encontrar nada.

Droga.

— Procurando por mim? — Uma voz profunda ressoou à minha esquerda, e um gritinho escapou quando me sobressaltei.

— Cristo. — Bati a mão no peito, virando ao som da voz.

Lennox estava encostado ao batente da porta, meio que escondido, seu corpo imóvel misturando-se à penumbra, o olhar entrecerrado focado em mim.

— Você quase me matou de susto — ofeguei. — E como sabia que eu...

— Spencer — interrompeu, o tom baixo e frio. — Acha mesmo que seria capaz de me seguir sem que eu soubesse? Fui treinado para detectar o mais ínfimo dos detalhes ao meu redor, perceber um rastro ao menor movimento. Eu seria uma porcaria de segurança se *você* escapasse de mim.

Colocando as mãos nos quadris, eu o encarei com irritação.

Ele avançou um passo, o corpo pairando sobre o meu, seu calor atacando a minha pele.

— Ainda mais com você.

— E o que isso quer dizer? — Ofeguei e meu tom de voz vacilou.

— Significa que conheço seu cheiro, sua aura, sua forma, o jeito com que se move. — Ele se aproximou, me envolvendo inteira. — Estou tão em sintonia com você que te sentiria se estivesse lá fora e no final da rua.

Bufando pelo nariz, engoli em seco.

— Sério? Será que era tão consciente de todos em sua tropa?

— Não. — Seu hálito quente roçou meu rosto, o olhar desceu pelo meu corpo. — Só com você.

Ele passou por mim, depois pela enfermaria. Eu as vi assentindo com a cabeça, em um cumprimento, como se o conhecessem. Era como se ele viesse aqui o tempo todo.

— Ela está comigo. — Gesticulou com o queixo na minha direção, mas não olhou para elas enquanto se dirigia até um dos quartos.

Enquanto eu o seguia, um nó se formou na garganta assim que meus olhos vislumbraram uma mulher loira no leito. Olhei de relance a prancheta pendurada do lado de fora da porta do quarto, e o nome ali escrito me engolfou como um tsunami apavorante.

Gracie Easton.

Meu... Deus...

"Ela se casou com um babaca que não a amava de verdade. Ele a deixou tão deprimida, que ela tentou se matar com uma overdose de pílulas para dormir."

A voz de Lennox surgiu de uma vez, e foi como levar um tapa.

Ele é casado... ele é o babaca que se casou com ela.

"Não aja como se tivesse problema em foder um homem casado." As palavras de William ecoaram na cabeça. *"Seu guarda-costas é casado."*

Puta merda. Meu peito apertou, o corpo tremeu; eu não queria aceitar a verdade.

Meus pés avançaram, até que entrei no quarto, sem conseguir acreditar naquilo.

Lennox olhou para a pequena mulher, e com carinho extremo afastou uma mecha do cabelo loiro opaco de seu rosto. Ela estava ligada a máquinas que bombeavam seu coração e enviavam oxigênio para seus pulmões em um ritmo imperioso perfeito. A pele pálida cobria os ossos, seu corpo delicado afundado na cama, os pulsos finos como os de uma criança. Atrás dos instrumentos, ainda podia ver uma beleza adorável em seu rosto adormecido, o epítome da linda garota da casa ao lado – amorosa, tímida e gentil.

— Meus pais praticamente pararam de viver depois que minha irmã morreu. Eles se desligaram de tudo. Me culparam. Não que eu não merecesse.

Eu me culpei, também, porém, me tornei nada mais do que um fantasma na casa, já que eles fingiam que eu não existia. A única coisa que me salvou de seguir minha irmã foi Gracie. Ela me salvou de mergulhar fundo na escuridão e destruição. Era um trabalho de tempo integral, principalmente, quando minha mãe morreu dois anos depois de Daisy. — Sua respiração oscilou. — Só mais uma coisa pela qual meu pai me responsabilizou.

Respirou fundo antes de prosseguir:

— Precisando fugir, entrei para o exército. Lá eu me concentrei, toda a raiva, foco, culpa. O que me motivou, e subi bem depressa de patente, indo para as forças especiais. Gracie me escrevia toda semana. Não importava se falava da fazenda ou do tempo. As cartas eram minha tábua de salvação. Mesmo quando achava que não queria saber, ela sempre mencionava meu pai e como ele estava.

Seus dedos roçaram seu braço fino, a adoração por ela me torturava, a expressão dele era aflita.

— Foi ela quem me avisou quando ele morreu.

— Sinto muito — sussurrei, as emoções nos rodeando, o estômago embrulhando.

Lennox deu de ombros.

— O triste é que ainda não sei como me sinto em relação a isso. Com toda a morte que vemos na linha de frente, a gente acaba se acostumando a desligar as emoções. Morte e perda são ocorrências cotidianas. Mas foi o que me fez ser tão bom na função e ajudou a subir na hierarquia tão rápido. Eu já tinha aprendido essa lição. Eu me tornei vazio.

Eu me encolhi, sentindo a dor que ele provavelmente não se permitiu sentir.

— Quando vim para o funeral, Gracie ficou ao meu lado o tempo todo. — Ele engoliu em seco. — Ela foi a única que me deu apoio, acreditou em mim e me amou incondicionalmente. Ela falou de uma vida que poderíamos ter juntos, a fazenda, filhos. Seu amor por mim me traria de volta. Bastaria. — Ele vacilou na última parte: — Eu devia tudo a ela.

— Você se casou com ela. — Cruzei os braços, e a pressão no peito quase partiu minhas costelas.

Cabisbaixo, ele fechou os olhos por um instante antes de respirar fundo.

— Eu me casei — confirmou ele, virando a cabeça para mim. — Eu sabia, lá no fundo, que não era, verdadeiramente, apaixonado por ela? — Tristeza profunda tomou conta de seus olhos. — Gostaria de poder dizer que não... mas eu sabia. Quanto mais ela falava dessa linda vida juntos, mais queria muito isso também, na esperança de que seu amor pudesse tornar tudo realidade, e que eu pudesse encontrar paz e felicidade em algum lugar. Eu me convenci a acreditar que não era capaz de amar, plenamente, alguém da forma que fosse, e o que sentia por Gracie seria suficiente, que fazê-la feliz me traria a serenidade que ansiava.

Lágrimas inundaram meus olhos, e afastei o olhar dele, odiando que minhas emoções estivessem descontroladas. Queria ouvir, mas estava com medo de que me despedaçasse.

— Gracie e eu nos casamos na fazenda. O pai dela, Arthur, já estava falando de como eu assumiria as terras do meu pai e uniria com as dele, expandindo o negócio de laticínios, dando uma vida para Gracie, para mim e nossa família que ela já queria começar. — Passou a mão pelo cabelo, balançando a cabeça de leve. — Não demorou nada para perceber que cometi um erro. A serenidade que eu procurava nunca veio. Na verdade, piorou, fiquei mais irritado e instável. Não queria aquela vida. Não queria ser pecuarista de leite. Conseguia ver minha vida toda diante de mim, com filhos e esposa, e em vez de me animar, parecia que algo me sufocava até a morte. Eu me tornaria uma concha, levantando e fazendo o que precisava, mas longe de viver. Comecei a ter pesadelos de novo, com as guerras, com a morte da minha irmã. Passei a ficar mal-humorado, triste e irritado. Eu a destruí. Então fui embora. Voltei para o exército.

— O que quer dizer com a ter destruído? — Inquietação fez minha garganta se fechar.

Lennox olhou para mim.

— Nunca tocaria outra mulher se é o que está pensando. Mas a dor vem de diferentes formas. Gracie foi diagnosticada com bipolaridade na adolescência. Ela estava tomando remédios, e na maioria das vezes, era a garota amorosa com quem cresci e passei a adorar. — Ele lambeu os lábios. — Não sabia, mas logo antes de nos casarmos, ela parou de tomar sua medicação. Ela queria muito engravidar, e não se preocupou com as consequências, não queria que nada afetasse o bebê.

Ele desviou o olhar.

— Quando parti... acho que ela estava grávida. — Seu sussurro foi quase inaudível. — Mas ela teve um aborto espontâneo dois meses depois que fui embora.

Cobri a boca com a mão. Que merda, que barra este homem enfrentou.

— A forte depressão a reivindicou bem depressa. A mãe dela me ligava o tempo todo, pedindo para eu voltar para casa. As poucas vezes em que voltei, tudo o que fizemos foi brigar. Ela se recusava a tomar a medicação de novo, e sua infelicidade se voltou contra mim. Ela me disse para ir embora, na última discussão. Para sumir. — Sua voz falhou, aflita, a mão limpando os olhos. — E porque sou um cretino egoísta, foi o que fiz.

Ele respirou fundo, olhando para o teto.

— Ela tomou um monte de comprimidos. Sua mãe a encontrou no dia seguinte, deitada em cima do próprio vômito no chão do banheiro. Voltei correndo para casa, encontrando minha esposa em coma, os médicos dizendo que estava com morte cerebral.

— Puta merda. — Pisquei diversas vezes.

— Durante semanas, vivi ao lado de sua cama, sua família decidiu que ela acordaria do nada e teriam sua menina de volta. Gracie era filha única, um milagre. — Ele usou o braço para enxugar os olhos. — Como você conta a alguém, tão convencido de que um milagre vai acontecer, que de nada adianta? Ela está com morte cerebral. Não voltará mais, mas se recusam a desistir, mesmo que todos os médicos tenham dito que não há esperança. Vendi minha fazenda para mantê-la aqui com atendimento particular.

— Tem quanto tempo que ela está aqui?

— Mais de dois anos.

— Dois anos?! — Fiquei boquiaberta, espantada. Não dava nem para imaginar o custo disso. Nosso país tinha um atendimento de saúde excelente, mas acho que havia restrições para casos como esse. Por mais implacável que fosse, ela estava ocupando um leito e tendo cuidados que outra pessoa poderia precisar.

— Conhecia Gracie. Ela não iria querer isso. Sei que ela quer que eles a deixem descansar. — Ele passou os dedos pelo rosto dela mais uma vez. — Converso muito com ela. Às vezes, posso jurar que ainda está me ajudando. Podia ouvi-la me dizendo para voltar a viver; não desperdiçar a vida. Para viver pela minha irmã, pelos meus pais... e por ela. Foi aqui que decidi entrar na Força Aérea Real, onde conheci Theo.

Olhei para o piso no chão, o nome de Theo me lembrando da minha própria traição.

— Lembra quando ele foi te ver no dia em que te conheci? — Lennox me encarou. — Quando o braço dele estava machucado?

— Sim, eu me lembro.

SOB O DOMÍNIO DA *Realeza*   113

— Aconteceu um acidente. Eu salvei a vida de Theo.

— O quê? — Meus olhos se arregalaram.

— Uma operação de treinamento deu errado e seu assento ficou preso quando ejetou. — Ele agitou a cabeça ao se lembrar. — Digamos que foi por pouco, mas eu o soltei a tempo. Dali em diante, Theo me deu cobertura para tudo. Ele tem me ajudado com as despesas para manter Gracie aqui, me arrumou um emprego, foi um bom amigo. Já passamos por muita coisa juntos. Devo a ele muito mais do que ele me devia.

Mordi o lábio com força, percebendo onde ele queria chegar. Não importava o quanto soubesse que não daria certo, ainda não queria ouvir. Tornaria real. A verdade que eu não seria capaz de afastar.

— Mas continuo sendo o babaca egoísta que sempre fui.

Minha cabeça se virou para ele, seu olhar vagando sobre mim.

— Tentei resistir a este sentimento. Negar com todas as forças. Droga. Na verdade, eu me convenci de que te odiava mesmo.

— Por quê?

— Vou ser direto. Já transei com muitas mulheres, estive em vários relacionamentos, até casado eu fui. Mas você abriu uma porta... merda... não sei explicar. Nunca tive esse tipo de reação com alguém. Foi visceral. Brutal. Ver Theo te beijar? Precisei lutar contra o reflexo para empurrá-lo para longe, de reivindicar você para mim.

Cada parte do meu corpo formigou, aquecendo a pele.

— Eu me senti vivo. Foi como se, pela primeira vez, eu existisse de verdade. E te odiei por isso. Parecia que tinha sido enviada para ser meu castigo por todas as coisas horríveis que fiz. Continuei dizendo a mim mesmo que quanto mais perto ficasse de você, mais perceberia que não era nada especial.

Suspirei com suas palavras.

— Mas foi o contrário. Quanto mais te conhecia, mais perto eu queria ficar. Você foi minha penitência. Eu me odeio, mas não consigo parar quando se trata de você.

— Eu também — respondi, baixinho.

Seus olhos se fecharam com força, o peito arfante.

— Você não deveria dizer isso para mim. — Seus olhos se abriram, ardendo em chamas. — Não quando é a noiva do príncipe.

— Não sou noiva dele.

— O quê? — Seu olhar disparou para o enorme anel na minha mão.

— Eu disse a Theo esta manhã que não posso me casar com ele. — Girei a aliança, virando o diamante para baixo. — Ele me pediu para esperar um pouco antes de contarmos a todos.

— Claro que ele pediu.

— Quero dizer, eles *acabaram* de noticiar que ficamos noivos, nos jornais, esta manhã. Seria cedo demais para acabar com isso.

— Então, planeja contar a eles na lua de mel? — Entrecerrou as pálpebras, atacando com as palavras.

— Como?

— Não vai ter hora certa. Theo vai enrolar até que você esteja subindo no altar.

— Você não tem o direito de me julgar. — Minhas defesas me fizeram aprumar a postura. — Pelo menos eu fui honesta! E quanto a você? Você é casado!

— Honesta? — Deu uma risada irônica. — Você contou a ele que me fodeu pra valer no banheiro logo antes de ele te pedir para ser esposa dele?

— Vá se foder — soltei brava.

— Você já fez isso comigo. E estava implorando por mais.

Verdade.

— O que eu deveria fazer na frente de todos? — Ergui os braços. — Na festa de aniversário do rei, ainda por cima. Dizer "não" ao príncipe na frente da imprensa? Dos amigos, da família, do Rei e da Rainha da França?

— De fato, você nunca aceitou, né?

Recuei, em estado de choque. Ele percebeu, foi o único que notou.

— Mas certamente não reagiu, também.

— Pelo menos, não vou me casar com alguém que não amo porque estou com muito medo de encarar a mim mesma.

Lennox se encolheu, a raiva crepitando nele como se fosse um estopim.

— Como pôde fazer isso? Eu me sinto tão idiota.

— Spence... — Ele estendeu a mão para mim.

— Não! — Eu o empurrei, borbulhando de raiva. — Você mentiu para mim.

— Não menti. Eu disse que era complicado. Que jamais poderia me envolver além daquilo.

Ofeguei, a dor me devastando.

— Não mentiu? — critiquei, atacando-o de novo. — Não me dizer que é casado é a mesma coisa! É grave! — A mágoa sangrou através do meu tom. — E eu pensei... você e eu... achei que...

— Pensou o quê?

— Com licença. — A voz de uma enfermeira me fez virar para a porta, interrompendo as palavras que estava prestes a dizer. — Vocês terão que baixar o tom de voz ou precisarão sair. — Seu olhar foi de Lennox para mim, os olhos se arregalando. — Ah! Mi-milady... Peço desculpas. — Ela corou ao perceber quem eu era, e por ter ouvido tudo o que foi dito ali.

Que merda.

— É claro. Peço minhas sinceras desculpas. — Minha voz exalava a polidez da classe alta, meu treinamento ao me comunicar com o público se tornando uma reação instintiva enquanto escondia minhas emoções. Meu sofrimento. — Nós vamos...

— Vamos sair. — Lennox segurou meu braço, sem dizer uma palavra, e me arrastou para fora. Olhares nos queimavam à medida que saíamos do posto de enfermagem, sussurros abafados alvoroçados pela mínima fofoca que fornecemos.

— Me solta — murmurei, irritada, depois que atravessamos as portas, saindo da UTI para um corredor iluminado e quase vazio.

— Não. — Sua cabeça virou de um lado ao outro, como se estivesse procurando algo.

— Não? — Fiquei boquiaberta.

— Já que não trabalho mais para você e não será uma monarca que pode cortar minha cabeça, não acato mais ordens suas. — Ele me puxou em direção a uma porta, abrindo-a.

— Como se já tivesse acatado alguma vez — rosnei, quando ele me empurrou para dentro do armário escuro. Avistei inúmeras prateleiras de suprimentos logo antes de ele fechar a porta com força, deixando o lugar iluminado apenas pelo feixe de luz que se infiltrava pelas frestas. — Que merda é essa que está fazendo? Acho que já nos cansamos de ficar presos juntos em armários. Me deixe sair daqui!

— Não antes de me falar o que ia dizer.

— E por que se importa? Você é casado! — rosnei, voltei a atacá-lo. Odiava a forma que sua proximidade e calor disparavam a luxúria pelo meu corpo, destruindo minha força de vontade. — Por que não volta para ela? Me deixe em paz!

— Não *consigo*. — Ele me segurou contra uma prateleira. Virei a cabeça, mas Lennox agarrou meu queixo, me fazendo encará-lo. — Minha vida é... complicada. Eu entendo se quiser se afastar. Me odiar. Mas a verdade é que minha esposa está morta. Ela morreu há dois anos. Não tem mais ninguém ali dentro, e achava que eu não estava muito melhor... até conhecer você.

Perdi o fôlego, e inclinei a cabeça, realmente olhando para ele.

— Não consigo me afastar de você. — Ele soltou meu queixo. — Mas se você quiser ir embora, eu vou entender. — Apontou para a porta. — Vá. Não vou te impedir.

Nem um músculo sequer se contraiu, meu olhar fixo nele.

— Estou avisando — avisou, com a voz rouca. — Vá agora.

Sabia que era melhor que eu saísse dali. As duas situações complicadas nos transformaram em uma tragédia tão desastrosa, mas não consegui – não importava se era certo ou errado ou qual resultado poderia estar reservado para nós.

— *Spencer.*

— Não consigo — sussurrei, nosso olhar travado um ao outro. Intenso. Desejoso.

Um grunhido profundo saiu de seu peito. Sua mão agarrou minha nuca, seu corpo colidindo com o meu, me prendendo à parede.

— O que você está fazendo?

— O que eu queria fazer desde o primeiro dia em que te conheci.

CAPÍTULO 11

Seus dedos cravaram em minha pele, puxando minha boca para a dele com uma força esmagadora. Nossos lábios se encontraram, acendendo uma bola de energia frenética de raiva e luxúria. Não havia nada gentil ou lento, nossa necessidade mútua queimando e se estilhaçando pelo lugar. Sua boca desesperada reivindicava a minha. Suas mãos desceram, agarrando meus quadris, a ereção empurrando entre as pernas, pulsando contra mim. Um pequeno gemido escapou dos meus lábios.

— Acordei desejando você. — Seus lábios carnudos eram exigentes entre as palavras. — Tudo o que pensei foi em me enfiar dentro de você de novo.

— Eu também. — Minhas unhas arranharam seu couro cabeludo, puxando-o para mais perto de mim, o desejo viajando pelas costas e entre as pernas. — Minha assistente quase me pegou no flagra.

— Pegou no flagra fazendo o quê?

— Me tocando, desejando que fosse você.

Sua reação foi imediata e feroz, as mãos subiram por baixo da minha camisa, empurrando o sutiã, apertando meus seios. Nossos beijos passaram de carentes a frenéticos. Puxei seu lábio inferior, arrancando um rosnado de sua garganta.

— Spencer. — Sua voz era grave e cheia de intenção; uma pergunta, uma exigência e um aviso.

Empurrando sua jaqueta de seus ombros, minhas mãos puxaram os botões de sua calça jeans, descendo por seus quadris, respondendo a todas as implicações que perguntou sem dizer nada.

Seus músculos ao longo do abdome flexionaram quando meus dedos deslizaram por sua pele, passando pelo "V", a ponta de seu pau já brilhando e empurrando para fora da cueca boxer. Ele me observou, ofegando, enquanto eu o espalmava, movendo seu comprimento para cima e para baixo.

— Porra. — Arfou, seus olhos cintilando sob a fraca iluminação. Ele se atrapalhou com o meu jeans ao mesmo tempo que eu continuava a tocá-lo.

Queria sentir seu sabor, vê-lo desmoronar ao meu redor, mas sabia que tínhamos pouco tempo. A expectativa de que alguém pudesse abrir a porta a qualquer momento aumentava o desejo a níveis urgentes. Lennox baixou meu jeans apressadamente, deixando-o enrolado ao redor de um tornozelo, antes me pegar pela cintura, me erguendo e chocando minhas costas contra uma prateleira, derrubando pequenas caixas, garrafas plásticas e suprimentos hospitalares.

Ele se firmou, inclinando-se e me penetrou de um golpe só.

— Minha nossa — gemi. Meu corpo inteiro arqueou, os pulmões parando de funcionar com a sensação dele me enchendo a ponto de eu não conseguir respirar.

— Merda. — Agarrou meus quadris com mais força, empurrando mais fundo.

A vibração do calor e desejo tomou conta de mim. Seja lá o que fosse, Lennox me transformou em um animal selvagem. Não pensava em nada além de um desejo insaciável. Prazer tão intenso estalou em mim quando ele arremeteu mais fundo, acelerando nosso ritmo.

Ruídos que nunca havia feito na vida soavam de meus lábios, minhas pernas e unhas cravadas em sua pele, combinando com seu ritmo e intensidade.

— Caralho, Spencer... — Ele entrou mais, mais forte, até meus olhos lacrimejaram diante do orgasmo prestes a irromper.

Os sons de nosso desejo tomaram conta do armário, nossos gemidos incontidos ecoando pelas paredes. As coisas caíram no chão com baques surdos, enquanto a prateleira rangia com o movimento rigoroso. Se alguém passasse por ali, com certeza seria capaz de nos ouvir. Mas não conseguia me importar com isso, como também não conseguia chegar mais perto para conseguir tudo o que precisava receber dele.

O atrito aumentou, criando uma necessidade ainda mais desesperadora. Ele me inclinou para trás e estocou com mais força. Um grito escapou dos meus lábios conforme meus músculos o apertavam; uma cascata de prazer rugiu dentro de mim, e abri a boca quando o êxtase pontilhou a minha visão.

Um grunhido profundo vibrou em seu peito, indo ainda mais fundo e mais forte, seus quadris machucando os meus quando gozou, me fazendo estremecer de novo, o que enviou outro pequeno orgasmo pelas minhas pernas e braços.

Demorou um pouco para eu recuperar o fôlego, para me acalmar.

SOB O DOMÍNIO DA *Realeza*

Nossos peitos ofegavam, lutando por oxigênio, agitados um contra o outro. Nós nos agarramos desesperadamente, porque a sensação era de que sairíamos flutuando aos pedaços se não nos segurássemos.

— Puta merda, Spencer. — Seus lábios roçaram minha clavícula, subindo para orelha e soltando um rosnado baixo. — Isso foi... — Não terminou de falar, deixando no ar.

Eu entendia. Não havia palavras para descrever o que existia entre nós. Tudo o que eu sabia era que a intensidade estava aumentando, sem sossegar.

— Vai ser um grande problema. — Mordiscou meu pescoço antes de me soltar, devagar, meu corpo ainda resvalando sobre o dele. Como da última vez, assim que saiu de mim, eu o queria de volta.

— Vai mesmo. — Respirei, trêmula, balançando a cabeça ao tentar me equilibrar com as pernas bambas. — Você meio que esperava que desta vez teria sido normal? — Vesti o jeans, endireitando as roupas.

Ele também ajeitou sua calça, levantando a cabeça, os olhos travados nos meus. Sob a pouca luz, eles brilhavam, fazendo-o parecer um animal selvagem. Faminto.

— Facilitaria muito as coisas — disse, sem desviar o olhar intenso.

— Sim. — Suspirei, recostando-me à parede. Meus músculos ainda estavam trêmulos. — Facilitaria.

Ele se aproximou, seu corpo envolvendo o meu, seu calor serpenteando por minha pele.

— Percebi que sexo antes era bom. Até ótimo. — Apoiou as palmas das mãos, uma de cada lado da minha cabeça, a boca a um milímetro da minha. — Mas, com você? — Seus lábios roçaram os meus, e a reação do meu corpo foi instantânea, precisando de sua droga favorita. — Como havia dito, será um problema. — Sua boca se moveu sobre a minha de um jeito sensual e provocante.

A mão deslizou pelo meu braço esquerdo, o dedo enganchou ao meu, puxou para cima e o esticou contra a parede, virando o objeto que decorava meu dedo anelar.

— Você pode até usar o anel de outro homem. — Sua outra mão percorreu meu corpo, mergulhando por dentro da minha calça. — Mas isso aqui é meu.

Respirei fundo, meu corpo formigando com suas palavras. Normalmente, odiava possessividade e qualquer alusão a um homem reivindicando a posse de uma mulher como se fôssemos algum tipo de propriedade.

Com ele, aquilo me excitava porque eu sentia o mesmo.

— Sério?

Inclinei a cabeça, tentando agir como se ele não tivesse atiçado fogo nas minhas veias com seu toque. A rapidez com que conseguia me deixar excitada era impressionante.

— Sim.

— Você pode até ser casado com outra mulher. — Estendi a mão livre, esfregando a frente de sua calça jeans, sentindo-o se contorcer por baixo. — Mas isso aqui é meu.

Um sorriso ergueu um dos lados de seus lábios enquanto pressionava em mim.

— Sim, é, sim. — Sua boca tomou a minha, respirando a minha essência conforme me beijava profundamente, me fazendo senti-lo em cada pedacinho do meu corpo.

Nosso beijo se transformou bem rápido, aumentando a fome.

— Merda. — Ele se afastou, respirando fundo. — Caramba! Não consigo me saciar de você.

— Nem me fale — bufei, sacudindo os braços e me afastando dele. — Preciso ir. Tenho certeza de que as pessoas notaram que saí do palácio a essa altura.

— Verdade. — Concordou com um aceno, as mãos nos quadris, demorando um pouco para se recompor. — Esqueci de perguntar. Por que veio a...

Um clique da maçaneta interrompeu a pergunta de Lennox, e uma luz ofuscante inundou o lugar, me fazendo recuar.

— Mas o que é isso? — A silhueta de uma mulher vestida com um uniforme ficou delineada à porta. *Ah, merda.* — O que está fazendo aqui, senhor? — perguntou, mas sua expressão sugeria que sabia perfeitamente bem o que estávamos fazendo. — Vocês não poderiam estar aqui!

Lennox segurou minha mão, um sorriso contraindo seus lábios.

— Desculpe, senhora.

— Saia, ou vou chamar a segurança!

Instintivamente, abaixei a cabeça e a cobri com o capuz, meu cabelo cobrindo o rosto enquanto passava por ela, deixando que ele nos guiasse para fora do armário.

— Desculpa — murmurei, soltando uma risada, eu me sentia uma adolescente imprudente. Para dizer a verdade, eu era uma *adolescente*. Às vezes,

SOB O DOMÍNIO DA *Realeza*

com minha nova "vida", esquecia que tinha apenas dezenove anos. A idade em que você deveria estar fazendo todas as coisas idiotas e malucas.

— Juro que se eu vir vocês dois neste hospital de novo, vou chamar a polícia! — Sua ameaça vazia nos seguiu pelo corredor, fazendo com que nos apressássemos. Sua mão segurou a minha com firmeza à medida que corríamos para fora da ala da UTI.

Passamos pela área principal, rindo por termos sido pegos. Lennox parou, de repente, virando a cabeça. Estive perto dele o suficiente para reconhecer quando sentia que algo estava errado.

— Merda — murmurou.

Não tive a chance de perguntar o que estava acontecendo, porque meu nome deslizou pelo corredor com o piso lustroso.

— Spencer?

Virei a cabeça com tudo na direção do chamado, sentindo tudo gelar por dentro; uma pessoa familiar saiu de trás de seus guarda-costas.

Dalton e alguns outros que eu conhecia de rosto se aglomeraram ao redor do príncipe. Ele estava de boné, o agasalho com o capuz puxado para cima, mas ainda assim, não escondia o rosto famoso.

Ah, não. Não, não, não, não.

— Theo? O-o que está fazendo aqui? — Eu me virei para ele, vendo seu foco ir de mim para a minha mão... ainda entrelaçada à de Lennox. Eu a soltei, me afastando do meu ex-guarda-costas, mas sabia que era tarde demais.

Ele já tinha visto.

— O que *eu* estou fazendo aqui? — Sua voz soou glacial. — Recebo uma ligação de um médico, no meu telefone particular, alegando que *minha noiva*, que supostamente estava com enxaqueca e de cama, está no hospital sendo examinada após seu encontro com Lorde William.

— O quê? — A cabeça de Lennox virou para mim. — Do que ele está falando? Um encontro com Lorde William?

Porcaria. Ainda não tínhamos conversado sobre isso.

— Recebi ordens para não vir até aqui — Theo continuou —, mas arrisquei tudo, até mesmo que algum *paparazzo* descobrisse, só para chegar até *você*.

Theo apontou para mim como se sua decisão fosse culpa minha.

— Spencer? — O foco de Lennox ainda queimava na lateral do meu rosto, ignorando o discurso de Theo. — O que aconteceu com Lorde William?

— Por que está perguntando? Se bem me lembro, você se demitiu. Não é mais o segurança dela. — Theo deu um passo direto para ele. — Que porra você está fazendo, *amigo*? — Theo enfatizou a última palavra com animosidade. — E eu aqui pensando que você fosse um dos mocinhos, um amigo. Eu me senti mal por você. Ajudei você depois de ouvir sua pobre história triste. Foi tudo fingimento? Enquanto partia para cima da minha namorada?

As narinas de Lennox se dilataram, a mandíbula se contraiu, mas engoliu a resposta.

— Não foi bem assim. — Balancei a cabeça.

— Então... ele é o motivo? — Theo virou-se para mim, a fúria explodindo nele. — É por isso que, de repente, quer cancelar o nosso casamento? Nosso futuro juntos? Está transando com ele?

Não conseguia responder; não mentiria.

Seus olhos me observavam com atenção, esperando minha negativa, a refutação de sua pergunta. Meu silêncio foi como um murro, fazendo-o recuar, surpreendido.

— Droga, você está. — Ele devolveu o golpe, a raiva colorindo seu rosto. — Sua vadia... estava trepando com nós dois? — O ar sibilou entre meus dentes. Ouvir Theo falar de forma tão rude foi como esfregar lixa no meu ouvido. Com qualquer outra pessoa, não me chamaria a atenção, mas Theo havia se tornado muito esnobe em seu vocabulário. Vulgaridade não combinava com ele.

— Não se atreva. — Eu o encarei, puta da vida. Fazia mais de um mês que não dormíamos juntos.

— Não me atrever ao quê? Dizer a verdade? — Theo segurou meu pulso.

— Ei. Calma aí. — Lennox se postou à minha frente, sutilmente tirando a mão de Theo do meu braço. — Você está bravo? Eu entendo. Mas desconte em mim.

Acho que Lennox nem percebeu, mas sua mão acariciou o local onde Theo apertou.

Os olhos de Theo seguiram o movimento, pegando o contato sutil entre nós.

Foi um segundo, um piscar de olhos.

O temperamento de Theo irrompeu.

Seu punho recuou, o soco esmagando os ossos da face e nariz de Lennox, o som ecoando pelas paredes. Gritei quando Dalton saltou adiante, puxando Theo de volta. Lennox mal tropeçou com o ataque, a mão indo para o rosto, um fino rastro de sangue insinuando abaixo do nariz. O olhar de Lennox ardeu de raiva, mas permaneceu determinado.

— Alteza, acalme-se. — Dalton arrastou Theo para trás, que se debatia. — Aqui não é o lugar. Qualquer um pode estar filmando tudo. Lembre-se de quem é... se isso vazar. Você é o príncipe da Grã-Victoria.

Theo respirou fundo, concordando com a cabeça, soltando-se do agarre de Dalton.

— Eu estou bem — esbravejou para seus seguranças, olhando para nós.

Um silêncio palpável se estendeu entre os dois lados por um minuto, antes de Theo falar:

— Você é um cretino — Theo rosnou para Lennox. — Confiei ela a você. Para proteger a vida dela, não *transar com* ela pelas minhas costas.

Lennox não respondeu, usando a manga para limpar o sangue escorrendo do nariz.

— Você sabia que ele é casado, Spencer? — zombou Theo, seu olhar se lançando entre nós, o tom crescente fazendo as pessoas olharem para nós. — Trepou com um babaca mentiroso e traidor. — Sua atenção voltou para mim, esperando uma reação. Seus olhos se arregalaram, a boca abriu antes que a repugnância retorcesse suas feições. — Você sabia. — Ele balançou a cabeça, com cara de nojo. — Então acho que isso não faz de você melhor do que ele. Uma mentirosa, falsa, traidora...

— Já chega — rugiu Lennox, dando um passo ameaçador para Theo, mas ergui a mão, forçando-o a recuar.

— Eu lamento muito, Theo. Você não tem ideia do quanto. — Fui até o príncipe, engolindo as lágrimas que queriam escapar. Não merecia derramar lágrimas na frente dele. A responsabilidade era minha. Eu tinha que resolver. — Você pode não acreditar que nunca quis que isso acontecesse ou tivesse sido minha intenção te magoar. E, por mais que pense diferente, não foi Lennox quem me fez não querer mais estar com você. Tentei ser honesta.

— Honesta — ironizou Theo. — Você não sabe o significado disso. Eu aqui achando que minha noiva era fiel e que me amava. Por que mais ela diria 'sim' para se casar comigo, não é?

— Eu disse a você como me sentia várias vezes — retruquei, os punhos cerrados. — Foi você quem continuou pressionando, ignorando o que eu queria como se fosse algo banal, como se eu não importasse em seu plano. Mesmo depois que eu disse que tinha acabado, você me forçou a isso. Na frente de todos! Sem ligar para nada, exceto consigo mesmo. Sequer percebeu que eu nunca disse 'sim' para você.

— Eu forcei você? — Ele se aproximou de mim, nossos sapatos se tocaram. — Ah... Peço desculpas por você ter sofrido. Casar com um príncipe, tornar-se princesa, deve ser horrível.

— Vá se ferrar — murmurei, bem baixo, só ele pôde ouvir. — Sabia que o título não significava nada para mim. Não me retrate como uma interesseira, que está atrás da coroa. Nunca quis essa vida, e você sabe disso. Foi por *você* que eu me apaixonei. Não pegue tudo o que tínhamos e distorça. Eu amava você. Muito, achei que poderia renunciar a todo o resto.

A mágoa sobrepujou a ira, o cenho agora franzido e os ombros baixos, em derrota. Com a ponta dos dedos, roçou meu rosto.

— E o que aconteceu, então?

— Não foi o suficiente. — Eu o encarei. — Amar você era um sacrifício muito grande para quem eu sou. Eu *me* perdi. Não gostava mais de quem me tornei vivendo em seu mundo. — Retorci as mãos, nervosa. — Sabe quando pedi para você não me esquecer, e que éramos um time? — Ergui um ombro. — Você me esqueceu.

— Então, é tudo culpa minha? — O momento de vulnerabilidade se foi tão rápido quanto apareceu, a mão se afastando como se eu fosse uma praga, as costas se endireitando ao se afastar de mim. Uma parede de ódio se formou bem na minha frente.

— Não. — Neguei com a cabeça. — Theo...

— Nem pense em voltar para o palácio esta noite. Vou informar que você ficará com uma amiga esta noite.

— Theo.

— Não — disparou. — Não suporto olhar nem para o seu rosto agora. — Ele foi até Dalton, os seguranças se movendo ao redor dele, envolvendo-o em um círculo de proteção. Seu corpo virou para a saída, mas seu olhar permaneceu em nós. — Vocês dois se merecem.

Ele abaixou a cabeça e deixou que seu segurança o conduzisse pelo corredor e para fora do hospital.

Um soluço sufocante subiu pela minha garganta. Ainda me importava com ele e o amava, e machucá-lo rasgava meu coração. Só porque não queria me casar com ele, não significava que queria que terminássemos assim. Não sabia como consertar as coisas, se é que poderia ser consertado.

SOB O DOMÍNIO DA *Realeza*

Cobri a boca com a mão, tentando manter a dor por dentro, como me ensinaram a vida toda. Não demonstre emoção. Seja distante e fria por fora, mesmo que esteja desmoronando por dentro.

— Temos que ir — murmurou Lennox. — As pessoas estão olhando.

Assenti, notando a aglomeração que havíamos criado no corredor. Puxando o capuz mais um pouco para frente, tentei manter a identidade ainda oculta.

Com uma mão às minhas costas, Lennox e eu saímos do prédio.

CAPÍTULO 12

Olhando pela janela do passageiro, a chuva escorria pelo vidro, faróis iluminando as trilhas como se fossem relâmpagos no carro escuro. O trajeto foi feito, em grande parte, em total silêncio, o velho Range Rover de Lennox deslizando pela cidade. Eu nem perguntei para onde estávamos indo.

E não me importava, na verdade.

Ele não tentou falar comigo, sabendo que eu precisava desse tempo, assim como ele também precisava. Ser flagrada daquela forma não mudou em nada o que eu sentia por ele, mas nossa situação agora havia se transformado em uma verdadeira confusão.

Tudo porque eu não consegui ficar longe dele.

Eu tinha me apaixonado pelo meu guarda-costas.

Sou um bendito clichê. Soltei um grunhido quando esfreguei o rosto. Que ódio por Lorde William ter me chamado – sabia que isso acabaria acontecendo.

E ainda precisava falar com ele. As fotos que peguei em seu escritório queimavam no bolso do agasalho, mas a vida continuava me pegando de surpresa. Era difícil acreditar que o ataque em seu escritório tinha acontecido hoje cedo.

Lennox entrou em um estacionamento subterrâneo perto do rio. Um moderno prédio de apartamentos se estendia como um arranha-céu. Não era um bairro rico, mas uma área que estava "em ascensão" entre os jovens trabalhadores. Cafés e bares descolados surgiam aqui e ali, misturando-se a locais mais simples e moradias de baixa renda.

Ele desligou o carro e saiu. Sem dizer nada, eu o segui até um elevador, no sétimo andar, e entrei em um flat mais novo, moderno e compacto. Em um dos lados havia uma pequena cozinha estreita com um balcão e dois bancos. Na parede oposta havia um banheiro e o *closet*. Coisas de academia ficavam em um canto, junto com um saco de pancadas pendurado, um banco com pesos, faixas e cordas de pular. Uma grande cama, poltrona de couro, mesa de centro e TV pairavam no meio, atuando como sala de estar e quarto. O atrativo, comercialmente falando, eram as janelas do chão ao teto com uma pequena varanda com vista para o rio reluzente abaixo.

Pequeno. Compacto. Limpo. Arrumado.

E quase desprovido de quaisquer itens pessoais. Um par de sapatos sociais se encontrava ao lado da mesa de café, o terno jogado na cadeira e uma camiseta de banda descartada em cima do edredom cinza. Havia algumas prateleiras com livros, algumas fotos dele e outras com amigos em trajes militares. Nada que o retratasse com Gracie ou qualquer coisa que me desse informações verdadeiras a respeito dele. Eu me movia pelo lugar, sem pressa, absorvendo tudo, tocando os poucos livros da estante.

— É só um lugar onde posso dormir. — Sua voz reverberou no silêncio, parecia uma tempestade distante. Foram as primeiras palavras que ele proferiu, me fazendo girar.

Estava parado no meio do flat, inquieto, sem olhar para mim. Foi a primeira vez que o vi agir como se estivesse hesitante e incerto.

— Não tive tempo para fazer nada aqui, na verdade.

— É legal. — Minha garganta estava apertada, como se eu não falasse há anos.

Tirei o agasalho, colocando-o sobre a cama com delicadeza, a tensão me deixando desajeitada e nervosa. Estar em sua casa mudou alguma coisa – trouxe uma intimidade que alterou a dinâmica. Tínhamos papéis quando estávamos no palácio, uma rede de proteção que nos mantinha estranhamente seguros.

Estar no lugar onde ele dormia, morava e, provavelmente, trazia outras mulheres arrancou toda aquela segurança. Isso tornou o que estávamos fazendo muito real.

E se ele percebesse que não me queria? Que gostava da ideia de me possuir, do desafio, mas não da coisa séria?

— Você quer um pouco de chá, desculpe, café? — Ele tirou a jaqueta, jogando-a em cima do paletó na cadeira, já caminhando até a chaleira no fogão. — Eu sei que *odeia* chá.

— Vai ser um motivo de discussão? — brinquei, e fui até ele, tentando aliviar a tensão que turvava o ambiente. — Esse é o seu limite?

Ele inclinou a cabeça, olhando para mim, nossas bocas, de repente, mais perto do que eu esperava.

— Meu limite? — Seus olhos percorreram meu rosto, a voz profunda e rouca.

— Isso coloca em dúvidas se sou uma vitoriana de verdade, sabia? O chá é levado muito a sério aqui. Pode ser um limite para você. — Eu me forcei a manter seu olhar, o ar crepitando entre nós, minha brincadeira saindo pela culatra, tornando tudo ainda mais constrangedor. — Você é capaz de ficar com alguém que não bebe chá?

A chaleira voltou para o fogão, e ele se virou, passando as mãos no meu cabelo. Puxou-me rudemente para ele, possuindo a minha boca com um beijo voraz. Um pequeno suspiro surpreso açoitou meus pulmões à medida que ele me devorava. Demorou só um segundo antes que eu correspondesse com minha própria necessidade.

— Você fica linda quando está toda desajeitada — murmurou em meus lábios, aniquilando todo o nervosismo e me transformando em uma poça derretida. Nossas bocas eram brutais e exigentes, os dois ofegando em busca de ar, vez ou outra, sem conseguir o suficiente.

Era horrível admitir, mas com Theo, às vezes, eu me sentia entediada e começava a pensar em outras coisas durante o beijo. Com Lennox, nada mais existia, e não tinha vontade de parar. Ficando na ponta dos pés, meus dentes mordiscaram e puxaram seu lábio inferior, o desejo por ele passando por cima de todo o resto. Ele grunhiu, arrebatando a minha boca com a sua, nossas mãos puxando as barreiras entre nós. Cambaleamos mais alguns passos para perto da cama.

— Pare — disse ele, sem entusiasmo. Eu não parei. — *Spencer.* — Suas mãos me segurando no lugar enquanto dava um passo para trás, respirando profundamente. — Acho que precisamos conversar primeiro.

Argh. Droga de realidade.

— É — concordei, soltando um suspiro, os ombros curvados em derrota. Não queria conversar. Queria sentir sua pele contra a minha, tê-lo dentro de mim. Precisava dele para me fazer esquecer tudo.

— Theo...

Seu nome foi um banho frio instantâneo, bombeando gelo em minhas veias e dor em meu peito. Eu me virei, passando a mão no cabelo, as defesas subindo.

— Que tal falarmos da sua esposa primeiro? — Voltei a encará-lo, a raiva substituindo a paixão. — Como foi capaz de não me contar que era casado?

Ele apertou o nariz.

— Tentei...

— Não venha com esse papo. Podia ter me contado em qualquer momento — gritei. — Mas escondeu isso de mim. Você me fodeu; poderia ter me contado sobre Gracie. Deveria ter falado.

— Eu sei. — Baixou a cabeça, andando em círculos. — Mantenho minha vida pessoal bem reservada.

— Não ouse fazer isso. — Marchei até ele. — Não acha que eu merecia saber? Não fui tão íntima assim para você?

— Até naquela noite? Não — disparou. — Tentava manter o trabalho separado de todas as minhas coisas. Mas continuou me afetando. Tentei mantê-la longe. E, honestamente... — Esfregou a nuca. — Adorava o fato de você ser um assunto à parte.

— O quê? — cuspi de volta, mais rápido que um tiro. — Gostava de mim ingênua e sem saber que *era casado*?

— Não estou dizendo que é certo. — Ele voltou a caminhar. Suspirou, me encarando. — Gracie tem sido uma fonte de culpa e escuridão sem fim. Arrependimento. Ressentimento. Obrigação. Depois eu me sentia pior por sentir essas coisas. A culpa se agrava quando seus pais estão por perto. Eles ainda agem como se ela fosse acordar a qualquer momento, e que a nossa vida com os filhos e a fazenda ainda vai acontecer. — Ele colocou as mãos nos quadris, olhando para o chão. — Tentei conversar com eles, mas não me ouvem. Eles se seguraram a mim com tanta força, à ideia da Gracie e eu juntos, porque se não o fizerem... Terão que encarar o fato de que ela nunca mais voltará. — Ele pausou por alguns segundos. — Estar perto de você foi exatamente o oposto.

Levantou a cabeça e me encarou.

— Eu me senti vivo. Um homem diferente. Porra, você me deixou puto em alguns dias, era capaz de me tirar do sério como ninguém. E, vou te falar uma coisa, eu treinei alguns babacas nas forças armadas quando servia. Gracie nunca chegou perto do que você despertou em mim. Percebi que adorava isso, ansiava pela sensação de estar perto de você. Você me fez rir, sorrir. Não conseguia nem me lembrar da última vez que eu realmente ri. Então, sim, talvez fosse egoísta, mas queria manter tudo isso separado, manter os dois mundos sem qualquer relação. Eu me convenci de que você era só um trabalho, de qualquer maneira. Trabalhava para o rei; estava a cargo de te proteger. A namorada do príncipe, meu amigo. Precisava mantê-la longe — zombou, irônico. — Quanto mais perto de você eu ficava, mesmo quando não precisava estar, mais eu negava a verdade. Mas depois do bombardeio, como ficamos à beira da morte, não podia mais fingir.

— Eu também não. O ataque foi meu despertar, também. Mas ainda deveria ter me contado.

— Sim. — Ele caminhou até a janela, enfiando as mãos nos bolsos, olhando fixo para a noite, postes de luz e restaurantes brilhando do lado de fora. — Para ser justo, você estava com Theo. Tentei ser respeitoso. Até que veio até mim naquela noite. Para a minha cama. Ali o jogo acabou para mim.

— Comigo também — sussurrei, baixando a cabeça. Admitir não parecia me aliviar em nada. Nossa situação era tão desesperadora. O que quer que fizéssemos causaria muito sofrimento e dano.

— Pedi o divórcio há alguns meses.

Ergui a cabeça, de supetão, encarando, boquiaberta, seu reflexo na janela.

— O quê?

— O médico assinou os papéis, afirmando que Gracie nunca se recuperaria, que teve morte cerebral. As máquinas são a única coisa que a mantém viva. — A voz de Lennox permaneceu calma, mas percebi a dor o consumindo. — Tudo o que preciso fazer é entrar com o processo no tribunal.

— Mas? — Eu me aproximei dele.

— Toda vez que penso nisso, vejo a devastação nos rostos de seus pais. — Ele se virou, encostando no vidro, olhando para cima. — Isso vai destruí-los. Eu sou a última ligação deles com ela. E se eu acabar com essa conexão?

Jesus... o peso que Lennox carregava. Da morte de sua irmã à Gracie. Como ainda vivia, eu não sabia. Ele nem notou a força que tinha.

— Não deveria ser responsabilidade sua, manter o mundo ilusório deles à tona. Não é justo contigo. Você também tem uma vida. Não acha que Gracie gostaria que a vivesse? Que fosse feliz? — Parei de frente para ele, espalmando a mão sobre seu peito, precisando tocá-lo. Estar perto dele. — Também não é justo com eles. Eles precisam seguir em frente, igual a você. E acho que no fundo, todos sabem disso, mas estão com muito medo de finalmente aceitar a situação e seguir em frente.

Ele me viu brincar com o tecido de algodão de sua camiseta.

— Você mudou tudo — disse ele, tão baixinho, que mal o ouvi. Olhei para cima, nossos olhos conectados. Ele me puxou, enlaçando meu corpo. Recostada ao peito cálido, eu o abracei. Não era nada sexual ou sequer amigável. Era muito além disso.

Era meu lar.

Sabia que lutaria por isso, não importava o que teríamos que enfrentar.

SOB O DOMÍNIO DA *Realeza*

Nós respiramos fundo, juntos, seus lábios roçando a minha testa.

— Agora me diga que merda foi essa com Lorde William? — Ele se inclinou para trás e me encarou.

Argh. Tudo bem. Lorde imbecil.

— Podemos ficar bêbados e fazer sexo selvagem em vez de falar nisso? — Afundei a cabeça em seu peito, sentindo o riso reverberar nele.

— Depois. *Com certeza.* — Beijou minha cabeça de novo, desencostando da janela, saindo do meu abraço. — Agora sente sua bunda e comece a falar enquanto faço um café para você.

— Coloque um pouco de bebida nele, e estou dentro.

— Era o que eu ia fazer. — Piscou, e senti um frio gostoso na barriga, o sorriso no meu rosto fazendo minhas bochechas doerem.

Tirando as botas, rastejei em sua cama, inalando seu cheiro intenso e viril, despertando desejo instantâneo e conforto em mim.

Reconhecendo que Lennox não era o único que guardava grandes segredos de família, comecei de quando encontrei meu tio com Eloise, e as revelações dos problemas financeiros da minha família que recaíram sobre meus ombros. Lennox estava sentado na cadeira, ouvindo cada palavra, a raiva refletindo em seus olhos quando cheguei à chantagem e ao ataque esta manhã.

Ele se levantou e foi até o saco de pancadas, segurando-o com tanta força que os nódulos de seus dedos ficaram brancos.

— Ele. Tocou. Em. Você.

— Tentou — respondi, na intenção de suavizar o incidente.

Lennox me lançou um olhar suspeito.

— Ele só parou porque teve a isquemia, não é?

Mordi o lábio.

Um ruído sufocado escapou de sua boca, o punho socando o saco.

— Vou matá-lo — prometeu, louco de raiva, batendo no saco de novo antes de dar a volta para olhar para mim. — Ele vai desejar ter tido um derrame fatal. Cretino do cacete...

Não conseguia aliviar a raiva de Lennox, porque eu também a sentia. William teria me violentado se a isquemia não tivesse acontecido e o impedido. Ele não merecia simpatia só por estar agora em uma cama de hospital.

— Mate-o depois que eu conversar com ele.

— O quê? — Lennox piscou para mim, indignação irradiando dele ao andar em círculos. — Nem pensar. Você não vai vê-lo mais! Conseguiremos o dinheiro para pagar o empréstimo em outro lugar. Vou dar um jeito.

— Você não tem nem como pagar pelos cuidados de Gracie. — Saí da cama, parando à sua frente, segurando sua mão em uma tentativa de acalmá-lo. — Este é um problema da *minha* família, já basta o que você tem para resolver.

— Não vou deixar você chegar perto da porra de um estuprador. — Suas narinas dilataram.

— Ei. — Entrelacei nossos dedos. — Ele não pode fazer mais nada comigo. Ficarei bem.

— Seu pai e tio deveriam estar resolvendo isso, não você. Por que tem que ser você? — Seus dedos, inconscientemente, apertaram os meus.

— Não é sobre o empréstimo que quero falar com ele.

Lennox ficou confuso.

Soltando suas mãos, fui até meu agasalho pegar as fotos.

— Encontrei isso no chão, na bagunça espalhada que caiu da mesa dele. — Respirei fundo, entregando as fotos antigas para ele. A perplexidade cintilou em suas feições, o olhar concentrado nas fotos. Ele passou uma a uma, analisando os rostos. Seus olhos dispararam para os meus.

— A mulher que está com ele... — Toquei no rosto dela, engolindo a verdade. — É a minha tia Lauren, cerca de vinte anos atrás.

Vi quando sua ficha caiu, o que eu ainda queria negar.

— Por favor, me diga que estou errado — choraminguei, implorando. — Que estou vendo algo errado, que não existe... *por favor.*

— Não posso — murmurou. Ele ficou perto de Landen vezes suficientes para reconhecer o mesmo que eu.

— Merda. — Um grito distorcido vibrou do meu peito, ciente do sofrimento que isso causará à minha família... o que causará a Landen. Ele podia até não gostar de seu pai, mas descobrir que seu verdadeiro pai é o Lorde William era ainda pior. A verdade o destruiria.

Landen era tudo para mim. Saber que eu tinha informações que poderiam acabar com ele, por fim, cobrou seu preço e me despedaçou. Soluços me sufocaram, a represa estourando e liberando as lágrimas.

— Não sei o que fazer. Com Landen. Theo. Minha família. — Tudo parecia pesado demais.

Lennox me puxou contra o seu corpo, me envolvendo entre seus braços, e me mantendo firme. Ancorada.

Salvando-me de afogar nisso tudo.

SOB O DOMÍNIO DA *Realeza*

CAPÍTULO 13

Lennox me segurou até não sobrar nada, permitindo que soltasse tudo que eu estava reprimindo. Não tinha me permitido nem mesmo encarar o bombardeio. Porque, fisicamente, estava bem, achei que todos, inclusive eu, pensei que estava bem. Superado o atentado. Mas ainda estava processando o estresse pelo qual meu corpo passou, o alívio, o medo e a culpa de viver. Haviam hipóteses sinistras atormentando o fundo dos meus pensamentos, o tempo todo.

E Lorde William teria me machucado mais cedo. Foi só uma reviravolta do destino que o impediu. Mais uma vez, por não ter acontecido de verdade, meu cérebro continuou me dizendo que eu deveria superar isso. Parar de ser *tão* dramática. Tudo continuou se acumulando até que desabei.

— Desculpa — murmurei, em sua camiseta molhada, me afastando e enxugando os olhos.

— Nunca peça desculpas. Não para mim. E, certamente, não por isso. — Sua mão quente segurou meu rosto com delicadeza. — Acho que não percebe como é forte e inacreditável.

— Sei. — Dei uma risada debochada, apontando para a roupa manchada de lágrimas. — Dá para notar.

— Spence. — Ele virou meu rosto manchado para o dele, a mandíbula tensa com a seriedade. — Você entende que a maioria das pessoas não aguenta nem metade das coisas que já teve que enfrentar? Há três dias apenas, você esteve em um atentado terrorista. Quase morreu. O futuro de toda a sua família foi colocado em seus ombros. Você foi chantageada, agredida e é um saco de pancadas constante para o mundo atacar e criticar, porque te derrubar faz com que se sintam melhor com suas vidinhas.

— Elas podem ficar com tudo isso. — Esfreguei o rosto com a manga, me afastando dele. Com que rapidez, depois de baixarmos a guarda, nós a recolocamos para nos proteger. — Todos aqueles que pensam que ser uma princesa é tão glamoroso e um grande sonho, fiquem à vontade.

Seu olhar intenso permaneceu em mim, mas não conseguia olhar para trás, me sentindo à flor da pele, como se tivesse sido esfolada viva.

— Venha aqui — ordenou. Olhei para ele, vendo-o com o dedo indicador curvado, me chamando. Exausta e esgotada, não argumentei e fui até onde estava.

Ele agarrou a bainha do meu suéter, tirando-o sobre a cabeça. Então se moveu com propósito, mas foi gentil, seu olhar fixo em mim. Inclinando-se, ele pegou sua camiseta surrada da cama e me ajudou a vesti-la. Seus dedos deslizaram pelas minhas costelas enquanto descia o tecido; o algodão macio e seu cheiro masculino me envolveram em uma bolha protetora. Macio. Segura. Seu foco saiu dos meus olhos quando abriu o zíper do meu jeans, arrastando-o pelas pernas. Seus dedos circularam minha panturrilha, me ajudando a tirá-lo.

Nenhum som foi proferido quando ele afastou as cobertas, e eu me arrastei em sua cama enorme, o colchão me engolindo em um abraço. O farfalhar do tecido me fez virar de lado para observá-lo se despir. Não pude evitar o leve arfar quando ele jogou a camisa no chão, a imagem de seu torso trincado marcando-o em minha cabeça. Ele ficou só de cueca boxer, e o calor me fez pegar fogo.

— Não olhe para mim assim — rosnou, desligando as luzes, deitando-se ao meu lado.

— Por quê? — Eu me aproximei, acariciando seu peito. Ele estava tão perto, a respiração e o calor me atormentando. As luzes da cidade decoradas para os feriados brilhavam através das janelas, iluminando seus olhos castanho-esverdeados.

— Porque — agarrou meu quadril, me rolando para o lado, de costas para ele, envolvendo minha cintura com o braço e chegando bem perto de mim — você precisa dormir, e se ficar me olhando assim, não vai conseguir descansar.

Ofeguei, contraindo as coxas diante de sua declaração. Eu realmente precisava dormir, pois mal havia dormido na última semana. No entanto, estar perto dele mantinha o monstro que ele despertou, carente e excitado.

Ele se aconchegou a mim, a palma da mão espalmando minha barriga por baixo da camiseta.

— Feche os olhos.

— Aham. — Soltei uma risada entrecortada. Ele não entendia que só em estar no mesmo quarto, me deixava dolorida e ansiosa? Estava pressionada a ele com sua mão me tocando, e achava que conseguiria dormir?

— Relaxe — murmurou no meu ouvido.

Exalando, tentei aliviar a tensão no corpo. O calor e a segurança dele ao meu redor rapidamente relaxaram meus músculos como se eu tivesse tomado um banho quente, mesmo que minha cabeça ainda girasse, evitando os grandes problemas, pensando em coisas com as quais não deveria estar me preocupando.

Só que estava.

— O quê? — suspirou ele.

— O quê, que foi?

— Lembre-se, sou um soldado treinado. — Ele acariciou minha orelha. — Posso ouvir os pensamentos zumbindo na sua cabeça.

— Não, não pode.

— Spence, desde o primeiro dia, tenho plena consciência de cada minúsculo movimento, expressão e ruído seu.

— Sério? — Eu me virei para ele. — Ruído?

A lateral de sua boca se curvou.

— Ao mais ínfimo dos suspiros, ofegos e... gemidos.

Bufei, as bochechas corando.

— Agora diga o que você quer me perguntar. — Sorriu como se já soubesse.

— Que inferno, aposto que é divertido te surpreender no seu aniversário — resmunguei, me afastando dele.

— Não sou muito do tipo que gosta de surpresas.

— Não brinca — caçoei.

— Por você, vou fingir que sim. — Ele se pressionou a mim, apertando-me mais firme. — Agora, pergunte.

— Tá bom. — Odiava o fato de que estava prestes a proferir aquelas palavras em voz alta. Eu era tão boba. — Você disse que fez muito sexo. — Eu me encolhi ao dizer isso. — Quantas já trouxe aqui?

Seus dentes mordiscaram minha orelha.

— Nenhuma.

— O quê? — Eu o encarei.

Ele se apoiou sobre o cotovelo, olhando para mim, presunçoso.

— Estou casado há quase quatro anos.

— Então nunca...?

— Não traí minha esposa nos dois anos em que estivemos juntos, se é o que está insinuando. Mas nestes dois últimos? Sim, fiquei com algumas mulheres. Nós precisamos mesmo falar disso?

Eu o encarei até que ele suspirou.

— Três. — Ele esfregou a nuca. — A primeira foi logo que voltei do destacamento, depois de passar semanas ao lado dela. O médico confirmou que não havia esperança. Tudo me atingiu de uma vez: a tristeza, arrependimento, culpa e morte. A sensação era de estar me afogando. Uma ironia com relação a minha irmã, mas foi exatamente assim que me senti. Foi um dos meus momentos mais sombrios. Não via luz ou esperança, apenas sofrimento e uma agonia sem fim. Pensei em acabar com tudo isso naquela noite.

Meu peito apertou, um forte pavor ao pensar nele fora deste mundo; só em imaginar que nunca o teria conhecido, quase me rasgou por dentro.

— O dia em que voltei da guerra, foi particularmente bem difícil. Um menino inocente morreu nos meus braços depois que um mercado foi atacado. Aquilo despertou algo em mim. Meus amigos perceberam, e alguns me forçaram a ir num bar da região onde estávamos alocados. Bebi até não sentir mais nada. Ela estava lá e me fez sentir bem, como se eu fosse outra pessoa por uma noite... alguém que não carregava tristeza, sofrimento e culpa intermináveis. Queria sentir de novo. Qualquer coisa menos agonia, sabe?

— Entendo totalmente — eu disse, tocando seu rosto. — Eu teria feito o mesmo.

Ele ergueu uma sobrancelha.

— Você disse que eu era forte, mas nossa, Lennox. O que você passou? Os horrores não só em sua vida pessoal, mas em combate? Não consigo imaginar.

— Eu quase não me lembro de estar com ela e, honestamente, não era por ela. Mas, em vez de me sentir culpado no dia seguinte, senti um pingo de esperança. Talvez a escuridão não fosse me consumir inteiro, e que eu tenha passado pelo pior momento e me arrastado para fora do buraco. De certa forma, aquela noite salvou minha vida.

— Foi um chá de boceta. — Balancei a cabeça.

— Puta merda. — Lennox começou a rir, seu uivo profundo ecoando pelo lugar, espalhando pura alegria e vertigem em minhas veias, abrindo a boca com um enorme sorriso. Sua risada desinibida explodiu em meu peito feito a mais rara, poderosa e bela canção. — Droga, Spencer. — Ele riu, balançando a cabeça, seu sorriso refletindo nos olhos focados em mim. — Nunca sou capaz de prever o que vai sair de sua boca.

— Acredite em mim, minha mãe deve concordar, penosamente, com isso.

SOB O DOMÍNIO DA *Realeza*

— Adorei. — Ele se inclinou para frente, a boca roçando a minha. — Sabe que sou, raramente, pego de surpresa na vida, não é? Sou treinado para estar preparado, percebendo comportamentos e eventos antes que aconteçam. Exceto com você. Ninguém jamais escapou de mim... nunca. E você fez isso duas vezes.

— Fico feliz em ser capaz de mantê-lo sempre alerta — murmurei contra os seus lábios.

— Não só alguém que você acompanha. — Ele me beijou, se afastando e respirando fundo. — Olha, você precisa dormir um pouco.

— Você não terminou. Quem foi a segunda?

Ele franziu o cenho, provavelmente, achando que essa conversa tinha acabado. Inclinando a cabeça, cerrou a boca com força.

— Tá bom. — Dei um tapa na minha testa. — Hazel.

— Não. Ela foi a última. — Seu pomo-de-adão se agitou, embrulhando meu estômago. Um sentimento de pavor tomou conta de mim.

— Quem foi a segunda? — Apreensiva, deixei a pergunta escapar.

— Katy.

— Ka-Katy? — gaguejei, sentando-me. — A treinadora de cavalos da Família Real, aquela Katy?

Ele assentiu, inexpressivo.

— Eu sabia. — Bati os punhos na cama, lembrando como o olhar dela se arrastou possessivamente por ele. Atrás de sua gentileza havia garras. — Ela te queria tanto, que pensei que me tiraria dali e esconderia meu corpo sob as pilhas de feno, daí, você disse a ela quem eu era — debochei, lembrando de seus ombros relaxando quando Lennox disse a ela quem eu era. Não era uma ameaça. — Foi antes ou depois disso?

— Faz diferença?

— Foi depois, então.

— Aconteceu uma vez, e foi um erro. Foi na época em que sumi.

Sim, eu me lembrava. Naquela semana fiquei triste, mas não me permiti reconhecer o motivo. Agora podia ver o quanto odiava ele ter sumido. Alguma coisa estava faltando. Continuei procurando por ele, depois me castigando por isso.

— Foi no dia do aniversário de Gracie — continuou. — A família dela considerava algo muito importante. — Seus olhos se estreitaram. — Nos anos anteriores não pensava nisso, sabendo que era algo que precisavam fazer. Mas este ano, mexeu comigo. Foi torturante para todos nós, incluindo Gracie, estar comemorando algo que nunca mais terá. *Uma vida*. E tudo o que eu pensava era em voltar para você, o que só transformou minha culpa e ódio em repúdio. Quase não conseguia ficar parado, estar na minha própria pele. — Inclinou a cabeça para trás no travesseiro, a atenção no teto. — Fiquei dizendo a mim mesmo que era pelo trabalho que eu queria voltar, não por você, mas, mesmo assim, sabia que era uma grande mentira.

Suspirou antes de prosseguir:

— Ela me achou em um momento de fraqueza. Eu tinha bebido pra caralho em um pub, depois de passar o dia no hospital. Com raiva do mundo. Da minha situação. De mim. De você. Não estava bom da cabeça, mas não a impedi quando me levou para sua casa. Vou só dizer que foi estranho na manhã seguinte. Fui honesto, falando que não estava à procura de ninguém.

— Vocês conversaram depois?

— Ela mandou uma mensagem e ligou, e tentei ser breve em minhas respostas.

Nunca fui uma pessoa ciumenta. Não tinha problemas em dividir Theo com o mundo, conhecer as milhares de mulheres, modelos, atrizes e cantoras que eram loucas e fantasiavam com ele. Isso nunca me incomodou.

Com Lennox, fiquei puta de ciúmes, mas engoli o sentimento, gostando de como ele foi honesto comigo.

— E depois teve a Hazel. — Minha voz ficou tensa. Katy era fofa, bonita até, mas Hazel era deslumbrante. Quero dizer, a garota desfilou na passarela dos principais desfiles de moda pelo mundo. Essa era difícil de engolir, já que eu parecia a colegial nerd ao lado dela, e, principalmente, porque também era uma "amiga" em nosso grupo. Perto dele. — No quarto em frente ao meu.

Ele ajustou a mão sob a cabeça, sem responder.

— Adoraria apagar a imagem da minha cabeça — resmunguei, flashes dela saindo de seu quarto, desgrenhada, rosto corado por ter sido muito bem-fodida, voltou como um flashback ruim.

— Passei a não me arrepender mais das coisas. Foi uma promessa que fiz a mim mesmo depois daquele período sombrio. Mas se eu pudesse desfazer o que fiz com uma delas, seria com ela.

— Sério? Por quê? Viu Hazel depois?

Ele se mexeu desconfortavelmente, olhando pelas janelas.

— Nada de mentira entre nós agora. — Inclinei a cabeça de lado, olhando para ele.

— Não ia mentir. Só não tenho certeza se a verdade vai mudar alguma coisa.

— Veremos.

Ele esfregou o rosto, suspirando.

— Além de fazer a única coisa que prometi que jamais faria, dormir com alguém ligado ao trabalho, já disse que transei com ela porque não podia estar com você. Mas tinha outra coisa... Ela sabia. Descobriu o que eu sentia.

— Hã? — Meus olhos se arregalaram.

Ele franziu o cenho.

— A noite na boate... foi necessário um esforço descomunal meu para não te beijar. Quero dizer que me esforcei *muito mesmo*, mas sabia que não estava sóbria. O que quer que existisse entre nós, naquele momento, era impossível de disfarçar. Hazel percebeu.

Puta merda, Hazel sabia? Recordando de tudo agora, lembrei de certos olhares, algumas coisas que ela disse, que confirmaram isso.

— Quando voltamos, e te levei para o seu quarto? Você quase me fez perder o controle.

— Perder o controle?

— Minha força de vontade já estava por um fio. Você começou a se despir, dançando pelo quarto. Bem mal, diga-se de passagem... Tropeçando e cambaleando, mas tão adorável, cacete. E ainda gostosa pra caralho. Mas o que quase me derrubou foi você dizer meu nome toda vez que olhava nos meus olhos. Sabia que não via Theo, e quase destruiu minha determinação. Mas fui embora, sabendo que era o melhor. Ela me confrontou no corredor, me alertou sobre tudo que eu tinha a perder. Ela sugeriu que usássemos um ao outro. — Lennox deu de ombros. — Eu não tinha esperança de ter você, então aceitei — ironizou. — Não ajudou *em nada*.

— Não? — Não entendi. — Hazel é a fantasia de todo homem.

Lennox virou a cabeça de supetão, suas íris dilatando quando se sentou, e me deitou na cama.

— Não a minha, obviamente. — Ele rastejou para cima de mim, se acomodando entre minhas pernas. — Ela é uma garota adorável, mas gosto das desajeitadas, contundentes, imprevisíveis, desafiadoras e teimosas pra caramba. — Reivindicou minha boca, os quadris girando nos meus, atiçando fogo em meu corpo.

Sua mão desceu, empurrando a calcinha de lado, os dedos deslizando por mim.

— Puta merda. — Arqueei as costas.

— Eu *deveria* deixar você dormir. — E mergulhou mais fundo, bombeando dentro e fora. — Mas não consigo mais me segurar quando estou perto de você. Você me fez perder completamente o controle.

Não conseguia dizer uma palavra, a respiração ofegante enquanto me movia contra ele.

— Não consigo me saciar de você. — Subiu a camiseta, abocanhando meu seio, pincelando o mamilo com a língua, fazendo um barulho soar no fundo do meu peito. — Aí está um dos gemidos que eu amo. — Ele pegou o outro seio. — Vamos ver quão alto consigo te fazer gemer. — Mordiscou e lambeu minha barriga, deslizando a calcinha, a língua se arrastando pela pele.

Alto e sem filtro, um grito escapou de meus lábios, as unhas arranhando seu couro cabeludo.

— Seu gosto é bom pra caralho. — Deslizou as mãos sob a bunda, me segurando enquanto devorava e saqueava.

Choramingos, gemidos e gritos ecoaram como se eu estivesse possuída antes de explodir de prazer, alcançando um lugar que nunca soube que existia.

Quando ele me penetrou, nossos corpos se movendo juntos, foi tão sensual, tão lento e profundo, que não conseguia mais diferenciar quem era quem. Ele tinha me reivindicado em todos os sentidos, e eu sabia que meu coração estava perdido.

Não dava para desfazer isso.

Não importava o que estivesse por vir.

A claridade da manhã penetrou através das nuvens espalhadas, silenciosamente me acordando. A chuva batia suave contra o vidro conforme vestígios de neblina serpenteavam acima do rio e pela rua. As pessoas corriam pela calçada até a estação de trem para ir ao trabalho ou à escola, agasalhadas por conta do frio.

O corpo nu de Lennox me envolveu com seu calor. Sua respiração constante contra o pescoço me fez sorrir, feliz. Depois de um dos orgasmos mais intensos da minha vida, nós dois desmaiamos, a exaustão me entregando ao sono sem pesadelos. Não dormia tão bem em meses, provavelmente desde que me mudei para o palácio, me fazendo ver quanto tempo não relaxava ou me sentia confortável.

Lennox se mexeu atrás de mim, um zumbido baixo vibrando em seu peito.

— Você está aqui — murmurou contra o meu cabelo, os braços me apertando, com as mãos na minha barriga nua.

— Você tem o café, onde achou que eu iria?

Deu uma risada.

— Acordei várias vezes pensando que tinha acabado de sonhar que você estava aqui — disse ele, com a voz rouca, a ereção cutucando minha bunda, me forçando a morder o lábio.

— Sabe, sob todas essas camadas rudes, você é mesmo *um amor*.

Sorri, sabendo que iria provocá-lo, e muito.

— Não *sou* um amor — bufou, imprensando-me à cama, rolando acima de mim, um rosnado enrugando o nariz.

— Ah, qual é, você é coração mole — provoquei, amando sentir seu peso sobre mim. Queria ficar assim o dia todo.

— Isso aqui parece mole para você? — Ele moveu os quadris, cessando meu argumento com um suspiro agudo. Sua boca desceu na minha, me devorando com voracidade. — E o que quero fazer com você é tudo menos amoroso.

Nossas bocas se tornaram frenéticas bem depressa, minhas pernas envolvendo-o, a cabeça girando com a sensação dele deslizando por mim.

— Lennox... — gemi, as unhas arranhando sua bunda tonificada, puxando-o com desespero, precisando dele dentro de mim mais do que o ar que respiro.

Não queria parar de tocá-lo, de ouvir sua voz, ver seu sorriso. Do seu cheiro, seu corpo, seus dedos acariciaram minha pele. Não havia nenhum outro lugar que eu quisesse estar. Se o mundo estivesse queimando, de ponta-cabeça e reduzido a cinzas, ainda não haveria nada para me impedir de chegar ao homem ao meu lado.

Ele tinha razão. Ia ser um problema.

Bam. Bam. Bam.

Uma batida forte na porta ressoou pelo espaço, nos assustando, nossas cabeças virando na direção dela.

— Mas que merda? — Lennox murmurou baixinho.

— Lennox, meu garoto? Está aí? — A voz de um homem atravessou pela porta, grossa com um sotaque vitoriano do norte. — Seu porteiro me deixou subir.

— *Droga.*

Lennox saiu de cima de mim, pegando a cueca no chão ao mesmo tempo em que me jogava a camiseta que havia me emprestado ontem e acabou arrancando no meio da noite; nós dois nos apressamos a nos vestir quando a maçaneta da porta chiou, destrancando.

Esta pessoa tinha a chave?

— Espera!

Lennox vestiu a cueca boxer de uma vez, correndo para a porta.

Puxei a camisa para baixo, saindo da cama e procurando minhas roupas.

— Onde foi parar a minha calcinha? — ralhei, entredentes.

Ele balançou a cabeça em negativa, sem ter a menor ideia de onde poderia estar no meio dos lençóis emaranhados.

— Lennox?

O homem bateu novamente.

Observei quando ele fechou os olhos com força por um instante. Respirando fundo, endireitou a postura antes de abrir a porta.

— Arthur — disse, suspirando, a mandíbula se contraindo. — Agora não é uma boa...

Arthur.

Tinha ouvido esse nome... *Eita, agora ferrou.*

O pai de Gracie.

— Nunca é uma hora ruim com você, meu garoto. — Arthur riu, passando por ele e fechando a porta. Parecendo estar com quase sessenta anos, ele não era um homem muito grande, mas ostentava uma barriga rechonchuda. Ele tinha pele pálida, cabelo branco e os olhos mais azuis que já tinha visto. Estava de calça cáqui, suéter de lã e botas, com gotas de chuva em sua jaqueta e chapéu. — Trouxe alguns bolinhos feitos hoje. Mary sabe o quanto adora. — Ergueu a mão que segurava um saco de papel. — Ela queria ter certeza de que estava se alimentando, já que quase não o vemos... — Arthur parou de falar quando seu olhar pousou em mim, congelando-o no lugar.

— Arthur... — Lennox disse seu nome, colocando tanto significado em duas sílabas.

O homem continuou a me encarar, o silêncio tenso rodopiando no ambiente conforme olhava a camiseta que eu estava vestindo, o cabelo bagunçado e as pernas nuas. Distraidamente, puxei a bainha da camiseta de Lennox para baixo, tentando cobrir as coxas.

— Bem, acho que entendo por que não temos te visto muito ultimamente — respondeu Arthur, baixinho, virando-se para Lennox, a voz sem revelar nada.

— Arthur, esta é Spencer Sutton. — A voz de Lennox ficou tensa quando falou, acenando para mim. — Spencer, este é Arthur Clarke.

— Prazer em conhecê-lo, Sr. Clarke. — Minha voz falhou, suor escorrendo pela nuca. E as pessoas achavam que conhecer os pais, seminus, era embaraçoso, que tal conhecer o pai da esposa do seu amante? Esse era um nível completamente novo de constrangimento.

Arthur olhou para mim, piscando ao me reconhecer.

— Spencer Sutton? — disparou para Lennox, o peito estufando. — A Spencer Sutton que vai se casar com o príncipe da Grã-Victoria?

— Arthur...

— Essa Spencer Sutton? A que o rei da Grã-Victoria lhe pediu para proteger? Me diz, rapaz...

— Sim.

— Mas que merda é essa que você está fazendo, Lennox?

Seu rosto ficou vermelho de raiva.

— Você não entende.

— Tem razão. Eu não entendo! — explodiu, erguendo os braços. — Você enlouqueceu? — A aura insípida de Arthur se transformou, enchendo o lugar com sua raiva e confusão, o rosto corado. — Acredite em mim; entendo que um homem tem necessidades, que pode ter alguns casos enquanto espera Gracie melhorar. Poderia ignorar isso, tranquilamente, e fingir que não aconteceu quando voltasse para o seu leito conjugal com a minha filha.

— Está de sacanagem comigo? — Os ombros de Lennox se ergueram, seus olhos brilhando. — Está ouvindo o que está dizendo, Arthur?

— Gracie entenderia. Homens têm necessidades.

— Mas que grande besteira! — exclamou Lennox. — Pode até ser que Gracie me perdoaria, mas eu nunca teria feito isso se houvesse esperança. Essa é uma desculpa lamentável e fraca para trair sua esposa.

— E aqui está você, fazendo a mesma coisa! — Arthur acenou para mim, a voz ficando mais alta a cada palavra. — Com a noiva do príncipe! O quanto isso torna você burro? Está traindo sua esposa! Minha garotinha!

— Que droga, Artur! — gritou Lennox, gesticulando com os braços. Pude sentir algo estalar nele, a verdade querendo ser liberada depois de anos a engolindo. — Não estou traindo Gracie! Ela morreu! Está morta desde o dia em que você a colocou lá, há mais de *dois anos*. Ela teve morte cerebral, Arthur. Eu lamento muito, mas ela não vai voltar. Nunca mais. Precisa aceitar isso. E forçá-la a ficar presa em seu corpo, a esta terra, porque você não consegue deixá-la ir, não é justo com Gracie. Com você e com Mary, ou *comigo*. Ela merece descansar em paz.

Arthur paralisou no lugar, o peito redondo estufado ao máximo, sua coloração de um vermelho profundo.

A tensão era tão espessa que parecia que o ar estava sufocante; o único som era o tamborilar da chuva contra as janelas.

— Sinto muito — Lennox suspirou, esfregando a cabeça, os ombros caídos.

— Você. Deveria. Sentir. Mesmo — disse Arthur, entredentes, seu corpo rígido e frio.

— Não me arrependo do que disse — retrucou Lennox. — É tudo verdade. Mas eu não deveria ter me expressado dessa forma. Estou segurando há muito tempo. Tentando ser o genro que vocês queriam, tentando aliviar a dor do que aconteceu com Gracie porque me senti responsável. Que era culpa minha. Mas não aguento mais. Não posso continuar vivendo assim. Gracie não é a única que vocês estão prendendo.

Arthur respirou fundo, a pele ficando quase roxa.

— Sei que você pediu o divórcio. Escondi da Mary, sabendo que partiria seu coração. — Suas mãos se fecharam em punhos, amassando o saco em sua mão. — Mas vá em frente. Destrua a mulher que tem sido uma mãe para você. Continue e abandone minha garotinha. A única que já esteve ao seu lado, que te amou tanto que brigou comigo para se casar com você. É verdade. Já que é para sermos honestos, eu não queria que ela se casasse com você. Tragédia te acompanha feito praga. Você só afunda as pessoas em sua escuridão, e sabia que você a destruiria no final. Mas ela era ferozmente leal a você. E se fosse você em coma, ela estaria ao seu lado todos os dias, acreditando que sairia dessa.

O olhar de Arthur disparou em mim por um segundo, jogando o saco na mesa de centro.

— Portanto, lembre-se de que enquanto viver sua vida, Gracie nunca terá essa chance... por sua causa. No final, você acabou com ela.

Ele apontou o dedo grosso para o rosto de Lennox antes de sair, a porta batendo com um estrondo reverberante, atravessando o lugar como uma faca afiada.

Lennox olhou para o chão, sem se mover ou falar; tormento marcando suas feições.

Eu não era boa com essas coisas. Não sabia o que fazer para melhorar a situação. O que eu poderia dizer?

A raiva fervia sob a pele quanto mais eu pensava nas palavras cruéis de Arthur. Ele podia estar atacando por causa do luto, mas dizer essas coisas para Lennox? Para um homem que já carregava tanta culpa nos ombros, que já se culpava pela situação de Gracie? Não era culpa de Lennox, e não era justo jogar isso em cima dele.

Fazendo a única coisa que eu poderia pensar, caminhei até ele, enlaçando seu pescoço, abraçando-o, meu corpo dizendo a ele o que nenhuma palavra poderia dizer. Pelo menos, não por enquanto.

Ele não retribuiu por um longo tempo, mas não o soltei, e, aos poucos, seus braços me circularam, me aconchegando ferozmente em seu corpo. Enterrou o rosto no meu pescoço, inspirando a minha essência com a respiração ofegante, sem se entregar totalmente à dor.

— Não é culpa sua — sussurrei contra sua pele. — Arthur também sabe. Gracie não estava bem. Você não tem culpa. Nossas ações são nossas, de mais ninguém.

Ele estremeceu, um ruído rouco vindo do fundo de seu peito.

— Mas ele estava certo em uma coisa. A tragédia me segue. Você precisa ficar longe de mim. Eu destruo e acabo com todos que se aproximam de mim.

— Pare. — Eu me inclinei para trás, segurando seu rosto entre as mãos. Seus olhos estavam vermelhos, a expressão distorcida, mas não deixei cair uma lágrima. — Que mentira mais descabida. Você fez exatamente o oposto comigo. Eu estava me afogando, sem lutar, perdendo a mim e quem eu era, permitindo que outros ditassem meu destino. Foi você quem me acordou, que me fez encarar a verdade. Você me lembrou quem eu realmente era, o que queria nesta vida.

Agarrei seu queixo com mais força, forçando-o a olhar para mim.

— Nunca me senti tão viva. Tão feliz... — Encostei o nariz ao dele, sentindo suas mãos agarrarem minha cabeça. — Eu te amo, Lennox. Tanto que não tenho como negar. Estou estúpida e completamente apaixonada por você.

— Porra — murmurou, entredentes, aumentando o aperto na minha cabeça, me puxando para ele com desespero frenético, seus lábios me inalando. — Gostaria de ser um homem melhor, forçar você a se afastar de mim enquanto pode... mas não sou. Como eu disse, *não* sou um amor ou bom. — Ele me beijou tão intensamente que pude sentir em cada célula do corpo, a cabeça flutuando. — Sou egoísta e ganancioso, ainda mais quando se trata de você. Não vou te deixar ir embora.

— Que bom. Porque sou egoísta e gananciosa quando se trata de você, também. Não vai se livrar de mim agora. — Fiquei na ponta dos pés, capturando sua boca com brutalidade. Ele gemeu, me levantando no colo; envolvi sua cintura com as pernas conforme me carregava de volta para a cama.

O dia podia não ter começado como eu imaginava – conhecendo o pai de Gracie dessa forma. Mas, por mais estranho que fosse, confrontar o passado me deu esperança para o futuro.

Para o nosso futuro.

CAPÍTULO 14

— Já sabe que sou contra isso, né? — resmungou Lennox ao meu lado, enfiando as mãos nos bolsos da jaqueta, os sapatos molhados rangendo no piso de linóleo.

— Como não notei isso nas últimas quatro vezes que me disse? — Eu o cutuquei, virando a cabeça coberta para ele, e pisquei.

Ele olhou para trás, o boné e capuz escondendo-o, os dois tentando manter as identidades em segredo. Seus olhos claros encontraram os meus, vagando com intensidade pelo meu corpo, parando nos lábios, me forçando a recuperar o fôlego.

— Pare — bufei, me virando e nos levando a um corredor.

— Não consigo — murmurou, rispidamente, em meu ouvido. — Eu te disse, você me descontrolou. Não *consigo* parar.

O desejo se avolumou na garganta, dissipando-se enquanto engolia, tentando manter o foco. *Eu era igual.*

— Foco — murmurei, mas era mais para mim do que para ele.

— Quando se trata de você, sempre tenho.

Parei, de repente, puxando Lennox para um canto quando um médico e uma enfermeira saíram do quarto para o qual eu estava indo. Eles conversaram um pouco antes de se separarem, deixando a porta aberta. O quarto parecia estar vazio, sem visitantes.

— Tem certeza disso? — Lennox segurou minha mão. — Porque, às vezes, descobrir a verdade não é o melhor.

— Eu sei. — Respirei fundo, a voz soando não tão segura quanto eu queria. — Mas não posso parar agora... Eu já sei... só preciso que ele confirme.

Eu iria até a minha tia depois de conversar com Lorde William. Ela tinha muitas razões para mentir, negar a verdade e jogar a história fora como se fosse bobagem.

Lorde William não tinha motivos para isso. Ele podia até ser um filho da mãe cruel, mas sentia prazer em ferir as pessoas com a verdade.

Não tinha nenhum incentivo para mentir. Será que ele sabia a respeito de Landen? Se sabia, alguma vez quis fazer parte da vida dele? Ter um filho era importante para ele?

— Esteja certa disso, Spence. — Lennox se inclinou na minha direção, nos enjaulando neste mundinho só nosso. — Neste momento, você ainda pode viver com as perguntas e dúvidas. Mas assim que descobrir a verdade, não será capaz de esquecer e fingir que não sabe... Carregará esse fardo para sempre.

Contraí os lábios, sem responder.

— Mas sei que não há como te impedir. — Ele deu um sorriso de canto de boca. — Jamais conseguiria deixar o assunto no passado.

— Ah, você acha que me conhece tão bem assim? — Ergui uma sobrancelha.

— Acho — assentiu. — Assim como com os animais, você quer proteger e cuidar de todos. Mas precisa de todos os fatos e informações para saber a melhor forma de protegê-los ou ajudá-los.

Ofeguei, me sentindo nua e exposta. Ninguém jamais me viu tão claramente, nem mesmo eu. Foi um pouco desconcertante. Pigarreando, recuei um passo, olhando para o quarto.

— Então sabe que preciso fazer isso.

— Sim, eu sei. Mas também sei *muito bem* que as verdades têm um preço. — Sua preocupação comigo inchou meu coração, fazendo-me apaixonar ainda mais por ele. Sem aviso, fiquei na ponta dos pés, a boca esmagando a dele antes de girar para longe, caminhando para o quarto do hospital.

Entrando ali, o barulho das máquinas e do monitor cardíaco soaram ritmicamente no quarto silencioso. Meu olhar recaiu no homem adormecido na cama, e eu quase saí, pensando que estava no quarto errado.

Ele sempre foi velho para mim, mas agora parecia frágil e insignificante. O ego maior que a vida que ele continha foi sugado dele, deixando a casca de sua alma distorcida. Seu rosto apresentava uma palidez doentia, marcada por rugas, o corpo alto e magro, em pele e osso.

Estranho, estava em seu escritório outro dia, e esse homem frágil me prendia contra a parede. Agora, se encontrava acamado como se a morte o chamasse.

A cada passo que eu dava, a respiração vacilava, pronta para o esqueleto se sentar e me matar de susto.

Os olhos castanho de Lorde William se abriram, pousando em mim.

SOB O DOMÍNIO DA *Realeza*

— Srta. Sutton. — Como uma velha casa rangendo, sua voz soou fraca e pausada. — Estou surpreso em vê-la ao lado da minha cama.

— É o último lugar que quero estar também, pode acreditar.

A atenção de Lorde William flutuou às minhas costas.

— Vejo que trouxe seu guarda-costas. Ele está vigiando de *perto* o seu corpo jovem e delicioso, minha querida? Sei que *eu* estaria.

— Cala a boca, seu merda. — Lennox se afastou da parede, mas estendi a mão, dando a entender que eu estava no controle.

Uma risada veio de William, e depois se transformou em uma tosse.

— Ao que parece, Sr. Easton, está finalmente fazendo muito mais do que observar o corpo dela de longe. — O velho sorriu, presunçoso. — Como o príncipe está lidando com isso? Ele sequer sabe que está enfiando o pau na futura esposa dele? A boceta da princesa é tão especial que você arriscaria tudo por ela?

— Que se foda... — Lennox avançou novamente.

— Lennox. — Pulei na frente dele, empurrando-o para trás. — Ele está tentando te irritar. Não permita isso. — Minhas palmas pressionaram em seu peito até que me encarasse, carrancudo, contraindo a mandíbula.

Uma risada encheu o quarto quando William se ajeitou um pouco mais alto na cama.

— Uau, deve ser extraordinário se ela te treinou e te deixou tão obediente e doido por mais. Estou decepcionado por não ter experimentado. Descobrir do que todos estão falando.

Desta vez não consegui segurá-lo. Ele pulou para cima do velho, a mão envolvendo sua garganta, empurrando-o contra o travesseiro.

— Seu merda imprestável do caralho. — Lennox apertou com mais força, a pele pálida de William ficando vermelho-púrpura. — Você se sente homem ao forçar e agredir mulheres? Isso te faz sentir poderoso? Forte? Esse é o problema com idiotas lamentáveis como você; confundem suas profundas inseguranças e falta de caráter com masculinidade e força porque estão com muito medo de ver que não são nada. Que não têm nada. Ninguém te ama ou se importa com você. Sua vida não deixará marcas. Só mais um nome em uma lápide. Sozinho e esquecido.

As mãos de William bateram em Lennox, a boca entreaberta, ofegando por ar.

A vida de William significava muito pouco para mim, mas a de Lennox era tudo.

— Lennox. — Meus dedos circularam seu pulso. — Pare.

— Ele estupra e agride mulheres. O mundo ficaria melhor sem ele. — Apertou o pescoço do lorde com mais força.

— Concordo, mas não ficarei melhor se você estiver na cadeia — implorei, puxando seu pulso. — Por favor. Por mim.

Ele inspirou, os ombros tensionados, e apertou mais uma vez antes de soltar. As tosses e ofegos de William instantaneamente preencheram o quarto, sua mão esfregando a garganta.

— Você é louco. Quase me matou. Vou chamar a segurança! — disse William, entredentes, se esforçando para apertar a campainha da enfermaria.

— Não. Não vai. — Lennox facilmente a tirou de seu alcance.

— Me dê.

— Olha quem é que está com medo e chorando, pedindo ajuda agora? — Lennox debochou. — Algo que todas as mulheres que você agrediu não foram capazes de conseguir.

— Elas vieram por conta própria! Não é culpa minha que estavam tão ansiosas a se ajoelhar para pagar suas dívidas.

— Por conta própria? — Dessa vez eu o enfrentei cara a cara. — Qual parte de quando eu disse 'não' você entendeu que eu queria algo?

— Você veio ao meu escritório. Sabia exatamente no que estava se metendo, então não se faça de recatada e chocada. Você também queria.

— Seu desgraçado! — Alcancei sua garganta.

— Spencer. — Lennox agarrou minhas mãos, me puxando para trás.

— Me solta!

— Não. Não quero que *você* vá para a cadeia por causa desse pedaço de merda imprestável.

— Vocês são loucos. — William rastejou para alcançar o alarme. — Me devolva isso!

— Nem pensar — zombou Lennox, negando com um aceno de cabeça. — Spencer tem algumas perguntas a fazer. Comporte-se como um bom garoto, responda com a verdade para esclarecer tudo o que ela quiser, e, talvez eu o devolva.

Os olhos de William dispararam entre nós, ladeando sua cama, percebendo que era ele em desvantagem, desta vez.

— Fale logo — bufou, o ego o enchendo como se tivesse ligado a um tubo inflável.

Lambendo os lábios, peguei as fotos no bolso da blusa.

SOB O DOMÍNIO DA *Realeza*

Mas assim que descobrir a verdade, não será capaz de esquecer e fingir que não sabe... carregará esse fardo para sempre.

O aviso de Lennox passou pela minha cabeça antes de eu cerrar os dentes, mostrando as imagens para William.

Ele se inclinou para frente, sem conseguir distinguir as fotografias à distância, por conta da visão ruim.

Algo mudou em seu comportamento. O perfume egoísta que exalava dele deixou de emanar por um instante. As mãos trêmulas agarraram as beiradas das fotos.

— Não olho para isso há tanto tempo — murmurou mais para si.

— Essa é a minha tia. — Apontei para a foto, ainda torcendo para que me corrigisse, dizendo que era outra mulher em sua cama. — Não é?

Sua boca se contraiu, as mãos começaram a tremer mais.

— Diga! — ordenei.

— Sim — respondeu tão baixinho que quase não o ouvi, os dedos deslizando devagar pelo rosto jovem dela. Ela estava deitada de bruços só de calcinha e salto alto, olhando lascivamente para o fotógrafo, cercada por brinquedos sadomasoquistas.

— Você e a tia Lauren tiveram um relacionamento nessa época? — Eu me encolhi.

— Sim. — Ele parecia perdido e distante, o olhar ainda focado no rosto dela.

— Você a chantageou? A obrigou a fazer isso? — Não sabia que resposta eu queria, se alguma seria certa.

— Não. — Levantou a cabeça depressa, a raiva avermelhando suas bochechas e olhos. — Pode não acreditar, mas ela veio até mim. Me perseguiu! Estava cansada de seu casamento. Começou como uma aventura divertida para nós dois. — Ele lambeu o lábio. — Mas nos apaixonamos.

Foram apenas algumas palavras que mais se assemelharam a um soco no peito. Era difícil acreditar que minha tia pudesse amar esse homem.

— Quem tinha o controle era ela. Ditava quando eu a via, qual era o nosso relacionamento. Não tinha poder sobre ela. — Ele engoliu, desviando o olhar das fotos. — Leve isso embora. Não quero mais ver isso.

Pisquei, perplexa com sua reação. Não foi encenação, o desconsolo ainda vívido, como se fosse recente, não há mais de vinte anos. De todos os cenários, não tinha planejado este.

— Você ainda a ama — murmurei, sem pensar.

Ele franziu o cenho, com raiva, mas não desmentiu a minha afirmação. Puta merda.

— O que aconteceu?

Silêncio.

— Diga!

— Ela me usou! — declarou, bravo, a vida incendiando seu corpo murcho. — Me enganou. Me fez pensar que me amava, também. Disse que deixaria o marido controlador, que ainda não a havia engravidado depois de sete anos de casamento. Eu estava disposto a desistir de tudo por ela! Eu não ligava para nada além de tê-la. Nem para o dinheiro, casa ou nossos títulos. Nós nos mudaríamos para o exterior e nos tornaríamos marido e mulher. Nós dois sabíamos que ou escolheríamos o amor ou nosso *status*. Não poderíamos ter os dois.

Não conseguia me mover ou falar, sentindo que cada palavra era verdade.

— Sua tia escolheu o dinheiro — escarneceu. — Fui tão bobo que estava disposto a ser seu amante só para estar perto dela, para ficar com ela. Mas ela voltou uma noite, me disse que ela e Fredrick iam ter um bebê, e para não falar mais com ela. Nunca mais me contatou ou agiu como se me conhecesse depois disso. Foi tão fácil para ela me cortar de sua vida. Ir embora.

Minha garganta se fechou quando peguei o celular, uma foto de um rosto já na minha tela.

— Ela me destruiu. Pegou meu coração, minha alma e os esmagou.

— A ira o atacou como se fosse um veneno. Por causa de minha tia Lauren, ele havia se tornado esse homem desprezível. Ele teve a escolha de se tornar assim, mas vi o fogo furioso sombrio e a mágoa que ela infligiu em seu coração dilacerado.

Ele não era um homem forte suficiente; deixou aquilo o engolir, distorcendo-o com a feiura e crueldade.

— Então... você veio atrás de nós de propósito?

Ele bufou.

— Nem precisei tentar. Seu tio apostou o que restava de sua fortuna por escolha própria. Sua ganância e desejo de subir acima de sua posição sempre seriam sua ruína. Comecei a ver que eram perfeitos um para o outro. Mesquinhos, odiosos e superficiais. Ambos obcecados e desesperados por opulência e riqueza.

— Como você.

— Eu me tornei o homem que ela queria que eu fosse.

SOB O DOMÍNIO DA *Realeza*

Não me permiti sentir qualquer simpatia pelo homem que estava mantendo nossa família como refém, prestes a nos derrubar por causa de mágoas mesquinhas – o homem que continuamente tentou me chantagear, a sobrinha de Lauren, e me humilhar.

Como se ele tivesse vindo atrás de mim de propósito...

— Porra. — Balancei a cabeça, mais coisas se encaixando na cabeça. — Theo e eu... eu devo ter sido um sonho que virou realidade.

— Como se fosse predestinado. Olhei para você, só alguns anos mais jovem do que ela era quando nos conhecemos... — Ele olhou nos meus olhos com malícia desinibida. — Eu queria destruir você. Ela. Toda a sua família. Principalmente o filho deles. Não tive que colocar os olhos nele para saber que seria igual ao seu pai idiota e sua mãe vagabunda. Queria que ela soubesse, sentisse a agonia e reconhecesse que fui eu quem tirou o futuro de seu filho, que despojou toda a sua família da riqueza e título. Vivi até ali só para sentir sua dor e arrependimento.

—Você nunca conheceu Landen?

— Não. Eu já o vi de longe, algumas vezes. Foi o mais perto que quis chegar daquele pentelho.

Senti as palavras deslizando pela língua, sabendo que não poderia parar, embora estivesse prestes a mudar tudo:

— Aquele pentelho... que você está determinado a destruir? É seu filho.

— O quê? — Os olhos de Lorde William se abrandaram, olhando para mim, confusos.

Na minha mão, virei a foto do meu primo, uma de nós na escola, um sorriso atrevido no rosto dele. Na outra mão, segurei a foto do jovem William, seu sorriso combinando perfeitamente com o do meu primo. Pai e filho. A pequena dúvida em meu peito desapareceu naquele momento.

— Olhe com bastante atenção, Lorde William. O garoto que queria arruinar? É *seu* — disse, em tom ríspido. — Landen é *seu* filho.

Bip. Bip. Bip. O monitor cardíaco acelerou, reverberando igual a um violino mal afinado.

Lorde William agarrou meu celular, puxando-o para perto de seu rosto, seu peito arfante.

— Não — sussurrou. — Não.

Recuperando o celular, passei para a outra foto de Landen e mostrei a ele. Era uma em que estávamos um pouco bêbados e bobos no último Natal. *Quanta coisa havia mudado desde então.* Faltavam poucos dias para o feriado.

A garota na foto era tão ingênua e inconsciente do que estava por vir. Ela parecia uma pessoa diferente. Inocente e jovem.

— Não. Ele é do Fredrick. Ela me disse. Ela agiu como se não houvesse dúvida.

— Não sabia mesmo? — Não era bem uma pergunta. A resposta ecoava no quarto, seu corpo respondendo com adrenalina, os monitores chiando com a reação.

— Não — disparou, ira sendo dirigida a mim. — Mas você está enganada. Esse menino é do Fredrick. Não é meu. — Ele se mexeu na cama, as palavras alegando uma coisa, mas todo o resto gritando sua incerteza e medo da verdade. Não havia dúvida quando os colocava lado a lado, eram iguais. — Agora saia. Quero que os dois sumam da minha frente. — A respiração estava ofegante, as máquinas cantando feito coral.

Sua mão foi para o peito, recostando-se nos travesseiros, a pele empalidecendo.

— Lorde William? — Minha nuca formigou em nervosismo. Barulhos do posto de enfermagem do lado de fora sugeriam que haviam notado seu coração acelerado e estavam vindo para o quarto.

— Merda, Spencer. Temos que ir. — Lennox deu um passo em direção à porta. — *Não podemos* ser pegos aqui.

Eu me senti horrível por deixá-lo assim, mas não havia nada que pudesse fazer, de qualquer maneira. E estarmos aqui só pioraria tudo.

— Depressa, vamos! — disse Lennox, entredentes, acenando para mim. Cambaleei até Lennox, olhando uma última vez para Lorde William.

E se ele morresse? Seria minha culpa. E Lorde William faria isso só para me irritar. Para que eu carregasse a culpa para sempre.

Milagrosamente, Lennox e eu voltamos para seu Range Rover sem sermos reconhecidos, nossas respirações ofegantes preenchendo o carro enquanto estávamos na garagem, olhando fixamente pela janela.

Passaram-se vários minutos antes que Lennox finalmente rompesse o silêncio:

— Conseguiu suas respostas?

— Dele? Sim. — Olhei para a foto ainda na minha tela; o sorriso alegre e inconsciente de Landen. Ele odiava seu pai, mas nunca duvidou de sua paternidade. Esta não era uma história de conto de fadas onde ele descobria que seu verdadeiro pai era um desconhecido homem heroico e gentil.

William era ainda pior que Fredrick.

— Você tem razão. — Meus dedos deslizaram sobre a tela.

— Por que tenho a impressão de que esta é a única vez que vou ouvir essas palavras?

Dei uma risada de escárnio, sem olhar para cima. Nós dois sabíamos que ele estava certo nisso, também.

— Sobre o que eu estava certo?

— Verdades têm um preço. — A emoção fechou minha garganta, e virei a cabeça para encarar a janela. — Não sei o que fazer. Fico quieta e suporto o peso, mesmo ciente de que se ele descobrir e souber que eu sabia o tempo todo, poderá me *odiar*? Ou conto e destruo seu mundo e faço com que ele me odeie por dar a notícia que vai acabar com a sua vida? Sinto que, de qualquer forma, vou machucá-lo e perdê-lo.

Ele se inclinou para trás em seu assento, esfregando a nuca.

— Gostaria de poder te ajudar a tomar a decisão, mas não posso. Só você pode, Spencer. Queria a verdade, e agora tem que decidir o que fazer com ela.

Meus lábios se contraíram, lutando contra as lágrimas. Ele estava certo... de novo. Não podia exigir isso e depois fugir quando as coisas complicavam. Isso era amadurecer. Lidar e descobrir como resolver as coisas.

— Tudo o que posso sugerir é que não aja por impulso e imediatamente. Deixe as coisas se assentarem. Não é um caso de vida ou morte, e nada vai mudar se esperar um pouco e descobrir a melhor maneira de resolver isso. Quem sabe as coisas não se resolvam sozinhas?

Minha atenção se voltou para ele, meu olhar focado ao homem ao meu lado. Mal sabia eu que o babaca que acompanhou Theo até a minha porta, naquele dia de setembro, se transformaria no meu tudo. Não havia dúvida de que ele era capa de revista, mas tudo o que eu via agora era seu coração, sua alma, sua dor e até mesmo sua raiva e teimosia.

Caramba, eu estava tão apaixonada por esse cara, que não conseguia nem respirar. Há quanto tempo me sentia assim e desprezei isso?

— O quê? — Seus lábios se curvaram de lado.

— Nada. — Meu olhar não se afastou dele. Balancei a cabeça, um pouco assustada pela intensidade dos meus sentimentos. Eu disse a ele ontem à noite que o amava. Tinha saído sem a cabeça ter processado. E percebi como fiquei exposta agora. Com Theo, eu disse muitas vezes... com muita facilidade. E eu o amava, mas agora entendia a diferença de verdade. Theo era amoroso, gentil, fácil de conviver.

Lennox...

Brutal.

Visceral.

À flor da pele.

Exposto.

Intenso.

Avassalador.

Quase que doloroso.

Eu estava completamente de cabeça para baixo, sem conseguir enxergar direito, meu coração em uma bandeja, apaixonada. Não tinha como impedir, e ele poderia me destruir inteira.

Ele olhou intensamente para mim, parecia que estava tirando camada após camada. Uma curvatura perspicaz de seus lábios fez arrepios percorrerem minhas costas.

— O quê? — repliquei, com um sussurro.

— Nada — respondeu, baixinho, carregando tanto significado, que não conseguia ficar no ar e caiu sobre mim, me forçando a absorver. O ar no carro ficou espesso, nós dois nos encarando, sentindo tudo e sem dizer nada.

— Spencer... — pronunciou, com a voz rouca, seu aperto no volante afrouxando quando me encarou por um pouco mais de tempo. — Não sou bom nisso...

Trimmm.

O som estridente do meu celular me assustou, o coração saltou na garganta enquanto ainda olhava para ele. Eu ia matar quem decidiu me ligar agora, interrompendo o que ele ia dizer.

— Merda. — suspirei, apertando o nariz, avistando o nome na tela. Lennox olhou para baixo, seus ombros rolando para trás. A vulnerabilidade que quase demonstrou evaporou na mesma hora.

— Seu noivo está ligando. — Ele se virou para frente, segurando o volante de novo. — Melhor atender.

— Lennox... — Suspirando, meu tom continha uma leve advertência.

Eu não tive escolha. Ainda devia isso a Theo. Estávamos nessa confusão juntos, e não era fácil se desvencilhar da família real depois de entrar.

— Oi, Theo. — Coloquei o celular contra o ouvido.

— Sua presença é obrigatória esta noite. — Sua voz soou pausada e uniforme. — Festa do feriado na casa do primeiro-ministro.

Meu rosto franziu, queria poder dizer não.

— Tudo bem.

— Encontre-me na entrada dos empregados às cinco. A equipe de relações públicas está perguntando onde você está. Eles têm um vestido lhe esperando. Vai parecer estranho se não formos juntos.

— Claro.

— Tudo bem, até mais, então.

— Theo? — soltei, impedindo que desligasse.

Ele não respondeu, mas permaneceu na linha.

— Desculpa — resmunguei, me sentindo horrível por machucá-lo, tornando tudo tão desconfortável e horrível. — Você não sabe o quanto eu gostaria que as coisas não tivessem acontecido dessa maneira.

— Você transa com seu guarda-costas e meu amigo pelas minhas costas. Como achou que acabaria, Spencer? — Curto e grosso, mas verdadeiro. — Vejo você às cinco.

E desligou.

Uma noite em um vestido desconfortável e salto alto, sorrindo alegremente, cercada por meu ex-noivo indignado e nobres esnobes.

É... Estava ansiosíssima.

CAPÍTULO 15

— Lennox.

— Já dava para imaginar que será inútil continuar tentando.

— Por favor.

— Não está mais em discussão. — Acenou com a cabeça para os seguranças, que fizeram uma rápida varredura no carro, nos autorizando entrar no palácio. — Não vou te impedir. Pode fazer o que quiser, mas significa que eu também posso.

— Não é como se eu *quisesse* fazer isso. De forma alguma.

— Não era a minha intenção fazer isso, também. No entanto, aqui estamos nós. — Ele gesticulou com o queixo para a enorme construção branca enquanto estacionava o Rover. As lâmpadas brancas e decorativas para o feriado, penduradas em todos os lugares eram a única fonte de iluminação no carro escuro. — Olhe para nós, já agindo como qualquer outro casal no mundo.

— Como qualquer outro casal? — Soltei uma risada. Nós éramos tudo menos isso.

— Comprometendo-se um com o outro e fazendo algo que nenhum de nós quer fazer. — Ele se inclinou, a boca encontrando a minha no escuro, me beijando profundamente. — Eu não confio em Theo sozinho com você a noite toda.

— Percebe como isso é irônico, né? — Sorri contra sua boca, as mãos correndo por sua barba rala.

— Tipo uma piada cósmica. — Ele riu, a testa pressionando a minha. — Ainda não muda nada. Ele continua apaixonado por você e, provavelmente, tentará qualquer truque para ter você de volta.

— Eu duvido. Agora não.

— Ainda mais nesse momento. — Seus dentes mordiscaram o ponto sensível no meu pescoço. — Eu sei disso porque faria o mesmo.

— Sério? — Ergui sua cabeça, encontrando seu olhar. — Você me enganaria, me manipularia e me chantagearia para ficar com você?

— Eu faria muito pior — rosnou, mergulhando de volta para os meus lábios, as mãos vagando pelo meu corpo. — Posso te mostrar agora, se quiser.

Arfei à medida que suas mãos exploravam, a boca me devorando. Pude senti-lo me reivindicar... e eu permiti de bom grado.

— Bem, confie em mim, então. — Retribuí o fervor de seu beijo, calor ondulando sob as roupas. — Eu sei com quem quero ir para casa esta noite.

Um ruído vibrou de sua garganta, a língua voraz aprofundando o beijo.

Bam. Bam.

Um punho bateu na janela ao lado da minha cabeça, sobressaltando-nos. Merda.

— Eu disse cinco horas... não quinze minutos depois — esbravejou Theo, voltando-se para o palácio. — Fiquem de pegação em seu tempo livre.

Estremecendo, mordi o lábio. Não importava, Theo não merecia ser ferido assim. Ter as coisas jogadas na cara dele.

— Hora do show — murmurou Lennox. — Vai ser divertido.

Ao me recompor, saí do veículo, enfiando as mãos nos bolsos, seguindo em sua direção.

— Desculpa, pegamos um trânsito terrível para chegar aqui — falei. Theo não estava prestando a mínima atenção; seu olhar focado na pessoa atrás de mim.

— Que merda é essa? — A fúria distorcia as feições de Theo. — O que está fazendo, *amigo*? — Nojo impregnado em cada palavra.

— Sou o guarda-costas de Spencer — respondeu Lennox, a tensão subjacente em seu tom.

— Não — disse Theo, estufando o peito. — Você se demitiu. Não é mais empregado aqui. E mesmo que não tivesse pedido a dispensa, eu teria demitido você.

— Eu ainda tenho que cumprir duas semanas de aviso-prévio. — Lennox deu de ombros. — Já resolvi.

— O caramba que resolveu! — Theo se aproximou de Lennox. — Quero que seja expulso desta propriedade. Proibido de chegar a um quilômetro daqui.

— Vossa Alteza. — Como um bálsamo, a voz de Dalton passou por nós vindo de trás, e virei a cabeça para o homem enorme que preenchia a porta da cozinha. — Liberei Lennox para trabalhar esta noite.

— Mas... por quê? — Theo olhou para seu segurança, a mágoa dando indícios em suas íris. — Depois de tudo que ele fez?

— O que quer que o Sr. Easton e a Srta. Sutton tenham feito em particular, não exclui o fato de que ele é excelente no trabalho e a protegerá sem questionar. — Theo deu uma risada de escárnio com no último comentário. — E, enquanto ela estiver aqui, estará protegida. Não temos mais ninguém. Todos os seguranças extras que tenho já estão inspecionando e guardando a residência do primeiro-ministro após a ameaça de morte que recebemos hoje.

— O quê? — Abri a boca, intercalando o olhar entre Dalton e Theo.

— Essas coisas acontecem. — Dalton pigarreou. — Mas este foi mais substancial do que a maioria. E não foi apenas contra o Rei. — Seus olhos se concentraram em mim.

— Contra mim?

— O Rei, a Rainha, Theo, Eloise e você... por alguma razão essa pessoa tem ainda mais ódio de você.

Lennox se mexeu, nervoso, levantando a cabeça como se seu serviço de segurança tivesse acabado de ser ativado.

— Você sabia?

— Sim — assentiu. — Claro que sim. Para melhor protegê-la, preciso saber de todos os fatos e informações. — Ele me encarou, sabendo que eu me lembraria da nossa conversa mais cedo quando disse isso a meu respeito. Agora sua insistência em estar ao meu lado esta noite fazia mais sentido.

— Vai ficar tudo bem, milady — Dalton me tranquilizou. — Estamos apenas tomando precauções extras, pois estaremos fora dos muros do palácio.

Theo deu uma risada zombeteira, cruzando os braços.

— Vamos só passar o maldito feriado.

— Espera. Passar o feriado?

— Você quer dizer ao mundo inteiro, na época do Natal, que seu adorado príncipe e noiva são uma farsa? — Ele se aproximou de mim, trevas e raiva que nunca tinha visto nele distorcendo suas feições alegres e bonitas de sempre. — Feliz Natal de merda, pessoal. A princesa que estavam finalmente aceitando e adorando é uma vagabunda mentirosa e traidora.

Um estalo e tudo mudou, de uma vez. Como se tivesse me dado um soco, dei um passo para trás, sentindo a afirmação dolorosa apunhalar o peito. Lennox partiu para cima de Theo, o cotovelo travando-o pelo pescoço enquanto o jogava contra a parede.

— Nunca mais a chame assim! Está me ouvindo?

— Vá à merda! — Theo retrucou.

SOB O DOMÍNIO DA *Realeza*

— Lennox! — Dalton agarrou seu braço. — Se afaste dele agora.

Lennox e Theo olharam um para o outro, sem prestar atenção em nós ou recuando.

— Lennox. — Puxei sua jaqueta. — Pare. Não piore as coisas.

Seus olhos dispararam para mim, mas voltaram para o príncipe.

— Não ligo para quem você é. — Lennox enfiou o dedo no rosto de Theo, o antebraço pressionando mais fundo contra seu pescoço. — Chame-a assim de novo, ou a qualquer mulher, e te dou uma surra.

A vergonha flutuou no rosto de Theo, a cabeça virando para o lado. Ele sabia que tinha ido longe demais. Essa raiva não era típico dele, e eu odiava ser o motivo dessa mudança de personalidade.

— Já chega — ordenou Dalton. — Vocês todos estão agindo feito crianças. — Ele então apontou para Theo e para mim. — E vocês dois... são melhores que isso. Pertencem à nobreza. Comecem a agir como tal. Deixem suas diferenças de lado durante a noite e tentem se lembrar por que gostaram um do outro em primeiro lugar e enfrentem isso. — Ele virou para a terceira pessoa entre nós. — E você... faça seu trabalho e pare de ser... bem, um babaca.

—Tarde demais para isso — murmurou Theo, seus lábios retorcidos para Lennox.

Lennox rosnou, mas recuou.

— Spencer, vá se vestir. A estilista está esperando em seu quarto. — Dalton segurou meus ombros, apontando-me para dentro da casa. — Vemos você às seis, na saída da frente. — Ele me empurrou para frente, meus pés se movendo, os ouvidos captando a continuação do discurso de Dalton. — Theo, vá se vestir, e Lennox, venha comigo. Preciso atualizá-lo da vigilância e procedimentos para esta noite.

Seguindo para o meu *antigo* quarto, percebi que meu lugar não era aqui. Até os rostos nas pinturas me olhavam de cara feia, sentindo que eu era uma intrusa – desertora.

Não era mais bem-vinda.

Nunca tinha sido, mas desta vez, passeando pelo corredor familiar, o sentimento se enraizou profundamente em meus ossos. Como essas paredes teriam se tornado minha prisão. Só uma cela maior onde minha casca viveria. Belíssimos juntos, o sorriso e aceno certos, impecavelmente vestida por fora, mas vazia por dentro.

— Aí está você! — Uma voz estridente adiante, a atenção pousando em Chloe e Heidi paradas no meu caminho. — Onde esteve?

Ah, pelo amor. Não podia passar uma noite sem as gêmeas chatas?

— Ficamos ligando e mandando mensagens para você! — Chloe bateu as mãos nos quadris. — Não pode simplesmente fugir durante a noite! Você tem deveres! Responsabilidades. E, se, e quando, agendar uma noite fora, temos que saber onde está e com quem! Cada movimento, devemos saber.

Passei por elas, sem parar, confundindo completamente as duas. Costumava ficar tão assustada e intimidada por elas, e com a Chloe era pior. Ela fazia eu me sentir inferior, como se eu fosse algum parente pobre distante que a família se sentia obrigada a assumir. Aquela que deveria ser vista e não ouvida, pronta para ser o tapete em que todos limpavam os pés.

Basta.

— Você me ouviu? — Chloe veio pisando alto atrás de mim.

— Eu acho que todo mundo consegue te ouvir — ironizei, virando no final do corredor. — Era de se pensar que como chefe da equipe de relações públicas, você seria muito mais discreta.

Saber que esta não era a minha vida me deu a força que eu deveria ter tido desde o início. Mas era incrível saber que eu não precisava mais me curvar para elas.

— Desculpa, o que foi que disse? — Sua voz se tornou ainda mais estridente.

— Eu gaguejei? — disse, antes de entrar no quarto. A estilista de sempre, Jenny, esperava, pacientemente. — Sinto muito pelo atraso, Jenny. Por favor, perdoe a minha grosseria — murmurei, com sinceridade, segurando suas mãos ao cumprimentá-la. Ela era legal, estava só fazendo seu trabalho. Não tinha nenhuma desavença com ela, em absoluto. Agora com as outras duas? Era uma história totalmente diferente, e, infelizmente, para elas, já estava pouco me lixando.

— Sem problemas, milady. — A estilista fez uma breve reverência, indicando a cadeira de maquiagem que ela havia preparado para mim. — Com sua beleza natural, não preciso de muito tempo.

Agradecendo, sentei-me na cadeira, vendo Chloe e Heidi através do espelho.

— Precisam de algo? Senão, podem ir. — Acenei para elas como se fossem moscas. Normalmente, isso iria contra tudo na minha alma. Eu não era essa pessoa, mas algo estalou em mim. Lennox me ajudou a encontrar essa força, esse poder, e eu não seria mais tratada como um capacho.

SOB O DOMÍNIO DA *Realeza*

Por elas, pela família real e, muito menos, por mim. Eu tinha aceitado isso, em silêncio, por anos, porque eu era confiável e queria proteger e ajudar.

— Como disse? — O nariz de Chloe arrebitou, os ombros aprumando. — Sou a chefe das relações públicas do Palácio Real. Nomeada pelo *rei*. Meu trabalho é garantir que o palácio, a família e sua imagem e mensagem mantenham o foco. Você não pode me tratar como...

— Como o quê? — Levantei da cadeira, encarando-a, parecia que estávamos duelando. — Como se eu fosse inferior a você? Como as duas me trataram desde o dia em que cheguei? Como se a filha de um simples barão jamais pudesse sonhar em ser a futura princesa? Eu não era alguém, mas uma marionete para ser movimentada, vestida e dar voz a ela. Você está no comando das relações públicas da *casa*. Portanto... a menos que eu tenha corrido nua pela Catedral de Victoria ou mandado mensagens sexuais para o vigário, não vejo razão para estar aqui.

Tanto Chloe quanto Heidi suspiraram, com os olhos arregalados, descrentes.

— Heidi, não vou mais precisar de seus serviços. — Era a mais pura verdade, nem elas imaginavam o quanto, a essa altura. Mas também não estava acima de usar minha posição falsa para sair em grande estilo.

— Você *não* pode me demitir!

— Não, o rei tem que demiti-la formalmente, mas posso dispensar você de ser *minha* assistente. — Ela estaria desempregada em breve, de qualquer maneira. — Acho que as duas esqueceram que a garota tímida e insegura que apareceu aqui como namorada do príncipe, a quem, basicamente, trataram igual a um objeto, pode se transformar na futura princesa, futura rainha, que pode demitir você com toda a *certeza*.

Cruzei os braços, inclinando a cabeça de lado. Ia aproveitar esse momento porque eu logo seria tudo o que temiam, o pior escândalo a atingir a realeza nos últimos tempos. Poderiam se dar tapinhas nas costas, dizendo que previram isso, mas agora, esse era o meu momento.

— Seus egos esqueceram que aqueles que veem como nada importante podem se tornar aqueles para quem se curvarão, no final. Agora, por favor, saiam. Não estou com vontade de ver ou ouvir nenhuma das duas esta noite, de novo.

Heidi olhou para mim, ódio jorrando de seus globos oculares, mas se virou e saiu pisando duro. Chloe ficou ali por mais um instante, o rosto inexpressivo, mas seus olhos reluziam com ira.

— Chloe?

Ela engoliu as palavras que eu sabia que tinha vontade de vomitar em mim, e talvez pela primeira vez, percebendo que o poder havia invertido de mãos.

— Boa. Noite. Milady — disse, pausadamente, controlando a emoção, a mandíbula travada, as unhas cravadas nas palmas.

— Boa noite. — Sorri, observando-a sair, perfumando sua saída com profunda aversão e ira.

— Nossa. — Jenny ficou boquiaberta ao meu lado.

— Desculpa. Caramba, não sou assim.

— Não... — Ela agitou a cabeça. — Foi magnífico pra caramba! — Ela pressionou as mãos à boca, uma risadinha escapando. — Essas duas biscates arrogantes e condescendentes mereciam.

Olhei para Jenny, os olhos encontrando os meus no espelho.

— Precisavam ser colocadas em seus devidos lugares. Tratam todos aqui como se fôssemos escravos *delas*. — Ela corou, olhando para baixo. — Eu não deveria dizer essas coisas para você, mas minha boca às vezes se abre e blá blá blá... — Ela fez um gesto como se objetos estivessem saindo de sua boca.

Eu entendia.

— Não se preocupe. — Deslizei de volta na cadeira, sorrindo, me sentindo tão forte e confiante. — Você não precisa se preocupar comigo, não vou dizer nada. — Não estarei aqui por muito mais tempo. — Além disso, acho que não é um grande segredo. Elas desfilam pelos corredores parecendo...

— *Eles*. — Assim que ela expressou isso, sibilou baixinho: — Perdoe-me, senhorita, foi errado dizer isso. Sua futura família. Eu não deveria ter dito essas coisas.

Eles. Ou seja, a realeza. Muitos agiam de forma elitizada, autoritários, arrogantes, esnobes, distantes e acima de todos. Até Eloise, por mais que gostasse dela, *continuava* sendo um deles.

Jenny se moveu atrás de mim, passando uma escova pelo meu cabelo embaraçado.

— Gostei de você desde o início, milady. Você é diferente. Autêntica. Uma lufada de ar fresco muito necessária neste lugar abafado. Eu sinto isso lá no fundo; você será a mudança que precisamos. Estou muito feliz que fará parte do Palácio Real.

Olhando para o meu reflexo enquanto ela continuava a trabalhar,

SOB O DOMÍNIO DA *Realeza* 165

eu me senti horrível e culpada por não confessar a verdade. Eu queria avisá-la de que ficaria muito desapontada comigo. Não só porque eu trairia esta família ao ir embora, mas porque se eu ficasse, eu teria me transformado em um *deles*.

CAPÍTULO 16

— Você está linda. — Theo olhou fixo para frente, o elogio soando sincero, mas deu para perceber a leve tensão em sua voz, mesmo que tenha tentado disfarçar.

— Obrigada. — Segurei seu braço enquanto subíamos os degraus da mansão. Câmeras no final da rua clicaram enlouquecidamente, a rua parecia uma boate com os flashes piscando.

— Theo! Theo!

— Spencer! Virem-se! Spencer, o que acha de estar noiva?

Os *paparazzi* continuaram a gritar, o ataque fazendo meu corpo formigar de ansiedade. Como alguém se acostumava a isso?

— Spencer! Spencer! Ouvi dizer que foi vista saindo do hospital hoje. Uma fonte disse que estava saindo da unidade de obstetrícia. Você está grávida? Já tem um bebê real a caminho?

Maldito inferno.

Mas é claro que pegariam uma lasca de verdade e a distorceriam além da imaginação. Pegue um boato de fonte mentirosa e o transforme em notícia. E mal sabiam que a verdade era mais suculenta do que o que quer que tivessem conjurado.

A cadência normal de Theo com a imprensa havia mudado, sua expressão pétrea contrastava completamente com o cara expansivo e bem-humorado ao qual estavam acostumados.

Ele nos levou às pressas para a residência particular do primeiro-ministro, exalando bruscamente assim que as portas se fecharam, mas continuou tenso. Seu rosto contraiu de raiva e tristeza enquanto os servos pegavam nossos casacos.

— Sabe que não estou, né? Aquilo foi pura mentira — sussurrei, com a voz rouca, quando os funcionários da casa se afastaram.

— Com você, não tenho mais ideia do que é ou não verdade. Até onde sei, poderia estar. Mas será que você, sequer, saberia de quem é o bebê?

Parei, arfando.

— Vá à merda, Theo.

— Na verdade, você tem razão. Não seria meu. Usamos todos os meios de proteção *quando* transamos.

— Vossa Alteza? Milady? — Um funcionário fez sinal para que fôssemos à sala de visitas principal. Eu não me movi, olhando para Theo, os dentes rangendo. Sua atenção disparou ao redor, sem querer olhar para mim. Por fim, ele respirou fundo, esfregando a testa.

— Desculpa. Isso foi cruel — murmurou, parecendo muito com o cara que eu conhecia. — Estou me esforçando aqui, Spence. Não é fácil para mim.

— Acha que é fácil para mim?

— *Você* nos colocou nessa posição. — Ele se encolheu depois que disse isso e balançou a cabeça, respirando fundo. — Vamos tentar passar por essa noite, nos divertir, talvez. — Estendeu a mão. Hesitante, aceitei o gesto, ciente de que estávamos sendo observados. Todos os olhos estavam voltados para o mais novo casal de noivos em seu primeiro evento após o pedido de casamento; deveríamos estar flutuando de felicidade e animação.

Joseph e Paul estavam bem do lado de dentro das portas vestindo ternos pretos parecidos de três peças, impecáveis, com gravatas de seda vermelha, lenços brancos de bolso e sapatos pretos lustrosos.

O casal era bonito, e mesmo com a sociedade rígida da Grã-Victoria, dava para ver a conexão duradoura e o amor entre eles. Os pequenos toques, os olhares um para o outro do outro lado da sala. Eles não se exibiam na cara das pessoas, mas também não se escondiam. Eles eram um time. Eles se protegiam, o amor e apoio compartilhados eram evidentes, pareciam as decorações de Natal espalhadas pelo lugar. Ouvi um boato de que estavam pensando em adotar uma criança em breve. Seriam pais incríveis.

— Spencer! — Paul me cumprimentou enquanto o primeiro-ministro, Joseph, e Theo apertavam as mãos e conversavam. — É tão bom vê-la de novo. — Segurou minha mão, apertando-a, seus dedos passando pela enorme herança de família no meu dedo. — Lindo. Aposto que está superanimada e maravilhada. Tenho certeza de que o PR já está em um turbilhão com o planejamento. Só um conselho, não deixe que tirem muito de sua essência e acabe não sendo sobre você e Theo mais. O dia do casamento é um único dia entre os milhares que terão para construir uma vida juntos.

— Ele voltou a acariciar minha mão. — Vocês irão brigar, alguns dias vai se perguntar onde foi que se meteu. Mas no final do dia, será quando vai saber que ele é o único com quem quer passar o resto da vida, pois tudo vale a pena. Alguém que te faça rir e com quem você chore. Alguém com quem esteja disposta a lutar em qualquer batalha que enfrentar. Encontrar a pessoa certa, *a sua* pessoa, é fundamental. Todas as outras coisas você pode descobrir ao longo da jornada.

Respirando com dificuldade, o ar se alojou na garganta. Minha cabeça se virou, bem discretamente, meus olhos procurando pela sala. Podia senti-lo. O poder de seu olhar atravessou o ambiente, sussurrando sobre a pele.

Olhos castanho-esverdeados encontraram os meus, me fazendo perder o fôlego. Usando um terno escuro, ele estava com os braços cruzados, como estátua, tentando se misturar à parede, com Dalton na outra extremidade.

Nenhum dos dois desaparecia tanto quanto queriam, ainda mais em comparação com o segurança de Eloise, Peter. Ele foi designado para ficar na outra parede perto das janelas, e teria passado despercebido, com tranquilidade.

Lennox era o guarda-costas que precisava de um segurança para si mesmo. Ele poderia ter se vestido da mesma cor da parede e ainda se destacaria igual a um farol. E, segundo algumas das reações boquiabertas das mulheres enquanto passavam por ele, eu não era a única que pensava assim.

Um sorriso brincalhão tomou conta dos meus lábios antes que pudesse me conter, e a sobrancelha se curvou quando a duquesa Caroline, uma mulher de oitenta e um anos, que ainda era tão sedutora e sensual quanto uma jovem de vinte anos, se aproximou de Lennox. Por causa de sua idade e posição, ela era autorizada a agir como uma louca excêntrica. Não escondeu seu interesse em Lennox, descaradamente o cobiçando enquanto se abanava.

O fantasma de um sorriso se insinuou em um canto de sua boca, o olhar aquecido focado no meu, o ombro erguido como se dissesse: *"Ei, o que posso fazer? Todas as mulheres me querem. Sou um oportunista que não liga para idade"*.

Balancei a cabeça, sutil, tentando conter o sorriso e a risada que queria escapar.

— Spencer? — Meu nome me trouxe de volta para a pessoa à minha frente.

— Sim. Desculpa. — Tentei disfarçar.

O olhar de Paul deslizou para Lennox e voltou, seu olhar agora muito mais intenso e concentrado em mim, vendo algo que eu não queria que visse.

— Spencer — interrompeu Joseph, a mão alcançando a minha em um aperto rápido, rompendo o momento constrangedor com Paul. — Linda como sempre — elogiou como se fosse um roteiro que estava aprendendo. Com certeza, Paul era o mais aberto e caloroso dos dois. Joseph era o exemplo do rígido vitoriano, respeitável e estoico.

— É maravilhoso vê-lo também, primeiro-ministro.

— Por favor, me chame de Joseph — pediu ele.

— Só não pode chamar de Joey ou Joe. — Theo deu um tapinha no ombro dele. Joseph ficou tenso com o toque amigável, forçando um sorriso austero para o príncipe. — Ele odeia.

— De verdade. — Paul se juntou à conversa, piscando para seu amor. — Mas deve ser por isso que eu o chamo assim.

— Você é o único — Joseph disse, baixinho — que permito.

A porta se abriu, Catherine e Alexander entraram no *foyer*, todas as atenções se voltando para eles.

— Por favor, vão beber um pouco. Aproveitem a festa. O jantar começará em uma hora. — Paul fez sinal para que fôssemos para o vasto salão.

A mão de Theo deslizou pelas minhas costas, a palma pressionando a pele ao me conduzir adiante. Senti-me estranha com o seu toque. Familiar, natural, mas deixou de ser desejável ou relaxante.

Um olhar flamejou sobre mim, vindo do outro lado do salão à medida que Theo me levava pelo lugar, parando e cumprimentando nobres e figuras importantes com conversas intermináveis e triviais que eu não dava a mínima. Fiquei ali, um sorriso falso estampado no rosto, a mão dele se movendo da base do pescoço até um pouco acima da bunda, o polegar esfregava distraidamente a pele exposta pelo decote às costas.

Tentando ignorar a sensação escaldante do olhar de Lennox, ainda me encontrei deslizando o olhar para o dele. Antes, eu teria pensado que ele não sentia nada, suas feições perfeitamente trabalhadas para serem distantes e indiferentes. Mas agora, podia senti-lo sob a fachada, vibrando e pulsando de fúria. A mandíbula contraída, a intensidade de seu foco na mão errante de Theo.

Eu odiava isso. Todos nós estávamos infelizes, e a culpa era minha. Toda essa mágoa, dor e raiva era porque eu não tive forças para reagir e perceber o que eu queria antes. Eu não tinha confiado no meu sexto sentido.

Vozes não paravam de zumbir ao meu redor, meu corpo ficando quente e frio.

Tomando outro gole de champanhe, a tensão silenciosa entre os dois caras parecia tão real que era como se estivessem me puxando de verdade com uma corda, bem no meio do salão. A música instrumental de Natal pareceu vibrar pelo meu corpo. Trompas, violinos e tambores batendo em certos tons que soavam como gritos e metal distorcido.

Apertei a testa com os dedos, dando tapinhas para secar o suor frio que escorria pelo couro cabelo.

— Spencer? — Por breves segundos, Theo espalmou minha bunda, atraindo o meu olhar. Seus olhos se voltaram para quem estava à nossa frente. — Senhora Patricia acabou de nos parabenizar pelo noivado.

— Ah. Sim. Obrigada — agradeci, distraída. Pelas expressões confusas, sabia que respondi errado.

— Ela perguntou se iríamos nos casar nesta primavera? Passar nossa lua de mel nas Seychelles? — Theo jogou a pergunta para cima de mim, parecendo tão interessado na minha resposta quanto ela.

Parecia que tudo estava se fechando sobre mim. Música, vozes e corpos, embalados com o calor, me envolveram.

— Uh. — Meus pulmões apresentavam dificuldade para respirar, a cabeça girava. — Com licença, por favor. — Baixei a cabeça para a senhora e saí antes que Theo pudesse responder, indo para a porta mais próxima, torcendo que fosse a certa.

Avistando o elegante lavabo planejado no final do corredor, entrei correndo e fechei a porta. Apoiando-me à pia, respirei fundos algumas vezes, tentando acalmar o ataque de pânico batendo no coração. O médico me avisou que em momentos imprevisíveis, barulhos e muita tensão poderiam fazer com que o transtorno de estresse pós-traumático, consequência do bombardeio, me atingisse. Você nunca acreditaria em algo assim até que realmente acontecesse. Era impossível deter a sensação.

O som da porta se abrindo atraiu meu olhar para o espelho, observando Lennox se aproximar às minhas costas.

— Me seguindo até um banheiro de novo? — Meus ombros ficaram tensos pelo aborrecimento. — Meu Deus, Lennox. Sério? A última coisa que qualquer um de nós precisa é de alguém nos pegar aqui juntos. Vá embora.

Em vez de sair, ele veio até mim. Silenciosamente, pegou uma toalha de mão dobrada da cesta e abriu a torneira para umedecê-la. Ele pressionou o pano frio contra a minha nuca, a sensação deliciosa sobre a pele quente.

— Respire — ordenou com a voz calma.

— Estou respirando.

— Spencer — advertiu.

Suspirando, relaxei, respirando fundo e lentamente.

— Outra vez. — Ele manteve a toalha no meu pescoço, mandando que eu continuasse a respirar fundo. — Posso detectar um ataque de pânico num piscar de olhos. Inúmeros militares, inclusive eu, enfrentam isso. Já vi muitos lutarem contra a doença, fingindo que não está acontecendo, achando que os enfraquece, o que só piora a situação. Passar por um trauma, demonstrá-lo, não é fraqueza. Na verdade, mostra força. Você está viva. Sobreviveu quando muitos não conseguiram.

Minhas defesas se dissolveram, e eu me permiti recostar em seu corpo. Sua proximidade, desacelerando o coração, equilibrou a temperatura que queimava e congelava por dentro.

— Obrigada. — Inclinei a cabeça. — Mas você deveria mesmo ir embora.

— Não vou a lugar algum.

— Não vou fazer sexo com você aqui.

Uma risada explodiu de sua boca.

— Não segui você para transar, Spencer.

— Então, por quê? Acha que as pessoas não perceberiam?

— Sou seu guarda-costas. — Colocou as mãos nos meus quadris, me virando para ele, o olhar vagando por mim. Suas mãos seguraram meu rosto. — Onde você for, eu a seguirei.

— Agora você acabou de pedir para eu te pegar de jeito no banheiro, mais uma vez. — Fiquei na ponta dos pés, beijando-o.

Ele sorriu contra meus lábios, e me beijou antes de se inclinar para trás.

— Por mais que eu adorasse isso, não acho que seria apropriado.

— E a última vez foi?

— Tem razão. — Concordou com a cabeça, voltando a rir. O som era como morder o doce mais cremoso e beber o melhor uísque. — Você está bem?

— Sim. Agora estou. — Acenei com a cabeça. — Obrigada.

— O que Paul disse a você antes? Sua cara estava engraçada.

— Ele disse algo que deixou uma coisa bem clara para mim.

— O quê?

— Estar com alguém com quem esteja disposta a lutar em qualquer batalha que enfrentar. — Olhei para ele, os braços em volta de seu torso. — E sabia que não era o cara ao meu lado, mas aquele do outro lado do salão.

Seu nariz se contraiu, tentando controlar a emoção que eu podia ver surgindo.

— Sabe como é difícil ficar parado ali e ver Theo tocar em você, descaradamente, e ter que engolir isso?

— Temos que agir como se fôssemos um casal feliz.

— Ele está fazendo de propósito, e você sabe disso. Os olhares presunçosos que ele me dá quando passa a mão na sua bunda. Sério, não sabia que tinha tanto autocontrole. E já fiquei sentado em trincheiras por quinze horas esperando um alvo.

— Bem, obrigada por não brigar com o príncipe da Grã-Victoria na festa de fim de ano do primeiro-ministro. — Pisquei. — Pode atrapalhar um pouco as festividades.

— Nem sequer Dalton conseguiria me tirar dessa. Você teria que me visitar nas masmorras. — Ele ergueu a sobrancelha, inclinando-se para capturar minha boca. — Visitas íntimas.

— Chicotes e correntes assumem um significado totalmente novo. — Sorri, e aprofundei o beijo. Lennox e eu passávamos da paixão à luxúria em um piscar de olhos. Ele foi o primeiro a interromper o beijo, mantendo a cabeça encostada à minha.

— Eu já te disse como está linda esta noite? Precisei cobrir a minha virilha com as mãos, para que a sala inteira não visse minha ereção.

— E eu achando que fosse para a duquesa Caroline.

— A senhora de oitenta anos? — Ele gesticulou com a cabeça em direção à porta. — Aquela lá tem mão boba.

— Ei, ela ainda tem uma "retaguarda" considerável. Poderia abalar seu mundo.

— Acho que vou ter que falar com ela, então.

Puxei seu cinto, trazendo-o para mim, o que colocou um sorriso atrevido em sua boca.

— E me ver nas masmorras porque agredi uma duquesa idosa?

— Vou visitá-la. — Sua boca roçou a minha. — Até estou disposto a liberar visitas íntimas se pedir com jeitinho.

— Obrigada.

Ele me segurou mais apertado contra ele.

— Sério, você está deslumbrante... mas não é meu visual favorito.

— Cuidado com o que vai dizer. — Estreitei os olhos, brincando.

— Prefiro você na minha camisa... e nada mais. — Sua voz profunda percorreu minha pele, atiçando-me. Ele mordiscou meu lábio inferior antes de se afastar com um sorriso. — Vamos, milady, seu noivo a espera.

SOB O DOMÍNIO DA *Realeza*

— Você é mesmo um cretino insuportável — bufei, fazendo drama, e olhei para ele enquanto caminhava até a porta. Meu corpo estava em chamas, querendo ficar nua e sozinha com o dele.

— Às ordens. — Ele se curvou, abrindo a porta para eu sair.

Uma risada borbulhou de mim quando toquei seu rosto, então saí.

— Mas que porra é essa? — Uma voz me fez estacar em meus passos, o olhar se voltando para a pessoa no corredor.

Horror e descrença se mostravam em seu rosto, ao ver nós dois, a compreensão aparecendo em seu olhar.

— O. Que. Está. Acontecendo. Aqui? — Minha amiga cruzou os braços, raiva e choque guerreando em seu lindo rosto.

Empalideci, apavorada.

— Eloise...

— Por favor, me diga que não é o que acho que é... — Ela olhou para mim como se estivesse me implorando para refutar a afirmação tácita jogada aos nossos pés. Não havia razão, e eu não podia mentir para ela.

Dei um passo em direção a ela ao mesmo tempo em que se afastava de mim, sacudindo a cabeça.

— Eloise, por favor. Não é...

— Você ficou maluca? Spencer, como você pôde? Trair meu irmão? — Suas mãos se fecharam em punhos. O peito estufou, a cabeça se erguendo, tornando-se a princesa equilibrada que todos conheciam, não a garota que eu conhecia. — Pensei que você era diferente. Gostava de você. Estava animada por tê-la como cunhada... mas *trair* meu irmão? A princesa da Grã-Victoria com o guarda-costas? Que *vulgar*. — Ela arrastou a última palavra pela lama, o nariz enrugando de nojo.

A emoção me sufocou, tudo o que ela disse me atingindo bem no peito. Eloise era meu ramo de oliveira aqui. Era a provável razão pela qual fiquei esse tempo todo. Sua amizade me manteve centrada quando tudo se tornou pesado demais.

— Você não entende. — A declaração saiu mais baixa do que eu queria, soando insegura e tímida.

— Tem razão, não entendo. — Ela aproveitou minha hesitação, pisando duro em seus saltos altíssimos para se aproximar, e me encarou com o nariz empinado. Ela se parecia exatamente com a mãe e a avó. Acho que esqueci que, no fim das contas, eram da realeza dos pés à cabeça, nascidas e criadas em um mundo completamente à parte dos outros. — O que quer que eu tenha sentido com relação à nossa amizade, meu irmão vem em primeiro lugar. Porque, no fim de tudo, você é só uma estranha... e eu protejo minha família.

Minha boca se abriu para falar, mas ela continuou:

— Não vou ficar calada e deixar você degradar esta família, seu papel aqui, e, principalmente, ele. Theo é muito apaixonado por você. Ele quer se casar com você, torná-la parte dessa família, uma futura rainha! E é assim que retribui? — disse, entredentes, irritadíssima, o nariz quase colado ao meu. Lennox se aproximou, mas acenei com a cabeça, em negativa. Esta era briga minha para enfrentar. — Então, diga a ele, Spencer... ou *eu vou* contar.

— Ele já sabe. — A voz de Theo soou de trás da irmã, fazendo-a girar, boquiaberta.

— O-o quê? — Ela piscou para ele, perplexa.

Theo enfiou as mãos nos bolsos da calça, caminhando até nós, o rosto impassível.

— Eu já sei — repetiu para ela.

— Não... Não entendo. — Seus olhos arregalados se voltaram para cada um de nós, procurando a resposta, bem possível, esperando descobrir que era algum mal-entendido horrível da parte dela.

— Significa que já sei que a minha noiva está trepando com um funcionário.

Lennox se remexeu, erguendo o queixo.

— Ah, desculpe, amigo, fui um pouco grosseiro? — Theo olhou feio para ele. — Quero dizer, mas que coisa terrível e rude da minha parte — atacou, a insinuação clara.

— Theo. — Estreitei os olhos. Compreendia que estava magoado, mas também não ia deixá-lo passar por cima de nós. Eu tinha sido honesta. E ele simplesmente não quis ouvir. — Pare.

— Pare? — Ele riu, irônico. — É, porque *eu* é que fui longe demais.

— Puta que pariu! — Eu fui para cima de Theo. — Eu te disse. Fui honesta. Eu terminei tudo, mas foi você que insistiu, continuou a me ignorar como se não desse a mínima para mim. Lamento que esteja sofrendo, mas pare de nos tornar os únicos vilões aqui.

— Desculpe, mas será que eu te traí com uma empregada?

— Pare com essa merda. — Eu estava puta da vida.

— Espera, espera! — Eloise ergueu a mão. — Vocês terminaram? Quando?

SOB O DOMÍNIO DA *Realeza*

175

— Não terminamos, exatamente.

— Sim. Nós. Terminamos — rosnei, frustrada.

— Quando? — perguntou Eloise.

— Oficialmente? Na manhã em que ele me *pediu em casamento* — revelei, quase cuspindo de raiva —, me surpreendendo na frente de todos, o que me deixou sem escolha.

— Já estava planejado! Não podia cancelar — retrucou.

— Cancelar o quê? — A voz de outra mulher veio pelo corredor, me fazendo gemer.

— Ah, isso só pode ser piada. — Inclinei a cabeça para trás.

— O quê? — Hazel apareceu com seu vestido de lantejoulas branco puro, parecendo uma modelo da passarela. — O que está acontecendo?

— Ah, só a Spencer aqui está trepando com o homem que você pegou, enquanto ela estava noiva do meu irmão, pelas nossas costas. — Eloise olhou para mim, petulante, revelando a verdade como se fosse uma bandeja caindo no chão.

— O quê? — O corpo de Hazel estremeceu, a cabeça virando para mim e depois para Lennox, a expressão dividida entre a mágoa e a descrença.

— Caramba, El, isso foi um pouco rude. — Theo encarou a irmã, boquiaberto.

Eloise deu de ombros.

— Alguma coisa que eu disse não é verdade?

— Espere. — Theo balançou a cabeça, virando-se para a amiga. — Você dormiu com ele, também? — Ele estendeu os braços, dando uma rápida olhada para Lennox. — Mas que merda é essa? Sério, Haz? O que é que ele tem? É tão bom assim?

Com certeza.

Hazel colocou uma mecha de cabelo atrás da orelha, o rubor gritante era sua resposta, mas ignorou as perguntas de Theo. Ela encarou Lennox, a mandíbula travada, fuzilando-o com o olhar.

— Eu sabia. — Endireitou os ombros, olhando para ele. — Eu vi acontecer. Tentei avisá-lo, mas não conseguiu se segurar, não é? — O nariz se enrugou como se estivesse tentando não chorar, a cabeça virando para o lado. — E eu gostava mesmo de você. Pensei que gostasse de mim.

— Hazel. — A voz de Lennox estava tensa. — Desculpa. Você é uma ótima garota...

— Não se atreva — retrucou ela. — É óbvio que eu não era tão boa assim, ou estaria comigo. Fui só uma distração antes de conseguir o que realmente queria?

— Foi você quem disse que podíamos usar um ao outro — argumentou ele. — Nunca menti para você. Sabia no que estava se metendo.

Ela piscou diversas vezes, desviando o olhar mais uma vez. Pode ter dito isso, mas acho que não falava a sério.

— Você nunca mentiu? Então contou a todas antes de transar com elas que era casado? — Theo inclinou a cabeça, presunçoso.

— O quê? — gritaram Hazel e Eloise, as atenções todas focadas em Lennox.

— Ah, pelo amor de Deus. — Coloquei as mãos no rosto.

— Você é *casado*? — As mãos de Hazel, cravadas nos quadris, o grito ecoando pelas paredes. — Você mente, trai...

— Aqui estão vocês. — Um sotaque pretensioso nos atravessou como espada, paralisando todos no lugar. — Como vocês todos estão sendo, incrivelmente, rudes. Inaceitável. Foram criados muito bem para fazer isso.

Maldito inferno...

Esta noite só piorava.

Eloise e Theo reagiram na hora, educados desde o nascimento para responder a ela como se fossem cobaias de teste para a teoria de Pavlov, correndo para o seu lado, agitados e falantes.

— Vovó. — Theo engoliu em seco, nervoso, pegando o braço da rainha-mãe. — Pedimos desculpas. Fomos pegos em uma conversa. Retornaremos imediatamente.

— Sim. — O rosto de Anne estava confuso, seu olhar deixando o grupo, pousando em mim. — Façam isso. No entanto, estou curiosa para saber o que foi tão fascinante que encorajou essa grosseria e desrespeito com os seus deveres?

Seu olhar não me deixou um segundo sequer. Não tinha dúvidas de quem ela culpava por isso.

— Nada, vovó. — Eloise segurou seu outro braço. — Não é importante.

— É claro que é. — A velha morcega não moveu um músculo quando seus netos tentaram afastá-la.

— Deixe-me pegar uma bebida para a senhora. Devem servir o jantar em breve. — Theo forçou um sorriso, acariciando seu braço, mas ela não estava prestando a mínima atenção a ele. Estava toda em mim. Ela não revelou nada, mas pressenti, percebi que ela sabia... alguma coisa. Talvez não

SOB O DOMÍNIO DA *Realeza*

a história completa, mas essa mulher era muito esperta e inteligente para não perceber nada.

— O jantar está sendo servido na sala de jantar — uma voz suave e profunda anunciou do outro.

Os ombros de Theo cederam de alívio, agradecidos pela distração.

— Venha, vovó, permita-me acompanhá-la.

Ela deixou que ele a conduzisse, a respiração escapando de meu peito assim que seu olhar se desviou do meu. O momento de alívio durou pouco.

— Spencer. — Ela fez uma pausa, seu longo pescoço de cisne girando para mim. — Gostaria que você se sentasse ao meu lado. Permita-me conhecer melhor minha futura neta.

Alguém me mate agora mesmo.

— Será um prazer. — Fiz uma reverência, forçando as palavras falsas pela boca, meu olhar deslizando para Theo. Queria acabar com a fachada agora e ir embora. Eu não iria, no entanto. Não podia fazer isso com ele, embora Theo não parecesse nem um pouco triste por minha situação.

Anne me olhou por mais um instante antes de me dispensar, deixando Theo levá-la para o salão de jantar.

Hazel e Eloise me encararam; o silêncio delas agora dominado por uma coisa pior do que sua raiva – medo e pena.

Contraí os lábios a ponto de sentir dor, respirei fundo pelo nariz, obrigando minhas pernas a me obedecerem.

Anne era uma víbora, e eu era o ratinho peludo prestes a ser engolido inteiro.

CAPÍTULO 17

Gotas de suor umedeceram o pescoço e as axilas; cada movimento que eu fazia estava sob intenso escrutínio e julgamento: como eu me sentava, pegava um talher, tomava o vinho ou falava.

A rainha-mãe me observava de soslaio, e sem disfarçar, como um falcão esperando o momento certo para atacar sua presa. Theo me relanceava olhares do meu lado, enquanto Eloise e Hazel me encaravam do assento oposto à mesa. Eles me prenderam. Se esse perseguidor louco decidisse que queria entrar aqui e me matar, teria que esperar na fila.

A conversa baixa zumbia na sala enquanto o prato principal era servido. Precisei me segurar com todas as forças para não comer rápido, torcendo para que pudéssemos passar a noite mais depressa. Esses jantares já eram sofridos em um dia bom.

Minha atenção permaneceu na taça de vinho à frente. Esta sociedade ainda era tão arcaica e misógina que as mulheres não deveriam tomar uma taça inteira de vinho. Embora os garçons continuassem circulando, completando-as, você podia ter vários, mas não deveria deixar abaixo da metade. Era considerado deselegante para as damas.

Eu estava a cerca de dois segundos de mandar todos para o inferno.

— É *bastante* anormal que guarda-costas participem de um jantar em uma residência particular, quanto mais estar no salão enquanto comemos. — Anne cortou seu pedaço de filé *mignon* já fatiado, dando uma mordida tão singela que fiquei pensando por que se dava ao trabalho.

— Suponho que sim. — Tomei um gole de vinho, minha fachada fria e serena, mas por dentro, eu parecia um personagem de desenho animado correndo, gritando e se debatendo.

Ela franziu o cenho diante de uma resposta mais elaborada.

— É tudo o que você tem a dizer sobre o assunto?

— Houve uma ameaça, vovó — falou Theo, do meu outro lado.

— *Sempre* existe uma ameaça. — Ela revirou os olhos como se fôssemos as rainhas do drama.

— Este foi mais verossímil. Acharam melhor tomar precauções extras. — A mão de Theo veio parar na minha perna. — Principalmente contra Spencer.

— A ameaça foi para *ela*? — As sobrancelhas da vovó se ergueram, depois seu olhar voltou para o prato. — Não pensei que ela valeria a pena ameaçar.

Ai. O comentário foi sutil e jogado no ar como se não tivesse acabado de me esfaquear – ponto para a vovó.

— Foi para todos nós, mas destacaram Spencer. — A mão de Theo se moveu para cima e para baixo em minha coxa ao mesmo tempo em que eu lançava um olhar para ele. Ele manteve a cabeça para frente, agindo como se não sentisse meus olhos o fuzilando.

— Theo — grunhi, alto suficiente só para ele ouvir.

— O quê? — Deu um sorriso amplo, inclinando-se no meu ouvido. — Nós deveríamos estar agindo como duas pessoas apaixonadas. — Seus lábios roçaram minha orelha. — Como se não conseguíssemos manter nossas mãos longe um do outro. — Beijou meu rosto, depois virou a cabeça para a pessoa que estava no assento de seu outro lado, conversando com duque Henry, ainda mantendo a mão firmemente agarrada à minha coxa.

Não exploda. Não aqui.

Minha pele se arrepiou ao sentir olhos focados em mim. Não precisava olhar. Pude sentir Lennox atrás de mim, seu olhar incendiando a minha nuca.

— Então... Spencer — Os lábios de Anne torceram para baixo ao estalar a língua. — Quem dá o nome de Spencer para uma garota, afinal? É tão masculino e áspero na língua. E ainda pior para se ouvir.

— Recebi meu nome em homenagem ao meu tataravô, Lorde Spencer. — Espetei o peixe no prato, o primeiro-ministro gentilmente lembrando que eu não comia carne vermelha quando todos no Palácio comiam. — Ele era o melhor amigo do rei, não era? Você, provavelmente, se lembra... era da vossa época, não era?

A boca de Anne se abriu, engasgando um pouco com a comida.

Ponto para Spencer.

— Da minha época? Que absurdo. — Ela se recompôs depressa. — E o melhor amigo do rei? Onde estamos, na escola? Nem homens nem reis possuem *melhores amigos*, como adora dizer. — Ela tomou um gole de vinho, com a expressão de quem estava se recordando de uma memória. — Hmm... Lorde Spencer, sim, acho que ele era considerado com grande respeito. Só posso imaginar sua decepção com o que aconteceu com o nome de sua família desde então.

Dois pontos para ela. Caramba, essa mulher era boa.

— Ainda bem que está morto há muito tempo.

Ela comprimiu os lábios, sacudindo a cabeça.

— Acha que não vejo o que está acontecendo com você? — Sua voz era firme e controlada, mas cheia de implicações.

Minha língua inchou.

— O que quer dizer?

— Você não tem nenhum desejo verdadeiro de fazer parte desta monarquia respeitada. Está entrando em um dos papéis mais prestigiados do mundo. Mulheres preparadas desde o nascimento cobiçam a chance de serem consideradas dignas de ser escolhidas. No entanto, aqui está você. Simplesmente se casando com meu neto, onde será permitido que seja tratada como princesa, e depois, se tornará rainha. Assim que se casar, não tem mais volta. Fará parte desta família e será convocada a agir como tal. Será a esposa e rainha obediente, não importa quais assuntos particulares estejam acontecendo. — Tudo em seu rosto e palavras eram sempre tão calmos e frios; ninguém suspeitaria que estava usando você como alvo de dardos. — Vai ser a princesa que o público e a imprensa nunca aceitam, ou vai aceitar seu papel e dever aqui?

Nenhum dos dois. Precisei apertar o queixo, a língua ansiosa para jogar a resposta.

— Vou ser franca com você, Spencer.

— Não tem sido até agora?

Seus lábios se contraíram.

— Não sinto que é a escolha certa para o meu neto.

Nem eu.

— A senhora já deixou isso bem claro.

— Acho que não está à altura de ser princesa, rainha, ou sequer esposa para Theodore.

— Nada de novo.

Seu olho se contraiu. Acho que ela não estava acostumada a ser enfrentada.

— Theo é jovem e tolo, escolhendo com o coração ao invés da cabeça. Os corações nunca escolhem com sabedoria; escolhem o momento, não o que é melhor a longo prazo. Ele vai se arrepender de ter escolhido você.

— Mas será o arrependimento dele. A escolha dele. Não da senhora.

Seus ombros aprumaram. Eu tinha certeza de que ninguém jamais a

SOB O DOMÍNIO DA *Realeza*

181

havia desafiado. Ela esperava que eu me dobrasse, desmoronasse sob seu escrutínio e palavras implacáveis. A Spencer de antes teria feito isso. Mas mal sabia ela, que eu não me curvava para mais ninguém, principalmente para o Palácio Real.

— Eu sei que está escondendo alguma coisa. Posso sentir o cheiro — sussurrou um pouco mais alto, mas só para mim. — Vou descobrir o que é. Se eu puder impedir que meu neto cometa um erro enorme em escolher você, eu o farei.

Peguei minha taça, um sorriso curvando meus lábios.

— Um brinde à sua busca, então.

Seu olhos se estreitaram, a cabeça se inclinando para trás, chocada e especulando.

— Agora, se nossa conversa para nos conhecermos melhor acabou, eu gostaria de aproveitar o restante do meu jantar.

Ela me encarou, boquiaberta, atordoada e em silêncio absoluto.

Droga, que sensação boa. Por duas vezes, esta noite, eu me defendi daqueles que tentaram me intimidar. Os valentões costumam ser os únicos a desmoronar quando desafiados. Acho que o ratinho não estava pronto para descer goela abaixo.

Brindando com a taça no ar, bebi muito além do que deveria, piscando para ela quando arfou perante meu comportamento inadequado.

O olhar entrecerrado e letal, seu cenho franziu antes de bufar, virando-se completamente para a pessoa do outro lado, e, de propósito, deu as costas para mim – um sinal de que eu havia sido desprezada.

Eu sorri. Caramba, ela me odiava. Mas, o que importava? Ela ia me odiar de qualquer jeito, isto poderia até mesmo fazê-la gostar da próxima garota na vida de Theo.

— Querida. — Os dedos de Theo cravaram na minha coxa. — Você está sendo gentil com a vovó?

— Se estou sendo gentil com ela? — rebati. — Acho que ela não precisa de proteção.

— Spencer. — Ele olhou para a taça de vinho que eu ainda estava bebendo, encostando a boca ao meu ouvido. — Já chega.

Uma ordem. Um rei mandando em seu súdito, um marido controlando a esposa. Um prenúncio do que teria sido a nossa vida, comigo sendo forçada a andar na linha.

Lancei um olhar determinado a ele conforme tomava mais um gole antes de colocar a taça sobre a mesa. *Que se dane.* Eu o encarei. *Estou fazendo isso por você.*

Você está em dívida comigo. Seus olhos se estreitaram ao contra-atacarem. *É tudo culpa sua.*

Talvez, mas já me cansei de passarem por cima de mim.

— Estamos com algo especial na sala de estar para sobremesa e café — Paul anunciou, na extremidade da longa mesa, sua voz leve e agradável, uma contradição com o clima que me envolvia. — Vossa Majestade? — A mesa esperou que o rei se levantasse primeiro. A maioria não havia sequer terminado, mas quando o rei encerrava a refeição, todos o faziam.

Alexander e Catherine se levantaram, a sala reagindo na mesma sintonia.

Afastando sua cadeira e levantando-se, Theo se inclinou e me beijou, agindo como se nada além de amor existisse entre nós.

— Não vamos brigar — murmurou contra a minha boca, me puxando com ele.

Uma tosse forçada às minhas costas me fez virar a cabeça um pouco; avistei Lennox, seu olhar furioso fixo em Theo, o que só fez o príncipe sorrir ainda mais.

— Seu segurança parece estar com o rosto vermelho. Talvez esteja passando mal com alguma coisa. — Theo entrelaçou nossos dedos, guiando-nos para a porta.

— Por causa de príncipes babacas insuportáveis — murmurou Lennox, baixinho, irritado.

Theo deu um grande sorriso.

— Melhor do que ser um amigo e funcionário traiçoeiro que te apunhala pelas costas. Alguém que rouba as mulheres de outros homens.

— Não se pode roubar algo que quer ser levado — retrucou Lennox.

— Ah, olhem para vocês dois! — A voz de uma mulher se sobrepôs até nós. Foi instantâneo, Theo e eu entrando em nossos papéis, sorrindo educados.

— Duquesa Caroline. — Theo inclinou a cabeça para a senhora. — Que bom vê-la. Posso dizer que está incrível?

— Ah, que charmoso! Assim como seu pai. — Gesticulou com a mão. — Vocês dois formam um casal tão lindo. Ver duas pessoas tão apaixonadas... faz maravilhas para este coração velho! — exclamou, pressionando as mãos no peito.

Meu sorriso estreito ficou mais tenso quando a mão de Theo pousou em minhas costas nuas, olhando para mim com olhos de garoto apaixonado.

— Somos, não é? — suspirou, o polegar apertando meus músculos. — Eu simplesmente *não consigo* dizer com palavras o que sinto por essa garota.

— Ah, querido, o sentimento é mútuo. — Melado espesso despejou de meus lábios.

— Amor juvenil — Caroline suspirou. — Seus filhos serão tão bonitos; já consigo imaginar.

— Spencer me disse que quer pelo menos cinco ou seis logo, não é, meu amor? — Ele me cutucou de lado quando não respondi.

— Mmmm-hmmm. — Agarrei sua mão com tanta força que ele a afastou com um ganido.

A testa de Caroline franziu, mas manteve o sorriso largo, sua atenção se desviando para a pessoa atrás de mim, seu semblante contente se transformando no de uma predadora.

— E quem é esse espécime delicioso? É a minha sobremesa?

— Este é o guarda-costas de Spencer, Lennox — Theo declarou, com traquejo, sem qualquer tom diferente de boas intenções.

— Milady. — Lennox curvou-se para a mulher, o que só fez com que sua pele pálida ficasse rosada.

— Tenho certeza de que ele tem uma queda por mulheres nobres — sussurrou Theo para ela com uma piscadela, seu braço envolvendo meu quadril.

— Ah, que brincalhão! — Ela acenou com a mão de novo, mas seus olhos famintos saltaram para Lennox com um brilho esperançoso. — Bem, só quero parabenizar os dois. Eu voltarei a vê-los em sua festa de Natal depois de amanhã. — Ela começou a se virar, seu olhar entrecerrado. — Espero ver você lá, também. — Seu olhar desceu pelo corpo de Lennox com avidez. Ela soltou um suspiro ofegante antes de se afastar.

Theo deu boas gargalhadas. Em um instante, nossas fachadas caíram, e eu me virei de frente para ele.

— Que babaca que você é — disparou Lennox.

— É assim que empregados *ladrões* se dirigem aos patrões? — Theo arqueou uma sobrancelha.

— Ninguém me *roubou*. — Eu me afastei de seu toque. — Não sou de ninguém.

— Não é? Parece que acabou de pular de uma cama para outra.

Lennox avançou, mas eu me coloquei entre eles, ficando cara a cara com Theo.

— O que realmente me machuca é que sei que você não é assim. E, um dia, espero que, quando cair em si, perceba que fiz a coisa certa.

— A coisa certa? Dormir com meu amigo?

Respirei fundo, controlando a raiva.

— Eu sei que o que está saindo da sua boca é porque te machuquei. Magoei meu amigo profundamente, e vou carregar isso comigo para sempre. Mas só vou tolerar os golpes até certo ponto. Você está tornando difícil demais que eu consiga me lembrar do cara a quem amava.

— Amava? — Deu uma risada irônica, um lampejo de sofrimento rancoroso em seus olhos. — Você não tem ideia do que isso significa.

— Eu te amei, Theo. — Segurei sua mão. Ele se encolheu, mas não se afastou. — Sinto muito que não tenha sido suficiente, que a mulher certa para ficar ao seu lado não tenha sido eu. Mas não sou. Talvez não agora, mas um dia conseguirá ver que tenho razão.

— Se te faz se sentir melhor, Spencer, que seja. — Com brusquidão, soltou sua mão da minha. — Tudo o que sei é que a mulher com quem eu queria passar o resto da minha vida me traiu, me fazendo de idiota quando a pedi em casamento de joelhos.

Ele ainda não entendia. Foi ele quem se fez de bobo. Terminei tudo mais cedo, implorei para ele parar. Mas nos colocou no palco, me forçou a atuar em uma trama que eu não queria ser parte do elenco... e depois me culpou.

— Quer saber? Quero que vá embora. — Recuou um passo, enfiando as mãos nos bolsos.

— O quê? — Olhei de volta para a festa ainda animada. Horas de tortura ainda estavam à nossa frente.

— Quero que você vá. Agora. — Ele tentou disfarçar a fúria em seu rosto, mas falhou.

— Minha ausência não será vista como um insulto ou constrangimento para você? — Inclinei a cabeça, insinuando certo tom de condescendência.

— Alegarei que está com dor de cabeça. Já estou pedindo desculpas pela minha esposa. Responsabilizando o bombardeio. Apenas se afaste de mim. Os dois.

Eu o encarei.

— Não quero ver vocês antes da festa real. Depois do Natal, isso acaba, e podemos seguir com nossos caminhos.

— O que vai dizer? Por que não ficarei no palácio?

— Não sei, vou resolver isso. Mas não ache que alguém vai mesmo se preocupar ou perceber sua ausência. A única que notou foi Eloise. E duvido que ela queira você por perto.

Essa doeu. Mas era verdade. Pisquei, afastando a mágoa e concordei com a cabeça.

— Está bem.

— Por que ainda está aqui? — Ele fechou a cara. — Vá! — esbravejou, a presunção que tinha antes havia desaparecido, como se percebesse que estava perdendo o jogo e não queria mais brincar.

— Spencer, vamos. — A mão de Lennox tocou as minhas costas, meu corpo respondendo ao seu toque na hora, inclinando-se nele.

— Sim, obedeça ao idiota casado, aquele que escolheu em vez de mim — zombou ele, bebendo o resto de seu vinho. Esse cara era novo para mim, alguém com quem eu não sabia como lidar. Por mais que ainda me importasse com ele, percebi que não cabia mais, a mim, tentar nada.

Abaixei a cabeça, voltando a me aninhar ao toque de Lennox.

— Saia pelos fundos — murmurou Theo, pegando uma garrafa pela metade na mesa e enchendo sua taça, sem olhar para nós.

— Spence — sussurrou Lennox em meu ouvido, me afastando do estupor. Dei um passo, sem afastar o olhar de Theo, ciente de que eu tinha feito isso com ele. Ele costumava ser tão feliz – gentil e encantador. Nada o perturbava. Agora a raiva iluminava seus olhos e a dor pendia violentamente em seus ombros, a mágoa chicoteando de sua língua em açoites dolorosos.

Lennox murmurou em seu ponto no ouvido, sabendo onde nos levar para sairmos sem que ninguém nos visse. Um carro nos esperava quando saímos, pronto para nos levar de volta ao palácio. Câmeras piscavam através de janelas escuras, o carro real notado pelos *paparazzi*, na esperança de ver quem estava no interior do veículo e saindo mais cedo. Alguns até tentaram nos seguir.

— Você está bem? — perguntou Lennox de seu assento à minha frente, preferindo ocupar lugar onde pudesse ver o que estava vindo atrás de nós.

Cravei as unhas na pele, tentando não chorar.

— Nem sei mais. — Minha frase saiu em um tom triste.

— Ei. — Lennox estendeu a mão para mim, apertando meu joelho. — Nós vamos superar isso.

— Vamos? — Depressa, afastei uma lágrima antes que caísse. — Você já se perguntou se tudo vale a pena? Toda essa dor e agonia que estou causando?

— Portanto, você vai se casar com Theo por culpa? Estar em um casamento sem amor cheio de ressentimentos e ciúmes, tornar-se rainha, o que sei que você não quer, ir a inúmeros eventos, de salto alto, tudo porque é menos complicado do que terminar tudo?

— Só que é pesado demais. Já seria bem difícil se Theo fosse um cara normal. Mas estou noiva do príncipe da Grã-Victoria. Acha que isso vai acabar só porque terminei tudo com ele? Desvincular-me do Palácio será inacreditavelmente ruim. — Meus olhos lacrimejantes o encararam. — Mas não vai parar por aí. Entende isso, né? Não vai parar. A mídia já me persegue e me destroça. Consegue imaginar o que vão dizer quando nosso noivado terminar? Não importa quais declarações o PR dê. Virão atrás de *mim*. Da minha família, dos amigos, de você. Vai atingir todos que eu amo. E quando descobrirem sobre nós? *Porque irão*. Vão nos dissecar, revelar todos os seus segredos – Gracie e sua irmã. Estou com medo de que não importa o que sinta agora, não será capaz de superar isso. De que isso vai nos separar. Eu serei o "seu Theo"...

— Meu Theo?

Engoli em seco, a garganta fechada.

— Me amar não bastará.

Seus olhos ficaram fixos em mim por um segundo antes de um sorriso insinuar em sua boca, o que me deixou confusa. Acabei de expor meu pior medo, e ele estava sorrindo?

— O quê? — bufei, irritada.

— Acha que estou apaixonado por você?

Ah, merda.

Meu rosto ardeu de vergonha, a boca secou na mesma hora.

— Não... eu não quis dizer... ai, porra. Isso saiu errado — balbuciei, agindo como a mesma idiota desajeitada de sempre.

Seu sorriso apareceu por completo no rosto quando ele se inclinou, segurando o meu entre suas mãos.

— Caramba, adoro ver você ficar toda nervosa e com a língua presa. — Sua testa recostou à minha. — Estava brincando contigo, Spence. Você estava pirando, pensando lá no futuro. Só podemos enfrentar o que está à nossa frente. Mas, sim, eu sei que vai ser um circo de horrores. Não sou bobo; sei o que está por vir. E não me importo.

— Não se importa? — perguntei, cética. — Sério? Seu passado será arrastado pela lama. Vão te chamar de nomes horríveis.

— Eu sei do meu passado, o que fiz. Também sei o que aconteceu de verdade. Deixe que falem e especulem. Só me preocupo com o que você pensa. — Ele pressionou a boca à minha em um beijo gentil. — Não sou alguém que consegue confessar com facilidade o que sente. Eu só disse isso a duas mulheres na minha vida. Uma estava envolvida comigo, e ambas estão mortas agora por minha causa.

Eu me encolhi, sentindo sua dor como se fosse minha.

— Então, provavelmente, não vou dizer tanto quanto você quer, mas se acha que estou aqui só para me divertir, amor, posso encontrar alguém muito mais descomplicada do que você *em qualquer outro lugar.*

— Ei, que abusado. — Eu me inclinei para trás.

Ele riu, me puxando de volta para ele.

— Estou aqui, Spencer. Para ficar, se você me quiser. E não terei nenhum problema em demonstrar a você todos os dias, muitas vezes, se for preciso. — Ele me beijou, seu gosto logo me acalmando e agitando meu desejo em um frenesi. — E você quer saber se já pensei se tudo isso valeu a pena?

Um sorriso enviesado de *bad boy* se abriu em seu rosto.

— Caralho, pode apostar que vale, sim!

CAPÍTULO 18

Acordei com nossos corpos nus emaranhados, grudados como se não estivéssemos perto o suficiente. Cada músculo em mim doía, a pele ainda queimava com a delícia da noite passada, que se estendeu pela manhã. Minhas pálpebras estavam pesadas, mas não conseguia fechá-las. A cabeça estava recostada em seu ombro, observando-o dormir, como se eu fosse uma assediadora bizarra.

O sol da manhã brilhava em seus cílios, cobrindo a boca e cabelos escuros enquanto dormia, seu braço ainda apertado ao meu redor, a palma curvada na minha bunda. A necessidade de estender a mão e tocá-lo, deslizar os dedos por sua barba grossa, por seu cabelo, traçar seus lábios, era intensa. Não havia um lugar que eu não quisesse tocá-lo, descobri-lo só com o toque. Não que não tenhamos feito muito disso ontem à noite. Exceto que não havia ternura naquele momento. As marcas em seu pescoço e ombro mostravam a gravidade da minha fome por ele.

Quando voltamos ao palácio, entramos em seu carro e voltamos para seu apartamento. Então eu o ataquei. Ele nem teve a chance de fechar a porta antes que eu estivesse arrancando seu paletó, precisando senti-lo contra a minha pele. Arrastando-o para o chuveiro, querendo me livrar da noite, ele percebeu exatamente o que eu precisava, me pegando com força contra a parede de azulejos e depois quando voltamos para a cama. Molhados, nus e desesperados por mais, não conseguíamos encontrar o limite do "basta". A primeira parte dos eventos da noite foi cheia de falsos sorrisos e felicidade – uma performance repleta de mentiras. Com a gente, eu queria a mais pura verdade.

Arranhei sua pele para sentir a realidade, a honestidade primitiva a cada impulso. Marcamos a pele, machucamos e nos transformamos em nossas formas mais primitivas. Necessidade. Desejo. Feroz e impiedoso. A ponto de os vizinhos baterem nas paredes para que calássemos a boca, o que só nos deixou mais excitados.

Minhas coxas se contraíram com a lembrança, ampliando ainda mais meu sorriso. Lennox entendeu o que eu ansiava e queria sem eu dizer uma palavra. Sentir que essa garota precisava de algo muito mais safado e áspero do que qualquer um jamais perceberia vindo da futura princesa.

Em nossos poucos momentos juntos, Theo era gentil, mas um pouco egocêntrico. Quando ele era "selvagem", era preciso que eu fingisse um sorriso, me convencendo de que aquilo bastava.

Puta merda... eu estava errada. Tão, tão errada. Mas agora, depois de Lennox, nunca seria capaz de voltar a algo bom, apenas. Este homem derreteu meu cérebro. Egoísta, com certeza, ele *não* era. Meus pensamentos ainda estavam tão melosos que não conseguia encontrar uma frase coerente para descrever o que ele fez comigo, então eu só o encarei. Tudo que sabia era que estava viciada e precisava de mais.

Mordi o lábio, meus olhos se movendo por seu rosto.

Puta merda.

Ele era tão robusto e bonito ao mesmo tempo que doía olhar para ele.

— Pare de me encarar, Spencer — rosnou, em sua voz profunda, e mordi o lábio inferior com mais força.

— Achei que estava dormindo.

Seu olhos permaneceram fechados.

— Estava até sentir um ser assustador me encarando. — Seus dedos apertaram a minha pele, acariciando minha bunda, bem devagar.

— É culpa sua, na verdade. — Outro sorriso apareceu no meu rosto, tudo em meu corpo parecia leve, como bolhas de champanhe explodindo de felicidade. — Você é *tão bonito*.

— Bonito? — Uma pálpebra se abriu, e ele me lançou uma olhadela irritada.

— Tão, tão bonito.

Um rosnado se formou no fundo de seu peito, os braços me puxando para cima, arrastando meu corpo sobre o dele, as mãos deslizando até meu queixo. Uma risada ofegante escapou com a mesma facilidade e rapidez com que ele podia me mover, me deitando em seu peito. Senti-lo pesado e quente sob a barriga, me fez abrir as pernas por seus quadris, reprimindo um gemido na garganta.

— Depois de ontem à noite, a primeira coisa que pode pensar é em *bonito?* — Segurou meu cabelo em um punho, puxando meu rosto para mais perto dele. — Eu fiz algo errado, com certeza. Peguei muito leve com você.

— Muito leve? — Dei risada. Ser leve sequer estava no hemisfério da noite passada, mas provocá-lo era o que mais gostava de fazer. — Na verdade, foi bem sem brilho... — Dei de ombros. — Já tive melhores.

— Oh, merda. Você não fez isso... — Ele riu, mas continha uma advertência séria, uma que me assustou e me excitou. Um botão que eu queria apertar e cutucar. — Não tem ideia no que se meteu.

— Sério? — Ergui uma sobrancelha.

— Sério. — Seu aperto no meu cabelo se tornou quase doloroso, aquecendo meu corpo. Ele moveu meu rosto até ficar a apenas um milímetro do dele, segurando-o ali. — Porque *peguei* leve com você. Não tem ideia do que posso desencadear.

Arfei.

Ele sorriu com malícia, e meu corpo reagiu à sua declaração. Minha respiração tornou-se ofegante, os mamilos endurecendo contra seu peito conforme meu cerne praticamente gritava: *manda ver*.

— Gosta disso? — Ele empurrou os quadris, esfregando-se em mim, bem devagar.

— Minha nossa, assim. — Tentei assentir, mas seu aperto no meu cabelo só aumentou. Continuou a se mover, lento e controlado, enquanto eu ficava mais necessitada e descontrolada. — *Lennox* — gemi, mordendo o lábio, tentando me mexer para conseguir o que queria, mas ele me manteve cativa, sem me permitir me mover.

— Vou torturá-la, Spencer, a ponto de não se lembrar de ninguém antes de mim. Vou te deixar tão desesperada que vai implorar para mim. — Sua mão livre se arrastou pela minha pele, sensual, traçando as marcas que deixou na noite passada antes de descer, acariciando e descobrindo lugares que me deixaram ofegante, já choramingando de desejo. — Levá-la ao limite, de novo e de novo, depois negar o que deseja até *eu achar que* mereça. — Ele nos rolou, as mãos e lábios me agarrando, aumentando a minha ânsia ao ponto da agonia. Ele manteve a palavra, até meu corpo se debater e brigar de necessidade, meus gritos por ele passando de altos a ensurdecedores. Ele se recostou, sorrindo. — E este sou eu ainda pegando leve com você.

— Lembra quando disse que não faz jogos sádicos para gozar? — Arqueei as costas em busca de seu toque, alívio que só ele poderia me dar.

— Nunca disse que não gostava deles na cama — grunhiu, virando-me de bruços, os joelhos travando meus quadris no lugar ao mesmo tempo que mordiscava minhas costas. Agarrei o travesseiro, os pulmões se expandindo enquanto suas palmas espalhavam minha bunda, a boca mordendo a coxa.

— Lennox — ofeguei, sem ter certeza do que estava pedindo, mas meu corpo tremia, as unhas cravando no travesseiro.

— O quê, Spencer? O que você quer?

— Você é um cretino doentio. Sabe disso, né?

Ele riu, e foi de um jeito ameaçador.

— Alguém fica terrivelmente mal-humorada quando tem um orgasmo negado.

— Para de encher o saco, seu babaca masoquista. — Cerrei a mandíbula quando senti seus lábios roçarem a parte de trás da minha coxa, até em cima e parando. — A vingança é uma merda, já sabe, né? E eu vou me vingar.

— Estou ansioso por isso.

— Por favor.

— Já jogando a toalha, hein? A mesma garota que estava dizendo algo em relação a ontem ter sido sem brilho? — Ele me instigou, os dois sabiam que era bem diferente disso. — É uma aposta? — A língua estalou na minha entrada, meus dedos agarrando o edredom.

— Sim. Sim. Tudo bem, você ganhou... *por favor*, Lennox.

Por mais estranho que fosse, pude senti-lo sorrir antes que abrisse ainda mais minhas pernas, a língua achatada contra mim, escorregando do meu interior, descobrindo lugares que ninguém nunca tocou, nem achei que queria. Eu estava errada. Prazer incomparável me consumiu, um grito ecoou pelas paredes quando ele passou de controlado a selvagem em um piscar de olhos com a minha resposta. Suas mãos me seguraram conforme me devorava, mordiscava, lambia, a língua mergulhando mais fundo, e me deixando de quatro.

— Lennox! — Exigente. Uma ordem. Ele entendeu tudo o que eu queria em uma palavra. Agarrando minhas mãos, ele as curvou ao redor da mesa de café bem na frente da cama. Posicionando-se atrás de mim, segurou meus quadris antes que eu sentisse a ponta mergulhando em meu corpo ávido e pronto.

Eu gritei. Alto, quase vibrando à medida que meu corpo se ajustava a ele. Amava a sensação dele me preenchendo, senti-lo bem dentro de mim. Meus dedos cavaram na madeira enquanto ele empurrava, indo tão fundo que parei de respirar.

— Poorraaaa... Spencer — sibilou, vocalizando seu desejo à medida que arremetia.

— Nossa... mais forte! — Minha pele queimava, uma necessidade desenfreada. Suas mãos machucaram meus quadris quando me deu o que pedi. Eu me senti possuída, a intensidade girando tudo na minha cabeça, exceto a sensação. O barulho atravessou meus pulmões e destruiu qualquer palavra que pudesse ter tentado sair da boca sem sentido.

Agarrando meus cachos em seu punho, ele os puxou, espalhando chamas em minhas veias, o clímax correndo na minha direção. Nossos movimentos tornaram-se mais profundos e acelerados.

Inclinei-me mais, o que fez Lennox xingar, indo mais forte.

— Porra, Spencer... vou gozar. — Ele soltou meu cabelo, trazendo a mão ao redor, e me esfregou. Eu me ouvi gritar, mas não me lembro de realmente ter feito isso, seu toque me empurrando do penhasco, o corpo agarrando-o como se nunca quisesse soltá-lo. Ouvi um rugido sacudir a sala. Ele entrou tão forte que meus olhos lacrimejaram, só para o meu corpo apertá-lo com mais força. Ele voltou a gritar, esvaziando-se em mim, selando e reivindicando.

Deixei meu corpo, como se estivesse flutuando em um céu da noite.

Seu corpo pressionou o meu, e nossas respirações pesadas colidiram.

Levei alguns minutos para voltar ao normal, em sentir os pés firmes na terra. Sexo sempre foi divertido e agradável, mas isto... misericórdia.

— Nossa. — A testa de Lennox pressionou nas minhas costas enquanto ele respirava fundo, os lábios distribuindo beijos suaves. — Acho que fiquei cego.

Eu ainda não conseguia me mexer, a intensidade de tudo me deixou sem palavras.

— Ei, está tudo bem? — murmurou Lennox no meu ouvido, sua respiração ainda pesada e frenética. Ele saiu de mim, meu corpo instantaneamente o querendo de volta. — Você está tremendo.

Respirei fundo outra vez, soltando meu aperto na mesa, avistando as marcas das unhas na madeira. Lennox me puxou de volta para seu corpo quente.

— Acho que você me destruiu. — Eu caí sobre ele com uma risada, seus braços me envolvendo.

Ele roçou meu pescoço com o nariz.

— Portanto está admitindo a derrota? Foi tão fácil. Não pensei que ia desmoronar tão rápido.

SOB O DOMÍNIO DA *Realeza*

— Ohhhh... — Ele sabia muito bem o que dizer para me animar. Desafiar-me. Meus olhos se estreitaram, e curvei a cabeça para encará-lo. — Eu sei como os egos masculinos são frágeis. Queria que se sentisse melhor consigo mesmo. — Eu me afastei, desabando no travesseiro, meu olhar percorrendo seu corpo. Hematomas, marcas de mordidas e arranhões na pele, eram um aviso. Meu.

— Então, não acabei com você?

— Longe disso. — Eu sorri.

Sua mão desceu para o meu quadril, o polegar esfregando, de leve, as marcas de dedos que ele deixou lá.

— Machucada e torta talvez, mas acabada, não. Desculpa, mas está doendo?

Uma hesitação de preocupação fez sua testa franzir.

— Não sou frágil, decente ou gentil, ainda mais quando se trata de você. Gosto disso. — Eu me arrastei até ele, encontrando marcas de dentes em seu braço, os lábios roçando sobre as mordidas. — Posso aguentar o que mandar para cima de mim. — Lambi a marca, encontrando outra em seu peito. — Não quero que jamais se contenha comigo, dentro ou fora do quarto. E eu também não vou. Sempre verdadeiro entre nós.

Seus olhos me seguiram conforme beijava sua pele.

— Gosto disso em você. — Eu me movi na frente dele, a mão deslizando por sua coxa até uma marca de mordida em seu quadril. — E sabe por quê?

— Porque é mordedora? — respondeu, com a voz rouca.

— Porque quero que qualquer garota que olhe para você saiba que é *meu*.

Um lento sorriso lascivo curvou sua boca.

— Eu também.

De repente, eu estava de costas, seu corpo cobrindo o meu e sua boca tomando posse da minha, faminto e possessivo. Mesmo depois do sexo mais alucinante que deveria ter me feito dormir por dias, seu beijo já me fez envolver as pernas ao seu redor. A sensação de seu pau endurecendo alimentou o fogo insaciável em mim.

— Por que não consigo me cansar de você? — Sua boca me devorou. Possuindo. Exigindo. E eu só respondi com a minha própria voracidade. Não houve provocação ou preliminares quando ele deslizou em mim mais uma vez. Olhos fixos um no outro, nossos corpos suados se movendo em sincronia com movimentos tão profundos e longos, já sentia meu orgasmo se aproximar. Nossa conexão profunda demais, sobrepondo a intensidade. Era mais do que sexo. Era poderoso. Intenso. Emocionante.

Agarrando meus braços e prendendo-os acima da cabeça, ele empurrou mais fundo, seu olhar me penetrando com tanta intensidade que era capaz de eu explodir somente com sua intensidade.

— Nossa... isso — gemi, e sua boca tomou um dos meus seios, chupando e sacudindo a língua. — Lennox... — Meu orgasmo se alastrou em uma lenta queimadura por trás, turvando a minha visão. E eu sabia que a intensidade me consumiria em uma explosão destruidora.

Bam. Bam. Bam.

— Lennox? — gritou a voz de um homem através da porta. — Abra.

— Porra — murmurou, ríspido, suas feições ficando tensas com a frustração, mas seu corpo ainda estava dentro do meu, como se não conseguisse parar. — Merda — grunhiu, entrando mais forte em mim.

Estava tão perto, a urgência forte demais. Minhas mãos apertaram sua bunda dura, puxando-o para mim, encontrando seus quadris com os meus, não me importando se derrubassem a porta.

— Lennox! — *Boom. Boom.* — Eu sei que está aí. — Desta vez, reconheci a voz. Arthur.

— Arthur, talvez ele ainda esteja dormindo — falou a voz de uma mulher. — Podemos voltar mais tarde.

Ah, não. Mary. Sabia quem era – a mãe de Gracie.

— Jesus. Cristo. — Lennox fechou os olhos com força, sem parar, os quadris bombeando, me empurrando sobre uma mesa que estava de lado.

— Abra, rapaz! Estou escutando movimentos aí dentro.

— Espere um minuto — ralhou, entredentes. Vi pontinhos brancos na minha frente, o corpo começando a ter espasmos ao redor dele, sentindo uma felicidade absoluta a ponto de não me importar com quem estava ao meu redor. Meus lábios se separaram, um grito agudo escapou. Sua mão cobriu minha boca enquanto bombeava mais forte, seus golpes ofegantes, as veias saltando de seu pescoço.

— Merda. Merda — sussurrou, com a voz rouca, entrando em mim, descontroladamente. Arqueei as costas, o orgasmo me atingindo como uma avalanche, e um grito que não pude reprimir ecoou. Mordi sua mão para abafá-lo, meus dentes ferindo sua palma.

— Puta merda. — Lennox curvou-se para trás, arremetendo ainda mais forte, espalhando outro zumbido por minhas veias, meu corpo tomando tudo o que podia dele. Onda após onda rolou pelo meu corpo à medida que Lennox gozava em meu interior. Meus quadris continuaram a balançar mais algumas vezes antes de eu sentir meu corpo relaxar ao seu redor. Ele desabou em cima de mim, os músculos inteiros flácidos.

— Por que está demorando tanto, garoto? Não precisa ficar bonito para nós.

— Que porcaria de *timing*, Art. Estou ocupado comendo a minha namorada — murmurou, com raiva, antes de gritar para a porta. *Namorada?* — Espere um minuto, caramba. — Ele se virou para mim, falando contra meus lábios. — Ainda estou com as bolas enterradas na minha garota.

Jesus, o que havia de errado comigo? Por que isso me excitava tanto?

Ele me beijou, e acabou logo que começou, mas me deixou ofegante, o corpo ainda em recuperação do orgasmo anterior. Não achava que fosse possível ter tantos, um atrás do outro assim, mas havia muitas coisas que Lennox estava me mostrando que eram possíveis com ele.

Suspirando, ele se arrastou de cima de mim, pegando uma calça jeans e camisa largados na cadeira, e os vestiu.

Sai da cama, correndo para o banheiro. Peguei às pressas algumas roupas jogadas no chão, de ontem.

Toque-toque.

— Estou indo! — gritou Lennox, mas me seguiu até o banheiro. Por mim não tinha problema em ficar aqui com a porta trancada até eles saírem.

Juro que Lennox conseguia ler meus pensamentos, vindo atrás de mim.

— Spencer? Você não vai se esconder aqui. *Não vamos* esconder a nossa relação.

— Não está na hora disso. — Ergui o vestido de festa com a cara fechada, o tecido rasgado, amassado e sujo. — Vá. Eles estão te esperando. Vou ficar aqui.

— Arthur já sabe.

— Ele não estava muito empolgado comigo. E se não contou a Mary? Pode imaginar como ela vai se sentir ao me ver aqui?

— Você não será meu segredinho sórdido. Cansei de me esconder e de não viver minha vida.

— Meu Deus, Lennox! Isso é um pouco rude, não acha? Quer mesmo apresentar a mãe de Gracie para mim com seu esperma escorrendo pela minha perna? — perguntei, por entre os dentes cerrados, apontando para baixo.

STACEY MARIE BROWN

— Que merda do caralho — gaguejou. — Jesus, Spencer. — Deixou escapar uma risada abafada, e balançou a cabeça. — Não consigo prever o que vai sair da sua boca, sério.

— Ótimo. — Eu o empurrei. — Agora, vá. Me deixe, pelo menos, me limpar um pouco, tá bom?

— A porta logo ali se conecta ao meu *closet*. — Ele apontou o queixo para a porta do outro lado do banheiro planejado, andando de costas. — Acho que vão saber que alguém está aqui mesmo assim. Este lugar cheira a sexo. — Piscou, fechando a porta.

Alguns momentos depois, o som da porta da frente se abrindo e vozes se fizeram ouvir através da porta fina. Ouvir a voz suave e tímida da mãe de Gracie me fez encostar na pia com um suspiro. Seria horrível. Mas, infelizmente, era o menor dos problemas que estavam à nossa espera. Se queríamos mesmo ter uma relação, tínhamos que começar a enfrentar todas as pessoas que queriam outras coisas para nós.

O sofrimento, a agonia e o desgosto que iríamos causar. Valeria a pena?

Encarando o meu reflexo, meu olhar percorreu minha pele nua, localizando todos os lugares que Lennox me reivindicou como sua, até que um sorriso atrevido apareceu no meu rosto.

Porra, valeria, sim.

CAPÍTULO 19

Entrando e saindo rapidamente do chuveiro, achei um moletom, que tive que dobrar várias vezes no cós para manter no lugar, e uma camiseta preta surrada dele. Escovei o cabelo com os dedos, olhando para minhas bochechas coradas, sabendo que mesmo com todas as evidências dele escondidas, ainda não camuflava o que estava sentindo – o que ele tinha feito com meu corpo mesmo com eles do outro lado da porta.

— Vamos, Spence.

Respirei fundo, muito nervosa quando abri a porta. Vozes ecoaram até mim na mesma hora, e estaquei em meus passos, praticamente escondida da vista.

Arthur e uma mulher baixinha e curvilínea estavam de costas para mim enquanto Lennox os encarava, os braços cruzados, o queixo tenso.

— Não acredito nisso — sibilou Arthur, o dedo apontado para Lennox. — Depois de tudo que fizemos por você, o que Mary fez. Ela o tratou como filho, e é assim que nos retribui? Partindo o coração dela?

— Sabem que gosto muito de vocês, mas não mandam na minha vida. Sinto muito se isso os machucou, mas estão no *meu* apartamento, aparecendo aqui sem serem convidados.

Um ruído alcançou meus ouvidos, e percebi que era Mary... soluçando baixinho.

Ah. Não. Culpa e vergonha pisotearam meus ombros, curvando-os.

— Shhh... Mary, está tudo bem. — Arthur colocou o braço ao seu redor.

Agonia estremeceu a expressão de Lennox, sua mão esfregando o rosto.

— Não foi assim que eu queria que tudo corresse. — Ele balançou a cabeça. — A última coisa que eu queria era causar mais sofrimento a qualquer um de vocês.

— O que esperava? — disparou Arthur. — Viemos aqui para passar um tempo com nosso *genro* só para encontrá-lo transando com uma prostitutazinha!

— Ei. — Lennox deu um passo à frente, o queixo erguido. — Não se atreva a se referir a ela assim.

— Ah, puxa vida.. — Arthur cobriu a boca com a mão. — É ela, não é? Não conseguiu deixar ela em paz.

— Quem? — A voz de Mary atravessou a sala, soando mais forte e profunda do que eu imaginava. Sua cabeça se virava do marido ao genro. Ela tinha um rosto redondo e envelhecido com maçãs proeminentes. O cabelo louro grisalho era curto com grandes cachos crespos. Ela estava de vestido longo florido, um casaco bege escuro e calçando mocassins, como se estivesse arrumada para turistar na cidade. — De quem você está falando?

Arthur claramente não contou a ela de sua última visita aqui.

— Você é um tolo. — Artur sacudiu a cabeça. — Como acha que isso vai acabar?

— O que está acontecendo? Alguém fale comigo! — bufou Mary, batendo o pé. — Me diz o que está acontecendo. Você está falando de quem?

— De mim. — Minha boca se abriu para meu horror absoluto, o cérebro lutando para enfiar as palavras de volta e me esconder na mais escura das sombras. Em vez disso, eu me aproximei, mantendo o queixo firme sob o espanto de suas cabeças se virando na minha direção, o foco pousando em mim como se fossem raios laser. — Estão falando de mim.

O olhar de Mary se encontrou com o meu. Pude ver o momento em que ela soube quem eu era.

Três... Dois... Um...

— Ai, minha nossa! — Cobrindo a boca e soltando um suspiro assustado, o reconhecimento vindo. — Você-você é...

— Spencer. — Fui direto até ela, agindo com cada detalhe do treinamento de etiqueta que tinha, tentando lutar contra a necessidade de fugir. — Mary, certo? — Assentiu com um aceno, distraída, o olhar arregalado e chocado, como se tivesse encontrado a Rainha e o Rei. — Prazer em conhecê-la.

Ela não respondeu, seu olhar descontrolado e intrigado foi para Lennox e depois para o marido.

— N-não entendo. — Sacudiu a cabeça, me observando ir para o lado de Lennox, seus olhos passando por minha roupa. *As roupas dele.* — A futura princesa... O q-que ela está fazendo aqui? — Ela engoliu em seco, talvez sentindo a verdade, mas ainda agarrada à esperança, à noção, de que havia uma boa explicação para a minha presença.

SOB O DOMÍNIO DA *Realeza*

A esperança era algo tão poderoso. Era capaz de fazer você ignorar os lençóis amarrotados, o cabelo despenteado, a hora da manhã, as roupas ainda espalhadas no chão, eu usando as de Lennox, o ar espesso. Pode fazer você negar tudo o que viu para manter sua bolha segura intacta.

— Ela é a vagabunda, Mary.

— Ei — disparei.

— Já chega — rosnou Lennox, a ameaça vibrando na sala.

— Ainda não entendo. — Ela piscou, sua mão cobrindo a garganta, continuou falando de mim como se eu não estivesse aqui, de verdade. — Ela é *noiva* do príncipe... será nossa princesa.

— Ainda não sou.

— Nunca será. — Lennox cruzou os braços, resmungando com a minha resposta.

A atenção de Mary passou pela evidência de novo, e vi a esperança diminuir de seus olhos, mágoa e raiva preenchendo suas íris. — N-não acredito nisso... — Ela balançou a cabeça, a expressão contorcida de tristeza. Arthur correu ao lado dela, esfregando as costas.

— Não queria que descobrisse. Tinha esperanças de que ele acabasse com isso, visse como está sendo burro.

— Você sabia? — Ela olhou para o marido, magoada, franzindo as sobrancelhas. — E não me contou?

— Não precisava saber. Era para ele tirar isso da cabeça, cair em si.

— Não acredito nisso... ela está noiva. — Ela olhou para o chão, perdida em pensamentos.

— E ele é casado. — Arthur explodiu, raiva estreitando seus olhos. — Nenhum dos dois tem amor-próprio? Alguma consideração pelo relacionamento em que se comprometeram? Vocês ligam para alguém além de si próprios? — bufou Artur. — Nunca conheci duas pessoas mais egoístas, cruéis e desonestas.

— Já chega.

— Você tem esposa! Mas aqui está você, destruindo aqueles votos que fez ao meu anjo, com uma mulher que está noiva de outro homem!

— Pare.

— Por quê? A verdade dói, meu rapaz? Foi mentira quando olhou nos olhos de Gracie e disse "até que a morte os separe"? Com que rapidez a jogou fora por outra.

— Eu. disse. Já. Chega! — gritou Lennox, assustando a todos e deixando o lugar inteiro em silêncio. Até o ar parou de circular. — Rapidez?

Ela está em coma há *dois anos*! — explodiu ele. — E *a verdade*, Artur? Quer a verdade?

— Lennox, não. — Mary sacudiu a cabeça, estendendo a mão para ele, mas Lennox já estava cego por causa de seu sogro.

— Quem não consegue encarar a verdade é você!

— Eu? — Arthur apontou para si. — Eu enxergo muito bem. — Ele me encarou, depois voltou para Lennox.

— Você vive em um mundo feito de mentiras, uma bolha que se convenceu de que é real. Mas sabe, lá no fundo, que não é. É tudo miragem. E é isso que te aterroriza tanto.

— Lennox... — Mary tentou mais uma vez, um desespero em seu rosto que eu não compreendia.

— Eu não deveria ter me casado com Gracie. Agora eu sei disso. E odeio ter sido fraco, procurando me agarrar em qualquer coisa. Ela era minha melhor amiga, e eu me permiti acreditar que bastava. Me mata não tê-la amado como deveria... como ela merecia. Eu queria. Muito. Por isso eu fiquei. E teria ficado *para sempre* se essa fosse a nossa história. Não queria nada além da felicidade dela, mas eu não tinha o direito de controlar isso. Ela não estava bem, mas nenhum de vocês quis encarar o fato de que não era perfeita, fingindo que sua depressão não era real. Eu me agarrei à culpa por não estar lá quando ela perdeu o bebê... — Sua frase cessou, de repente, o sofrimento o cercando. — Vou carregar isso comigo para sempre. Sei que me culpam, que a minha ausência foi responsável por tudo, jogando na minha cara sempre que podem. Mas nada que pudessem dizer ou fazer poderia igualar a punição que impus a mim mesmo. Vivi anos preso no inferno. Ainda estaria lá, provavelmente. — Seu olhar castanho-esverdeado se focou em mim, depois se afastou. — Não posso mais fazer isso, viver como se estivesse passando o tempo até me juntar à Gracie.

— Seu desgraçado! — Arthur empurrou o peito de Lennox. — Não fale assim dela!

— Assim como, Artur? — gritou Lennox, deixando Arthur empurrá-lo. — Como se estivesse morta?

— Ah, não. — choramingou Mary, segurando a cabeça com as mãos.

— O. Que. Você. Acabou de. Dizer? — Arthur enrijeceu a ponto de eu achar que se partiria ao meio.

— Ela está morta — declarou cada palavra em pedaços pesados, caindo maciços aos pés de Arthur. — Precisa aceitar isso. Todos os médicos e especialistas que existem lhe disseram o mesmo! Ela está morta, Arthur. Deixe. Gracie. Descansar.

— Vá se foder! — Arthur partiu para cima de Lennox. Ele não se moveu, deixando-o golpear, sem tentar revidar contra o senhor.

— Arthur! Pare! — Mary pulou nele, agarrando-se ao marido enquanto Arthur socava Lennox mais uma vez. *Ah, nem pensar.* Puro instinto me jogou do homem, empurrando-o para longe de Lennox, a necessidade de protegê-lo controlando meus pensamentos e ações.

— Merda! Spencer. — Lennox me segurou quando ainda empurrava e rosnava para Arthur, parecendo um gato ouriçado, me afastando. — Pare. O que está fazendo? — Seus braços me envolveram, me tirando dali.

— Arthur! — A voz de Mary foi ouvida por cima da confusão, parecia uma faca de açougueiro atraindo a atenção de Lennox. — Pare agora com esse absurdo!

— Mas...

— Não — retrucou ela, assumindo o controle em um piscar de olhos. — Peça desculpas a Lennox.

— O quê? — gritou Arthur, seus olhos arregalados. — Pedir desculpas? Pelo quê? Por bater nele?

— Não, por todo o resto. Assim como eu preciso...

— O-o quê? Não entendo. — Arthur a observou, confuso, conforme ela tirava um lenço da bolsa, limpando os olhos.

— Fomos egoístas e cruéis, Arthur. — Ela baixou a cabeça, tentando conter as emoções. — Ela ficaria tão chateada com a gente. — Um soluço escapou de sua garganta, e ela se virou um pouco, sem querer que a víssemos perder a cabeça.

— Mary... — Arthur deu um passo para ela.

— Não. — Ela o afastou para longe. — Isso precisa finalmente ser dito. Você e eu precisamos encarar a verdade. Assim como ela gostaria que fizéssemos.

Arthur engoliu em seco, a mandíbula tensa.

Mary enxugou os olhos.

— Sinto muito, Lennox. — Ela manteve a cabeça baixa. — Pelo que nós fizemos você passar, por forçá-lo para que pudéssemos continuar, sem pensar nem por um momento em como tudo poderia afetá-lo. Como forçamos esse papel em você porque se encaixava no mundo que queríamos manter vivo, que Gracie acordaria e tudo seria perfeito outra vez.

— Essa possibilidade ainda existe. — Arthur tocou o braço dela.

— Não, Arthur. — Ela se afastou dele. — Não existe. Nunca existiu. Nenhuma pessoa, nem as dezenas de médicos e especialistas que a examinaram, acredita nisso, nem eu, mais. É só você que mantém essa mentira que construímos ao nosso redor para nossas vidas.

— Eu? — Ele cutucou o próprio peito. — Me desculpa se tenho esperança de que nossa filhinha volte para nós.

— Pare. — Mary contraiu os lábios trêmulos. — Pare se fazer de vítima, como se fosse o único que a ama, que quer o melhor para ela. Sabe que eu daria *qualquer coisa* para ter Gracie de volta. *Qualquer coisa.* — Metade da palavra foi um sussurro à medida que ela batia no peito, parecia que estava se partindo ao meio. — Mas não temos essa escolha. E estou cansada. Estou cansada de viver assim. E sei, lá no fundo, que Gracie também está. Ela quer que a deixemos descansar, Art. Ela quer paz.

Um soluço sufocado apertou o peito de Arthur.

— Não. Não posso. Ela é o nosso bebê.

Minha garganta se fechou ao ouvir o tom devastado. Era como se, finalmente, estivesse se permitindo ver a verdade, e aquilo o fizesse morrer junto com ela.

— Eu sei, mas precisamos. — Mary se aproximou dele, lágrimas escorrendo pelo rosto. — Não só pela Gracie, mas por nós. E, ainda mais, por Lennox. Estar aqui me despertou de verdade, me fez ver... não é certo forçá-lo a viver no purgatório. Ele é tão jovem e tem muita vida pela frente. Como ousamos tirar isso dele? Merece se apaixonar e ter a própria família. Não é justo impedir que ele tenha essa chance porque somos egoístas e gananciosos demais, segurando-o porque é o último vínculo com a Gracie. Ela não iria querer, e você sabe disso. Ela ficaria furiosa conosco. Era a única que não tinha um osso egoísta no corpo. Devemos fazer o que ela quer, não o que nós queremos. Precisamos deixá-la descansar, Art.

Arthur se inclinou, o corpo tremendo com os soluços. Mary o abraçou, a cabeça caindo em seu pescoço, suas pernas mal sustentando seu peso enquanto agia como seu pilar.

— Nossa menina... — Ele chorou, os braços dela o enlaçando, suas próprias lágrimas escorrendo com uma dor de cortar o coração.

Senti o líquido morno escorrer pelo meu rosto, observando a angústia deles.

Art e Mary se afastaram e, sem dizer uma palavra, Mary foi até Lennox. Ficando na ponta dos pés, ela o abraçou. Um som angustiante soou de

Lennox quando ele retribuiu o abraço, segurando-a como se uma parte de seu mundo tivesse desmoronado. E eu não tinha dúvida de que desabou. Eles estavam se segurando nessa mentira por tanto tempo, e não era algo que se podia simplesmente esquecer. Eles ainda eram uma família, e aceitar a verdade significava que perderiam Gracie, de novo.

— Lamento muito — sussurrou ela.

— Eu também.

— Não tem nada pelo que se desculpar. — Eles ficaram abraçados um ao outro por um bom tempo, Lennox deixando um pouco da culpa e do sofrimento que ele carregava ir embora, o peso tão tangível que eu podia jurar ter visto sair dele.

Por fim, ela se afastou, beijando seu rosto, e se virou para mim. Ela sorriu, os dedos apertando minha mão, mas seu olhar se desviou depressa, ainda não estava tão pronta para lidar comigo.

— Deixei uns bolinhos para você. — Ela acenou para o balcão, depois se virou para a porta. — Vamos, Art.

Arthur encarou Lennox, com raiva, e sequer olhou na minha direção antes de sair; o relacionamento deles não mudaria tão fácil. Ainda existia muita culpa e teimosia de ambos os lados.

A porta clicou depois que saíram, e ficamos encarando a madeira em silêncio. A tensão e a tristeza pairavam no ar em camadas pesadas, Lennox prestes a se despedaçar, arrasado.

— Porra... quanta coisa antes do café. — Pisquei, a boca se abrindo, tendo um ataque verborrágico num suspiro.

Passou-se um minuto.

Depois uma gargalhada – profunda, estrondosa, daquelas de se dobrar de rir. Lennox se inclinou, balançando a cabeça.

— Puta que pariu, Spencer — uivou, a tristeza e diversão se misturando.

Na infelicidade mais profunda, o riso o ajudava a sobreviver.

Ele respirou fundo e se endireitou, segurando meus quadris, me puxando para ele.

— Obrigado. — Seu olhar analisou o meu.

— Pelo quê?

— Por ser você. — Seus dedos colocaram uma mecha de cabelo atrás da minha orelha. — Por sempre ser exatamente o que eu preciso.

— Achei que você fosse me agradecer por defender sua honra. Ele ia acabar com você. Eu te salvei.

Ele riu, seus olhos mais animados.

— Parecia uma gatinha brava.

— Ei. Sou mais fodona do que isso.

— Já mexeu com um gatinho bravo antes? — Sua sobrancelha se ergueu. — Coisinhas traiçoeiras. Te rasgam todo. Eu não mexeria com eles. Cães grandes correm para se esconder deles, choramingando.

— É isso aí.

Ele sorriu, me beijando e me puxando em seus braços, abraçando tão apertado que meus ossos estralaram, mas adorei, me sentindo em casa.

Ele suspirou, inclinando-se para trás.

— Preciso sair. Respirar um pouco de ar fresco. — Segurou meu rosto. — Parar de pensar em toda essa merda um pouco.

— Não aguento enfrentar ninguém hoje, e estão lá fora. — Apontei para a janela. — Em todo lugar.

— Tenho uma ideia. Vista-se. — Ele deu um tapa na minha bunda, afastando-se ao pegar o celular, digitando na tela.

— Não tenho roupa.

— Verdade. — Ele piscou. — Esquecemos disso ontem à noite, né?

Com tanta pressa de voltar para cá, esqueci de pegar algumas roupas no meu quarto no palácio.

— Por mim, está ótimo assim. — Gesticulou com a cabeça para o que eu estava vestindo, ainda digitando no celular. — Sabe que prefiro você com as minhas roupas.

— O que está fazendo? — Tentei descobrir para quem ele mandava mensagens.

— Surpresa. — Ele olhou para a tela, e um bipe soou, fazendo com que um sorriso se espalhasse em rosto. — Ótimo. Tudo pronto.

— Será que devo me preocupar?

— Normalmente, eu diria que sim, mas acho que vai gostar — respondeu, passando por mim.

Estendendo a mão, agarrei seu braço, e ele ficou sério, de repente.

— Ei, está tudo bem?

— Não — murmurou. — Preciso de um tempo para processar tudo isso. Só quero um dia sem pensar ou ter algum evento épico transformador de vida, acontecendo.

Concordei com a cabeça, entendendo-o muito bem. Também precisava.

SOB O DOMÍNIO DA *Realeza*

Seus lábios roçaram minha testa.

— Vou tomar um banho rápido, e podemos sair. — Ele se virou, andando de frente para mim com os braços estendidos. — A menos que queira se juntar a mim.

— Hmmmm. — Fingi pensar, colocando a ponta do dedo no lábio. — Não sei.

Seu olhar se transformou em fogo na minha pele.

— Vou fazer café para você depois.

Corri até ele e gritei quando ele me agarrou, me jogando por cima do ombro, nos levando para o chuveiro.

Sabia que ele precisava de tempo para deixar o que foi dito e admitido se assentar. Era muita coisa e, infelizmente, por minha causa, foi só uma amostra da bomba-relógio prestes a explodir sob nossos pés.

Desta vez, ele não poderia me salvar, não poderia nos esconder em um armário.

Agora, talvez a gente não consiga sair vivos.

CAPÍTULO 20

Soube qual era a surpresa assim que o Rover de Lennox pegou uma estrada particular. A excitação aumentou em meu peito antes de murchar de medo. O lugar fervilhava de olhos e pessoas conhecidas.

— Lennox? — Minha preocupação soou estridente.

— O que faremos nenhuma dessas pessoas irão ver. Não são treinadas para fazer perguntas. — Diminuiu a velocidade do carro quando chegou à guarita. — Tudo o que veem é sua futura princesa que adora cavalgar vindo aqui para passar a tarde e, claro, seu guarda-costas sexy que estaria ali para proteger e vigiar cada centímetro de seu corpo e garantir que permaneça em segurança. — Seus olhos deslizaram para os meus conforme sua janela baixava, cravando meus pulmões e manchando minha pele como se fosse vinho tinto. Sem perder tempo, ele se virou, mostrando a credencial.

O jovem guarda a pegou, os olhos passando por cima dele, ao mesmo tempo em que outros guardas se moviam ao redor do carro, olhando por baixo e atrás. Nem sequer um olhar na minha direção antes que o primeiro guarda abaixasse a cabeça, abrindo os portões para nos deixar entrar.

— Viu? — Ergueu a sobrancelha, o carro avançando pela estrada pavimentada. — Ninguém sabe de nada. Lembre-se, a maioria das pessoas não veem além da superfície, nem reparam no que existe a fundo.

Ele virou o SUV entre algumas árvores, os topos dos estábulos reais aparecendo. Ao vê-los, a alegria explodiu no meu peito, e soltei um gritinho animado, como se fosse uma criança vendo os presentes no Natal. Meu batimento acelerou, pulsando nas veias com a sensação de que não percebi o quanto estava sentindo falta disso até estar aqui.

— Sei que não teve a chance de cavalgar desde a última vez. Achei que andar a cavalo o dia todo, não importa o frio que esteja, era muito melhor do que ficar perto das pessoas.

Minhas mãos cobriram a boca, meus olhos se encheram de lágrimas quando vi cavalos sendo exercitados. A vontade desesperada se agarrou no meu peito, querendo pular do carro e ir até eles. Aquele pedaço meu que guardei para lidar com o Palácio Real voltou à tona. Estar com os animais preenchia um lugar tão profundo na minha alma, não conseguia acreditar que deixei passar tanto tempo sem estar perto deles.

Lennox estacionou o carro, olhando para mim.

— Tudo bem? Quer cavalgar, Duquesa?

Meu olhar se virou para Lennox, os olhos embaçados pela emoção.

— Você me trouxe aqui. — Ele me conhecia. Compreendia-me melhor do que ninguém, provavelmente, até que eu mesma. Não tinha percebido o vazio interior até que eu estava aqui, os cheiros de feno almiscarado, esterco e animal já entrando no carro, me deixando tonta e confortada ao mesmo tempo.

Ele olhou para mim, um sorrisinho nos lábios.

Impulso me moveu, minha boca capturando a dele, a língua enrolando ao redor da sua, beijando-o com tudo que estava sentindo. Gratidão. Luxúria. Alegria. E, acima de tudo, amor. Caramba... Eu estava tão loucamente apaixonada por ele, aquilo me petrificou.

— Droga — resmungou quando eu me afastei, sua respiração acelerada, os dedos emaranhados nas pontas do meu cabelo.

— Obrigada — murmurei contra seus lábios.

— Se eu soubesse que teria recebido essa retribuição, teria trazido você de novo semanas atrás.

— Semanas atrás, você teria recebido um agradecimento verbal, mas me trazer hoje?

— O quê?

— Vamos só dizer que não seria *verbal* — provoquei, abrindo a porta, e saí, sorrindo, tímida, para ele.

Um rosnado flutuou no ar, sua mão correndo pelo cabelo quando inclinou a cabeça para trás no encosto do banco.

— Spencer...

Pisquei, fechando a porta, o ar gelado de dezembro batendo no meu rosto na hora, e atravessando as roupas que eu estava vestindo. Tudo emprestado e enorme, mas tinha o cheiro dele, o que me fez querer usar suas coisas de agora em diante, não importava a ocasião. Sua camiseta com cinto e salto para a festa de Natal? Tenho certeza de que ficaria bom.

Puxando as mangas de seu casaco, enfiei os dedos por dentro, o ar saindo em vapores por entre meus lábios quando respirei fundo. Meus ombros relaxaram, os olhos se fecharam quando senti o sol vagamente descendo até meu rosto, sentindo o cheiro de terra, feno e cavalos. Paz. Felicidade.

Ouvi Lennox sair do carro, sentindo seu olhar em mim, mas ele ficou quieto, me deixando curtir o meu momento. Por fim, abri os olhos, com um sorriso no rosto.

— Pronta? — Lennox estendeu a mão para mim. Sem pensar, eu a peguei, e permiti que me levasse para os estábulos.

Meu sorriso era tão grande que doía o rosto, meus pés praticamente pulando, a alegria acabou, de repente, quando uma pessoa saiu do celeiro.

Ah, merda.

Katy.

Tão bonita e íntegra quanto me lembrava, estava usando quase a mesma roupa, calça cáqui e botas de montaria. Desta vez, estava com uma jaqueta mais grossa e cachecol vermelho. Seu longo cabelo castanho balançando em um rabo de cavalo, o sorriso eufórico se espalhou pelo rosto e brilhou em seus olhos. Tonta de felicidade, focada em Lennox. Mas logo, seu olhar passou para mim, em nossas mãos, e soltamos imediamente, afastando-nos um pouco.

Era tarde demais.

O sorriso murchou igual a uma flor incendiada. O brilho se transformou em fogo e cinzas, chamuscando de choque, ciúme e animosidade.

Puta merda.

Ela vestiu uma máscara, deixando as feições neutras.

— Katy. Obrigado por fazer isso. Sei que estão ocupados se preparando para o desfile de fim de ano. — O sorriso dele direcionado sobre sua pequena cabeça, seu olhar ainda se alternando entre nós, os músculos faciais se esforçando para voltar a ostentar a expressão serena.

— Fiquei feliz de receber uma mensagem sua — respondeu, tensa, seus olhos finalmente parando nos dele, uma pontada de dor e anseio colorindo-os. — Desculpe, não sabia que estava trazendo alguém.

Gemi por dentro. Ele não disse que eu estava vindo. Ela pensou que ele estava vindo para vê-la, bem possível.

— Sinto muito, pensei que quando tinha perguntado se dois cavalos estavam disponíveis para passear... — Lennox parou, percebendo, enfim.

Homens.

— É, bem... eu achei que... — Ela engoliu, aprumando a postura. Sua atenção se voltou para mim, a mandíbula contraída. Baixou a voz, mas não suficiente para que só Lennox a ouvisse: — Depois... *daquela* noite.

Fiquei tensa, e uma estranha necessidade de rosnar e ir até ele como um animal possessivo fez minha cabeça sacudir com o espanto. De onde surgiu isso, caramba?

Lennox me olhou de relance, sabendo que estava em uma situação difícil. Estava parado entre duas garotas com quem dormiu: uma que ele não queria e outra que não podia ter como sua.

Engolindo o ciúme, sorri comigo mesma.

— Está claro que vocês dois precisam ficar sozinhos... Vou... — Fiz sinal para o celeiro. — Não quero atrapalhar.. segurar vela etc. — Passei por Katy, sorrindo para Lennox.

— Spencer. — Ele olhou para mim, me dizendo para voltar imediatamente. Um sorriso travesso foi minha resposta quando entrei no celeiro, o cheiro forte de feno aquecendo minhas entranhas quando encontrei minha velha amiga.

— Penny.

Ela relinchou, sacudindo a linda crina negra, batendo o casco ao me ver. Minha palma deslizou por seu pescoço sedoso, seu nariz me acariciando, exigindo mais massagens.

— Nossa, como senti sua falta. — Cocei sua cabeça, cheirando-a igual as pessoas fazem com bebês. Podia ficar aqui o dia todo, e esquecer o resto do mundo.

— Parece que ela sentiu sua falta, também. — Lennox veio atrás de mim, estendendo a mão e acariciando sua cabeça, seu corpo perto demais, me encapsulando em seu calor. Mordendo o lábio, meu corpo respondeu, minha cabeça gritava para parar, para nos afastarmos.

Lennox percebeu, seus sapatos deslizaram sobre a palha, colocando uma distância entre nós.

— Penny está livre para cavalgar? — Estiquei o pescoço e vi Katy parada olhando para nós, a expressão estoica. Engoli em seco de novo.

Isso era ruim. Lennox e eu não conseguimos sequer tentar esconder. A gente se atraía feito ímãs; nossos movimentos um ao redor do outro eram muito familiares, íntimos.

— Sim. Eu a deixei pronta para mi... — *Para mim*. Ela cruzou os braços, olhando, distraída, para os objetos posicionados no chão.

Não demorou muito para eu ver, de verdade, meu peito retorcendo com uma mistura de ciúme e tristeza. Tudo estava preparado para dois cavaleiros e um piquenique íntimo: cobertor, vinho do porto, bolachas, queijo e uma garrafa térmica que, provavelmente, era de chá.

— Thunder está selado para você — avisou ela a Lennox, a tensão rasgando seus vocais. Ela pigarreou, apontando para o cavalo na baia abaixo.

Ouvindo seu nome, Thunder colocou a cabeça para fora, resfolegando e balançando a cabeça, animado, quando Lennox se aproximou.

— Ei, meu amigo. — Ele esfregou a faixa branca no nariz. — Está pronto para um passeio?

Thunder bateu o casco, empurrando a porta da baia, bufando sua vontade.

— Peguei algumas botas de montaria para você. — Katy apontou para um par de botas masculinas encostadas na parede. — Acho que não temos nenhuma para você, milady. — Seca. Fria. — Se eu soubesse que viria...

Aos trinta e poucos anos, Katy não parecia perversa ou imatura em sua reação a mim. Ela tinha aprendido a técnica de atacar alguém, sutilmente, o que me lembrou muito da avó de Theo.

Queria odiá-la, mas quem poderia culpá-la por querer que Lennox fosse seu? Por ter esperanças de que tivesse uma chance? Ainda mais depois do sexo com aquele homem... Maldito inferno... *Estou surpresa que ela não tenha me desafiado para um duelo ainda.*

— Obrigado, Katy. — Podia ouvir a tensão em sua voz. — Espero que não tenha atrapalhado o seu dia.

— Não. Não. — Seu sorriso foi tão forçado e estreito que doía olhar. — Tenho muito trabalho a fazer. Como disse, o desfile está tomando todo o meu tempo.

Mentiras. Ela domava os cavalos novos, nenhum deles estaria no desfile.

Lennox foi pegar suas botas, parando em uma área de arreios aberta.

— Ei, tenho certeza de que uma dessas deve te servir. — Lennox apontou para lá.

Olhando ao redor, vi uma fileira de botas de montaria. Todos os tamanhos, masculinos e femininos, alinhados em ordem ao longo da parede, além de calças extras, jaquetas e chapéus.

— Ah, é mesmo. Esqueci que tinha isso aqui. — Katy bateu em sua cabeça como se tivesse toda confusa de onde estava.

Claro. Eu a encarei, olhando-a bem nos olhos. Ela retribuiu o gesto.

E o duelo foi anunciado, mesmo que eu não devesse estar aqui, brigando por Lennox. Ainda era, tecnicamente, noiva do príncipe. Ninguém podia saber sobre mim e Theo. Ainda.

Recuando, abaixei o olhar à força, em derrota, indo para a área de arreios. Os moletons largos de Lennox não paravam no lugar direito,

SOB O DOMÍNIO DA *Realeza*

então peguei emprestado uma calça justa. Depois de vesti-la, calcei as botas, ficando com a jaqueta e a camisa.

Quando saí, os dois cavalos tinham sido levados para fora, selados e prontos para sair. Os cavalos empinavam e resfolegavam, preparados para serem soltos.

— Tentei falar com você pelo telefone. — Sua voz me parou no celeiro, as sombras me escondendo.

— Eu sei.

— Então... você recebeu as minhas ligações — acrescentou, baixo.

— Katy — suspirou ele.

— Por que trouxe ela aqui?

— É meu trabalho. Eu sou o guarda-costas dela.

— Seu trabalho? Dar aulas particulares de equitação à futura princesa?

— Ela não precisa de aulas. Pode ensinar, até. Só estou aqui para acompanhá-la.

Silêncio.

— Você não tem nada com ela, não é?

— O quê?

— Porque seria muitíssimo...

— Não tenho nada a ver com ela — ele a interrompeu. — Já te disse desde o início, não estava à procura de um relacionamento. Minha vida é bem complicada.

— Eu não ligo. Não sou adolescente, Lennox. Não preciso de uma relação séria. Achei que nos divertimos muito naquela noite. Queria continuar...

Só por cima do meu cadáver.

— Katy, naquela noite, eu estava bêbado. Não estava bem, nem com a cabeça boa. Me desculpa.

— Não peça desculpas — disse, entredentes. — Não diga que foi um erro porque nós dois sabemos que não foi. E estava perfeitamente sóbrio na manhã seguinte quando transou comigo na mesa do café da manhã.

Senti a bile arder na garganta, minha pele esfriou e aqueceu ao mesmo tempo. Quantas vezes tinha ouvido garotas na escola ou fofocas na mídia de alguma modelo falando de Theo na cama? Nunca me incomodou. Nem sabia explicar por que não, só ria, dando de ombros, deixando-as me atacar com suas inseguranças e ciúmes.

Mas ouvir Katy, ver Hazel, eu me transformei naquela gatinha ouriçada, logo depois de querer vomitar.

— Tudo o que posso dizer é que eu me arrependo e que sinto muito. Aconteceu, mas não vai se repetir — falou, com um tom autoritário, botando fim na conversa.

— Por quê? — Ela fez cara de quem não entendeu. — Gosto muito de você, e acho que gosta de mim. Por isso pensei que estava me ligando. Para me ver. Continuar de onde paramos. Por que tem que parar?

Por minha causa.

Resolvi dar um basta em suas súplicas para transar com o meu homem. Arrastei os pés, fazendo mais barulho, e ambas as cabeças se viraram para mim. Lennox encontrou meu olhar, forcei um sorriso falso no rosto, e olhei para Penny.

Com um simples ofegar, soube que ele sabia que eu tinha ouvido tudo.

É, amigo, vai me pagar por isso.

Montando no cavalo, segurei as rédeas, acomodando-me na sela. Lennox me seguiu, subindo em Thunder.

— Posso pegar a garrafa térmica se quiser. Está frio. — Engraçado, pois, não estava oferecendo o cobertor com o qual fariam amor ou o vinho que o faria diminuir suas inibições.

— O que tem nela? — perguntei.

— Chá.

É claro.

— Não precisa se preocupar — respondeu Lennox quando meus calcanhares se enfiavam nos flancos de Penny, impulsionando-a para frente com um salto enérgico, seus cascos rangendo no chão conforme decolávamos, galopando pelo terreno acidentado.

Assim que o vento soprou no rosto, o som da sela rangendo, seus bufos ganhando velocidade, cada sensação ruim se esvaiu da minha pele, a brisa levando tudo embora. A alegria explodiu em meu corpo, e senti algo que não sentia há muito tempo.

Liberdade.

O tempo não importava mais, pois Lennox e eu trocamos posições, ora na frente, ora atrás um do outro, pelos hectares particulares. Horas se passaram, atravessamos riachos, trotamos por ravinas, galopamos por espaços abertos, Thunder e Penny Terrível aproveitando a cavalgada tanto quanto nós. O riso borbulhou livre em mim, o sorriso não saiu do rosto. Foi só quando o sol atingiu os telhados dos estábulos, surgindo sobre a copa das árvores, que diminuí a velocidade. A vida real estava no horizonte.

— Você está bem? — Thunder se moveu ao meu lado, Lennox olhando para mim.

— Sim. — Mantive o olhar fixo à frente. — Não estou preparada.

Ele também olhou para frente, assentindo. Este parecia o nosso último momento de paz antes de tudo desabar sobre nós.

— Foi perfeito. Obrigada. — Olhei para ele. Puta que pariu, ele era sexy montado em um cavalo. A maneira como seus quadris se moviam com as passadas de Thunder era tão confiante. Sensual.

Mordi o lábio.

— Então, só *uma* vez, hein?

— Sabia que isso ia acontecer. Esperou o dia todo pelo momento certo, não foi? — Ele esfregou a nuca, suspirando, e parou Thunder. Parei ao lado dele. — Não pode ficar brava, não estávamos juntos.

— Não estou.

— Não? — caçoou, sem acreditar em mim.

— Ouvir e ver suas parceiras sexuais anteriores falando de você na cama me fez quase vomitar nessas botas emprestadas, me transformando em um gatinho selvagem assustador? Pois é. Mas não estou brava.

Ele suspirou alto.

— Tudo bem se você ficar descontrolada.

— Aposto que sim. — Dei risada.

— Você brigar por mim, mesmo contra Arthur, foi sexy pra caralho... mesmo votando numa briga de mulheres entre você, Katy e Hazel.

— Vai sonhando — bufei.

— Já sonhei. Muitas noites. — Ele piscou para mim.

— Você fantasiou comigo, e com a Hazel e a Katy brigando por você?

— Porra, já. — Sorriu, malicioso, inclinando-se para mais perto. — Mas sempre havia uma que vencia.

— E quem seria? — Minha boca roçou a dele. — E antes que responda, lembre-se de que posso me transformar em um monstro de garras e dentes em um instante.

— Você diz isso como se fosse me deter. — Ele respirou contra a minha boca. — Isso parece um tesão.

Eu me inclinei para dar um beijo nele, mas Lennox se mexeu, mantendo-me um centímetro longe, brincando comigo, me deixando absolutamente louca.

Um sorriso maligno apareceu em meus lábios quando me endireitei e joguei a perna por cima, descendo de Penny.

— Desistindo de novo? — Ele desmontou de Thunder, os cavalos mordiscando a grama, sem ligar para nós.

Ele me seguiu com certo cuidado conforme eu caminhava até ele, a palma achatada em seu peito, empurrando-o rudemente contra uma árvore. Ele arfou, as narinas dilatando, a íris escurecendo à medida que a luxúria o incendiava.

— O que está fazendo? — Sua voz estava grossa e grave.

— Vendo quanto tempo *você* leva para desistir. — Com a voz rouca e carente, agarrei sua calça, abrindo os botões, baixando-a por suas pernas, junto com a cueca boxer. Caí de joelhos, seu pau saltando, já brilhando e pulsando. Droga. De tão perto, à luz do dia, o rapaz era mesmo impressionante, fora do comum.

Nunca foi algo que eu *gostava* de fazer, mas com Lennox, parecia muito diferente. Eu o desejava, queria tanto saboreá-lo que doía. Arrastei a língua pela ponta, minha outra mão envolvendo a base.

— Merda. Porra. Spencer. — Empurrou as costas no tronco, as coxas grossas e musculosas flexionando ao meu toque, seus dedos emaranhados no meu rabo de cavalo. Seu pau pulsava na minha mão, o peito subia e descia com violência enquanto eu continuava. Tentando não engasgar, eu o levei mais fundo, meus olhos lacrimejando ao chupá-lo, a outra mão o acariciando.

Sons e palavrões saíram de sua boca, os quadris bombeando contra mim.

— Porraporraporra... você é gostosa pra cacete — grunhiu, perdendo todo o controle, a máscara humana escorregando, mostrando a fera por baixo. — Spencer... puta que pariu. Estou quase gozando. Pare agora se...

Seu aviso só me encorajou, adorando os sons que fazia, que eu poderia gerar essa reação nele. Fazer ele perder a cabeça.

Minha mão livre rolou suas bolas, com cuidado, quando comecei a murmurar.

— Pooooooooooorrraaaaaaaaaaa! — gritou ele, os quadris sacudindo rudemente, empurrando fundo, me fazendo engasgar quando seus dedos cavaram em meu couro cabeludo, acendendo fogos de artifício pelo corpo.

Bombeando contra mim, eu o senti se contorcer com violência, um grito saindo de seus lábios quando se esvaziou, os quadris se movendo mais algumas vezes, antes de se recostar à árvore, os pulmões ávidos por ar, as bochechas coradas. — Jesus, Spencer, acho que quase me matou.

Beijei a parte interna de sua coxa antes de subir sua cueca e calça, ficando de pé. Ele me observou como se eu fosse uma presa enquanto o acariciava, sem pressa de guardá-lo.

— Desistiu tão rápido, Sr. Easton. Acho que venci. — Meus dedos correram pelo "V" de seu abdome quando fechei o último botão, minha pele tensa e quente.

— Ganhou? — murmurou, seus olhos queimando, me puxando para mais perto dele. Encostando o corpo ao dele, olhei para cima com um sorriso arrogante.

— Sim.

— Quer testar essa teoria? — Sua mão serpenteou pela minha nuca, agarrando meu cabelo, me fazendo soltar um silvo entre os dentes.

— Acho que não precisamos. Eu ganhei. — Tentei agir como se ele não estivesse atacando cada parte do meu corpo com desejo.

Um sorriso pecaminoso curvou os cantos de sua boca.

— Desafio aceito. — Sua boca desceu na minha. Este beijo não foi gentil nem áspero; tinha a intenção de consumir, devorar e possuir. Nem percebi quando ele nos virou ou tirou meu agasalho, mas minha pele esfregou na casca, arranhando e machucando as costas. E amei cada minuto disso.

Sua boca desceu pelo meu corpo, chupando meus seios, fazendo com que um gemido ecoasse pela floresta antes de descer a calça apertada e rasgar minha calcinha, o ar frio estimulando minha pele.

Um grito ofegante saiu dos meus lábios com a ação violenta, zunindo adrenalina pelas costas. Suas mãos abriram minhas pernas quando ele caiu de joelho, jogando uma perna sobre seu ombro, a língua me separando, mergulhando.

— Minha nossa. — Eu me inclinei contra a árvore, movendo-me com seu ritmo tentador. — Porra. Lennox.

Ele empurrou mais forte, sem ceder por um segundo.

Tudo borrado, minhas pernas começaram a tremer. Lennox não se segurou, seus dedos e língua faziam meus pulmões lutarem por oxigênio. Nem pensamento, nem realidade estavam em qualquer lugar dentro do meu reino. Como ele, eu me transformei na minha versão mais primitiva. Primal. Só sensação. Ganância. Exigência.

Ruídos e gritos encheram meus ouvidos. Sabia que estavam vindo de mim, mas não me sentia mais conectada ao meu corpo, embora queimasse de felicidade, clamava pelo meu orgasmo.

— Lennox.

Ele empurrou minha perna para cima, e caí de cabeça no orgasmo, as pernas cedendo. Brutalmente, meu corpo estalou, jogando-se de um penhasco em um lago de puro êxtase, onde me deixei flutuar. A necessidade de ar me trouxe de volta à Terra, aos poucos. A mão de Lennox me pressionou na árvore, me mantendo de pé.

Seu olhar não me deixou um instante sequer; ele beijou minha coxa interna como eu fiz com a dele, e se levantou.

— Eu venci. — Lambeu os dedos e lábios, presunçoso.

— Desta vez — sussurrei, a voz rouca como se tivesse gritado como uma hiena.

— Adoraria que você continuasse tentando. — Ele se abaixou para pegar minha calça, vestindo-as pelas minhas pernas. — Acho que vai ficar sem calcinha agora.

— Como se eu tivesse muitos pares extras.

— Não vai precisar disso até amanhã à noite.

Ofegando, soltei uma risada e balancei a cabeça.

— O quê? — Ele desceu a camisa que eu usava, que era dele, e segurou meus quadris.

— Somos problemáticos.

— Problemáticos?

Inclinei a cabeça.

— "Cansar um do outro" não existe com a gente. Nem botão de desligar. Não importa o quanto finjamos, não podemos esconder.

— Nem vejo por que temos que passar por outra noite fingindo. Por que ele não pode contar a eles agora? — Sua mão subindo pelas minhas costelas.

— Por causa do feriado.

— E no próximo mês é aniversário do príncipe. Sempre haverá algo. Mais um evento, mais um baile, mais um compromisso importante.

— Mais uma noite. — Envolvi seus ombros, amando a sensação de seu corpo em forma pressionando o meu. — Não é? Podemos superar isso.

— Mais uma noite.

Ele assentiu.

Ficando na ponta dos pés, eu o beijei, abraçando-o mais apertado.

SOB O DOMÍNIO DA *Realeza*   217

Buzzz.

O som do meu celular vindo da jaqueta no chão irritou meu ouvido.

Havia poucas pessoas que entrariam em contato comigo – nenhuma com quem eu quisesse falar.

Franzindo a testa, eu me inclinei, achando meu celular repleto de chamadas perdidas e mensagens, fofocas e notícias a meu respeito. Alguns criticavam o vestido "sexy demais" que usei no jantar do primeiro-ministro, câmeras focando na saliência inexistente que todos juravam que podiam ver. Relatos de que fui vista saindo mais cedo se somaram aos rumores de gravidez.

Mas apenas duas mensagens chamaram minha atenção, afogando o resto.

> **Precisamos conversar. Venha falar comigo.
> Estarei na festa amanhã à noite.**

Lorde William me ordenou através da mensagem.

Mas a mensagem logo após a dele parecia um navio afundando no meu estômago.

> **Oi, prima, estou de volta! Senti saudades.
> Mas acho que você enlouqueceu! E essa
> de que você e Mina não estão se falando?
> E se casar com Theo? Com 19 anos? Como
> assim? Por que fiquei sabendo disso no
> jornal? A família inteira estará indo para o
> palácio amanhã à noite! Prepare-se para
> dançar. Estou ansioso pra ver você.**

Landen.

E, com um estrondo, a realidade voltou.

CAPÍTULO 21

O palácio fervilhava com a movimentação, decorações festivas em todos os ambientes, em ouro, prata e uma pitada de vermelho – refinado, respeitável e elegante.

A equipe zumbia como abelhas, cuidando dos ajustes de última hora, aperfeiçoando o que já era perfeito. Estilistas, mordomos e criados entravam e saíam dos quartos, atendendo a família real, da qual eu ainda fazia parte, naquela noite. Chloe e Heidi ficaram longe de mim; só Jenny e alguns dos empregados mais abaixo na hierarquia vieram ao meu quarto para me atender.

Um relógio marcou a hora, soando no corredor, uma contagem regressiva para a minha condenação. Meu braço mole entrelaçado ao de Theo, os saltos incrustados de joias desciam as escadas em direção à área de imprensa, um sorriso falso atado aos lábios. Do lado de fora, eu tinha sido lapidada e pintada em uma visão de princesa de livros clássicos. Mas, por dentro, era o total oposto. Um nó no estômago fervia com bile. Eu estava tão nervosa que me sentia dura igual um vidro.

Meu vestido de seda com camadas prateadas pendia parecendo filetes de gelo cintilante. Meu cabelo foi penteado em um coque baixo trançado, envolto em diamantes e folhas de prata. Tudo em mim foi carimbado com a aprovação real. Theo vestia um *smoking* preto sob medida, o cabelo penteado para trás, o rosto barbeado, mostrando as maçãs do rosto salientes. Estava impecável. Juntos, parecíamos um livro de contos de fadas ganhando vida. Éramos a imagem que o mundo queria, ávidos, exigindo de nós, para que pudessem viver uma vida que não existia – até mesmo para a realeza.

Theo havia murmurado apenas algumas palavras para mim, nosso dever nos obrigando a ficar juntos como ímãs com os polos opostos encostados. Que repeliam em vez de atrair.

A força que me atraía estava em algum lugar atrás de nós; podia sentir sua presença mesmo sem estar ao meu lado. Seu olhar, a atenção, o próprio ser me envolveu, mantendo-me firme.

Por mais que a festa fosse no palácio, a segurança era ainda mais rígida. A ameaça continuava lá fora, e o número de pessoas que entravam e saíam do palácio fazia com que muitos guardas vigiassem a família real. Todos os convidados eram conhecidos e verificados, mas com os grupos de bufê, organizadores de eventos com carrinhos e pessoal entrando e saindo, algumas frestas poderiam se abrir, apesar de saber que com Dalton e sua equipe, era muito improvável.

Entramos pelas portas, a imprensa reagindo na mesma hora.

Flash. Flash. Clique. Flash. Clique.

— Spencer. Spencer. Spencer. Você está linda! Como vai esta noite? Por que saiu da festa mais cedo na outra noite?

— Theo! Quando é o casamento? Querem filhos logo depois do casamento?

Flash. Clique.

— Feliz Natal para vocês, também — brincou Theo com a mídia, o braço ao meu redor. — É Natal, pessoal, vamos aproveitar a noite. — Ele se inclinou para mim. — Sorria como se estivesse feliz, de verdade, por estar aqui, em vez de parecer que estou segurando uma arma na sua cabeça — murmurou em meu ouvido, beijando minha têmpora. O próprio sorriso curvou sua boca como se fosse o homem mais feliz do mundo.

Ele estava no seu papel de príncipe e desempenhando-o com perfeição.

Tive dificuldade para manter um sorriso genuíno no rosto, mas anos fingindo que estava bem quando não estava, me prepararam para isso.

— Não estava me sentindo bem. Mas obrigada pela preocupação — projetei cada palavra como se estivesse dizendo a verdade, sorrindo e acenando para eles enquanto Theo nos conduzia para o grande salão de baile. As portas se abriram para nós, as câmeras não pararam até que estivéssemos do outro lado, nos fechando como se estivéssemos em um filme desses que se passam nos feriados.

As decorações prateadas e douradas nas mesas e paredes, e o brilho das luzes ao redor da árvore de Natal de três metros e meio, faziam você se sentir dentro de um globo de neve. Casais dançando, deslizavam ao som de "O Quebra-Nozes" que a orquestra tocava lá de cima. Bandejas de comida e bebida estavam sendo servidas por homens e mulheres vestidos de soldados de brinquedo dessa peça. O famoso balé da Grã-Victoria apresentaria "O Quebra-Nozes" mais tarde para todos aqui.

Era impressionante, mas minha alegria de sempre pelas férias não estava em lugar algum. Estava nervosa, quase fazendo com que desejasse a atenção da imprensa em comparação com o que eu tinha pela frente. Lorde William, minha tia Lauren e Landen estavam em algum lugar nesta sala. Segredos comprimiam o ar, fechando minha garganta.

Eu queria saber de tudo, e como Lennox previu, gostaria de não saber nada.

O exterior reluzente de Theo escorregou um pouco quando entramos, seu olhar deslizando para a pessoa tentando passar despercebido perto da parede.

— Engraçado o jeito que seu *namorado* me encarou, como se fosse eu a pessoa que está roubando você bem debaixo do nariz dele — resmungou Theo, pegando uma taça de champanhe de uma bandeja e bebendo tudo de uma vez.

— Só vamos sobreviver a essa noite. — Peguei uma para mim, ingerindo as bolhas efervescentes. — Como você disse, depois isso pode acabar.

Theo ficou nervoso.

— Estava pensando... devemos esperar até depois do Ano Novo.

"Sempre haverá algo. Mais um evento, mais um baile, mais um compromisso importante." A voz de Lennox retumbou na minha cabeça.

— Theo... você disse até o Natal.

— Eu sei, mas o Ano Novo é só uma semana depois.

— E na semana seguinte é seu aniversário. Sempre será outro evento. — Meus dedos apertaram a taça.

— Acha que quero arrastar isso com você? — sibilou Theo, a fachada caindo. — Quase não suporto estar no mesmo lugar... Oi, Grant. Jillian. — O comportamento de Theo mudou, a raiva passando para um sorriso feliz quando um homem familiar, o pai de Ben, veio até nós, sua esposa ao lado. Minha coluna se endireitou, um sorriso nos lábios vermelhos.

— Theo, meu garoto! — Grant lhe deu um tapinha no ombro. — É bom vê-lo. — A voz de Grant se sobressaiu por cima da música. — Benjamin está em algum lugar por aqui. Provavelmente perseguindo uma daquelas deslumbrantes bailarinas de pernas compridas.

Jillian nem vacilou com o comentário malicioso de seu marido, sua atenção se voltando para mim.

— Você é tão bonita. Aposto que só pensa ou fala no casamento, estou certa? — perguntou, animada.

— Ah. — Bebi um gole de champanhe. — É.

— Durante todo o dia, é tudo o que ouço. — Theo olhou para mim, a mão esfregando minhas costas. — Fala sem parar no casamento.

SOB O DOMÍNIO DA *Realeza*

No vestido, sapatos, joias, bolos, festa e na lua de mel. Spencer se jogou na organização. Está ansiosíssima... estou certo, querida?

— Sim — respondi , por entre os dentes. — Não vejo a hora.

— E nós, homens, estamos ansiosos pela despedida de solteiro, certo, meu garoto? — Grant cutucou Theo. — Acho que Ben e Charlie estão planejando algo bom. Deixe o passaporte pronto. — Piscou. — Aproveite antes de se prender.

— Ah, Grant, você é terrível! — Jillian bateu nele. — Não queremos interromper os pombinhos, só paramos para dizer oi. Muito bom ver o amor verdadeiro — balbuciou ela. Grant deu um tapinha no braço de Theo de novo, antes de se afastarem, nosso fingimento desaparecendo.

— Sim, essa sou eu, só falo em joias e sapatos — disparei, ríspida.

— Ah, foi mal. Eu *deveria* dizer que está ocupada demais transando com seu guarda-costas casa... Duquesa Caroline! — Theo mudou de expressão sem esforço, segurando a mão da senhora e a beijando. — Que bom vê-la, linda como sempre.

Ela baixou a cabeça para ele, o corpo baixo banhado num pesado vestido bordado de ouro.

— Nossa. Parece que vocês saíram do topo de um bolo. — Ela se emocionou, seu olhar procurando algo atrás de nós. — Seu guarda-costas está aqui esta noite?

— Na nossa bunda, como se o pau dele estivesse dentro da minha noiva — murmurou Theo, e tomou um gole de champanhe, me fazendo ofegar.

— O que disse? — A velha tocou seus ouvidos quase surdos, o barulho da festa limitando sua audição.

— Que adorável vê-la, Caroline. — Agarrei o braço de Theo, as unhas cravadas nele. — Vamos dançar. Aproveite a festa. — Eu o arrastei para longe, sorrindo e balançando a cabeça a cada meio metro, outra pessoa querendo parabenizar ou falar conosco, mas não parei até que estávamos na pista de dança, meu corpo eriçado de raiva.

— Que foi? — Theo segurou minha mão, a outra indo para a parte inferior das minhas costas. — Eu disse algo errado? Alguma mentira?

— Tudo o que posso dizer é que sinto muito. Não queria te magoar, mesmo tendo feito isso, de qualquer maneira. Posso pedir desculpas até o fim dos tempos, mas sei que não vai mudar nada. — Nós deslizamos pelo salão, nossos passos em sincronia, mas todo o resto se chocava em desarmonia. — Então, por favor. Vamos passar o Natal sem matar um ao outro.

Ele manteve o olhar sobre a minha cabeça, os lábios cerrados. Ficamos em silêncio por um tempo antes de ele falar:

— Não foi assim que imaginei que seria nosso primeiro Natal juntos — murmurou. — Ver o anel da minha bisavó em seu dedo, um casamento à nossa espera, eu me imaginei explodindo de felicidade, tão animado para começar a vida com minha esposa. Agora sentir seu toque me dá calafrios...

Minha garganta se apertou, os olhos marejaram, a boca travou. Não tive o que responder, exceto a mesma coisa que eu já havia dito centenas de vezes. Minha parte nisso, em causar a Theo tanto sofrimento e tristeza a ponto de ele ter se tornado furioso e amargo, sempre me assombraria.

— Posso interromper? — Uma velha voz familiar resmungou atrás de mim, enrijecendo as costas.

— Lorde William. — Theo se afastou. — Eu ouvi dizer o que aconteceu. É bom vê-lo acordado e com a aparência boa.

— Agradeço, Alteza. — Lorde William se curvou, o olhar permanecendo em mim, criando a sensação de ter insetos rastejando sobre a pele. — Tive um atendimento incrível e uma visita que me fez reavaliar minha vida. Ver o que era importante.

— Sim, eu vi que sua esposa, Lady Cabot, estava aqui — respondeu Theo. — Deve estar aliviada.

Os olhos de Lorde William continuaram fixos em mim.

— Sim, minha esposa ficou eufórica de emoção.

Lívida por ainda vê-lo vivo, tenho certeza.

— Será que me daria a honra de dançar com sua noiva deslumbrante um pouco? — perguntou Lorde William a Theo, como se eu fosse uma propriedade a ser liberada quando ele determinasse.

— É claro. Por favor. — Acenou para mim, agradecido. — Ela adora dançar, e eu não posso dizer o mesmo, então fique à vontade. — *Leve-a para longe de mim*. Ele não disse, mas pude ouvir a mensagem não dita. Theo recuou rapidamente.

— Spencer. — Os olhos de Lorde William se estreitaram, os braços se abriram para segurar os meus, a mão pressionando bem na base das minhas costas, trazendo-me para mais perto.

— Tire a mão de mim — rosnei, olhando para ele.

— Pareceríamos terrivelmente bobos se não estivéssemos nos tocando — murmurou contra a minha têmpora, me puxando para mais perto.

— Dançar é para ser íntimo, uma forma de seduzir e tocar, bem na frente da sociedade. — Ele nos moveu pelo salão, suas articulações e ossos tornando a dança um pouco rígida.

— Queria conversar? Fale. — Olhei ao redor, cautelosa com as pessoas que nos cercavam.

— O que você me disse no hospital. — Sua voz estava sem emoção. — Não muda nada. Não que eu acredite em você, mesmo.

— O quê? — Tentei dar um passo para trás, mas seus dedos ossudos afundaram em minha pele, me mantendo em movimento com ele.

— Ainda está em dívida comigo. Ele é filho de Fredrick. E sua família me deve. Ou perde tudo ou salve sua família, Spencer.

— Não acredito em você. — Fervi de raiva. — Realmente, não tem alma.

— A minha foi arrancada de mim há muito tempo.

— Ah, coitadinho. — Eu o encarei. — Seu coração foi partido. Entre na fila. Não é o único que foi magoado ou enganado. É como se sai disso que faz de você quem é. Sinto muito pelo que minha tia fez. Foi horrível, mas não perdoa o que você faz. Suas ações maldosas são responsabilidade sua. A única pessoa culpada de sua vida ter acabado, desse jeito amargo e feio, é você. — Eu me soltei de seu aperto. Ele não lutou comigo, seu corpo ficou imóvel. — Você é fraco, Lorde William. Um covarde. Prefere culpar os outros por seus comportamentos cruéis, escondendo-se atrás deles como se tivesse o direito porque alguém te machucou. Você não tem. E ameaçar e atacar mulheres faz de você um merda, certamente, não um homem de verdade.

Lorde William não se moveu ou falou nada, o olhar fixo sobre meu ombro, o rosto pálido.

Minha cabeça girou, seguindo seu foco. Senti o chão sumir sob os meus pés, o medo subindo pela garganta, cobrindo a língua.

Minha família chegou e estava conversando com Theo perto da pista de dança. Mas sabia em quem Lorde William estava concentrado. Era como olhar para a foto da versão mais jovem de si mesmo.

Landen estava mais perto de nós, vestindo *smoking*, parecendo mais crescido e forte desde a última vez que o vi. O serviço militar havia esculpido seu corpo de menino no de um homem. Um pouco de barba crescia ao longo da mandíbula, seus olhos castanhos refletindo as luzes cintilantes. Ele combinava ainda mais com o jovem Lorde William agora. E agora que ele sabia, era algo que não podia negar, nem se quisesse.

Ele era o pai.

Landen, sentindo os olhos nele, virou a cabeça, seu olhar pousando em mim. Um sorriso envolveu seu rosto, seus pés já se movendo em minha direção. Corri até ele, o coração explodindo quando seus braços me envolveram, eu me sentindo feliz e completa, no mesmo segundo. O coração da minha família estava em casa.

— Desculpa — choraminguei, tentando ao máximo não chorar. — Desculpa, desculpa.

— Pelo quê? — Ele se afastou um pouco.

— Por não estar com você. E-eu nem sabia que tinha ido para o exército. Fui tão egoísta. Deus, Landen, você é o meu coração... e eu não estava ao seu lado quando mais precisou de mim.

Ele me deu um grande abraço de urso, sem se importar com decoro.

— Está tudo bem, Spence. Tinha muita coisa acontecendo na sua vida.

— Não é uma desculpa boa o suficiente. Nós sempre prometemos um ao outro... você e eu contra o mundo. Sempre protegeríamos um do outro.

— E sempre faremos isso. — Deu um passo para trás, apertando meus braços. — Acabou presa neste mundo. E, no começo, eu odiei e culpei você... mas foi porque eu era egoísta, também. Não queria perdê-la. Passei a primeira metade do treinamento amargurado, zangado e isolado, mas um dia ouvi outro soldado dizendo coisas explícitas a seu respeito e, depois de dar uma surra nele, percebi que tudo o que eu estava guardando no peito não era justo com você. Você é minha melhor amiga e família. Não importa o que aconteça, eu sabia que um protegeria o outro. E me acalmei. Depois disso, comecei a gostar do que estava fazendo.

— Gostou do acampamento militar?

— Bem, não vamos nos empolgar, mas... — Suas bochechas ficaram vermelhas.

— Conheceu alguém. — Meus olhos se arregalaram.

Ele deu de ombros.

— Não sei o que é. Mas me fez não odiar tudo e a todos o tempo inteiro.

— Senti tanto sua falta. — Eu o encarei.

— Idem, prima. — Ele me cutucou. — Uma noite, precisamos encher a cara e recuperar o atraso. Afinal, é tradição do feriado.

— Ah, acho que você não está pronto para isso. — Pisquei. Ele não fazia ideia das histórias que eu tinha para contar.

— Por favor, eu também tenho o que te contar. — Ele piscou. — Manda ver.

SOB O DOMÍNIO DA *Realeza*

— Pode deixar. E estou ansiosa para ouvir tudo sobre a *pessoa*... — Deixei a frase no ar, arqueando uma sobrancelha.

Ele apenas sorriu, sem me dar nenhuma dica. Mas não era como se eu ligasse. Se Landen estava feliz, eu estava feliz.

— Você está bonito — repeti meus pensamentos em voz alta. — Feliz.

— Estou, eu acho. O mais próximo que estive há muito tempo, de qualquer maneira. — Sua testa franziu. — Nem tudo são arco-íris e unicórnios. Mas é estranho, papai parece diferente desde que voltei. Interessado. Ele até murmurou algo sobre eu fazer aula de atuação se quisesse.

— O quê? — Fiquei boquiaberta.

— Não é? — Landen olhou para Fredrick. — Acho que alienígenas possuíram o corpo dele, mas vou deixar por isso mesmo.

Olhei de Fredrick para Landen, depois para o homem que estava atrás de mim. Lorde William havia ido embora.

Não tinha ideia de quais eram seus planos, mas sabia que levaria esse segredo para o túmulo. O pai de Landen era Fredrick. Não importava o que acontecesse. Nada de bom resultaria de ele descobrir a verdade. Só levaria a mágoa, sofrimento, raiva e traição. Despedaçaria minha família e destruiria Landen.

Faria qualquer coisa para proteger Landen, fosse o que fosse.

Depois de passar um tempo com a minha família, sem parar de falar das minhas futuras noites de núpcias, precisei escapar, tomar um ar. Com o coração batendo forte, eu saí, segurando a dor que se aproximava, a que eu estaria despejando na minha família. Meus pés me levaram de volta para a sala escura do mural, as sombras espessas, só algumas janelas deixando luz entrar o suficiente para dar definição à sala.

Minha mão pressionou o peito como se eu tivesse que segurar o coração e pulmões de saltar do meu corpo e correr para um terreno mais seguro.

Como eu seria capaz de fazer isso com eles? Pareciam tão felizes e agradecidos pela sorte de ter esse genro. Sem saber toda a verdade, acho que todos se sentiram aliviados por minhas ações os estarem "salvando" de algo, uma desgraça que podiam sentir ao longe. E eu estava prestes a tirar tudo e dar-lhes mais vergonha, tristeza e humilhação.

Meu estômago deu um nó, escorrendo ácido, girando a dúvida no peito, como um tornado. Minha felicidade valia mais que a deles? O futuro da minha irmã, nossa casa, a reputação da minha família? Não estaria só chamando a atenção para mim. Seguiria minha família como se fosse uma praga pelo resto de nossas vidas. Eu era tão egoísta por causar tanto mal pela minha felicidade?

— Não, Spencer — uma voz rouca murmurou por trás. Sua sombra nunca estava longe de mim, formigando minha pele de modo consciente.

— O quê? — sussurrei, a mão enrolando o tecido do meu vestido, o peso de tudo pressionando meus ossos, arrancando meu ar.

— Não duvide de si mesma. Assumir a felicidade de todos como se fosse sua responsabilidade em dar a eles.

— Não é? — Eu me virei, encarando o homem que segurava meu coração nas mãos, a raiva insinuando no meu tom. Lennox, com as mãos nos bolsos, estava perto da entrada, a expressão pétrea. — Por que a minha vale mais do que as deles? Uma única atitude minha destruirá suas vidas, também. Isso não se trata de mim.

— Porque ninguém pode viver a vida por outra pessoa. — Ele se afastou da parede, aproximando-se. — Eu sei. Fiz isso por anos. E viver mentiras só acaba te destruindo ainda mais.

— Mas seria só a mim. Se eu ficar, a família real, minha família, ninguém sofre.

— Exceto você. — Seus sapatos engraxados esbarraram nos meus, seu corpo pairando sobre o meu. — E eu. — Suas mãos tocaram meu pescoço, deslizando até o rosto, inclinando minha cabeça para encará-lo. — Passei muito tempo preso, estando com a pessoa errada por culpa, obrigação e medo de machucar os outros. Não é justo com ninguém. Seu tio, sua tia e seus pais são crescidos; são eles que controlam a própria felicidade, seu destino e sua reputação. Não você. Temos esta vida para viver, e não deveria ter que vivê-la para agradar e embrulhar os outros em mentiras. É escolha sua, Spencer. O que *você* quer?

— Você. — A emoção era tão pura, tão verdadeira, e eu sabia que, por mais egoísta que pudesse parecer, não queria viver sem ele. — Eu quero você. Quero trabalhar com animais, viver longe de olhares indiscretos e de ser julgada pelo jeito que ando, me visto, falo ou até que respiro.

— Então tenha — murmurou, sua boca se aproximando da minha.
— Tenha tudo, Spencer. Você também merece ser feliz. — Seus lábios,

SOB O DOMÍNIO DA *Realeza*

macios, mas poderosos, me incineraram em um segundo, limpando tudo dos meus pensamentos e me deixando despencar em seu calor.

— Não tenho nada a dizer a você — murmurou, ríspida, a voz de uma mulher, passos vindo para a mesma sala em que estávamos. — Fique longe de mim.

Lennox e eu nos movemos ao mesmo tempo, o instinto nos lançando em direção a um canto escuro, misturando-nos às sombras como fantasmas, nossos corpos se fundindo.

— O que as pessoas diriam se nos vissem juntos? — A mulher entrou pisando duro na sala, girando para o homem de cabelos grisalhos que a seguia, o vestido verde incrustado de joias cintilantes ao luar que entrava pelas janelas.

Conhecia aquele vestido. Um suspiro parou na minha garganta, a mão cobrindo a boca, pressionando-me com mais firmeza a Lennox.

Minha tia Lauren... e Lorde William.

— Nada mudou — rosnou ele. — Ainda mais preocupada com o que as pessoas pensam do que com o que importa.

— Você não sabe de nada a meu respeito.

— Um dia eu sabia. Muito bem.

— Não faço ideia do que está falando. — Ela estava nervosa, erguendo o queixo, tentando parecer régia e forte, mas podia ver que era tudo fachada, o medo vazando, contaminando o ar.

William avançou nela, a mão envolvendo sua garganta. Ela inalou, um suspiro preso na garganta, o peito subindo e descendo.

— Sei que costumava amar isso. — Ele apertou mais, seu olhar vagando por ela. — Aposto que seu marido nunca soube o quanto gostava disto. Portanto, pare com esse papo. Pode brincar agindo como se estivesse acima de todos, mas eu sei a verdade. Sempre te conheci, e odeia isso. — Lorde William a puxou para mais perto, o rosto inclinado no dele. — Eu te vejo, Ren.

— Não me chame assim. — Ela se afastou dele, a raiva erguendo sua voz. — Você não sabe de nada. Só deixei você acreditar nisso.

— Eu. Disse. — Lorde William voltou a agarrá-la, puxando-a de volta para ele. — Pare de mentir. Sei de tudo.

Ela tentou afastá-lo, mas ele a segurou com mais força, puxando-a agressivamente.

— Por que não me contou?

— Dizer o quê? — Ela o desafiou, fogo que eu nunca tinha visto dançava em seus olhos.

— Por quê, Ren? — Lorde William murmurou, com a voz rouca. Uma vulnerabilidade desconhecida emaranhava suas feições, o polegar afundando em sua garganta. — Por quê?

Ela respirou pelo nariz, olhando para ele, sua mandíbula travada.

— Eu te amei tanto. Teria feito qualquer coisa por você. Estava disposto a desistir de tudo para ficar com você.

— E isso fez de você um burro — retrucou. — Um velho tolo desesperado que acreditava em contos de fadas e sonhos.

— Não aja como se não me amasse. Que sempre foi tão fria e cruel. — Ele a empurrou contra uma parede, o peito arfando, as bochechas coradas. — Antes, você era fogo e paixão. Fredrick nunca foi capaz de agradar você como eu, e nós dois sabemos disso. — Ele a empurrou com mais força contra a parede, sua respiração ofegante com desejo em meio à raiva.

— Ele sabe. Ele é o dobro do homem que você é na cama.

A risada de Lorde William ressoou no espaço vazio, estalando contra as paredes.

— Não sabe nem mentir bem. — Ele a pressionou, um gemido quase inaudível escapando de tia Lauren, a boca entreaberta. — Pode ter sido há muito tempo, mas ainda conheço seu corpo melhor do que você. E o que gostava. Admita, Ren, eu fui o único capaz de te dar o que queria. O único que poderia corresponder ao seu desejo e preferências.

— Não faria tal coisa — bufou ela, mas mesmo de onde eu estava, deu para ver seu corpo traí-la enquanto as mãos dele desciam por seus quadris.

— Você me destruiu, Ren — sussurrou em seu ouvido, a cabeça inclinando para trás. — Te excita, saber que rasgou meu coração ao meio, que levou meu mundo embora?

— Sim — sussurrou, enquanto suas costas se arqueavam, imersa em seu corpo. — Você era péssimo, parecia um cão escorraçado me seguindo, uma mulher casada com a metade da sua idade. Disposto a desistir de seu dinheiro e título. Lastimável.

— Cale a boca. — Ele agarrou sua garganta de novo, apertando.

Sabia pelas fotos que vi, que gostavam de coisas bem bizarras, mas ainda me fazia sentir mal ver minha tia Lauren ficando excitada com a aspereza dele. Pelo homem que ameaçou minha família e me atacou.

— Você se acostumou tanto a mentir. Será que ainda sabe da verdade?

— Ele a virou, empurrando de frente na parede, seu corpo pressionando-a por trás. Suas unhas agarraram a parede, o desejo ondulando dela. — Sabia que com uma assinatura posso arrancar tudo da sua família? Sua riqueza fingida? Vocês não têm dinheiro, Ren. Eu nem tive que tentar fazer isso acontecer. Seu marido fez tudo sozinho, mas não vou dizer que não aproveitei a oportunidade de ser quem segurava seu futuro nas mãos, de vê-la desmoronar, de saber que fiz parte de sua ruína, destruindo você pouco a pouco. Possuo *tudo o* que já significou alguma coisa para você. Riqueza. Título. Reputação. *Eu.* O homem de quem tão cruelmente se afastou, correndo de volta para aquele idiota. Sua vida tem sido tudo o que queria? Pelo que torceu para ter? — Ele prendeu os braços dela à parede. — Costumava ter tanta vida. Agora tudo o que vejo é essa concha patética e insípida.

Tia Lauren gemeu de prazer e dor quando ele cravou os dedos em sua pele.

— Não é nada além de uma vagabunda que mentiu e enganou a todos com quem sempre fingiu se importar, destruindo suas vidas em seu rastro — murmurou em seu ouvido antes de se afastar dela. — Eu sei a verdade, Ren... eu sei que o garoto é *meu.*

— O-o quê? — Um grito escapou da garganta de Lauren quando se virou, os olhos arregalados. — Como?

— Olhe para ele. É como olhar no espelho para o meu eu mais jovem! — Gesticulou em direção à porta. — Você me fez acreditar que foi parte da razão pela qual voltou para Fredrick. — William balançou a cabeça. — Mas sabia que ele era meu. Afastar-se de mim não foi suficiente para você? Levou meu filho com você, também.

— Por favor. — Colocou a mão na garganta. — Por favor, você não pode...

— Não posso o quê? — rugiu. — Dizer ao seu marido que o filho dele é, na verdade, meu? Que estávamos profundamente apaixonados? Mas que inferno, Ren. Odiei aquele garoto por tanto tempo, pensando que era o motivo de você ter voltado para Frederick, mas esse tempo todo... — Mágoa disparava de sua língua, a cabeça inclinada. — Por quê? Por quê?

— Você fala como se tivesse sido muito fácil nos afastar de nossas vidas! — exclamou ela. — Divorciar e fugir juntos e ter um bebê, deixando tudo para trás.

— Por que não teria sido? Poderíamos ter ido a qualquer lugar e recomeçado juntos.

— As fofocas, os rumores e os escândalos teriam nos destruído.

— E era aí que estava o nosso problema. Eu não ligava. Não quando se tratava de você.

— Eu era jovem, tinha medo e escolhi o que achava ser melhor para mim e para o meu filho.

— Mas não para o *meu* filho e para mim? — explodiu ele.

— Will, não pode contar a ninguém — sussurrou ela. — Landen nunca vai entender. Ele vai me odiar. Odiar você. Por favor, eu te imploro. Vai destruir o relacionamento de Fredrick e Landen. Destruir nossa família.

William bufou, andando em círculos.

— Nada de bom vai acontecer se ele descobrir. Não agora. *Por favor*, não o machuque por despeito. Eu te imploro.

Um ruído de partir o coração veio de William, sua mão esfregando o rosto.

— Vinte anos desde que se afastou de mim, mas ainda controla minha vida, meus pensamentos, minhas ações. Tudo o que faço ainda é por sua causa. — As costas curvadas; ele parecia destruído e eviscerado. — Mesmo com ódio, mesmo tentando destruir sua vida, minha vida gira em torno de você.

— Destrua-me se for preciso. Mas deixe Landen fora disso.

— Ele é *meu* filho, Ren. Eu podia ter sido um pai para ele. Um marido para você. Poderíamos ter sido felizes.

A cabeça de Lauren se curvou, uma lágrima escorreu pelo rosto.

— Só me diz uma coisa.

— O quê?

— Você me amou de verdade? — Magoado e vulnerável, ele expôs seus sentimentos para ela esmagá-los.

Tia Lauren enxugou uma lágrima, virando a cabeça de lado, sem dizer nada.

Seu pomo-de-adão subiu e desceu, agonia retorcendo suas feições antes que assentisse.

— Entendo. — Ele começou a se dirigir à saída. Lauren se virou, olhando para as costas dele.

— Eu amei — sussurrou, sua declaração o impedindo de prosseguir. Ele ficou de costas para ela, sem dizer nada. — Eu te amei mais do que tudo. E *nunca* mudou, Will. Escolhi o que era melhor para todos. O que era certo. Meu dever. Minha vida já havia sido planejada para mim, prometida a Fredrick. Mas não houve um dia em que não tenha pensado em você. Em nós. No que poderia ter sido. E, haverá uma grande parte em mim, que sempre se arrependerá de não seguir meu coração. Eu fiz o que tinha que fazer.

Um ruído inconsolável veio de Lorde William, a cabeça pendendo como se ela tivesse quebrado tudo dentro dele. Seus ombros ficaram curvados por um minuto, depois ele ergueu a cabeça, um profundo suspiro derrotado escapando de sua boca, e sem uma palavra ou olhar para trás, ele saiu.

Um soluço veio da tia Lauren enquanto ela o observava sair. Até eu podia senti-lo encerrar o capítulo final deles. Eles confessaram seus verdadeiros sentimentos, enfim, mas infelizmente, não mudava nada, era tarde demais.

Não tinha ideia se ouvir a declaração dela o ajudou ou o machucou mais, saber dos "e se's" e as possibilidades se tivessem ignorado a sociedade e apenas seguido seus corações. Lorde William e minha tia podiam ter se tornado pessoas completamente diferentes. Felizes. Em vez disso, viveram vidas amargas, superficiais e tristes.

Com lágrimas nos olhos, tia Lauren se virou e saiu correndo da sala pelo lado oposto, com seus soluços sufocados, deixando-me arrasada e com o coração partido por eles.

Eu odiava Lorde William, mas ver isso alterou um pouco minha visão, ao ver por que ele se tornou esse homem. E minha tia sempre foi superficial e fria, mas agora percebi que era a única maneira que aprendeu a sobreviver, colocando sua máscara para enfrentar cada dia, concentrando-se em coisas que, no fundo, sabia que não significavam nada.

O toque de Lennox me fez virar, meus braços o envolvendo. Não conseguia falar, mas senti que ele sabia o que eu estava querendo dizer.

Tinha visto meu futuro se escolhesse Theo. A vida que manteria todos os outros felizes seria, na verdade, impregnada de mentiras, feiura e tristeza para as mesmas pessoas que eu tentava proteger.

Se escolher a mim e a felicidade me tornava egoísta aos olhos do mundo, tinha que assumir isso.

Não queria ser uma tia Lauren.

Não conseguiria viver assim.

CAPÍTULO 22

Sabendo que sentiriam minha falta, voltei para a festa, Lennox mantendo distância, vindo mais atrás. As portas se abriram para eu entrar. Igual andar por teias de aranha, um estranho formigamento deslizou pela minha pele. Um sexto sentido sussurrou na minha nuca, dizendo que havia algo errado. Fora do lugar.

Caminhando devagar, dei uma olhada na sala, reparando que muitos olhavam para seus celulares, depois, para mim. Bolas incandescente atacaram meu corpo de todos os cantos da sala.

Minha língua deslizou pelos lábios secos, o coração acelerando à medida que mais e mais pessoas me olhavam. Chocados, horrorizados, enojados e incitados, suas expressões se misturaram conforme a adrenalina penetrava minhas veias, minha pulsação martelando. Seus olhos me prenderam no chão. A música era só um zumbido ao fundo, enquanto conversas e suspiros preenchiam a grande sala, ricocheteando nas paredes e no teto, atravessando-me bem no meio. O movimento parou quando os convidados mostraram seus telefones para outras pessoas.

O que estava acontecendo? Por que todo mundo estava olhando para mim?

Procurei por Theo, encontrando-o perto de seus pais, olhando para o celular. Como se pudesse sentir meu olhar, sua cabeça se ergueu, os olhos se estreitando, o nariz bufando de ódio.

— Vagabunda! — A voz de uma mulher veio de trás da multidão, me sobressaltando, minha respiração ofegante quando os sons enchiam a vasta sala, cortando meu peito.

Distante e abafado, mas claro suficiente para ouvir, a voz de um homem veio dos alto-falantes dos celulares.

Gemidos e murmúrios.

E, então...

— *Spencer... puta que pariu. Estou quase gozando. Pare agora se...* — Alguns segundos de sons murmurados. Então um gemido profundo misturado com palavrão berrado dos alto-falantes, despencando compreensão e pavor em mim feito tijolo. A familiaridade do momento íntimo, as palavras ditas, lampejaram em minha cabeça, a memória recente de ontem.

O mundo parou.

Bile queimou na garganta, me afogando enquanto o sangue pulsava no ouvidos, eu me sentia tonta. Minha. Nossa. Não. Não podia ser verdade.

Nós dois estávamos sozinhos. Em uma propriedade privada. *Paparazzi* não eram permitidos em qualquer lugar perto dali. Não deveria existir nenhuma maneira de terem nos flagrado. E ninguém sabia que estávamos lá...

Exceto.

Puta que pariu.

Katy.

Será que ela faria isso?

Houve murmúrios ininteligíveis antes que ouvisse os gemidos graduais de uma garota soarem, gotejando paixão e explosão.

— *Minha nossa... Porra. Lennox.*

Fiquei paralisada, imóvel no lugar, sendo queimada viva, condenada. Minha respiração estremeceu e saiu do peito, pânico girando minha cabeça, mergulhando pelas pernas.

Percebi o rei sussurrando algo para Dalton, apressando-o. Em segundos, os sons do sexo pararam. Os convidados murmuravam, clicando ávidos nos celulares, tentando se atualizar no aplicativo.

— Todos os serviços de internet foram desligados e o uso de celulares será estritamente proibido a partir de agora. — A voz de Alexander ressoou na sala, virando cada cabeça para ele. — Quem fez este vídeo *fabricado* será encontrado e responsabilizado. Mas o assunto e questionamento disso acabam agora. Todos nesta sala estão proibidos de espalhar fofocas e mentiras das imagens tão grotescas e, descaradamente, falsificadas que tentam prejudicar a minha família. — Os olhos ameaçadores do rei nos convidados, desafiando-os a contradizê-lo. — Por favor, continuem a aproveitar a noite como se nada tivesse acontecido. Estamos acima de tais canalhices para conseguir notícias de primeira página. — Gesticulou com a mão para a orquestra, que instantaneamente inundou a sala com canções de Natal jubilosas conforme uma dúzia de bailarinas rodopiava no andar principal, atuando igual a objetos brilhantes pendurados, destinados a distrair os convidados.

Do outro lado da sala, senti a atenção do rei cravada em mim como uma faca, seu olhar carrancudo me dilacerando. Olhando por cima do meu ombro, ele encontrou outra pessoa, o menor movimento de sua cabeça gritou sua ordem antes de sair da sala, seguido por Theo, impassível. Ele sequer olhou para mim, um nervo se contraindo em sua têmpora.

Porra.

O suor se acumulava na base das minhas costas e pescoço, roubando toda a umidade da minha boca. Meu coração batia acelerado, tentando sair do peito, meu corpo tremia à medida em que andei para segui-lo. Forcei-me a manter a cabeça erguida enquanto olhares e murmúrios giravam ao meu redor. A humilhação se enterrou dentro de mim conforme atravessava a sala como se estivesse prestes a ser condenada, seus olhares me pintando com a marca do adultério.

De canto do olho, vi minha família, suas expressões contorcidas de horror e medo. Minha mãe agarrou meu pai como se já sentisse que o chão seguro, no qual ela havia colocado todas as suas crenças, estava se rachando e quebrando sob seus pés. Incapaz de olhar para eles, girei os ombros para trás, erguendo meu queixo, e caminhei até a porta.

Eu tinha sobrevivido a um verdadeiro bombardeio, mas o metafórico poderia ser o que me destruiria.

Acidez espumou no fundo da garganta quando entrei no escritório do rei. Alexander estava atrás de sua mesa, Theo ao lado, enquanto Dalton e dois seguranças fecharam as portas de cada lado da sala. Lennox estava alguns passos para trás, ainda seguindo as regras de um guarda-costas, embora soubesse que não havia sentido agora.

O rei ficou em silêncio, a cabeça baixa, os dedos apertando o nariz. Senti a tensão pesar meus joelhos por trás, forçando-me a cerrar os dentes para me segurar. Mantendo o rosto inexpressivo e a cabeça erguida, escondi o medo sob meu verniz.

— O vídeo é verdadeiro? — perguntou, enfim, sua voz baixa e perigosa, o olhar saltando entre mim e Lennox. Ouvir era uma coisa, mas sabia que todos estavam a par dos momentos mais íntimos entre nós. O rei, meu pai... todos tinham visto.

Minha garganta se fechou, sem permitir a saída de som da boca.

— Sim, Majestade — respondeu Lennox, impassivo.

Pontos vermelhos cobriram as bochechas do rei, raiva inflamando seu nariz.

— Garota burra — rosnou para mim. — Eu lhe avisei. Alertei sobre o que aconteceria. E, ainda assim, não conseguiu manter as pernas fechadas.

Um estrondo ameaçador veio de Lennox atrás de mim.

— Espere. — Todo o corpo de Theo se virou para o pai. — Sabia disso?

— Eu sou rei. Não existe nada que eu não saiba.

A boca de Theo se abriu.

— Quando?

— No meu aniversário.

— Quero dizer, antes de eu pedi-la em casamento? — perguntou Theo. — E ainda permitiu?

— Tentei te impedir. Todo mundo tentou. Mas estava absolutamente decidido com relação a ela. Não daria ouvidos a ninguém. Achei que bastava avisá-la para acabar com isso ou que se portasse.

— Então... não liga se minha noiva estava me traindo, desde que não causasse um escândalo? — Os punhos de Theo se fecharam, a raiva colorindo seu rosto.

— Claro que é importante, mas nossa reputação é tudo, Theo. Sem isso, perdemos o respeito. Respeito é igual a poder. Lidamos com nossos assuntos particulares em segredo e com cuidado. Ainda mais, os casos — retrucou Alexander. — Mas não aja feito bobo, de repente. Não poderia ser tão ingênuo e cego.

Meu estômago revirou, parecendo um brinquedo de parque de diversões rodopiando. Eu meio que esperava que Theo me jogasse aos lobos e negasse que tivesse alguma ideia. Poderia ter feito isso, e eu nem teria negado.

— Você sabia?

— Sim, senhor. — Theo arrastou os pés.

Alexander baixou a cabeça, olhando seu filho, decepcionado.

— Você será rei um dia. Como acha que os plebeus vão olhar para você, percebendo que sabia que sua noiva estava tendo um caso com o guarda-costas dela, e permitiu que isso acontecesse? Vai parecer fraco ou forte?

Theo baixou a cabeça.

— Responda! — Sua voz se elevou, a fúria fervilhando sob a superfície.

— Fraco! — gritou Theo ao responder.

— Você também tinha que estar ciente de que a imprensa poderia descobrir a qualquer momento, expondo nossa família a esse escândalo indecente! — A raiva se libertou do rei, seu punho socando a mesa. — Avisei você, Theo! Eu te disse que tipo de garota ela era. Deveria ter ido direto ao departamento de relações públicas, e deixá-los lidar com isso!

— Nós íamos. Logo depois do feriado. — O rosto de Theo estava corado de humilhação. — Estava tentando nos proteger já que acabamos de ficar noivos. Queria esperar antes de dar a notícia.

— Como foi o resultado disso para você? — disparou Alexander, seu olhar me encontrando. — Já que eles não têm consideração por ninguém além de si mesmos. Fornicando para todos verem! — A fúria de Alexander me travessou como um tiro.

Não estava à vista de todos. Estávamos em uma propriedade privada e segura, cercada por hectares de terra. Sabia muito bem quem nos vendeu – uma ex-amante amargurada que queria ferir Lennox e me destruir. Nunca imaginei que Katy seria esse tipo de pessoa, mas jamais duvidei a que nível uma amante desprezada se rebaixaria.

— Você foi a pior escolha que meu filho poderia ter feito. Sua família é uma vergonha e tê-la ligado ao nosso nome é uma desonra. Esperava que ele caísse em si e terminasse com você antes que, estupidamente, a pedisse em casamento. Deveria ter seguido meus instintos. Mas acreditei que você, *pelo menos*, amava e respeitava meu filho o suficiente. Concordou em se casar com ele sabendo que não havia saída quando decidiu, mas ainda assim, ameaçou nossa reputação e tudo que esta família construiu porque é uma *vagabunda*.

Lennox avançou e o segurança do rei saltou sobre ele na hora, puxando-o para trás.

— E você... — escarneceu Alexander, vindo ao redor da mesa. — Meu filho indicou você. Elogiou você e me implorou para contratá-lo, para ajudar sua família, sua pobre *esposa* em coma... e é assim que o retribui? A mim? — O rei ficou cara a cara com ele, sua segurança grunhindo pelo esforço de manter Lennox contido, mas sabia que não estava nem tentando se libertar. — Você não passa de um vigarista baixo que usou a generosidade da família real e o coração bondoso de Theo. Não sairá daqui só sem indenização ou uma carta de recomendação, mas será dispensado desonrosamente do serviço militar, despojado de todos os títulos, medalhas e posição. Não terá nada além de uma mancha em sua ficha. Não conseguirá emprego nunca mais. Ninguém vai se aproximar de você.

SOB O DOMÍNIO DA *Realeza*

— O quê? — Fiquei boquiaberta, sem chão. Lennox arriscou a vida pelo país e pela coroa, desistiu de tudo, trabalhou e conquistou o respeito de suas tropas e comandantes superiores. E, agora, por minha causa, estava sendo despojado de tudo o que era dele. Seu sacrifício, sofrimento, tristeza, perda de amigos... tudo por nada? — Não. Não pode fazer isso.

Lennox cerrou o queixo, seus olhos passando pelo rei, sem responder.

— Cães cruéis como você não têm lealdade. Não são confiáveis e devem ser aniquilados.

Lennox respirou fundo, uma contração no rosto latejando pelo esforço. Anos de treinamento o mantiveram no lugar, sem ceder à provocação.

A falta de resposta fez os ombros do rei se encolherem, a cabeça se erguendo em ira.

— Agora saia do meu palácio. Está proibido de colocar os pés perto daqui ou desta família de novo. Eu o levarei à corte marcial se souber de sua presença.

Meu cérebro ainda tentando acompanhar tudo, lancei um olhar suplicante a Theo, mas encontrei sua expressão vazia, vendo seu velho amigo ser exilado da própria vida.

— Theo?

Seu olhar disparou para o meu.

— Ele teve o que procurou.

— Ele salvou a sua vida! — Não contava para nada?

— Ele não deveria ter ido atrás da minha namorada.

— Não foi assim que aconteceu.

— Tá, você abriu as pernas para ele bem fácil, também. — A raiva o estava tornando amargo e cruel. — Merece viver sem nossa proteção... a imprensa e o público vão te destruir, Spencer. É o que merece.

Engoli um soluço estagnado na garganta. Queria argumentar, gritar e berrar e lutar por Lennox e por mim. O único mal que fizemos foi nos apaixonarmos. Mas não havia como combater um rei e um príncipe. Detinham todo o poder e, no final das contas, Theo sempre teria essa carta na manga. Quanto tempo depois do nosso casamento teria começado a usá-la?

O cara atrevido e feliz que conheci na escola agora era isso – o monstro que criei.

O rei virou-se para mim.

— Você e sua família deixarão o local imediatamente e jamais poderão se aproximar de nós ou de qualquer círculo nobre. Tenho uma confusão *enorme* para limpar, mas acho que não há dúvida de que o pedido de casamento do meu filho foi anulado. Uma declaração saíra pela manhã de como, em consideração à situação, você e meu filho acharam melhor se separarem agora. Nossa equipe de relações públicas vai acabar com o assunto o máximo que pudermos. Não por você, é claro, mas por nossa própria reputação. O que quer que digamos, você vai concordar. Acordos de confidencialidade serão assinados, e se for vista dando entrevistas ou falando de nós para alguém, será presa por perturbação da ordem. Agora, Dalton, cuide para que sejam jogados na rua e que suas entradas aqui nunca mais sejam permitidas.

O choque manteve meus pés plantados no lugar quando mãos tocaram meus ombros, me empurrando para a porta. Meu olhar se voltou para Theo mais uma vez, tentando encontrar alguma gentileza, mas nenhuma restou. E eu quase não podia culpá-lo. O que ele sabia em privado bastava, mas minha desonestidade estava exposta para o mundo ver.

Dalton agarrou o braço de Lennox.

— Sei sair sozinho. — Lennox se debateu contra o aperto de Dalton, a expressão rígida de tensão e fúria. — Vou sair voluntariamente. Tudo que quero é o que me trouxe aqui, de qualquer maneira — rosnou para o rei, seu olhar deslizando rapidamente para mim.

— Dalton, certifique-se de que saiam daqui. — O rei encarou de volta, um ligeiro sorriso no rosto. — Além disso, esta filmagem foi feita em nossa propriedade; encontre quem fez isso e resolva a situação. Não podemos ter vazamentos vindos de nossa própria equipe. Isso é traição.

Katy, em sua crise de ciúme, percebeu o que fez? Os contratos que tinha assinado ao ser contratada... era coisa séria. Queria tanto dizer o nome dela, mas fiquei quieta. Que encontrem a culpada e lidem com ela. Não ia abrir a boca.

— Sim, senhor. — Cumprindo seu dever, Dalton inclinou a cabeça, agarrando os braços de Lennox atrás das costas, empurrando-o em direção à porta. Outro segurança envolveu os dedos nos meus antebraços, apertando, me puxando rudemente até a porta.

Theo olhou para cima, sua fachada coberta pela raiva, mas a dor cintilou em seus olhos quando me viu sendo arrastada para fora.

— Sempre me arrependerei do sofrimento e do constrangimento que causei a você. Gostaria de poder mudar isso. Mas saiba que eu te amei, Theo.

— Não o suficiente. — Sua voz falhou. — Adeus, Spencer.

SOB O DOMÍNIO DA *Realeza*

— Adeus, Theo. — Pisquei para conter as lágrimas, ciente de que nunca mais o veria ou falaria com ele de novo. Nossa amizade e primeiro amor feliz se transformaram em cinzas.

Ao me apaixonar, destruí tudo em meu caminho, queimando em meu rastro.

— Me solte, porra — disparou Lennox, tentando se soltar de Dalton enquanto os seguranças nos levavam pelo corredor.

— Droga, Lennox. Acalme-se. Pare de resistir — rosnou, olhando para a porta do rei, e nos guiando para a saída dos fundos. Assim que estávamos longe o bastante, seu comportamento mudou, os ombros relaxaram, afrouxando seu domínio sobre ele. — Solte-a — instruiu ao guarda que me segurava.

— Mas o rei disse que os queria... — O homem ficou boquiaberto, acenando de volta para o escritório.

— Eu te dei uma ordem *direta*. — Dalton acenou as mãos para mim. — Solte-a.

O jovem guarda bufou, mas fez o que foi dito, recuando.

— Volte para o seu posto. Eu resolvo isso daqui.

Os olhos do garoto se estreitaram.

— Vá, Louis, papai te deu uma ordem — Lennox provocou o guarda com cara de criança. Ele não parecia nem ter idade para beber.

Louis olhou para Lennox antes de se virar e sair pisando duro.

— Cretino do cacete. — Lennox balançou a cabeça.

— É, ele é, e está assumindo o seu lugar, então vá se foder — ironizou Dalton, me assustando com o tom áspero e as palavras. Acho que nunca o ouvi xingar antes. Ele soltou Lennox, dando um passo para trás. — Mas que inferno, Lennox. — Balançou a cabeça. — Qual é o seu problema, caralho? Não poderiam ter ficado longe um do outro, pelo menos, serem mais cuidadosos?

— Não pensamos que seríamos pegos. — Lennox esfregou as mangas de seu terno; os ombros ainda curvados.

— É, agradeça a sua ex-amiga de foda por essa bagunça. — Cruzei os braços.

— Eu sei, não lidei bem com isso, mas nunca achei fosse capaz de algo assim. — Ele olhou para mim, depois para Dalton. — E não preciso de um maldito sermão seu, também.

— Complicado — respondeu Dalton. — Porque os dois precisam disso. Entende como a situação é grave? Será perseguido e condenado pelo povo e pela imprensa. A vida que conhece acabou. E você... — Lennox se mexeu, sem encontrar seu olhar. — Foi despojado, Lennox, basicamente banido. Nunca mais poderá servir ou sequer encontrar um emprego neste país. Ninguém vai se aproximar de você.

— Eu sei disso.

— O que você vai fazer?

— Não sei ainda.

— Tem que haver algo. — Meus dedos apertaram a minha barriga, tentando me acalmar por dentro. — É culpa minha. Ele não deveria ser dispensado por minha causa.

— Spencer... — Lennox balançou a cabeça, estendendo a mão para mim.

— Não. — Neguei com um aceno. — Não posso permitir que perca tudo por minha causa.

— Não foi só responsabilidade sua. Sabia muito bem no que estava me metendo. Não pode assumir a culpa por isso.

— Sim, eu posso. Esta é a sua carreira, e você é um dos melhores. Não tem sido nada além de fiel a este país e à coroa. Quantas vidas salvou, incluindo o próprio filho do rei?

— Spencer. Pare. — Lennox me puxou, segurando meu rosto com força. — Eu te disse, tudo que eu queria estava comigo quando entrei aqui esta noite. Você.

— Quanto tempo até se ressentir de mim? Até se cansar de mim?

Sua boca se abriu para falar, mas um barulho no corredor fez a todos nós caminharmos de novo, Dalton nos apressando para o estacionamento.

— Precisa ir antes que enviem mais reforços. — A atenção de Dalton cintilou como se estivesse tentando captar uma frequência que eu não conseguia ouvir. — Meu primeiro dever é para com a Vossa Majestade, mas o que eu puder fazer... — Dalton nos acompanhou até o SUV de Lennox.

— Obrigado. — Lennox apertou sua mão. — Você um bom parceiro.

SOB O DOMÍNIO DA *Realeza* 241

Sinto muito por colocá-lo nesta posição.

— Vamos apenas dizer que posso entender. — A mandíbula de Dalton estremeceu, uma tristeza passando por sua expressão.

— Eu sei. Você é um homem mais forte do que eu. — Lennox abaixou a cabeça, abrindo a porta do carro. — Mas saiba que vou te apoiar se quiser mudar isso.

Dalton assentiu, ligeiramente.

— Última coisa, não me diria de quem desconfia que vazou o vídeo, não é?

Lennox sorriu, triste.

— Você é um bom homem, Lennox.

— Você também, amigo. — Lennox entrou no carro.

— Tenho a sensação de que o vídeo tem mais relação com ciúmes do que dinheiro. — Dalton suspirou, virando-se para mim.

Eu estava com o mesmo sorriso triste.

— Foi o que pensei. Torna o que preciso fazer com ela mais difícil.

— Eu sei. — Eu o abracei, as palavras perdidas, e tentei transmitir tudo o que ele significava para mim. — Desde o início, Dalton, você esteve comigo. Gentil, solidário e alguém em quem eu confiava. Muito obrigada por tudo.

Ele retribuiu o abraço, recuando quando ouvimos botas pisando duro em nossa direção. Guardas uniformizados portando armas, alguns cavalgando, marcharam em nossa direção.

O rei estava se certificando de que fôssemos conduzidos até a via principal, simbolicamente, nos chutando para a sarjeta.

— Vá. — Acenou Dalton. — Vou cuidar de sua família pessoalmente, Spencer.

— Obrigada. — Eu o encarei uma última vez, a mão pressionada no peito, agradecida antes de entrar no carro.

Lennox saiu do estacionamento, descendo a rua.

Todos os guardas que costumavam acenar para nós agora se enfileiravam na entrada, armas sobre os ombros, prontos para usá-las, a expressão estoica – hostil e ameaçadora.

Compreensível, muitos dos amigos que pensávamos ter, estariam se voltando contra nós. Seríamos excluídos. Párias. Sabia que era apenas o começo do que acontecia com uma "quase" princesa quando ela perdia a honra por causa de um escândalo sexual com seu guarda-costas.

Isso não estava no conto de fadas...

CAPÍTULO 23

— Toma. — Um copo foi colocado na minha mão, e o aroma rico, porém áspero do uísque permeou meu nariz, fazendo cócegas no fundo da garganta. Meus pés continuaram se mexendo, andando de um lado para o outro no pequeno apartamento de Lennox. — Pode ajudar a relaxar.

Dei uma risada irônica. *Relaxar... certo*. Bebi sem hesitar, os músculos tão tensos e retorcidos que mal conseguia respirar. Meu coração acelerou e gritou como se estivesse enfartando.

Buzzz.

O zumbido ininterrupto de pessoas tentando entrar em contato comigo foi surpreendente, pois bem poucos tinham esse número. Virando-o na mão, reconheci o nome e atendi a ligação.

— Landen! — chorei. — Eu te mandei mensagens e liguei sem parar. — Assim como tentei contato com os números dos meus pais e dos meus tios, mas ninguém estava atendendo.

— Desculpe, prima... estávamos um pouco ocupados sendo expulsos do palácio. — Sua voz soou entrecortada e baixa como se estivesse tentando falar baixo para ninguém ouvir. — Mas que merda, Spencer? O que aconteceu? Guardas vieram até nós e nos escoltaram para fora como se estivéssemos roubando a porcelana chinesa. Esse... vídeo é verdadeiro?

— Eu sinto tanto. — E desabei, andando até as grandes janelas, a cidade abaixo quieta e inconsciente do escândalo prestes a se espalhar pelo país – a calmaria antes da tempestade.

— Então... é verdade.

— Sim. — Engoli. Sua opinião significava mais para mim do que a de qualquer um. Tê-lo envergonhado ou desapontado comigo seria um peso que não tinha certeza se conseguiria suportar.

— Puta merda, Spencer — sussurrou em meu ouvido. — O que estava pensando? Isso é péssimo.

— Eu sei. — Não podia nem dizer que não estava pensando direito, porque estava. Foi por isso que nós dois tentamos resistir por tanto tempo. Mesmo não pensando que seria revelado assim.

— Agora sua mãe está soluçando e tendo um ataque, enquanto seu pai está tentando acalmá-la. E minha mãe... caramba... é como se tivesse se desligado. Continua me encarando com aquele olhar estranho e distante, como se ela estivesse me vendo ou olhando através de mim. Está me assustando. Ela não disse uma palavra, e sabe que ela *não* é desse jeito.

Sabia exatamente por que ela o estava encarando. Queria saber se ela se permitiu ver mesmo a semelhança entre ele e William. Mas assim que descobria a verdade, não havia como negar.

— Onde vocês estão?

— Esperando o carro nos buscar — respondeu, seu tom me fazendo engolir. — Os guardas estão aqui.

— Meu Deus, Landen. — Cobri meu rosto, sentindo lágrimas frescas deslizarem. — Eu sinto muito, muito mesmo.

— Ei, não preciso das suas desculpas. Estou nem aí para o que esses nobres pensam de nós. Estou preocupado com você e em como está. Quero dizer, como isso aconteceu? Achei que estava noiva de Theo, mas aqui entre nós, também achei que era tudo uma mentira.

— O quê?

— Eu te conheço. Não queria se casar, usar saltos e vestidos, ou participar de bailes de gala e cumprimentar as mãos dos chamados plebeus, que esperam o dia todo na esperança de vê-la. Você é a garota que quer se sujar, usar tênis, ficar coberta de pelos e fezes de animais e cheirar a curral, mas ao mesmo tempo, ter o maior sorriso sabendo que estava ajudando ou salvando animais. Essa era a garota que eu conhecia... não a esposa de um príncipe.

Um soluço parou na garganta, parecia um peru recheado.

— Não era para ser assim. Theo e eu íamos terminar, discretamente, depois do feriado. Vai ficar tão complicado. Não só para mim, mas para vocês.

— Mais uma plateia para eu fazer meu infame monólogo da *Liberdade*.

Uma risada entre soluços escapou pela boca. Sabia que ele estava tentando me fazer rir. Era o que fazíamos um pelo outro. Choros histéricos soaram atrás dele, despejando a culpa no meu peito.

Minha mãe.

— O carro chegou. Preciso ir.

— Voltarei para casa amanhã. Sei que há muito o que dizer e resolver.

Landen fez uma pausa; o silêncio impregnado com tensão.

— Uh... talvez devesse esperar um dia. Deixe se acalmarem. E, quem sabe, talvez não fique tão ruim quanto pensamos. — Ele tentou soar leve e esperançoso. — Mas sugiro não entrar na internet agora. Tchau, prima. — O celular clicou quando outro grito agudo ecoou ao fundo, cheio de dor.

Parecia com o chamado da sereia, meus dedos trêmulos digitaram na tela mesmo assim, as notícias aparecendo na hora.

— Spencer. Não. — Lennox veio até mim, ainda de terno, sapatos engraxados estalando no piso de madeira.

As notícias inundaram a página.

Últimas notícias! Vídeo de sexo de Spencer e seu guarda-costas!

Theo está desolado!

Vídeo: Spencer e o guarda-costas gostoso são pegos no flagra!

Spencer Sutton engana Theo!

Vídeo de sexo da futura princesa.

Príncipe Theo, Spencer Sutton e Guarda Real em escândalo sexual!

#SpencerVadia   #SpencerProstituta   #Vagabundatraidora #Odeiovocê #GVteodeia #MorraSpencer #VocêéUMAPUTA.

Senti os pulmões se apertarem, a visão embaçou à medida que lia alguns dos milhares de *tweets* que já consolavam Theo e me despedaçavam. Cruel e odioso, ameaças de morte enquanto muito pouco foi dito de Lennox, exceto que é gostoso e eu, certamente, fui a pessoa quem correu atrás dele. Porque sou puta. A prostituta. A vadia. Críticas a respeito de uma mulher vindo, em sua maioria, de outras mulheres.

— Spencer... — Lennox pegou minha mão quando apertei o botão play, o vídeo de Lennox e eu carregando. Os cavalos nos cobriram um pouco, o vídeo distante e granulado. Não dava para dizer que éramos nós, mas não importava mais. As pessoas não queriam saber se era ou não. Queriam escândalo, fofocas suculentas que tornavam suas vidas um pouco menos chatas.

SOB O DOMÍNIO DA *Realeza*

E a verdade era... éramos nós.

Só não sabiam toda a verdade. Mas, repito, não ligam; as pessoas adoravam julgar e condenar.

Outro vídeo apareceu logo depois, este de uma adolescente.

Você é uma puta do caralho, Spencer Sutton! É a pior merda do mundo inteiro! Como pode trair o melhor homem desta Terra? Ele é tão bonito e gentil. Um bendito príncipe! Vá se foder. Nossa, como eu te odeio. Todos nós te odiamos, na verdade. Estou feliz que Theo descobriu que era uma vagabunda antes de se casar com você. Viu a verdade, como todos nós. Nunca pensamos que fosse realmente boa. Nem tão bonita assim. Deveria fazer um favor a todos nós e morrer!

Ela mostrou o dedo do meio para a câmera.

Morra, sua puta imprestável!

Uma mão arrancou o celular dos meus dedos, desligando-o e jogando-o do outro lado da sala.

O silêncio ecoou nas paredes; passos dos moradores que moram acima estouraram meu tímpano.

— Spencer — Lennox disse meu nome baixinho.

Ouvir sua voz quebrou algo dentro de mim, dobrando os joelhos, eu caí no chão. De repente, o peso das minhas ações me sufocou, me afogando num oceano de tristeza, culpa e censura. Um soluço percorreu meu corpo, estremecendo com a força de sua tristeza. Curvando as pernas, a dor me consumiu, arranhando e rasgando o que restava do meu coração.

Braços me rodearam quando me puxou em seu peito, me segurando enquanto eu soluçava. As postagens e mensagens doeram, mas mais do que tudo, foi a ideia de que eu colocaria Lennox e minha família nisso, também. Não havia como parar. A represa havia rompido e a onda de ódio vinha a todo vapor em nossa direção.

— Está tudo bem — murmurou em meu ouvido. — Nós vamos superar isso.

— Vamos? — Eu me inclinei para trás, engasgando com a angústia.

— Vamos. — Seus polegares deslizaram sob meus olhos, enxugando as lágrimas. — Eles não conhecem você, eu, Theo, ou a história real. Quem liga para o que pensam ou dizem?

— Você faz tudo parecer tão simples. Só até certo ponto dá para aguentar ser pária em seu próprio país, antes que te destrua.

— Então vamos embora.

— O quê? — Sentei-me sobre os calcanhares.

— Não há nada nos prendendo aqui. Droga, o único jeito de arranjar um trabalho é deixando este país, provavelmente.

— E-eu não posso deixar minha família. E a Gracie? Arthur e Mary?

— O que tem eles? — Ele ficou confuso, inclinando-se para trás. — Partir não significa que os cortaremos de nossas vidas.

— Parece tão fácil para você. — Uma explosão de raiva veio do nada, subindo pela espinha quando me levantei. — Você é o gostoso, seduzido por mim. Tanto a você quanto a Theo. Sou a puta, a sedutora que atraiu os dois, sem que percebessem, para a minha cama. Coitadinhos, a mulher má se aproveitou de vocês.

Lennox ficou de pé, o cenho franzido.

— Por que está brava comigo?

— Não estou.

— Está, sim.

— Odeio como sempre é culpa da mulher. A sociedade nos responsabiliza e nos julga por tudo. Criticam o que vestimos, dizemos e fazemos, enquanto o homem pode fazer dez vezes pior, e todos dão de ombros, dizendo que homens serão homens. — A sala, de repente, parecia pequena, as paredes se fechando.

— Não estou argumentando que as mulheres são mantidas em um padrão inatingível. — Ele tocou meu braço, tentando chamar minha atenção para ele.

— Não. — Eu me afastei, meu peito subindo e desmoronando, e ainda assim, parecia que não conseguia respirar. — Eu... não consigo... — As palavras ficaram presas na boca. — Preciso sair daqui. — Caminhei até a porta.

— Estamos no meio da noite. — Disparou até mim, pressionando minhas costas em seu peito, seus braços me circulando. — Pare.

— Me largue. — Inclinei-me para frente, ofegante. — Por favor. Não consigo respirar.

— Não vou te deixar sair. — Ele me segurou mais apertado, me achatando contra o seu corpo, seu calor penetrando a pele exposta, o vestido ainda pesado me recobrindo. — Respire, Spencer. Vai ficar tudo bem. Estou aqui.

Um barulho se aninhou em meu peito, como se eu fosse um animal agonizando. A cabeça tombou para frente, o corpo amolecendo em seus braços, exausto e esgotado.

— Você ficaria melhor sem mim — sussurrei. — Deveria fugir enquanto pode. Sou tóxica...

— Não — rosnou no meu ouvido. — Nunca.

— Vou destruir você.

— Já destruiu. — Sua voz baixa e rouca, gelando minha orelha. — Soube no momento em que te vi. Mas quando estávamos juntos no armário... a bomba pode não ter me destruído, mas você, certamente, acabou comigo. Eu te disse que não sou bom em verbalizar as emoções, mas saiba, Duquesa... Que sou apaixonado por você.

Um suspiro agudo escapou de mim, o estrondo profundo em meus ouvidos deslizando pela pele e perfurando o coração como um dardo.

— Então, se é tóxica, eu sou tóxico com você também. Foda-se o mundo. Sobrevivemos a um ataque terrorista. Quem liga para o que pensam de nós? Só gosta de animais mesmo, não é? — Sua mão deslizou até o meu peito, a palma sentindo o ar sair de mim, sua declaração surpreendendo meu corpo de um jeito todo diferente, emanando um pouco de felicidade em meio à escuridão. — O que me diz, Duquesa? Vai se juntar a mim e tacar o foda-se no mundo?

Eu me virei, olhando para ele, perdida em seu olhar incandescente. Caramba, estava tão profundamente apaixonada por esse cara, só havia uma resposta a dar.

— Foda-se o mundo.

Um sorriso faminto esticou sua boca, a mão entrelaçada com a minha.

— Vamos começar no chuveiro e seguimos de lá.

Caminhando ao lado dele, um sorriso que nunca imaginei que poderia dar esta noite se espalhou pelo meu rosto. E deixei o resto do mundo e a opinião deles de lado, igual ao vestido que estava usando.

CAPÍTULO 24

A buzina de um carro abaixo me despertou do sono leve. Abrindo os olhos para a luz maçante da manhã, nuvens espessas pintaram o quarto em tons cinza e azuis suaves. Aconcheguei-me mais ao calor do corpo nu curvado ao redor do meu. Seu braço sobre o meu quadril, a vibração suave de sua respiração deslizando na minha nuca em um ritmo constante.

Houve um momento de puro êxtase, de me sentir segura, feliz e apaixonada, antes que a realidade surgisse e batesse em mim por ser a garota má que eu era. A vagabunda malvada e sem-vergonha que o mundo agora conhecia.

Tive um pressentimento quando esfreguei os olhos marejados. Lennox fez questão de me deixar exausta a ponto de desmaiar, mas minha consciência não me deixava dormir por longos intervalos, fechava os olhos e uma onda de pânico se avolumava. Ele me acalmava até que as batidas aceleradas do meu coração diminuíssem, e eu adormecia um pouco.

E isso se repetia.

Contemplei as enormes janelas. O céu parecia o mesmo. Os apartamentos e lojas não eram diferentes. A agitação das pessoas se movendo pelas ruas era familiar.

Mas tudo era diferente agora. Minha vida inteira foi virada de cabeça para baixo. Este não era um assunto privado entre as partes envolvidas. Não, foi no cenário mundial, e todos teriam uma opinião a respeito do que fiz e como lidei com isso. Sem vitória, ou escolha certa. O que quer que eu fizesse, seria a reação errada para alguém.

Meus ossos doíam ao me mover, tentei me afastar devagar do grande corpo atrás de mim.

— Não — resmungou, os braços me puxando contra ele, circulando minha barriga, a boca aconchegando-se na minha orelha. — Ainda não. São só seis da manhã.

— Pode continuar dormindo.

— Mais alguns minutos. — Ele me segurou com mais força, a voz baixa e rouca. — Antes de enfrentarmos o que nos espera. Tudo bem?

Exalei, tentando relaxar contra ele, aproveitando os últimos momentos de paz, onde éramos apenas nós dois, antes que as hienas sanguinárias atacassem. Antes de enfrentar as consequências de minhas ações.

Mas não conseguia relaxar, sabendo de tudo que eu precisava fazer: ligar para os advogados do meu pai, para a equipe de relações públicas real, seus advogados, falar com minha família. Não tinha dúvidas de que a imprensa já estava acampando do lado de fora de nossa propriedade, esperando ter um vislumbre deles ou meu.

— Ninguém sabe onde você mora, né?

Ele suspirou, afrouxando seu aperto.

— Durou trinta segundos.

— Desculpa... É só que não consigo me desligar. — Sentei-me, e saí da cama. Peguei seu moletom da cadeira, fechando-o por causa do frio; a sensação de neve invasora penetrou meus ossos.

Hoje era véspera de Natal.

Passava o dia sempre com a minha família. Landen e eu ficávamos bêbados perto da lareira, jogando, enlouquecendo Fredrick, enquanto minha irmã girava, cantando canções de Natal, sem parar.

Nenhuma dessas coisas aconteceria hoje.

Minha mãe não lidava bem com desafios. Ou ela ficava muito bêbada a ponto de desmaiar ou nunca saía da cama; não queria nem pensar no quanto minha irmã adorava o feriado. Eu me senti ainda mais culpada por tirar isso de Olivia. Ela era muito jovem e ingênua para ser punida por minhas ações.

— Ei. — Lennox saiu da cama, caminhou até mim e segurou meu rosto. — Você está indo para o lado sombrio.

— Só tem esse lado. — Eu o encarei. — Acho que não entende como ainda vai piorar. Já estive neste meio o bastante e vi quando Eloise não cumprimentou a princesa da Noruega do jeito que as pessoas achavam que deveria, e ela se tornou notícia por meses por causa da briga delas. A imprensa disse que era ciúme, por causa de um homem, ou que estavam, na verdade com uma desavença amorosa. Meu incidente com o abrigo de animais parecerá fichinha.

— E nós vamos superar. Contra-atacar. — Ele inclinou meu rosto para trás. — Foda-se o mundo, lembra?

— Sim. — Concordei com a cabeça. — Foda-se o mundo.

Ele me olhou fixo, sem acreditar em minhas palavras.

— Sabe quando eu disse que esperaria por um dia digno de tequila, de verdade? — Engoli. — Acho que esse dia é hoje.

Ele segurou meu rosto, sua boca roçando a minha.

— Vou tomar um banho rápido, e depois podemos começar a fazer um estrago com a garrafa de tequila. — Ele me beijou mais intensamente, e se afastou, caminhando em direção ao chuveiro. Meu olhar foi atraído para sua bunda firme flexionando conforme andava. — Comece a fazer café, se eu tiver um pouco.

Aventurando-me em sua cozinha, o som do chuveiro ligado se infiltrou em meus ouvidos. Vasculhando nos armários, encontrei quase todos vazios.

Sem café. Nem chá.

A vontade desesperadora por café gotejou nas veias, enfiando os dentes em meu lábio inferior.

Buzzz.

O zumbido baixo do celular, vibrando na superfície onde o coloquei para carregar. Pegando sem pensar, minha boca se abriu quando percorri a tela do meu celular particular: 45 chamadas perdidas, 73 sms, 2.000 mensagens por aplicativos, 89.000 notificações com a marcação do meu nome, o número continuando a saltar conforme fiquei ali.

Mas foi a última mensagem que chamou minha atenção, o dedo clicando no número.

> **Precisamos conversar. Do outro lado da rua. Sozinhos. Agora.**

A mensagem de Lorde William gelou minhas veias, virando a cabeça para a janela como se ele estivesse flutuando andares acima, e olhando para dentro. Respirando fundo, olhei para o banheiro, o chuveiro ainda ligado.

Lennox exigiria vir comigo, mas eu não estava em condições de irritar William. O escândalo de Landen acabaria com a minha família. Nós não sobreviveríamos a isso, também. E proteger meu primo era minha prioridade. Era o mínimo que eu podia fazer depois de toda a merda que causei.

Apressando-me, vesti jeans e calcei o tênis que tinha deixado aqui, colocando um boné dele e a jaqueta. Escapei do apartamento, meu coração martelando no peito como se eu fosse uma ladra.

Escondendo-me por baixo do capuz e puxando a aba do boné para baixo, saí no ar gelado de dezembro, o frio açoitando minhas bochechas e nariz.

SOB O DOMÍNIO DA *Realeza*

Indícios de flocos de neve marcavam o céu, a rua, relativamente, calma por causa do feriado. Corri até a pequena cafeteria cheia de opções para viagem e assados que não conseguiam se sobrepor ao cheiro rico e delicioso de café.

Conferindo o lugar, avistei só um punhado de madrugadores espalhados pela área das mesas, lendo jornais ou conversando tranquilamente enquanto a música natalina tocava baixinho nos alto-falantes.

Na última mesa contra a parede estava sentado um homem mais velho com uma bengala, boné de jornaleiro e sobretudo escuro, os familiares olhos castanhos fixos em mim.

Mantendo a cabeça abaixada, tudo por dentro se contraiu quando notei as primeiras páginas dos tabloides inúteis que todos estavam lendo.

Travando a mandíbula, fui até a mesa, deslizando no assento em frente a William.

— Você criou um grande escândalo. — Ele mexeu o chá em sua xícara. — Não fico surpreso. Eu previ, afinal.

— O que você quer? — perguntei, entredentes, meu olhar percorrendo o lugar, verificando se alguém estava concentrado em nós. — Se vangloriar? Esfregar na cara? Bem, bom pra você. Previu que completo desastre eu sou. Parabéns.

— Não vim aqui para me gabar.

Bufando, eu me recostei na cadeira.

— Sério? Por que me chamou aqui? Sozinha, devo acrescentar.

— Porque os dois juntos em público chamaria a atenção. — Droga.

Ele tinha razão. Nenhum disfarce poderia esconder Lennox de verdade. Ele se destacava, tinha energia e confiança suficientes que viravam cabeças.

William sorriu, bebendo seu chá, sem demonstrar as emoções.

— Também não senti vontade de ter minha vida ameaçada por ele outra vez.

— Você mereceu.

— Talvez. — A xícara tilintou quando a colocou no pires, seus olhos encontrando os meus novamente. — Queria falar com você, e queria fazer isso sozinho.

— E achou que agora era um bom momento. — Olhei por cima do ombro, sentindo como se o lugar inteiro estivesse me vendo nua, mas todos estavam absortos, lendo a meu respeito. Mal sabiam que a garota na capa estava sentada a poucos metros deles.

— Achei que era a última oportunidade.

— Como sabia onde eu estava?

— Não é tão difícil de descobrir. E nem sou um jornalista de fofoca intrometido.

Se William me encontrou rápido assim, significava que os *paparazzi* não estariam muito longe.

— Queria conversar. Então... fale.

Cruzei os braços, esperando que prosseguisse.

Ele respirou fundo, um fantasma da tristeza emanando dele.

— Decidi me afastar da vida pública e voltar para minha propriedade rural, com certeza, para o horror de minha esposa, mas acho que está na hora de ser um marido para ela.

— O quê? — Meus olhos se estreitaram. Esta não era a direção que previ para esta conversa.

— Bom ou ruim, o Palácio Real não é a única coisa que você virou de cabeça para baixo. O que revelou no hospital — engoliu, olhando para o lado — trouxe à tona coisas do meu passado que pensei terem acabado, achei que havia retificado, só para perceber que me consumiram, em vez disso. Elas me transformaram em alguém que passou a maior parte da vida amargurado e com raiva. Vingativo. Esqueci que tinha sido capaz de amar alguém. Tinha se transformado em ódio há muito tempo, mas ver Landen desta vez... sem enxergar Fredrick ou a razão pela qual ela me deixou, mas ver *meu filho*. Percebi quanto tempo perdi.

Senti as costas retesarem, o medo dando socos no peito.

— Não se preocupe, garota. — Um sorriso de zombaria surgiu em sua boca, o dedo batendo no cabo de sua bengala. — Mesmo que não acredite em mim, eu não seria capaz de machucá-lo, agora não. Eu destruí qualquer possibilidade de meu filho me respeitar ou me amar. Entendo que é melhor para ele não saber a meu respeito. — Piscou, suas íris refletindo a emoção. — Essa cruz é minha para carregar. Minhas escolhas na vida me trouxeram até aqui. — A dor tomou conta de suas feições antes que pigarreasse, recuperando-se, prontamente. — Ouça o conselho desse velho infeliz no final da vida. Não importa o que as pessoas digam a você, não cometa nossos erros. Poderíamos ter deixado tudo no passado. Ter sido felizes. E, naquela vida, eu teria sido um bom pai, provavelmente, um bom homem.

Curvei meus lábios para dentro.

— Eu disse que seria uma possibilidade — retrucou, me fazendo bufar. Ele olhou para o lado, o pomo-de-adão se movendo para cima e para baixo. — Eu, pelo menos, gosto de pensar assim. Passarei o resto da minha vida desejando que as coisas pudessem ter sido diferentes, definhando no sonho da vida que não vivi.

A emoção perfurou minha garganta parecendo uma flechada. Por mais que ainda quisesse odiá-lo, meu coração doía por sua perda, pela vida que poderia ter tido se minha tia o escolhesse.

Ele afastou a xícara, levantando-se da cadeira.

— A dívida de sua família comigo foi anulada. Não que não tenha outros problemas, mas minhas conexões com sua família acabaram aqui. — Sua voz soou formal e arrogante. Ele pegou sua bengala, os dedos tocando a aba de seu chapéu. — Foi... *interessante*, Srta. Sutton. Conhecer você mudou minha vida. Você é uma mulher incrível, forte, feroz e jovem, e desejo-lhe o melhor em sua jornada. — Acenou com a cabeça e, então, caminhou até a porta, a bengala clicando no piso ao sair, sem olhar para trás.

Olhando para ele, fiquei boquiaberta, admirada e descrente, uma sensação estranha se acomodou por dentro – uma agitação aquecida confusa de carinho, alívio e gratidão. Três sentimentos que nunca pensei que associaria a Lorde William. Jamais esqueceria o que ele fez comigo, mas pressenti que algum dia aprenderia a perdoar.

Tirando a nossa maior dívida das costas da minha família e confirmando que ele não contaria a ninguém sobre a verdadeira hereditariedade de Landen, não pude deixar de me sentir grata.

Sentada por mais alguns minutos, tentei entender o que havia acontecido, mas o aroma de café me provocou, circulando pelo nariz e me levando até o balcão. Sabia que Lennox ficaria preocupado, mas eu já estava aqui...

Com a cabeça baixa, pedi o café e o chá, e fiquei de lado aguardando. A porta se abriu, vozes barulhentas me forçando a olhar naquela direção. Pelo menos seis universitários, rindo e gritando, entraram aos tropeções, vestidos com roupas que você usaria em uma balada, ainda com cara de muito bêbados da noitada que parecia estar chegando ao fim.

A ansiedade me fez puxar o capuz mais para baixo, virando a cabeça mais fundo sob meus escudos.

— Acredita nisso? Que vagabunda burra do caralho! — Uma garota loira apontou para um papel na mesa, tentando permanecer firme nos saltos baratos e lustrosos, fios caindo de seu cabelo arrumado no alto da cabeça. — Quem seria capaz de trair o príncipe Theo? Ele é mais do que malhado! Mas que tonta!

— Tome sempre cuidado com as depravadas que se passam como meigas, inocentes e reservadas. — Um cara alto e maior com cabelos castanhos riu. — Ela parece bem o meu tipo. Fiquei de pau duro vendo aquele vídeo. Adoraria ter minha vez de fazer aquela puta elitista engasgar no meu pau.

O ar saiu de meus pulmões, ofegante, bile subindo na garganta, medo e humilhação me aquecendo sob as roupas.

— Tenho a impressão de que vai ficar com a boca cheia por muito tempo. — Outro cara fez movimentos grotescos com a mão e a boca. — Tenho certeza de que ela deu um boquete em todos os guardas.

— Gente, o que vamos pedir? — Uma garota morena cambaleou até o balcão, mas o resto estava muito distraído com coisas mais interessantes para ouvi-la.

A primeira garota loira pegou o jornal descartado, segurando-o.

— Não vejo por que Theo ou aquele guarda-costas musculoso gostaram dela. Ela não é tão bonita. E nem me fale dos barulhos que faz. Ela fingiu amar os animais como se fosse a maldita Cinderela. Ah, e seu discurso depois do bombardeio de pensar nas outras pessoas que foram feridas ou morreram... argh... que papagaiada. Deus, eu a odeio. Theo é tão gostoso. Se eu tivesse a chance de ser princesa, não precisar trabalhar ou ter que estudar, só ir a festas e ter *designers* implorando para me vestir? Essa garota precisa levar uma sova. Pesada.

— Deixa comigo. — O primeiro cara agarrou a calça, indicando como faria isso.

— Pessoal, vamos fazer nossos pedidos. Estou morrendo de fome. — A morena se apoiou no balcão como se estivesse segurando-o. — Antes que o resto do povo chegue aqui.

SOB O DOMÍNIO DA *Realeza*

255

Como um sinal, a porta da frente se abriu, e uma turma de baladeiros bêbados começou a entrar, gritando e chamando o pessoal no balcão.

— Cara, por que tem um monte de repórteres lá fora? Você não tentou atravessar o prédio do parlamento de novo, né? Ninguém quer ver isso! — Um cara se juntou ao grupo, a mão batendo no ombro do outro que era maior.

O medo apertou meus pulmões, pânico borbulhando na superfície. Repórteres?

— Parece que querem, sim.

O cara deu de ombros.

— Que estranho. Por que estão aqui? — Uma garota alta e bonita apareceu num vestido de noite bem curto. — Tinha alguma celebridade importante na boate que não vi? Tem muitos *paparazzi* lá fora.

Senti o ataque de pânico rastejando sobre meus ossos. Eles já me encontraram. Precisava sair daqui. Agora.

— Senhorita? — Uma voz atraiu minha atenção de volta à pessoa atrás do balcão, segurando meus copos para viagem.

— Obrigada — murmurei, pegando-os. As vozes altas e risadas arranharam minhas vértebras, ferveu minha pele com terror.

Fique de cabeça baixa. Ande rápido.

Era só ir direto para a saída, eu me virei para a direita quando a loira bambeou, cambaleando na minha frente, e trombou comigo.

Café e chá quente espirraram do copo, respingando no seu vestido cintilante, escorrendo na frente e vi seu rosto horrorizado.

Ai. Cacete. Não.

Ela ficou boquiaberta de susto, os olhos mudando de incrédulos para furiosos num piscar de olhos.

— Sua imbecil retardada! Olha o que você fez! — guinchou igual a um porco, apontando para o vestido, fazendo com que a cafeteria inteira se virasse para nós, aproximando-se para ver o que havia acontecido.

Pavor apertou meus pulmões, me paralisando no lugar, suor descendo pelas costas. Como um animal selvagem encurralado, o medo fluiu passando para instinto primitivo.

Corra ou parta para cima.

— Estragou meu vestido! — A garota continuou a gritar, mas parecia distante enquanto meu olhar se lançava ao redor das pessoas se aglomerando, bloqueando minha saída.

— Ei? — A garota acenou com a mão na frente do meu rosto, inclinando a cabeça para tentar ver meu rosto sob o boné. — Você vai comprar um vestido novo ou pagar pela lavagem a seco. Está me escutando? Alô? — Ela se inclinou só um pouco para dar uma olhada no meu rosto, franzindo as sobrancelhas. — Espere aí... — *Ah, não, ah, não.* Seus olhos se arregalaram junto com o queixo caído. — Puta! Merda! Você é... você é...

A vontade de fugir me acordou, lançando-me para a frente.

— Desculpe — murmurei, passando por ela e pelas pessoas.

— Espera! Pare! — gritou a garota, seus amigos se amontoando para me impedir de sair.

— Me deixe sair! — murmurei, empurrando contra a parede que formaram, pânico escoando em cada sílaba. — Por favor!

— É a Spencer Sutton — berrou a loira, seu tom eufórico, mas não do tipo bom.

Houve um segundo de silêncio de espanto antes que o lugar virasse de cabeça para baixo, tudo girou com terror e agitação.

— Spencer. Spencer. Spencer. Spencer! — Meu nome disparou como uma ameaça, corpos se empurrando ao meu redor, me sacudindo como se eu estivesse dentro de uma máquina de lava-roupas. Mãos me agarraram, rasgando minhas roupas, unhas arranhando minha pele.

— Me soltem. — Tentei empurrar, passando entre duas pessoas.

Uma grande mão envolveu minha cintura, me puxando para trás.

— Aonde pensa que vai? — O cara rouco rosnou no meu ouvido. — Ouvi dizer que é muito boa em chupar pau. Vou te fazer engasgar.

— Me solta. — Meu cotovelo bateu em sua barriga, fazendo-o afrouxar o aperto. Meu corpo disparou para frente, prestes a alcançar a porta, antes que mãos puxassem meu capuz por trás, puxando-o com força. Enforcando-me pela garganta, parecia que um laço a envolvia, minha bunda caindo no chão com um baque. O grupo partiu para cima de mim, rosnando e gritando.

— Parem com isso ou chamarei a polícia! — Ouvi um funcionário gritar, mas o bando endemoniado estava descontrolado, loucos e sedentos, e não deram a menor atenção.

— Você acha que é muito melhor do que nós? — O cara de cabelo castanho rosnou para mim, mostrando a verdadeira feiura. — Vocês, vagabundas arrogantes da nobreza pensam que estão tão acima de nós, plebeus. Mas nós vimos, Spencer. Você é só simples escória que precisa ser colocada no seu devido lugar.

SOB O DOMÍNIO DA *Realeza*

Ele agarrou o moletom de novo, me puxando para cima, o boné caindo da cabeça, meu cabelo comprido espalhando pelas costas. Se alguns não tinham certeza de quem era eu antes, agora não havia dúvidas.

— Posso não ser melhor do que ninguém — rosnei, ficando na ponta dos pés. — Mas sou melhor do que um idiota asqueroso igual a você. — Mordi sua mão. Assim que ele me soltou, cambaleei até a porta, o som de sua raiva explodindo atrás de mim. Dei um passo para fora da porta e uma palma acertou minha cabeça por trás, batendo meu rosto na calçada com um estalo. Lágrimas arderam em meus olhos enquanto a dor queimava no meu nariz, sangue espirrando no chão.

— Sua puta! — O cara agarrou meu cabelo, puxando a cabeça dolorosamente para trás conforme pessoas se aglomeravam ao meu redor. — Vai pagar por isso.

— Olhem! Aqui está Spencer, a piranha sem-vergonha! — A loira acenou para os jornalistas que esperavam na rua bem perto do apartamento de Lennox. Não ligando para quem a garota realmente era, correram feito piranhas famintas, sentindo sangue na água – um petisco para vender os jornais.

Era o dia de sorte deles.

— Puta merda! É a Spencer! — berrou um cara com uma câmera, e mais surgiram atrás dele.

A aparição da imprensa fez a energia disparar em um frenesi, descontrolando as pessoas.

— Você não é nada além de lixo! Nunca deveria ter ficado com o príncipe! Você não é nada! — Um sapato pontudo bateu nas minhas costelas, me fazendo tossir. — Ele merecia mais do que você. Ainda bem que se livrou de você. — Suas ações e palavras desencadearam um frenesi, os caras uivando e incitando ao mesmo tempo que várias garotas me arranhavam e chutavam. O gosto amargo de sangue escorria do nariz para os lábios, gemidos de dor vindos de cada chute ou soco.

As lembranças de ser chutada e pisoteada na boate, na primeira noite em que morei no palácio, voltaram. Na época era tudo inocente e animador. Agora os punhos e sapatos me chutavam e socavam de propósito. Fui vítima de eventos fora de controle.

— Parem. — Tentei me levantar e revidar, mas o cara de cabelo castanho me empurrou para baixo, socando minha cabeça no chão com um som excruciante de ossos esmagados, rasgando agonia nas veias, prendendo o ar nos pulmões. Ele riu quando as garotas continuaram seu ataque.

— Morra, piranha!

— Você é a filha da puta mais desprezível!

— Vagabunda!

— Eu te odeio!

— Isto é pelo Theo!

— Biscate sem-vergonha!

Foi o ápice para a impressa, sem fazer nada para ajudar, gravando e se movendo como se fosse uma cena de filme.

Um gorgolejo engasgou na garganta, a dor me paralisando, incapaz de me levantar com tantos me atacando. Eu me enrolei em uma bola, gritos e comemorações ecoando nos ouvidos quando alguém jogou um iogurte em mim, espirrando no meu rosto, seguido por uma maçã, depois chá quente.

Meus gritos ficaram presos na garganta; eu era incapaz de recuperar o fôlego enquanto um punhado de pessoas cuspia, cutucava, chutava ou jogava coisas em mim. Líquido vermelho pingou em meus olhos, me forçando a fechá-los.

— Parem! Chamei a polícia! — gritou uma mulher da cafeteria.

Ninguém parou.

Uma névoa se formou ao meu redor, e senti a escuridão me sugando no vórtice, precisando escapar da dor.

— Spencer? — Sua voz foi como um farol, erguendo meus cílios, atraindo meu olhar através da multidão, vendo Lennox sair do prédio, seu corpo endurecendo quando me viu. — Spencer! — Meu nome gritado, soando no ar da manhã, parecia um sino. Ele correu até mim, a expressão retorcida com pura determinação e fúria, os ombros se expandindo pela raiva. — Saiam. De. Cima. Dela. Agora. Mesmo! — Sua ordem reverberou entre as pessoas, parecendo um anjo vingativo. — AGORA!

Seu tamanho e raiva sacudiram o medo na multidão; ofegaram e se afastaram de mim.

— Meu Deus, é ele! É o guarda-costas! Então, é verdade mesmo! — A loira suspirou, incrédula.

Suas palavras me cortaram como se fosse uma faca me rasgando. Ela me atacou – todos eles – e nem tinham certeza da minha culpa. Ainda não me conheciam ou sabiam da verdade, mas estavam dispostos a me punir por algo que não tinha nada a ver com eles.

— Eu. disse. Saiam! — rosnou Lennox, tremendo de ira, e se ajoelhou ao meu lado. Todos tropeçaram para trás, exceto o cara da voz rouca.

SOB O DOMÍNIO DA *Realeza*

— Por quê? — Ele tentou pairar sobre Lennox. — Você não é melhor do que ela, babaca.

Lennox olhou para ele.

— Eu vou te matar sem você sequer ter a chance de piscar.

— Mas que merda é...?

Em um segundo, Lennox se levantou, o punho socando o rosto do rapaz, fazendo-o voar na multidão. Seu corpo caiu no chão com um baque surdo, sangue espirrando do nariz. Lennox o nocauteou. Seus amigos ficaram boquiabertos, olhando nervosos entre Lennox e seu amigo. Mas ninguém se moveu para defendê-lo.

Lennox se ajoelhou ao meu lado, as mãos no meu rosto.

— Spencer... — Engoliu em seco, o terror iluminando seus ferozes olhos de tigre. Tentei falar, mas nada saiu.

Sirenes ao longe assustaram as pessoas. Gritando e correndo, todos fugiram, de repente, com medo das consequências de suas ações.

— Fique comigo, Duquesa. — Os dedos de Lennox esfregaram meu rosto, ficando encharcados com meu sangue. — Não se atreva a ir a lugar nenhum. — O pomo-de-adão dele subiu e desceu, e senti um medo entorpecente, como se o que ele estava olhando não combinasse com o vazio interior. Não senti dor, não conseguia sentir nada. Nada em mim parecia vivo, era como se eu pudesse flutuar para longe. A única coisa que me mantinha aqui era ele.

Redemoinhos de luzes brancas e azuis brilhavam atrás de sua cabeça, inflamando seus lindos olhos castanho-esverdeados. Tentei alcançá-lo, tocá-lo, mas outra vez, nada aconteceu. A escuridão penetrou em minha visão e, de repente, eu me senti mais do que exausta.

Com sono...

— Não! Fique comigo, Spencer. — Eu o ouvi me chamar, mas não consegui obedecer. Essa luta não era mais minha quando mergulhei no vazio pacífico.

CAPÍTULO 25

Algo beliscou a minha tranquilidade, me tirando do sossego. Um bipe constante soava em meus ouvidos, como um mosquito zumbindo. Minhas pálpebras estavam pegajosas e pesadas, como se estivessem forradas de pasta. Foram necessárias várias tentativas para abri-las.

Pisquei, o cérebro absorvendo meu entorno, aos poucos. Estéril e branco, observei o quarto de hospital, os assobios e cliques de equipamentos médicos apitando com meu batimento cardíaco, oxigênio sendo bombeado pelo nariz. O que supus ser uma gota de morfina na veia do braço, me entorpecendo a ponto de eu me sentir acolhida e quentinha, disfarçando a dor latejante nos ossos.

Meu olhar passou para as duas pessoas desmaiadas nas cadeiras, uma de cada lado da minha cama. Em uma estava Landen todo torto, parecendo um pretzel, roncando. Lennox se encontrava na outra, a mão enrolada na minha, sua cabeça inclinada para trás na cadeira. A barba estava grossa, suas roupas amarrotadas, a expressão severa e exausta, mesmo durante o sono. Ele era sexy demais, mas não via nada além da alma acima de tudo isso, formando uma enxurrada de amor que submergia no meu peito, fazendo-o inchar de ar.

Eu o amava tanto. Meu polegar se contraiu, acariciando seus dedos, precisando sentir sua pele. Sua cabeça se ergueu antes mesmo de seus olhos se abrirem, treinados para reagir instantaneamente a uma ameaça ou alerta.

— Spencer? — resmungou, virando para mim, o olhar cheio de esperança. — Oi, você acordou. — Abafou a emoção que parecia um misto de alívio e angústia, sua mão apertando a minha. — Puta merda. — Engoliu em seco, o olhar devorando meu rosto.

Meus lábios se abriram, mas minha boca estava seca como um deserto árido, arranhando a garganta; a voz presa no fundo da garganta.

— Aqui. — Ele pegou um copo de água ao lado da cama, segurando-o enquanto eu sugava como um recém-nascido. Seu olhar não cessava de se arrastar sobre mim com uma doçura que nunca tinha visto antes, fazendo um nervo pulsar na minha nuca.

— Quanto... quanto tempo passou? — sussurrei, com a voz rouca.

Lennox tocou meu rosto com os dedos, acariciando meu cabelo.

— Mais de uma semana.

— O-o quê?

— Você teve um edema cerebral. Uma hemorragia interna. — Ele engoliu. — Teve uma hora que não sabíamos... se...

Se eu sobreviveria.

Acenei com a cabeça, meus olhos indo para o meu lado, em meu primo.

— Ele também não saiu daqui — comentou Lennox. — Toda a sua família esteve aqui, mas os convenci a voltarem para o hotel e descansar um pouco, e prometi que ligaria quando você acordasse. — Soltou minha mão para pegar o celular. — Eu deveria...

— Não — murmurei. — Ainda não.

Minha família era difícil demais de lidar, e eu precisava de um pouco mais de tempo para me preparar.

— Não os conheço bem, mas não mencionaram o escândalo. Acho que isso os despertou para o que era importante de verdade. Querem que você se recupere. Eles amam você, Spencer. Escuta o que estou dizendo. Tem sorte de tê-los.

Olhando para Landen, eu sabia disso. Por mais que pudessem ser um pé no saco, ainda eram minha família, e eu os amava mais do que tudo.

— Fiquei sentado aqui a semana toda, analisando todas as possibilidades do porquê... da razão pela qual saiu do apartamento sem mim, por que não me esperou.

— Lorde William — disse, entredentes.

— O quê?

— Ele queria me encontrar.

— Sem que eu estivesse junto. — A mandíbula de Lennox tensionou. — Cretino filho da mãe...

— Está tudo bem. — Coloquei a mão sobre a dele. — Ele queria falar comigo. Acabou. Minha família, eu... não devemos mais nada a ele.

A expressão de Lennox era marcada pela dúvida.

Ele tinha todo o direito de desconfiar de William, mas sabia, lá no fundo, que Lorde William estava dizendo a verdade. Foi como ver ele encerrar o capítulo de sua vingança quando se afastou da minha tia Lauren. Sempre havia a possibilidade de que pudesse voltar para provocar drama em nossas vidas, mas agora, eu acreditava que ele estava fazendo a coisa certa... por seu filho.

Minha família estava completamente livre de problemas? Não, ainda estávamos falidos e devendo onde morávamos, e não tínhamos como pagar. Mas esse era problema deles para resolver. Eu não tentaria mais protegê-los de suas próprias decisões erradas.

— Porra, Spencer. Que susto você me deu. — Lennox se aproximou de mim. — Eu quase te perdi. Não posso passar por isso de novo. Ver você nesta cama, em coma…— Seus olhos vidrados de lágrimas.

Droga, deve ter sido sofrido, ainda mais depois ver Gracie em seu sono eterno.

— A culpa não é sua.

— Eu deveria estar lá.

— Não sou mais sua responsabilidade. E não preciso que cuide de mim como se eu fosse uma donzela indefesa.

— Ah, é? — Ele apontou para mim.

— Não. — Toquei seu rosto, os braços mais trêmulos do que pensava. — Somos iguais. Não pode me proteger do mundo o tempo todo.

— Spencer. — Inclinando-se em mim, sua voz ficou baixa e rouca. — Eu sempre tomarei conta de seu corpo... bem de perto. — Sua boca roçou a minha, prestes a me beijar, quando passos soaram na porta, fazendo Lennox já entrar em modo defensivo.

Minha cabeça virou de lado, os olhos passando pela pessoa alta e em forma, vestida com o impecável terno de sempre. Que merda ele estava fazendo aqui?

De repente, outro guarda que reconheci deslizou pela parede do outro lado do quarto.

Peter, segurança de Eloise.

Alguém, vestido de boné, jeans, suéter e jaqueta enorme de capuz, cobrindo sua pequena estrutura, entrou no meu quarto com a confiança que não se podia camuflar. Nenhum disfarce era capaz de esconder a princesa da Grã-Victoria.

— Eloise? — murmurei, meu queixo caiu, surpreendida. — O-o que está fazendo aqui? — Ela era uma das últimas pessoas que imaginei ver aqui.

Ela acenou para Dalton. Ele olhou para mim primeiro, abaixando a cabeça.

SOB O DOMÍNIO DA *Realeza*

— Estou muito feliz por estar bem. Fiquei preocupado com você.

— Obrigada, D-man. — Pisquei, afastando as emoções.

Ele inclinou a cabeça para Lennox, dando um sorriso antes de sair do quarto, fechando a porta.

— Ele não me deixou vir sem ele — Eloise soltou o comentário como se tivesse que explicar sua presença. — É cansativo demais discutir com ele quando fica assim.

Lennox e eu a encaramos, seu olhar pousando no meu primo, que ainda roncava da cadeira. Landen era alguém que conseguia dormir em qualquer lugar e a qualquer hora, com a comoção ao seu redor e sem nem se mexer.

Eloise estava nervosa, sentindo nosso foco nela. Ela respirou fundo, levantando a cabeça.

— Você, provavelmente, está se perguntando o que estou fazendo aqui. Nunca pensei que ia querer te ver de novo.

Eu me encolhi um pouco, mas acenei ao entendê-la.

— No entanto, depois do que aconteceu com você... — Ela gesticulou para mim. — Quando Dalton me disse que quase não sobreviveu, não consegui mais te odiar. O que aconteceu com você foi mais do que horrível, e foi só por nossa causa. Porque se apaixonou e deixou de amar um príncipe, o mundo acha que tem o direito de te condenar. — Piscou. — Poderiam ter te matado. — Sua voz falhou, mas logo, girou os ombros para trás, escondendo qualquer emoção. — O grupo foi flagrado pela câmera de segurança da cafeteria, e vou garantir que sirvam como exemplos. Deixarei claro que o Palácio Real não tolera esse tipo de comportamento, não importa qual seja o motivo. Theo fez uma declaração sobre a separação, dizendo que foi mútuo e aconteceu antes do vídeo, e para respeitar vocês dois durante esse momento pessoal e terrível.

— Obrigada — sussurrei. — Agradeça ao Theo por mim.

Ela assentiu, olhando para o chão.

— Eu entendo, Spencer... mais do que imagina. — Ela olhou bem nos meus olhos. — Mas ele é meu irmão. Meu apoio sempre será dele.

— Como deveria ser. — Eu me mexi, tentando me sentar mais ereta. — Eu lamento tanto. Você não tem ideia do quanto. Magoar seu irmão sempre me assombrará, mas ferir você também é um arrependimento profundo meu. Se serve de consolo, eu sinto muito mesmo. Sua amizade significou mais para mim do que qualquer coisa enquanto eu estava lá, e odeio tê-la perdido.

— É. — Seus lábios se curvaram para dentro. — Não tenho muitas amigas, como você sabe. Mas esta é, provavelmente, a última vez que vou te ver. — Pigarreou, sua personalidade de princesa aparecendo. — Eu vim aqui, não apenas como ex-amiga, ou por sugestão do meu irmão, como sabe, não tinha como ele vir pessoalmente, mas também pelo meu pai e pelo Palácio.

Meu estômago revirou, ciente de que este incidente, talvez, só tenha irritado o rei. Outra bagunça para ele limpar.

— Não importa o que digamos, os ataques a você, fisicamente, e pela imprensa não vão parar. — Ela olhou para Lennox, ambos compartilhando um olhar, me deixando curiosa para saber o que estava sendo propagado sobre mim agora. — Aonde quer que vá, sempre acabará em um espetáculo midiático. Não vai parar; vão persegui-la, caçá-la, ir atrás de você... da próxima vez, você pode não ter tanta sorte.

Os dedos de Lennox se enrolaram no meu cobertor. Entrelacei os dedos aos dele, tentando aliviar sua tensão.

Eu vi o olhar de Eloise em nossas mãos unidas, mas em vez de raiva, vi uma ligeira tristeza. Nostalgia.

— O dinheiro foi transferido para esta conta. — De repente, ela deu um passo à frente, tirando um pedaço de papel do bolso. — Aconselhamos que deixe o país. Encontre um lugar onde possa desaparecer por um tempo.

— O quê?

— Não estamos dizendo para sempre, mas pelo futuro próximo... — Os olhos de Eloise se suavizaram, a cabeça inclinada. — É o melhor, Spence. Você não é desejada aqui.

Arfei, sentindo o golpe.

— Este país vai destruir você. Arrancar tudo de você e rir enquanto te esmagam. Eu sei que é duro, mas para sua segurança, por favor, vá embora. Aproveite sua vida com Lennox. Não olhe para trás.

Ela colocou o pedaço de papel na mesa auxiliar de rodinha do hospital.

— Não quero o dinheiro do Palácio — retruquei, odiando que ainda pudessem ditar minha vida.

— Não seja boba. — Ela balançou a cabeça. — Pegue. Recomece sua vida. Longe de toda essa palhaçada. — A inveja escorria de seu rosto e das palavras. E a escondeu, depressa, respirando fundo. — Adeus, Spencer. — Ela se virou, apressando-se pela porta. Dalton estava logo ali esperando por ela, seu olhar revelando a preocupação conforme ela passava por ele.

Ele deu um aceno de cabeça a cada um de nós antes de desaparecerem no corredor atrás da princesa.

Lennox pegou o papel.

— Não posso aceitar esse dinheiro.

— Pode, sim. — Ele olhou para mim. — Ela está certa. Não é seguro para você ficar aqui.

— Está muito ruim? O que estão dizendo de mim?

— Não importa. — Ele se aproximou. — Você quer uma vida comigo?

— Claro que sim.

— Então vamos. Vamos começar do zero.

— Onde?

— Não sei; vamos pensar em algum lugar. — Ele se inclinou, a boca perto da minha. — Não há nada além de mágoa, tragédia, perigo e sofrimento aqui. Estive a um passo de perder você. Não vou deixar isso acontecer... você entendeu, Spencer? Não sob os meus cuidados e não para eles. — Ele acenou com a cabeça em direção à porta, indicando o mundo lá fora. — Eu não sobreviveria se algo acontecesse com você. — Seus lábios roçaram os meus. — Perdi muitos que amei. *Não posso* te perder.

Eu seria capaz disso? Deixar tudo para trás? Mas o quê, exatamente, eu tinha aqui? Minha família, claro, mas não havia dúvida de que talvez perderíamos nossa casa. Eu não tinha amigos, faculdade, emprego ou vínculos aqui. Sem futuro. Quem arriscaria me aceitar? Eu seria um problema para qualquer trabalho, universidade ou novo amigo. Ninguém iria me querer por perto, minha vida estaria sempre sob ameaça.

— E então, Duquesa, o que acha? Quer fugir comigo? Deixar toda essa porcaria para trás?

Ouça o conselho desse velho infeliz no final da vida. Não importa o que as pessoas digam a você, não cometa nossos erros. Poderíamos ter deixado tudo no passado. Ter sido felizes.

— Deve ser a morfina falando, mas... — Um pequeno sorriso curvou minha boca, a resposta, sem dúvida, gritando do meu coração, da alma. — Sim. Com certeza.

A boca de Lennox desceu sobre a minha. A sensação de seus lábios despertou fome e calor nas veias, me trazendo de volta à vida.

— O quê? O que está acontecendo? — Landen bufou, sentando-se, o que fez nossas cabeças virarem para ele. Esfregando o rosto, ele olhou com cara de quem não sabia onde estava. Seu olhar pousou em nós, olhos arregalados com a expressão tão inocente e feliz. — Oi! Olha quem *finalmente* acordou!

Uma risada engraçada escapou do nariz, o riso se espalhando pelo corpo, que ainda se recuperava, feito luz. Ignorando a dor, agarrei meu primo, puxando-o na cama comigo e com Lennox.

Não tinha ideia do que vinha pela frente. Com certeza, havia muitos obstáculos e momentos que poderiam me destruir, mas com esses caras ao meu lado, sabia que era capaz de superar qualquer coisa.

Que se danem os contos de fadas. Eu podia não viver o felizes para sempre, mas viveria intensamente. Uma vida cheia de aventuras emocionantes com muitos altos e baixos com o homem que eu amava.

EPÍLOGO

Dois anos depois...

O calor ensopou as paredes de lona, envolvendo-me como um cobertor, o suor já escorrendo no corpo seminu. A regata e a calcinha que estava usando já grudadas na pele. O cheiro espesso de terra, animais, terra seca e o cheiro único da África preencheram meu nariz, era o mesmo que sentir o aroma do café mais delicioso, me tirando da terra dos sonhos. Os bramidos animados e grunhidos de Ebele por perto, abriram meus olhos para o início da manhã, um sorriso se formando nos lábios.

Ebele era nosso mais novo elefante órfão; ele veio ficar conosco com apenas algumas semanas de vida. Eu tinha passado uma semana dormindo em seu cercado para garantir que sobreviveria à noite e mostrar que não estava sozinha. Sua mãe foi morta por causa do marfim, deixando a filhote traumatizada e arrasada. Ela não comeu por três dias. Depois de perder outros dois filhotes na frente dela, eu estava determinada a mantê-la viva. A vida e a morte faziam parte do território, ainda mais aqui, mas mesmo assim me deixou abalada, como se eu tivesse perdido um familiar.

Rugidos de leões e leoas e piados agitados dos pássaros ao rugidos dos guepardos me disseram que estavam prestes a receber o café da manhã.

Rolando na grande cama vazia, eu me aconcheguei no travesseiro, sabia que eu tinha, pelo menos, mais uma ou duas horas antes de ter que me levantar depois de trabalhar no turno da noite passada. Mas ao ouvir os animais, também sabia que dormir era irrelevante, seus barulhos animados por comida me fizeram querer pular logo da cama e estar lá fora com eles.

Espiando pela tenda da grande cabana, não pude deixar de sorrir. Decorada para o Natal, o lugar era tão diferente quanto inimaginável da minha vida há dois anos. Construído a poucos metros acima do chão por causa dos meses chuvosos daqui, o piso de madeira estava gasto e rangia. A grande barraca de um quarto continha uma cama de dossel, com mosqueteiro para bloquear os insetos, uma mesa, tapete, estante de livros, dois armários e duas poltronas, que pareciam ser mais usadas como cabideiro do que para sentar. O telhado era bem alto, com uma lâmpada pendurada. Um pequeno deck com cadeiras foi construído na frente, onde passava muitas noites observando os animais vagando conforme o sol se punha no horizonte sul-africano, carregado de roxo, laranja, vermelho e dourado. Nunca tinha visto um pôr ou nascer do sol mais deslumbrante do que aqui.

Se alguém me dissesse, na época em que morava no palácio, que acabaria treinando com uma das veterinárias mais brilhantes que eu podia imaginar, cuidando de animais órfãos e feridos em uma reserva de preservação na África do Sul, a dois anos de encerrar meu curso para me formar em veterinária, eu teria chamado todos de loucos.

A partir daquele momento no hospital, quando decidi pular nesta montanha-russa e deixar Grã-Victoria para trás, não sabia o que ia acontecer por esse caminho – de bom e de ruim. Desde então, tive momentos de pura felicidade e empolgação, bem como sofrimento e perdas devastadoras.

Minha mão deslizou pelo lugar vazio ao meu lado na cama, um suspiro profundo escapando dos lábios, e afastei a súbita onda de tristeza. Rolando de novo, os pensamentos voltaram às memórias que tentei evitar. A dor perseguia você, não importava onde se escondesse no mundo. A morte de alguém que ama pode te encontrar em qualquer lugar. Fazia só seis meses, mas ainda parecia ontem, pesando no peito como se fosse um dos rinocerontes lá fora.

Estendendo a mão, peguei o relógio na mesa de cabeceira, os números me dizendo que não eram nem seis da manhã, o calor já sufocante.

Bem-vindo ao dezembro de Kruger, África do Sul. Véspera de Natal.

Dois anos atrás, nesta mesma data, eu estava noiva de um príncipe, morando em um palácio. Foi o dia em que tudo mudou.

Aqui, não ouvia muito sobre a realeza. A vida das pessoas era consumida pela comida na barriga e água limpa, não ser assassinada, estuprada ou morrer de alguma doença, tornando o drama da nobreza um mundo distante. Mas quando fui a uma cidade maior, vi Theo em uma capa de revista, sugerindo que ele tinha perdido o controle, tornando-se notícia de primeira página com bebidas, drogas e seus próprios escândalos sexuais. Fiquei arrasada, ciente de que a razão podia ser eu. O que quer que estivesse passando, desejava o melhor para ele. Era um cara legal; só precisava encontrar seu caminho novamente. A culpa do que fiz com ele sempre me assombraria, mas quando se perde alguém, a perspectiva muda, e você percebe o pouco que toda aquela besteira significava.

Títulos. Bailes de gala. Etiqueta. Tudo isso era vazio e sem importância.

Levantando o braço, toquei a foto na mesa de cabeceira, traçando a pessoa que não estava mais aqui, a dor no coração enchendo meus olhos de lágrimas.

A morte dele também foi minha culpa...

— Oi... — Uma voz rouca veio por trás de mim, botas caindo no chão de madeira ao serem arrancadas de seus pés, a cama rangendo com o peso de um corpo se enrolando no meu. — Tudo bem? Perdemos um animal? Eu vi Ebele...

— Não, estão bem. — Virei a cabeça, olhando para um par de olhos de lobo cintilantes com a luz da manhã, o rosto coberto de terra e todo bronzeado. Meu peito relaxou, a sensação de paz e alegria me envolveu como uma bendita canção de Natal. Estendi a mão, tocando a barba grossa em seu queixo.

Lennox Easton. E, caramba... estava ainda mais apaixonada que nunca.

Através de todas as tribulações que passamos por causa do meu passado problemático, nunca houve um dia em que me arrependi de ter dado esse salto com ele. Ele era minha rocha, meu melhor amigo. Ele me entendia melhor do que ninguém, me desafiava, me fazia rir e me dava tantos orgasmos que fiquei surpresa por ainda ter células cerebrais. Ele trouxe tanta felicidade à minha vida e me motivou a seguir meus sonhos de me tornar veterinária, não importava quanto tempo demorasse, já que o curso era online. Eu estava adquirindo experiência prática aqui. A Dra. Mekena me tratava mais como veterinária-assistente do que como uma ajudante. Ela até me deixou vê-la fazer cirurgias e me acompanhou enquanto as fazia. Aqui fora, mais um par de mãos nunca era demais. Eles não se davam ao luxo de deixar uma ajuda de lado porque ainda não tinha diploma.

— Eu estava apenas pensando...

— Ah, não. — Ele me deitou de costas, rastejando entre minhas pernas, seu corpo ainda vestido pressionando o meu. — Preciso parar com isso? — Sorriu, os dedos descendo de lado, bem lentos, deslizando por baixo da regata.

— Talvez. — Minhas mãos acariciaram seus braços musculosos, o homem ainda mais em forma agora, sentindo a poeira cobrir minhas palmas, ergui a sobrancelha. — Você está imundo.

— Estou. — Piscou, descaradamente, sua boca capturando a minha, me beijando de um jeito tão intenso, minhas costas arqueadas para ele.

— Odiei acordar e não te ver — murmurei, nossas respirações já acelerando.

— Fui chamado às três da manhã, Zuri avistou caçadores ilegais acampando à beira do rio, esperando o amanhecer para atirar nos animais que vinham beber. — Seu lábio se ergueu com a repulsa, mas logo voltou a me beijar. Apreciei a sensação de seus lábios se arrastando pelo pescoço, e inclinei a cabeça para trás, minhas pernas o envolvendo.

Lennox encontrou sua vocação aqui, parecia que ficou esperando por ele a vida toda. Seu extenso treinamento militar fez dele o melhor segurança e guarda da região. Ele nos protegia de animais selvagens se entrassem no acampamento ou quando saíamos para a reserva, mas nos protegia mais dos caçadores ilegais e traficantes de drogas dispostos a matar se atrapalhássemos. Desde que cheguei, fui alvo de tiros muitas vezes. Era um gatilho para o meu TEPT, o bombardeio, às vezes, reaparecia na cabeça como um vulcão. Mas falar disso com Lennox e pedir ajudar quando acontecia parecia aliviar os pesadelos.

Uma vez, um grupo tentou entrar furtivamente em nosso acampamento para nos matar, enquanto outros foram atrás de animais e remédios. Lennox não quis saber.

A história do homem branco solitário enfrentando tantos bandidos, fazendo o papel de super-herói, se espalhou bem depressa, transformando-o em uma espécie de lenda. Homens de aldeias longínquas caminhavam aqui todos os dias para treinar com Lennox, querendo se tornar parte de seu exército, protegendo a reserva e os voluntários.

Nem todos ficaram felizes com esse novo grupo de guerreiros que atrapalhou seu acesso aos lucros, mas a equipe ficou animada por ter Lennox e dinheiro vindo das corporações que pagavam por ele e seus homens. Zuri era o braço direito de Lennox e, junto com mais de uma dúzia de homens, a empresa de segurança de Lennox estava crescendo a passos largos e se tornando um negócio promissor. Também era bom que o irmão de Zuri fosse um policial da região.

Não poderia estar mais orgulhosa do meu homem.

— Você os pegou? — Engoli em seco, quando suas mãos puxaram a regata por cima da minha cabeça, a boca cobrindo meu peito.

— Digamos que a delegacia tem três presentes de Natal amarrados em um arco, aguardando por eles nos degraus — murmurou contra a minha pele, virando a boca para o seio negligenciado, chupando e sacudindo o mamilo.

SOB O DOMÍNIO DA *Realeza*

— Puta merda. — Arqueei as costas, o dedo puxando sua camiseta, rompendo nossa conexão por um momento antes de nos chocarmos de novo, ainda mais ávidos. Nossa vida sexual só parecia ficar mais intensa e apaixonada. E mais escandalosa. Mas aqui, o sexo não envergonhava as pessoas como fazia na conservadora Grã-Victoria, onde até mesmo mostrar emoção era reprovável. Aquele lugar era cinza e sem-graça.

Eu vivia em cores agora.

Minhas mãos arrastaram sua calça por seus quadris. Nossa pele suada e quente, os corpos se movendo em sincronia.

— Puta que pariu, Spence. Não consigo me saciar de você. — Ele puxou minha calcinha com força para baixo, os dedos deslizando em mim, bombeando. Meus dentes cravaram no lábio inferior conforme eu gemia. Nossa urgência um pelo outro saltou de feroz para desesperador. — Peço desculpas, Duquesa... agora pode ser mais rápido do que eu gostaria. Você sabe como fico depois de uma noite como essa.

Sabia, e adorava. Caçar e combater caçadores ilegais o deixavam todo irritado e cheio de testosterona, o que precisava de uma válvula de escape.

Uma que fornecia, toda alegre.

— Bom. Que se danem as preliminares... quero você dentro de mim agora.

Ele gemeu com a minha franqueza, a mão erguendo minha perna enquanto me penetrava, empurrando minha cabeça no travesseiro com um suspiro alto, seu gemido profundo preenchendo o espaço sob a rede. A euforia iluminou cada músculo, roubando minha respiração, forçando ruídos que poderiam rivalizar com os dos animais do lado de fora.

Agarrando minhas mãos, ele as prendeu acima da cabeça à medida que bombeava, empurrando mais fundo, meu corpo combinando com sua intensidade febril.

— Mais... Nossa... Lennox. Não pare — gritei, sentindo o zumbido do orgasmo se aproximar.

— Lembre-se, Duquesa... não pretendo. *Nunca* — rosnou, repetindo uma frase que disse para mim na nossa primeira vez juntos. — Minha.

Sim. Era. E todo o resto que vinha junto.

Ele ergueu minha perna mais alto, estocando em mim, ainda mais fundo, uma mão agarrando a cabeceira da cama, usando-a para empurrar mais forte. A cama rangeu, movendo-se ruidosamente pelo chão de madeira, a barraca balançando com a nossa intensidade.

— Poorraaaa... — soltou Lennox, entredentes. Com uma mão, esfregou minha entrada, me jogando para fora do corpo em uma espiral. Um grito violento saiu dos meus lábios quando explodi, despedaçada. Ele gritou, os quadris empurrando tão fundo que comecei a tremer, o corpo sobrecarregado com as sensações, ambos desabando de volta à terra, seu corpo desmoronando em cima do meu. Nossas respirações ofegantes misturadas, pele pingando de suor, olhares travados um no outro.

— Bom dia. — Ele sorriu, a boca roçando a minha.

Um sorriso alcançou meus ouvidos.

— Bom. Dia.

— Agora preciso mesmo tomar um banho antes de pegar o meu turno.

— Posso ir com você.

— Não. Acho que assustamos Noah e Amelia da última vez quando nos pegaram. — Noah era um dos novos guardas de Lennox, da Austrália, e Amelia era uma garota americana em seus vinte e tantos anos que também estava fazendo o mesmo que eu. Nós nos tornamos boas amigas.

— Como se aqueles dois não estivessem indo lá para fazer a mesma coisa.

— Ela diz que são apenas amigos.

Lennox deu uma risada, seu corpo deslizando do meu, caindo no travesseiro.

— Vamos ver depois da festa hoje à noite. — Ele arqueou a sobrancelha. — Sabe como as festas de fim de ano podem ser. — Ele apoiou a cabeça em um dos braços.

— E festas de aniversário — retruquei. Na noite da festa de Natal, meu mundo inteiro começou a mudar, mas na noite do aniversário do rei, minha vida mudou totalmente. Tudo por causa do homem deitado ao meu lado. — Você me disse naquela noite para eu te mandar embora, acabar tudo... teria ido se tivesse dito?

Com a mão livre, ele a estendeu, tocando meu rosto.

— Nem pensar — murmurou. — Eu era um caso perdido em se tratando de você. Só estava tentando te dar uma saída.

— Não quero isso... nunca — murmurei, baixinho.

Uma expressão estranha surgiu em seu rosto, os lábios pressionando, dando lugar a um momento de silêncio entre nós, fazendo uma pontada de medo vibrar na minha barriga.

— O que foi?

— O que foi?

— Não sei. Você ficou estranho. Está acontecendo alguma coisa?

— Não. Tudo está perfeito. — Ele balançou a cabeça, um sorriso alargando suas feições, parecia um pouco forçado.

— Tuudoo bem. Melhor eu me mexer. Durma um pouco.

— Sim. — Ele jogou meu travesseiro sobre os olhos com um gemido. — Só tenho algumas horas antes de precisar ir ao aeroporto para buscar Landen.

Pulei da cama com um grito animado. Landen decidiu passar o Natal comigo este ano. Ele estava trazendo seu "amigo especial", e parecia que as coisas estavam ficando mesmo sérias entre eles. Estava superansiosa para vê-lo. Nos últimos dois meses, depois de perder o pai com um ataque cardíaco, ele passou por alguns momentos difíceis.

Pegando minhas coisas, fui para o banheiro, o sol da manhã já batendo em mim.

Minha família também passou por muitas coisas nesses últimos dois anos, mas senti que finalmente encontraram a paz quando tio Fredrick morreu. Os médicos disseram que o estresse deve ter sido a causa de sua morte. Como é que não pensaria que era culpa minha?

Mesmo com Lorde William anulando seu empréstimo, minha família não conseguia pagar as contas, e a casa, de repente, se tornou um viveiro de *paparazzi*, turistas curiosos, fãs ressentidas de Theo e a imprensa faminta em busca de uma fofoca. Quando Oliva sofreu bullying e foi espancada na escola, meus pais deram um basta. Fredrick e Lauren foram banidos da sociedade, sentiram que não tinham razão para ficar. Todos decidiram entregar a propriedade ao banco e deixar o país, mudando-se para os Estados Unidos. Nara e John ficaram na propriedade, contratados para mantê-la em ordem enquanto a abriam ao público. Ela me mantinha atualizada, dizendo que o lugar estava lotado, todos querendo ver onde a infame Spencer Sutton cresceu. Dava risada e contava histórias chocantes da minha vida lá, como a bagunça que fazia no quarto, ou quando peguei biscoitos escondida. Eu amava aquela mulher.

O primo distante de minha mãe, que morava em Nova York, incentivou minha família a visitá-lo. Eles foram e acabaram ficando. Os Estados Unidos eram um país muito diferente de Grã-Victoria. O que foi visto como escândalo e esnobe, era avidamente acolhido ali. Eles adoraram os rumores obscenos e o drama em torno da minha família. De quase me tornar uma princesa ao vídeo indecente e o declínio os tornou praticamente famosos lá. De repente, eram admirados em Nova York, não uma vergonha, porque qualquer publicidade na América era vista como algo bom, *ainda mais* se fosse escandaloso.

Eles pareciam felizes, fazendo amigos e sempre participando de encontros sociais. Então o tio Fredrick morreu, o que deixou a tia Lauren em colapso. E agora, do nada, estava viajando para a Tailândia e fazendo aulas de ioga no Nepal, abandonando a panelinha social e indo para o Camboja no Natal, com um guia espiritual.

Enquanto todos pensavam que tinha enlouquecido, a única que achava que ela poderia estar tentando se encontrar de novo, era eu. A pessoa que ela perdeu quando escolheu ficar com Fredrick, abandonando seu coração.

Eu quase cometi o mesmo erro.

Pegando um desvio ao ir para o chuveiro, passei pelo cercado de Ebele. Sua grande tromba erguida me cumprimentou, correndo em círculos, cantarolando animada ao me ver, e percebi que teria perdido mais do que meu coração.

Eu teria perdido a alma.

— Que lindo, Ava. — Circulei a área de jantar principal, o lugar decorado com luzes, enfeites caseiros e flâmulas recortadas que as crianças da aldeia fizeram. A árvore brilhava no canto, os pacotes embaixo, esperando para serem abertos. Mas quase nada ali foi comprado em uma loja. Feitos em casa ou pelas mulheres locais da aldeia, os presentes eram especiais aqui. Não era pela pilha ou quantidade que ganhava. Era tudo sobre o sentimento interior.

A música de Natal tocava nos alto-falantes, que cantávamos durante a noite, aproveitando a companhia um do outro. Este era o lar de todos que trabalhavam no santuário animal. Nós éramos uma família. Não poderia imaginar estar em outro lugar se não com essas pessoas que eu tinha aprendido a amar tanto no ano passado. Liguei para meus pais mais cedo, falando com eles e Olivia, fazendo com que prometessem vir aqui ano que vem.

Alimentando e verificando todos os nossos animais órfãos e feridos, o dia passou rápido, e agora vim ajudar Ava e os outros com os preparativos.

Ava era como a mãe de todos. Casada com Zuri, era a cozinheira e a pessoa mais feliz e alegre que já conheci. A mulher parecia a personificação do Papai Noel, sua aura tão pura que dava vontade de abraçá-la o tempo todo, esperando que a pureza passasse para você. Todos os dias e minutos, ela sempre falava do quanto precisava ser grata. As pessoas aqui tinham muito pouco e eram dez vezes mais felizes e aproveitavam mais o que possuíam.

— Obrigada. — Ela sorriu, e mesmo sob a pele escura, podia ver a vergonha do meu elogio refletir em seus olhos. Ela fez um sinal para eu me aproximar. — Venha. Venha. Experimente meu ponche especial para o feriado.

— Melhor não. Já ouvi falar dessas coisas. É perigoso. — Peguei o copo dela, o cheiro de álcool já ardendo o nariz. Lennox e eu não passamos o feriado aqui ano passado, fomos encontrar Arthur e Mary na Espanha. Mas tinha ouvido falar muito dessa bebida, me dando vontade de termos tomado.

Eu bebi, o gosto doce e forte, meus olhos lacrimejando quando desceu e o calor se alastrou pelo peito.

— Uau. É bom — murmurei.

— Acho que vai precisar. Para se acalmar. — Ava colocou mais no copo.

— Me acalmar? — respondi, acenando quando Amelia, Dra. Mekena, Noah e um grupo de outros voluntários e guardas entravam na grande área aberta.

Ava piscou, indo embora.

— Tudo bem. — Tomei outro gole, virando-me para os meus amigos. — Mel. — Abracei Amelia, já me sentindo aquecida pelo ponche forte. — Você precisa experimentar isso.

— Ah, não... essa coisa me fez dançar em cima do piano ano passado. — Ela afastou o cabelo do ombro, pegando uma xícara cheia da mesa, seu bonito rosto redondo rosado de estar no sol... ou era do australiano alto e robusto que a observava do outro lado? — Acho que até usei a saia na cabeça enquanto cantava YMCA.

— Aposto que vai usar a saia na cabeça de novo, mas por razões completamente diferentes. — Eu a cutuquei de brincadeira, seu olhar seguindo o meu pelo lugar. Suas bochechas coraram, a cabeça virando de lado como se tivesse sido pega em flagrante.

— Nós somos só amigos. Ele não gosta de mim assim.

— Acho que ele não concordaria. Veremos até amanhã. O Natal sempre tem um jeito de mostrar a verdade.

Ela olhou para mim, entendendo o que eu queria dizer. Ela sabia da minha história e quem eu era. A maioria aqui também, mas ninguém ligava, o que me fez amar muito mais todas essas pessoas.

— Escuta o que estou dizendo. Não afaste o que você quer porque tem medo. Ainda encontra um jeito de voltar e explodir na sua cara.

Ela esfregou meu braço, empatia emanando dela.

— Mas veja o que tem agora. E você e Lennox... todos nós sabemos o tanto que estão bem juntos porque nós ouvimos, pelo menos, duas ou mais vezes por dia. — Ela bateu meu braço.

Meu rosto esquentou; ainda assim, não podia deixar de lado o momento estranho que tive com ele mais cedo.

— Teve muita dor de cabeça e sofrimento, mas, sim, eu não desistiria de nada disso, porque me trouxe aqui. Eu amo tudo na minha vida agora.

— Falando em seu homem sexy... — Ela inclinou a cabeça para a porta, Lennox passava vestido com calça cargo cinza e camisa preta, o olhar faminto pousando em mim do outro lado, roubando meu ar, me forçando a contrair as pernas.

— Droga, esse homem faz *minha* calcinha cair sozinha. — Amelia balançou a cabeça, rindo.

Entreguei a ela minha bebida enquanto atravessava o lugar. Assim que suas botas encostaram nas minhas, sua boca me consumiu com um estrondo em sua garganta.

— Você veio com alguém, né? — murmurei em seus lábios, espiando por cima de seu ombro.

— Bem...

— O que foi? Ele veio, né? Ele não conseguiu vir? — As palavras saíram, uma onda de lágrimas sufocando na garganta. Eu não via Landen há dois anos. Todos me convenceram a não voltar para o funeral de Fredrick, já que tia Lauren decidiu jogar as cinzas na Mansão. Ela e Landen fizeram isso sozinhos.

— Spence...

— Não. Ele precisa estar aqui... O que aconteceu?

— Silêncio, meus amigos! É uma tradição! — Uma voz retumbante atravessou a porta, seus braços abertos, o rosto definido com uma expressão que eu conhecia muito bem. Alegria saltou pela garganta, eu parecia uma criança superanimada, lágrimas felizes substituindo as tristes.

— "Morram em suas camas daqui há alguns anos"...

SOB O DOMÍNIO DA *Realeza*

— Puta merda. — Cobri a boca com a mão, tentando manter a onda de emoções que vinham sobre mim quando começou a famosa citação do filme que recitava todo Natal. Nossa tradição.

— "Não valeria a pena trocar todos os dias a partir de agora por uma chance... Só uma chance..." — Ergueu o dedo, entrando mais adiante, o artista dentro dele absorvendo o novo público que o acolheu. Ele era tão dramático.

— "De vir aqui e dizer aos nossos inimigos que eles podem tirar nossas vidas, mas jamais irão tirar..." — Ele fez uma pausa dramática, o lugar em silêncio, todos os olhos nele, esperando. — "Tirar *a nossa liberdade*" — gritou, inclinando a cabeça para trás exageradamente.

A sala explodiu em assobios e aplausos enquanto eu corria para Landen, seus braços me pegando no melhor abraço.

— Você está aqui! — Eu o apertei, os pés saltando de excitação.

— Prima, eu não teria perdido por nada no mundo. — Ele se aconchegou em mim, me abraçando com força. — Senti tanto sua falta.

Lágrimas deslizaram pelo rosto, explodindo de felicidade, precisando extravasar.

— Senti saudades, também. Pra caramba.

Nós nos abraçamos um pouco mais antes de eu me afastar, enxugando os olhos.

— Eu a fiz chorar primeiro. — Landen apontou para mim, conversando com Lennox. A mandíbula de Lennox ficou tensa, seus olhos semicerrados em Landen antes de se afastar para o bar.

— O que foi isso? — Olhei entre eles.

— Nada. Lennox sempre foi assim, né?

— Então, onde está seu amigo? — Remexi as sobrancelhas.

— Não pôde vir. A babá de cachorro caiu. Murphy mandou um beijo, no entanto. Da próxima vez, ele vem, prometo.

— Estranho ainda se chamarem por seus sobrenomes.

Ele deu de ombros, um olhar lascivo nos olhos.

— Gostamos assim. Principalmente no quarto.

— Argh. Não precisava saber disso. — Sacudi a cabeça.

— Por favor, garota, acho que ouvi vocês dois mandando ver lá de Nova York! — Apoiou o braço sobre meus ombros, virando-nos para a sala. Eu o apresentei aos nossos novos amigos e ao mundo no santuário animal. Landen trabalhava como assistente de um diretor de teatro e passava todo o seu tempo livre fazendo aulas de teatro ou em audições. Ele ganhava uma merreca e reclamava o tempo todo do ramo, mas também nunca o tinha visto mais feliz. Ele não sabia se era algo para sempre, mas era o que queria agora, e eu não poderia me sentir mais feliz por ele. — Mina também te mandou um beijo. Está namorando com o chefe dela, que é doze anos mais velho, mas está feliz. E a família está empolgada por ele ser "sangue azul".

— Legal, que bom que ela está feliz. — Acenei com a cabeça. Nós não éramos mais amigas de verdade, mas sempre desejaria o melhor para ela. Sempre sentiria falta da amizade que tínhamos.

— Preciso te contar todas as minhas histórias de atuação mais recentes e dos americanos loucos de Nova York, mas primeiro, preciso de uma bebida!

Ele nos levou para o bar, a festa a todo vapor. Quero dizer, não era um festão, mas a vida era mais simples aqui – mais em família e amigos. As crianças do nosso grupo correram, a animação explodindo junto com a alegria... e o álcool.

Ava e algumas outras esposas prepararam um enorme bufê de comida maravilhosa, e os cheiros que vinham da cozinha me assaltaram, deixando-me com água na boca.

— Spencer? — Lennox tocou minhas costas. — Posso falar com você um minuto?

— Sim. — Olhei para ele. — Está tudo bem?

— Sim. — O queixo se contraiu. — Só quero um momento a sós. — Estendeu a mão para a minha, e me levou para a varanda com vista para o parque, onde podíamos ver os contornos dos animais vagando, o pôr do sol brilhando no horizonte, era mágico. Exceto que eu não podia apreciá-lo, pois o medo escorria pela garganta, parecia que estava prestes a sacudir em uma lombada na rua. O olhar de Lennox não encontrou o meu, um nervo se contraindo em sua mandíbula.

— Sabe, depois de Gracie, jurei que nunca mais me apaixonaria — disse ele, baixinho, o tom tenso aumentou ainda mais o meu medo.

Gracie foi sepultada há mais de um ano, Lennox me deixou na Espanha para assistir ao funeral perto da fazenda, com Arthur e Mary, para dizerem seu último adeus. Queria estar lá com ele, mas sabíamos que minha presença no funeral de Gracie seria desconfortável para Arthur e Mary. Além disso, voltar ao país não era uma boa decisão. Dois anos depois, e os tabloides ainda publicavam artigos a meu respeito, o ódio ainda palpável. Um "jornalista" me rastreou até aqui para fazer uma reportagem. Ele foi expulso, bem depressa, da propriedade por um punhado de seguranças protetores.

Lennox manteve contato com Mary e Art, era o que tinha de mais próximo como pais. Perguntaram de mim e até me mandaram um presente de Natal, que era todo da Mary. Arthur e Lennox ainda tinham um relacionamento turbulento, mas senti que com o tempo, a teimosia deles diminuiria agora que Gracie estava em paz, e deixariam de lado o sofrimento do passado.

— Sim. — Senti meu coração bater acelerado no peito.

— Porra... você estragou tudo isso. — Esfregou a nuca, parecia nervoso. Ele sempre foi confiante, dominante, e, às vezes, um pouco controlador, o que tentei tirar dele.

— Lennox, você está me assustando.

— Estou estragando tudo, mas acho que combina com a gente.

— Do que está falando?

— Fui baleado, espancado, esfaqueado e quase explodi pelos ares... mas foi uma garota de olhos azuis que me destruiu. Você derrubou todas as paredes, todas as defesas que eu tinha. Não fui capaz de resistir a você. Nem queria. Eu me apaixonei por você. E isso nunca vai mudar.

Senti um formigamento no corpo todo, o coração começou a bater por um motivo totalmente diferente.

— Desta vez eu sei que é certo, que encontrei minha metade. Encontrei a pessoa que me desafia, me faz rir, me dá lição de moral, que me faz sentir o homem mais sortudo do mundo, tanto que, às vezes, nem consigo aguentar. Eu olho para você com absoluta descrença de que é minha, e de que esta é a nossa vida.

Ele apontou para a terra. O som de um leão rugindo arrepiou minha pele apesar do ar úmido.

— Na véspera de Natal, há dois anos, tudo mudou para nós. Pensávamos que nossas vidas estavam destruídas até quase te perder. Quero ter certeza de que jamais te perderei. Que essa mudança seja positiva... — Enfiou a mão no bolso da calça cargo.

— Meu Deus. — Cobri a boca com a mão, meus olhos se enchendo de lágrimas outra vez.

— Não significa que tem que acontecer tão cedo. Nós temos uma eternidade para resolver, mas quero que saiba, é pra valer. Você e eu... essa vida louca... estamos nisso juntos. — Ele estendeu um anel, uma aliança simples de ouro trançado, nossos nomes gravados no contorno. Simples e bonito. O anel perfeito para mim. Não queria algo chamativo ou espalhafatoso, ainda mais com o que eu fazia, e me recusava a usar diamantes de novo; não depois que vi a carnificina por causa deles aqui.

— Quero ser sempre aquele que cuida desse corpo. — Ele ergueu o anel.

Meus olhos lacrimejantes se ergueram para os dele, ofegando com a emoção no peito. Ele nunca foi sentimental. Ouvindo-o ser tão honesto e vulnerável, não consegui segurar as lágrimas, que escorreram pelo rosto.

— Então... O que me diz, Duquesa? — Ele se aproximou, a palma deslizando pelo meu rosto, seus olhos presos aos meus. — Quer embarcar nessa louca e turbulenta viagem comigo?

Eu tinha sido pedida em casamento antes, a dramática declaração sob um joelho na frente de todos – a suposta proposta de conto de fadas. Mas agora eu entendia como as duas eram diferentes.

Desta vez, não tive dúvidas ou medos. Quando você ama alguém de verdade, não há escolha a fazer. Eu não queria um casamento igual aos contos de fadas. Queria a vida turbulenta e louca com esse homem.

Senti olhares focados em nós, nossa nova família se aglomerando ao redor da porta, tentando ficar quieta enquanto esperavam pela minha resposta, rindo e colados uns aos outros, me fez sorrir ainda mais. Desta vez, eu não me importei com o público me observando; o mundo inteiro podia olhar, pouco importava. Tudo que eu via era ele.

Eu sorri para ele.

— Pode apostar que sim.

Apertem os cintos, porque essa seria uma viagem e tanto.

AGRADECIMENTOS

Espero que tenham gostado da conclusão da história de Spencer, Theo e Lennox! As resenhas são tudo para nós autores e se quiser que a história continue com Eloise e, pelo ponto de vista de Theo, por favor, divulguem o amor por essa história! Muito obrigada!

Um imenso obrigada a:

Emily do Social Butterfly: Obrigada por todo o seu trabalho árduo! Você é incrível.

Hollie: www.hollietheeditor.com

Mo Sytsma: mo@TheScarletSiren.com

Hang Le: https://www.byhangle.com/ Essas capas são tudo de bom! Muito obrigada!

Judi Fennell: www.formatting4U.com

A todos os leitores que me apoiaram: minha gratidão é por tudo que fazem e por quanto ajudam os autores pelo puro amor pela leitura.
 A todos os autores independentes que me inspiram, desafiam, apoiam e me incentivam a ser melhor: amo vocês!
 E para qualquer um que pegou um livro independente e deu uma chance a um autor desconhecido.
 OBRIGADA!

SOBRE A AUTORA

Stacey Marie Brown é uma amante de bad boys fictícios e heroínas sarcásticas que arrasam. Também gosta de ler, viajar, ver programas de TV, caminhar, escrever, de decoração e arco e flecha. Stacey jura que é meio cigana, tendo a sorte de viver e viajar pelo mundo todo.

Ela cresceu no norte da Califórnia, onde corria pela fazenda de sua família, criando animais, cavalgando, brincando de lanterna à noite e transformando fardos de feno em fortalezas legais.

Quando ela não está escrevendo, faz caminhadas, passa tempo com amigos e viaja. Ela também se voluntaria para ajudar animais e é ecologicamente correta, e pensa que todos os animais, pessoas e o meio ambiente devem ser tratados com bondade.

Para saber mais sobre Stacey ou seus livros, visite-a em:
Site do autor e boletim informativo: www.staceymariebrown.com
Página da autora no Facebook: www.facebook.com/SMBauthorpage
Pinterest: www.pinterest.com/s.mariebrown
Twitter: @S_MarieBrown
Instagram: www.instagram.com/staceymariebrown/
Goodreads: www.goodreads.com/author/show/6938728.Stacey_Marie_Brown

Seu grupo no Facebook:
www.facebook.com/groups/1648368945376239/
Bookbub: www.bookbub.com/authors/stacey-marie-brown

A The Gift Box é uma editora brasileira, com publicações de autores nacionais e estrangeiros, que surgiu no mercado em janeiro de 2018. Nossos livros estão sempre entre os mais vendidos da Amazon e já receberam diversos destaques em blogs literários e na própria Amazon.

Somos uma empresa jovem, cheia de energia e paixão pela literatura de romance e queremos incentivar cada vez mais a leitura e o crescimento de nossos autores e parceiros.

Acompanhe a The Gift Box nas redes sociais para ficar por dentro de todas as novidades.

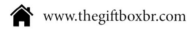 www.thegiftboxbr.com

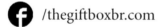 /thegiftboxbr.com

 @thegiftboxbr

 @GiftBoxEditora

Impressão e acabamento